De doodsvogel

Van Samuel Bjørk zijn verschenen:

Ik reis alleen
De doodsvogel
De jongen in de sneeuw
Sneeuwwit

Deze titels zijn ook als e-book en luisterboek verkrijgbaar.

SAMUEL BJØRK

De doodsvogel

Vertaald door Renée Vink

UITGEVERIJ LUITINGH-SIJTHOFF

Eerste druk, februari 2016
Eenentwintigste druk, mei 2023

Oorspronkelijke titel *Uglen*
Vertaling Renée Vink
Omslagontwerp Studio Jan de Boer
Omslagfotografie Arcangel Images SL
Auteursfoto Harald Øren

ISBN 978 90 245 9805 2
ISBN 978 90 245 6558 0 (e-book)
ISBN 978 90 245 7490 2 (luisterboek)
NUR 332

www.lsamsterdam.nl
www.boekenwereld.com

Uitgeverij Luitingh-Sijthoff vindt het belangrijk om op milieuvriendelijke en verantwoorde wijze met natuurlijke bronnen om te gaan. Bij de productie van dit boek is daarom gebruikgemaakt van papier waarvan het zeker is dat dit niet tot bosvernietiging heeft geleid.

Op een vrijdag in het voorjaar van 1972, precies toen de dominee van Sandefjord de kerk voor die dag wilde afsluiten, kreeg hij speciaal bezoek. Daarom besloot hij zijn kantoortje toch nog wat langer open te houden.

Hij had de jonge vrouw nog nooit gezien, maar de jongeman kende hij wel. Het was de oudste zoon van de meest geliefde inwoner van de stad. Deze reder was niet alleen een van de rijkste mannen van het land, maar tevens een steunpilaar van de kerk. Dankzij een donatie van hem hadden ze de beeldhouwer Dagfin Werenskiold tien jaar geleden de opdracht voor het grote altaarstuk van grof bewerkt mahonie kunnen geven. Het stelde zeventien taferelen uit het leven van Jezus voor en de dominee was er buitengewoon trots op.

De twee jongelui hadden een heel speciaal verzoek. Ze wilden trouwen, en de dominee moest het huwelijk in alle stilte inzegenen. Op zich niet zo ongewoon, maar de details waren zo merkwaardig dat de dominee aanvankelijk dacht dat het om een grap ging. Hij kende de reder echter goed en wist hoe gelovig en conservatief de oude man was, en na een poosje was het hem duidelijk dat het stel het serieus meende. De reder was de laatste tijd ernstig ziek en het gerucht ging dat hij op sterven lag. De jongeman die nu voor hem zat zou binnenkort een reusachtig vermogen erven, maar zijn vader had daarbij één voorwaarde gesteld. Er mocht geen vreemd bloed in de familie binnenkomen. De vrouw met wie zijn erfgenaam wilde trouwen, mocht onder geen voorwaarde kinderen uit een vorig huwelijk hebben. En daarin school het probleem. De jonge vrouw op wie de rederszoon nu smoorverliefd was, had helaas al kinderen, een dochtertje van twee en een zoontje van vier. Die kinderen moesten worden weggewerkt, en de dominee moest het paar zo in de echt verbinden dat het leek of de vrouw aan de eisen van de conservatieve reder voldeed. Viel dat te regelen?

Het plan van het stel zat als volgt in elkaar: de jongeman had een ver familielid in Australië. Zij had ermee ingestemd de kinderen onder haar hoede te nemen tot alle formaliteiten geregeld waren. Een jaar of twee, en dan zouden ze weer worden opgehaald.

Misschien zou de reder zelfs wat eerder gaan hemelen. Hoe dacht de dominee erover? Was zijn ziel ruim genoeg om ze door deze crisis heen te helpen?

De dominee deed of hij even nadacht, maar in werkelijkheid had hij zijn besluit al genomen. De envelop die de jonge man discreet voor hem op tafel had gelegd was dik, en waarom zou hij een jong stel niet uit de nood helpen? De eis van de oude reder was toch zeker heel onredelijk? De dominee stemde ermee in het stel in de echt te verbinden, en minder dan een week later werd hun huwelijk tijdens een beknopte ceremonie in een gesloten kerk voor het kleurrijke altaarstuk ingezegend.

Een klein jaar later, in januari 1973, kreeg de dominee opnieuw bezoek in zijn kantoortje. Ditmaal kwam de jonge vrouw alleen. Ze maakte zich duidelijk zorgen en zei dat ze niet wist tot wie ze zich anders zou moeten wenden. Er klopte iets niet. Ze had nooit meer iets van haar kinderen gehoord. Er waren haar foto's en brieven beloofd, maar er was niets gekomen, geen woord, en ze begon zelfs aan het bestaan van dat familielid in Australië te twijfelen. De vrouw vertelde ook dat de man met wie ze getrouwd was niet was wie ze had gedacht. Ze praatten niet meer met elkaar, sliepen niet eens meer in dezelfde kamer, en hij had bovendien geheimen, duistere geheimen, dingen die ze niet eens over haar lippen kreeg en waar ze zelfs bijna niet aan durfde te denken. Kon de dominee iets doen? De dominee kalmeerde haar, zei dat hij natuurlijk zou helpen, hij zou wat over de kwestie nadenken en vroeg haar om een paar dagen later terug te komen.

De volgende ochtend werd de jonge vrouw dood aangetroffen over het stuur van haar auto, in een diepe greppel vlak bij het luxeverblijf van de familie op het eiland Vesterøya, vlak buiten het centrum van Sandefjord. De krant liet doorschemeren dat de vrouw dronken achter het stuur had gezeten en dat de politie van een tragisch ongeluk uitging.

Nadat hij de familie tijdens de begrafenis bijstand had geboden, besloot de dominee bij de jonge reder op bezoek te gaan. Hij vertelde naar waarheid dat de jonge vrouw hem de dag voor het ongeluk had opgezocht. Dat ze haar bezorgdheid had geuit over haar kinderen. Dat er iets, tja, niet helemaal in orde was geweest? De jonge reder luisterde en knikte. Legde uit dat zijn vrouw de laatste tijd helaas ernstig ziek was geweest. Medicijnen had geslikt. Te veel had gedronken. De dominee had toch zelf gezien op wat voor een tragedie het was uitgelopen? Was dit stadje eigenlijk niet te klein voor de dominee? Zou het niet beter zijn als hij de Heer elders ging dienen, misschien dichter bij de hoofdstad? Een paar minuten later waren ze het eens over de details. De dominee stond op, en daarmee was zijn gesprek met de jonge, machtige reder afgelopen.

Een paar weken later pakte hij zijn koffer.

Hij zette nooit meer een voet in Sandefjord.

Het kleine meisje lag zo stil als ze kon onder de plaid op de bank en wachtte tot de andere kinderen zouden slapen. Ze had haar besluit genomen. Vannacht moest het gebeuren. Ze zou niet bang meer zijn. Niet meer wachten. Ze was zeven, en al bijna groot. Ze zou het doen als het al een beetje donker was. De slaappil had ze niet ingeslikt, alleen maar onder haar tong gelegd, en daar was hij de hele tijd blijven zitten, ook toen ze tante Juliane had laten zien hoe flink ze was geweest.

'Laat eens kijken.'

Tong uit.

'Grote meid. De volgende.'

Haar broer deed dat al heel lang. Al sinds die keer dat ze hem in de aardkelder hadden opgesloten. Iedere avond had hij de pil alleen maar onder zijn tong gestopt zonder te slikken.

'Laat eens kijken.'

Tong uit.

'Grote jongen. De volgende.'

Drie weken beneden in het donker, omdat hij het vertikte om sorry te zeggen. Alle kinderen wisten dat hij niets verkeerd had gedaan, maar de grote mensen hadden hem toch opgesloten. En sindsdien was hij anders geweest. Had iedere avond de pil alleen maar onder zijn tong gestopt zonder hem door te slikken, en terwijl zij soezerig werd omdat die van haar begon te werken, had ze zijn schaduw de kamer uit zien glippen en verdwijnen.

Een paar keer had ze gedroomd dat hij wegging. Een keer was hij een prins geweest die naar een vreemd land moest reizen om een prinses te kussen die al heel lang sliep. Een andere keer was hij een ridder geweest die een draak had verslagen met een magisch zwaard dat zo stevig vastzat in een steen dat alleen een heel bijzondere jongen het eruit kon trekken. In haar dromen. Niet in het echt. In het echt wist ze het niet.

Het kleine meisje wachtte tot ze hoorde dat de andere kinderen sliepen en sloop toen voorzichtig het huis uit. Het was nu winter en nog steeds warm, al was de schemering zachtjes neergedaald tussen de bomen. Het kleine meisje liep op blote voeten de tuin door en bleef in de schaduw totdat ze de beschutting van het bos-

je had bereikt. Nadat ze had vastgesteld dat niemand haar had gezien, liep ze op een drafje tussen de grote bomen door het pad af naar het hek waar de tekst TRESPASSERS PROSECUTED *op stond. Ze had besloten om daar het eerst te zoeken.*

Ze had haar broer en een van de andere jongens erover horen fluisteren. Dat er een plekje was waar je alleen kon zijn. Een oud, vervallen schuurtje, een verborgen hut aan de rand van het gebied, maar zelf had ze het nooit gezien. Ze stonden iedere dag om zes uur op en gingen om negen uur 's avonds naar bed. Altijd precies hetzelfde programma, nooit eens anders, met maar twee keer een kwartier geen huishoudelijk werk, lessen, yoga, kleren wassen en alle andere dingen die gedaan moesten worden. Het meisje glimlachte toen ze de krekels hoorde en voelde het zachte gras aan haar voetzolen kietelen zodra ze van het pad was afgeslagen om behoedzaam langs het hek te sluipen naar waar ze zich voorstelde dat het hutje zou kunnen zijn. Om de een of andere reden was ze niet bang. Ze voelde zich bijna lichtvoetig, de verschrikkelijke angst zou pas later komen, op dit moment was ze zo blij als een vrije vlinder, helemaal alleen met haar eigen gedachten in dit mooie bos dat zo lekker rook. Haar glimlach werd breder en ze streek met haar vingers over een plant die op een ster leek, het leek wel of ze zich in een van die dromen bevond die ze vaak had als de pillen die ze kregen niet zo sterk waren. Ze dook onder een tak door en schrok niet eens toen er een paar meter verderop iets in de struiken ritselde. Misschien had een koalabeer zich de bomen uit gewaagd of was er een kangoeroe over het hek gesprongen? Ze lachte stilletjes en bedacht hoe leuk het zou zijn om een koala te aaien. Ze wist dat die scherpe klauwen hadden en eigenlijk geen knuffeldieren waren, maar toch wilde ze voelen hoe het zou zijn: zijn zachte pels warm onder haar vingers, het kietelen van zijn vochtige snuit tegen haar hals. Ze was al haast vergeten waarom ze daar eigenlijk was toen ze ineens opschrok en doodstil bleef staan, maar een paar meter van de wand van de hut. Met haar hoofd scheef keek het meisje nieuwsgierig naar de grijze houten planken die zo plotseling waren opgedoken. Dus het klopte. Waar ze over hadden gefluisterd. Er was een plek in het bos. Een plekje waar je je kon verstoppen. Helemaal op jezelf kon zijn. Ze sloop voorzichtig naar de grijze wand en voelde haar huid heerlijk tintelen toen ze bijna bij de deur was.

Het meisje wist nog steeds niet dat de aanblik die haar wachtte haar voorgoed zou veranderen, haar de komende jaren iedere nacht zou achtervolgen, onder de plaid op de harde bank, op haar vlucht de halve aardbol over nadat de politie hen er allemaal huilend uit had gehaald, onder het dekbed in het zachte bed in het nieuwe land waar alle geluiden anders waren. Daar wist ze niets van toen ze haar hand naar de houten klink uitstak en de krakende deur zachtjes opentrok.

Binnen was het donker. Het duurde een paar seconden voor haar ogen echt iets zagen, maar er viel niet aan te twijfelen. Eerst alleen zijn omtrek, maar daarna duidelijker, hij zat daarbinnen.

Haar broer.

Hij had geen kleren aan. Hij was helemaal bloot. Helemaal bloot, maar zijn hele lijf zat onder de... veren? Hij zat ineengedoken in een hoekje, een figuur als een vogel uit een compleet andere wereld, met iets in zijn mond. Een klein diertje. Een muis? Haar broer zat onder de veren en had een dode muis tussen zijn tanden.

En dat beeld zou haar leven veranderen. Haar broer die zich langzaam opzij draaide en haar aankeek, zijn blik enigszins verbaasd, alsof hij haar niet herkende. Het licht dat door het vuile raampje op zijn met veren bedekte hand viel, die zich traag door de ruimte bewoog. De mond die glinsterende witte tanden bloot lachte toen hij de muis uit zijn mond haalde en haar met zijn dode blik strak aanstaarde. Daarna klapperde hij met zijn veren en zei: 'Ik ben de uil.'

1

1

Botanist Tom Petterson pakte zijn fototas uit zijn auto. Hij nam even de tijd om van het uitzicht over de spiegelgladde fjord te genieten en ging toen op weg, het bos in. Op deze zaterdag vroeg in oktober baadde het landschap rondom hem in het lieflijke licht van een fris zonnetje. Milde stralen vielen op de gele en rode herfstbladeren, die nu snel zouden vallen om plaats te maken voor de winter.

Tom Petterson hield van zijn werk, vooral als hij het buitenshuis kon uitoefenen. Hij was door de gedeputeerde van Oslo en Akershus ingehuurd om exemplaren van het kruid drakenkop te fotograferen, een bedreigde plantensoort die rond de Oslofjord voorkwam. Via zijn blog had hij een nieuwe tip binnengekregen, en die wilde hij vandaag natrekken om de aantallen en de precieze locatie van de pas ontdekte exemplaren van deze uiterst zeldzame soort te registreren.

Drakenkop was een tien tot vijftien centimeter hoge plant met blauwe, donkerblauwe of blauwviolette bloempjes die nu in de herfst verdorden en een trosje bruine vruchten vormden dat aan een korenaar deed denken. Het was niet alleen een zeldzaam kruid maar tevens de verblijfplaats van de uiterst zeldzame drakenkopglanskever, een blauwglanzend kevertje dat op de bloempjes van de drakenkop huisde. De wonderen der natuur, dacht Tom Petterson, en met een glimlach sloeg hij van het pad af volgens de routebeschrijving die de opmerkzame hobbybotanist hem had gemaild. Hij zei het nooit hardop, want hij was grootgebracht in de overtuiging dat er absoluut geen god bestond, zijn ouders hadden daar goed voor gezorgd, maar soms dacht hij toch dat er wel een god was. De schepping. Al die grote en kleine dingen die zo mooi in elkaar staken. De vogels die in het najaar naar het zuiden vlogen om te broeden en daarbij enorme afstanden aflegden, telkens naar precies dezelfde plek. De bladeren die elk jaar op hetzelfde moment van kleur verschoten en de bomen en de grond in levende kunstwerken veranderden. Nee, hij zei het dus nooit hardop, maar hij dacht het wel vaak.

Tom Petterson werkte aan het Instituut voor Biowetenschappen van de Universiteit van Oslo. Daar had hij gestudeerd, en na zijn afstuderen had hij er een baan aangeboden gekregen. De vorige herfst was er in de wandelgangen zelfs gefluisterd dat hij tot hoofd van het instituut benoemd zou kunnen worden, maar Tom Petterson had niets ondernomen om voor die positie in aanmerking te komen. Instituutshoofd? Nee, veel te veel papierwerk. Hij was tevreden met wat hij nu deed, met die tochten door de natuur. Dat was de reden waarom hij botanist was geworden, niet om vergaderingen bij te wonen.

Toen ze van het kantoor van de provinciecommissaris hadden opgebeld, had hij de opdracht vol trots aangenomen. De beschermer van de drakenkopjes, ja, dat wilde hij heel graag zijn. De botanist glimlachte flauwtjes bij zichzelf, denkend aan de ontdekking die hij een paar jaar geleden op Snarøya had gedaan. Een grote plantenverzameling in de speeltuin van de miljonairs. Degenen die de percelen hadden gekocht waarop hij de plantjes had gevonden waren natuurlijk niet allemaal even blij geweest, die hadden liefst in alle rust hun villa's en zwembaden gebouwd, maar de drakenkop was volgens de Berner Conventie een beschermde soort en mocht absoluut niet verstoord worden.

Hij sloeg rechts af tussen twee grote sparren door en liep langs een beekje omhoog naar de plek waar de planten zich moesten bevinden, opnieuw met een flauw lachje. Tom Petterson was een fanatiek milieubeschermer en hij had het prachtig gevonden om te zien dat een klein kruidje het voor de verandering eens won van de graafmachines.

Hij stak het beekje over en bleef plotseling doodstil staan, want in een bosje voor hem ritselde iets. Hij bracht zijn camera in de aanslag, klaar om af te drukken. Een das? Kon het zijn dat hij er een had gezien? Dat lichtschuwe dier, dat bepaald niet zo vaak voorkwam als veel mensen dachten? Op het geluid afgaand bereikte hij algauw een kleine open plek, maar tot zijn teleurstelling zag hij niets. Hij miste nog een goede foto van een das voor zijn blog, en het zou nog een mooi verhaal zijn geworden ook, drie drakenkoppen en een das, een perfect zaterdags uitje.

Midden op de open plek lag iets.

Een blauwwit, naakt lichaam.

Een meisje.

Een tiener?

Tom Petterson was zo geschrokken dat hij de greep op zijn fototoestel verloor en niet merkte dat het in de hei voor zijn voeten viel.

Er lag een dood meisje op de open plek.

Veren?

Godallemachtig.

Er lag een naakt tienermeisje in het bos.

Midden tussen de veren.

Met een witte lelie in haar mond.

Tom Petterson maakte rechtsomkeert, worstelde zich hijgend door de dichte vegetatie heen, vond het pad terug en rende zo hard hij kon naar zijn auto om 112 te bellen.

2

Holger Munch, rechercheur Moordzaken, zat voor zijn oude huis in Røa in zijn auto. Hij had er spijt van dat hij ermee had ingestemd om te komen. Samen met zijn toenmalige vrouw Marianne had hij tot tien jaar geleden in dat witte vrijstaande huis gewoond, en sindsdien had hij er geen voet meer in gezet. De gezette rechercheur stak een sigaret op en draaide het raampje van zijn auto omlaag. Een paar dagen geleden had hij zijn jaarlijkse gezondheidstest ondergaan en de dokter had hem weer eens aangeraden om te minderen met vet eten en te stoppen met roken. Maar dat was de vierenvijftigjarige politieman niet van plan, in elk geval het laatste niet. Holger Munch had zijn sigaretten nodig om na te denken, en als hij iets graag deed was het zijn hersens gebruiken.

Hij hield van schaken, kruiswoordraadsels en wiskunde, alles wat zijn hersencellen in beweging bracht. Vaak zat hij achter zijn computer met zijn vrienden over de diverse schaakpartijen van Magnus Carlsen te chatten, of over de oplossing van grote en kleine rekenraadsels, bijvoorbeeld eentje dat hij zojuist via de mail had ontvangen van zijn vriend Joeri, een professor uit Minsk die hij een paar jaar geleden via het internet had leren kennen.

In een meertje staat een metalen paal. De helft van de paal steekt in de grond. Een derde deel van de paal bevindt zich onder water. Acht meter steekt boven het water uit. Hoe lang is de paal? Groeten J.

Munch dacht even over het antwoord na voordat hij erop kwam, en hij wilde net een mailtje sturen toen zijn telefoon ging. Hij keek op het display. Mikkelson. Zijn chef in Grønland. Munch liet de telefoon een paar keer rinkelen, overwoog om op te nemen maar besloot ten slotte het gesprek te weigeren. Hij drukte op het rode icoontje en stopte de telefoon weer in zijn zak. Dit was zijn familie-uurtje. Dat was wat hij verkeerd had gedaan, ruim tien jaar geleden. Hij had niet genoeg tijd aan zijn gezin besteed. De klok rond gewerkt, en als hij dan eindelijk thuis was gekomen, was hij met zijn gedachten elders geweest. En nu stond hij weer voor datzelfde huis, waar zij inmiddels met iemand anders samenwoonde.

Holger Munch krabde even in zijn baard en keek in het spiegeltje naar het grote, roze cadeau met het goudkleurige lint op de achterbank. Zijn kleindochter Marion was jarig. Zijn oogappeltje werd zes. Daarom had hij ermee ingestemd naar Røa te komen, ook al had hij eigenlijk besloten nooit meer een voet in dat huis te zetten. Munch nam een lange trek van zijn sigaret en betastte de afdruk rond zijn vinger waar zojuist zijn trouwring nog had gezeten. Nadat ze uit elkaar waren gegaan, was hij die nog tien jaar blijven dragen. Hij had zich er niet toe kunnen brengen hem af te doen. Marianne. Zij was zijn grote liefde. Hij had gedacht dat ze altijd bij elkaar zouden blijven en had nooit meer een date gehad nadat ze uit elkaar waren gegaan. Niet dat hij de kans niet had gekregen. Verscheidene vrouwen hadden een oogje op hem gehad, maar hij had er domweg geen zin in gehad. Het gaf geen goed gevoel. Maar nu had hij het dan toch gedaan. Zijn trouwring afgedaan. Die lag thuis in de badkamer in het medicijnkastje. Hij had zich er niet toe kunnen brengen hem weg te gooien. Al was het dan tien jaar geleden, je mocht toch nog wel blijven hopen? Of was dat verkeerd? Moest hij doen wat diverse van zijn vrienden hem telkens weer aanrieden? Verdergaan met zijn leven? Een ander zoeken?

Holger Munch zuchtte eens diep, nam nog een trekje van zijn sigaret en keek weer naar het grote, roze cadeau. Misschien had hij het ook deze keer weer overdreven. Miriam, zijn dochter, had hem er door de jaren heen al vaak van langs gegeven omdat ze vond dat hij de kleine Marion te veel verwende. Haar alles gaf waar ze naar wees. Hij had iets gekocht wat niet politiek correct was, maar waarvan hij wist dat het zijn kleindochters liefste wens was. Een barbie, met een groot barbiehuis en een eigen barbieauto. Hij kon al horen hoe Miriam hem de les las. Over verwende kinderen. Over vrouwenlichamen en rolmodellen en idealen, maar lieve help, het was toch maar een pop? Hoe slecht kon het zijn als dat nou juist was wat de kleine meid wilde?

Zijn telefoon ging weer over, het was alweer Mikkelson, en Munch drukte opnieuw op het rode icoontje. De derde keer nam hij bijna op. Mia Krüger. Zijn hart werd warm als hij aan zijn jonge collega dacht, maar toch ging hij het gesprek niet aan. Familieuurtje. Hij zou haar later wel bellen. Vanavond een kop thee bij Justisen misschien? Die had hij na deze sessie vast wel nodig. Een praatje met Mia. Hij had haar al een tijdlang niet gesproken en hij merkte dat hij haar miste.

Nog maar een paar maanden geleden had hij Mia opgehaald van een eilandje voor de kust van Trøndelag. Ze had zich van de buitenwereld afgesloten, zonder telefoon, hij had helemaal naar Værnes moeten vliegen, een auto moeten huren en de plaatselijke politie ertoe moeten bewegen hem per boot naar haar toe te brengen. Hij had de documentatiemap van een moordzaak bij zich gehad. Die had haar ertoe gebracht om mee terug te gaan naar de hoofdstad.

Holger Munch koesterde een groot respect voor iedereen in de eenheid, maar Mia Krüger was een geval apart. Hij had haar van de politieacademie geplukt na een tip van de directeur, een oud-collega van hem. Ze was nog maar even in de twintig geweest en had de opleiding nog niet eens afgerond. Hij had kennis met haar gemaakt tijdens een informele ontmoeting buiten het gebouw, in een café. Mia Krüger. Een jong meisje met een witte trui en een nauwsluitende zwarte broek aan. Ze had lang, donker haar, bijna als een indiaanse, en de helderste blauwe ogen die hij ooit had gezien. Hij was meteen voor haar gevallen. Intelligent, zelfverzekerd en kalm. Ze leek door te hebben dat hij haar op de proef wilde stellen, maar ze had desondanks beleefd geantwoord, met een lichte twinkeling in het oog, *hoe dom denk je eigenlijk dat ik ben?*

Mia Krüger had jaren geleden haar tweelingzus Sigrid verloren. Ze hadden haar in een kelder in Tøyen gevonden, overleden aan een overdosis heroïne. Mia had de schuld daarvan aan Sigrids vriendje gegeven, en tijdens een routineonderzoek in een caravan bij het Tryvannmeer waren ze bij toeval op hem gestuit, nu met een nieuw slachtoffer aan zijn zij. Mia had hem in een opwelling gedood door hem twee keer in de borst te schieten. Holger Munch was er zelf bij geweest en wist dat die actie makkelijk uitgelegd kon worden als zelfverdediging van Mia's kant, maar nadat hij het voor haar had opgenomen was hij overgeplaatst, terwijl Mia onder behandeling was gekomen. Na bijna twee jaar op het politiebureau van Hønefoss was Munch ten slotte teruggeroepen om de onderzoekseenheid aan de Mariboes gate te leiden. Hij had ook Mia teruggeroepen, maar toen de zaak in de map eenmaal was opgelost vond hun chef in Grønland dat ze nog steeds tekenen van instabiliteit vertoonde. Mikkelson had haar weer geschorst, met de mededeling dat ze geen voet meer op het bureau mocht zetten als ze niet eerst had gepraat met een psycholoog, die haar genezen kon verklaren.

Munch weigerde nog een oproep van zijn chef en bleef in de spiegel zitten kijken. Waar was hij eigenlijk mee bezig? Tien jaar geleden, en daar zat hij dan voor hun oude huis, waarin ze nu samenwoonde met een andere man, en hij hoopte nog steeds dat alles in orde zou komen?

Je bent een idioot, Holger Munch. Er zijn er nog wel meer die een psycholoog zouden kunnen gebruiken.

Met een zucht stapte Munch uit de auto. Buiten was het kouder geworden. De zomer was definitief voorbij en de herfst ook, leek het wel, al was het nog maar begin oktober. Hij trok zijn duffelse jas dichter om zijn buik, haalde zijn telefoon tevoorschijn en stuurde Joeri een antwoord.

48 meter;) HM

Hij nam een laatste trekje van zijn sigaret, pakte het grote cadeau van de achterbank, ademde twee keer diep in en liep langzaam het grindpad naar het witte huis op.

3

Mia Krüger zag de mond van de man met het dunne baardje achter het grote bureau bewegen, maar ze bracht het niet op om te luisteren. De woorden drongen niet tot haar oren door. Ze miste de meeuwen. Het geluid van de golven die over de rotsen spoelden. De stilte. En weer vroeg ze zich af waarom ze zich hieraan blootstelde. Een psycholoog bezoeken. Over zichzelf praten. Alsof dat hielp. Ze haalde nog een pastille uit haar zak en had er alweer spijt van dat ze hier ja op had gezegd. Ze had gewoon ter plaatse ontslag moeten nemen.

Onevenwichtig en ongeschikt voor haar werk.

Die ellendige Mikkelson, die van niets wist, nog nooit één zaak had aangepakt en zijn positie alleen maar bekleedde omdat hij wist hoe hij zich moest inlikken bij de politici.

Mia zuchtte en probeerde opnieuw tot zich te laten doordringen wat de man achter het bureau had gezegd. Ze moest nu vast iets terugzeggen, maar ze had de vraag niet gehoord.

'Wat bedoel je?' vroeg ze, en ze dacht even aan het jonge, magere meisje met het geschoren achterhoofd en de blonde haarlok dat ze naar buiten had zien komen door de grote deur naar de kamer waarin je werd geacht te wachten, omringd door tijdschriften met covers die haar totaal niets zeiden. *Train je geest en word gezond. In een handomdraai in vorm.*

'Je pillen?' zei de psycholoog vast al voor de derde keer, terwijl hij naar achteren leunde in zijn stoel en zijn bril afdeed.

Om betrokkenheid te tonen. Te laten zien dat ze hier veilig was. Mia zuchtte weer en legde de pastille op haar tong. Hij wist waarschijnlijk niet wie hij voor zich had. Ze kon al sinds ze klein was bij mensen in hun binnenste kijken. Daarom miste ze de meeuwen. Er was daar geen kwaad. Alleen natuur. Golven die over de rotsen spoelden. Alom het geluid van de stilte en het niets.

'Goed,' zei Mia, in de hoop dat dat juist was.

'Dus je bent ermee gestopt?' vroeg de psycholoog, en hij zette zijn bril weer op.

'Ik slik ze al weken niet meer.'

'En de drank?'

'Al tijden geen druppel gedronken,' zei Mia, wat alweer niet waar was.

Ze keek op de klok boven zijn hoofd, naar de wijzers die veel te traag tikten en haar meldden dat ze hier nog een poosje moest blijven. Ze zond Mikkelson nog een onwelwillende gedachte toe, en ook deze psycholoog met zijn kantoor in het fraaiste deel van Oslo-West, maar die laatste trok ze weer in. Het lag niet aan hem. Hij wilde alleen maar behulpzaam zijn. En hij scheen een van de betere te zijn. Mattias Wang. Ze had eigenlijk geluk gehad, had zomaar een naam van het internet geplukt nadat ze had besloten een poging te doen. Die van het korps wilde ze niet. Zwijgplicht, in Grønland? Niet erg waarschijnlijk, niet als het om haar, Mia Krüger, ging.

'Zullen we het dan maar eens over Sigrid hebben?'

Mia was even niet op haar hoede geweest, maar nu trok ze haar wapenrusting weer aan. Al was hij nog zo aardig en bekwaam, ze was hier niet om over haar innerlijk te praten. Ze wilde weer aan het werk. Uren maken bij de psycholoog om het papiertje te krijgen dat ze nodig had. *Ze lijkt volledig hersteld, functioneert goed tijdens gesprekken en begrijpt waar de knelpunten liggen. Mijn aanbeveling luidt haar met onmiddellijke ingang weer volledig in dienst te nemen.*

Ze glimlachte even bij zichzelf en liet Mikkelson in gedachten haar opgestoken middelvinger zien.

Ongeschikt voor haar werk.

Natuurlijk was het eerste wat ze had gedacht 'fuck you' geweest, maar na vijf weken alleen te zijn geweest in de flat die ze in Bislett had gekocht, omringd door kartonnen dozen die ze mentaal niet bij machte was te openen, gevangen in een lijf dat nog schreeuwde om de pillen waarmee ze het zo lang had volgestopt, had ze gecapituleerd. Ze had al haar dierbaren verloren. Sigrid. Mama. Papa. Oma. Op de begraafplaats buiten Åsgårdstrand ontbrak alleen zijzelf nog. Het enige wat ze wilde, was uit deze wereld stappen. Maar na een poosje had Mia gemerkt dat ze eigenlijk erg op haar collega's gesteld was. De tijd die ze na haar eenzame verblijf op het eiland weer op haar werk had doorgebracht, had haar het gevoel gegeven dat het misschien toch mogelijk was, dat het leven misschien toch enige zin had. Dat het in ieder geval het proberen waard was. Een poosje dan. Het waren fijne mensen. Goede mensen. Mensen om wie ze in wezen zelfs gaf.

Munch. Curry. Kim. Anette. Ludvig Grønlie. Gabriel Mørk.

'Sigrid?' zei de man achter het bureau weer.

'Ja?' zei Mia, en ze liet haar gedachten weer afdwalen naar het meisje dat ze het kantoor uit had zien lopen, dat voor haar aan de beurt was geweest. Er zat minstens vijftien jaar tussen hen, maar ze schaamden zich allebei even erg, *ja, ik loop hier ook, ik ben ook niet normaal.*

'Dat zal toch ooit een keer moeten?' De psycholoog weer, en nu ontkwam ze er echt niet aan.

SIGRID KRÜGER.

ZUSTER, VRIENDIN EN DOCHTER.

GEBOREN 11 NOVEMBER 1979. OVERLEDEN 18 APRIL 2002.

INNIG GELIEFD. INTENS GEMIST.

De psycholoog deed zijn bril weer af en leunde weer naar achteren. 'We moeten het op korte termijn eens over haar hebben, vind je ook niet?'

Mia ritste haar leren jasje dicht en wees glimlachend naar de wandklok. 'Jazeker. Maar dat zal tot de volgende keer moeten wachten.'

Mattias Wang keek bijna teleurgesteld toen hij ontdekte dat het uur om was. 'Ja, prima,' zei hij, en hij legde zijn pen op het notitieblok dat voor hem op het bureau lag. 'Volgende week, zelfde tijd?'

'Oké.'

'Het is namelijk van belang dat...' zei de man met het baardje, maar Mia liep de deur al uit.

4

Holger Munch ervoer een zekere irritatie maar ook een soort opluchting toen hij voor het eerst in tien jaar zijn oude huis binnenliep. Irritatie omdat hij ermee had ingestemd om Marions verjaardag hier te vieren. Opluchting omdat hij er een beetje tegen op had gezien om rond te lopen tussen herinneringen aan vroeger en niet had geweten hoe hij zich daarbij zou voelen. Maar het leek niet meer op het huis van vroeger. Ze hadden het opgeknapt. Een paar muren doorgebroken. Andere kleuren verf gebruikt. Tot zijn eigen verbazing vond Munch zelfs dat zijn oude huis best mooi was geworden, en hoe meer hij om zich heen keek, hoe rustiger hij werd. Van Rolf, de leraar uit Hurum, was ook geen spoor te bekennen. Misschien zou het al met al toch niet zo'n vreselijke middag worden.

Marianne had hem in de deuropening opgewacht met dezelfde gezichtsuitdrukking als de vorige keren dat ze in elkaars gezelschap hadden moeten verkeren, bij een belijdenis, bij verjaardagen of begrafenissen. Ze had hem beleefd en vriendelijk begroet. Niet met een omhelzing of enig teken van genegenheid, maar ook niet met verbittering, teleurstelling of haat in haar blik, zoals een paar keer kort na hun scheiding. Alleen maar een afgemeten maar desondanks vriendelijk lachje, *kom binnen, Holger, ga maar in de woonkamer zitten, ik ben bezig Marions taart te versieren, zes kaarsjes. Het is toch wat, dat ze al zo groot is geworden?*

Munch hing zijn jas in de gang en wilde net het cadeau naar de woonkamer brengen toen hij een korte kreet hoorde, gevolgd door kleine, gretige voetstappen die vanaf de eerste verdieping de trap af draafden.

'Opa!'

Marion rende op hem af en omhelsde hem langdurig.

'Is dat voor mij?' vroeg de kleine meid, terwijl ze met grote ogen naar het roze cadeau keek.

'Gefeliciteerd,' zei Munch breed lachend, en hij streelde zijn kleindochter over haar haar. 'Hoe voelt het om zes te zijn?'

'Niet zo heel anders eigenlijk, bijna net als gisteren toen ik nog vijf was,' zei Marion met een ouwelijk lachje, zonder haar blik van het cadeau af te wenden. 'Mag ik het nu meteen openmaken, opa? Toe?'

'Laten we nog maar even wachten totdat we gezongen hebben,' zei Miriam, die ook de trap af was gekomen. Ze liep naar haar vader toe en omhelsde hem. 'Fijn dat je gekomen bent, papa. Alles goed?'

'Prima,' zei Munch, en hij hielp haar het grote pak de kamer in te dragen en neer te zetten op een tafel waar al diverse cadeautjes op stonden.

'O, zijn die allemaal voor mij, ach toe nou, kunnen we ze niet gauw openmaken...' bedelde het kind. Ze vond duidelijk dat ze al veel te lang had gewacht.

Munch keek zijn dochter aan en zij glimlachte terug. Het deed hem erg goed om haar in de ogen te kijken. Hun relatie was na de scheiding op zijn zachtst gezegd allesbehalve vriendschappelijk geweest, maar de laatste maanden leek het erop dat de haat die zijn dochter al die jaren tegen hem had gekoesterd langzaam maar zeker verdween.

Tien jaar kilte tussen vader en dochter. Vanwege die scheiding. Omdat hij te hard had gewerkt. En toen was het merkwaardigerwijs juist zijn werk geweest dat hen weer nader tot elkaar had gebracht, alsof er op de wereld toch een soort gerechtigheid bestond. Nog geen zes maanden daarvoor, een grote zaak, misschien een van de zwaarste ooit voor de eenheid, en Miriam en Marion waren er rechtstreeks bij betrokken geweest. Het vijfjarige meisje was door een gestoorde vrouw gekidnapt, en je zou denken dat zoiets de afstand tussen hen nog zou hebben vergroot, dat zijn dochter hem ook nu verantwoordelijk zou hebben gehouden, maar het tegenovergestelde was gebeurd. Miriam had het hem au fond niet kwalijk genomen en was alleen maar dolgelukkig geweest dat de eenheid de zaak had opgelost. Een soort hernieuwd respect. Hij meende het uit haar blik te kunnen opmaken, ze keek nu met andere ogen naar hem, begreep hoe belangrijk het werk was dat hij deed. Allebei, zowel Miriam als Marion, waren ze bij een bekwame politiepsycholoog in therapie gegaan om de afschuwelijke gebeurtenissen te verwerken, maar gelukkig leken ze op de kleine meid geen al te indringend effect te hebben gehad. Misschien was ze nog te jong om te snappen hoe slecht het had kunnen aflopen. Ze was 's nachts wel een paar keer huilend wakker geschrokken omdat ze akelig had gedroomd, maar dat was al snel overgegaan. Haar moeder had het er natuurlijk moeilijker mee gehad. Miriam had de therapie nog een poosje zonder Marion voortgezet. Misschien deed ze dat nog wel, dat wist hij niet precies, ze stonden elkaar niet zo na dat ze hem alles vertelde, maar het ging nu in elk geval die kant op. Stapje voor stapje.

'Waar is Johannes?' vroeg Munch toen ze op de bank waren gaan zitten.

'Tja, die heeft dienst en ze belden vanuit het Ullevål-ziekenhuis. Hij moest erheen. Als het even kan komt hij terug. Het werk, je weet wel, zo makkelijk is het niet als je belangrijk bent,' zei zijn dochter, en ze gaf hem een knipoogje.

Bij wijze van dank glimlachte Munch vriendelijk terug.

'En klaar is de taart,' zei Marianne, terwijl ze opgewekt de woonkamer in kwam.

Holger bekeek haar stiekem. Hij wilde niet staren, maar slaagde er niet helemaal in zijn blik van haar af te wenden. Even ontmoetten hun blikken elkaar, en plotseling had hij zin om haar mee terug de keuken in te trekken en zijn armen stevig om haar heen te slaan, net als vroeger, maar gelukkig wist hij zich te beheersen, geholpen door Marion, die zich bijna niet meer kon inhouden.

'Mag ik de cadeautjes nou niet openmaken? Die zijn toch veel belangrijker dan zo'n stom liedje.'

'We moeten eerst zingen en de kaarsjes uitblazen, dat weet je,' zei Marianne, en ze gaf haar kleindochter een aai over haar bolletje. 'En dan moeten we wachten tot iedereen er is, zodat we allemaal kunnen zien wat voor moois je krijgt.'

Marianne, Miriam, Marion en hij. Holger Munch had zich eigenlijk niets beters kunnen wensen voor een gezellige middag. Maar alsof de woorden van zijn ex een soort cue in een toneelstuk waren, een teken dat er iets ging gebeuren, ging de voordeur open, en daar stond Rolf, de leraar uit Hurum, met een glimlach om zijn mond en een reusachtig boeket in zijn hand.

'Hoi, Rolf,' zei Marion lachend, en ze liep naar de deur om hem te omhelzen.

Er ging een steek door Munch heen toen hij die kleine armpjes om de man heen zag gaan, die hij absoluut niet mocht. Maar het was meteen over. Dit kleine meisje betekende meer voor hem dan wat dan ook in deze wereld, en zij wist niet anders. Opa alleen. Oma en Rolf samen.

'Kijk eens hoeveel cadeautjes ik heb gehad!' Ze trok Rolf de kamer in zodat hij de cadeautafel kon zien.

'Wat mooi,' zei hij, en hij streek even over haar haar.

'Zijn die ook voor mij?' Marion wees naar het grote boeket in zijn hand.

'Nee, die zijn voor oma,' zei Rolf, en hij wierp Marianne, die in de deuropening lachend stond toe te kijken, een blik toe.

Munch zag hoe zijn ex de man aankeek. En toen was het eigenlijk voorbij. Het goede gevoel. De idylle. De nepidylle. Hij stond op om de leraar te begroeten, schudde hem de hand en bleef staan kijken hoe de man die hij eigenlijk haatte zijn ex het overdadige boeket overhandigde en haar op haar wang kuste.

Gelukkig werd hij alweer gered door Marion, die nu rood aangelopen was van de spanning en weigerde om nog langer te wachten.

'Nou moeten we eindelijk eens gaan zingen,' zei ze luid, waarmee ze Munch zonder het te beseffen duidelijk maakte waarvoor hij eigenlijk hier was.

Ze zongen snel, want Marion luisterde toch niet. Ze blies de kaarsjes op de taart uit en stortte zich op de pakjes.

Een klein halfuurtje later was ze klaar en zat ze bijna uitgeput tussen haar cadeaus. Barbie was in de smaak gevallen, ze was hem om de hals gevlogen en de afkeurende blik die hij van Miriam had verwacht omdat hij het kind weer had verwend en de verkeerde keus had gemaakt, bleef uit. Zijn dochter had alleen maar vriendelijk gelachen, bijna als een soort dankjewel, en hem het gevoel gegeven dat alles prima in orde was.

Nadat de cadeautjes waren uitgepakt, ontstond er even een pijnlijk moment. Marianne en de leraar op een bank aan de andere kant van de tafel, in afwachting van een conversatie waar ze eigenlijk geen van allen behoefte aan hadden, maar gelukkig werd Munch opnieuw gered, nu door zijn telefoon. Alweer Mikkelson, en deze keer kwam het uitermate gelegen. Munch verontschuldigde zich, ging op de buitentrap staan, stak de felbegeerde sigaret op en nam op.

'Ja?'

'Neem je tegenwoordig je telefoon niet meer op of zo?' gromde een geërgerde stem aan de andere kant.

'Familieaangelegenheden,' antwoordde Munch.

'Wat gezellig,' zei Mikkelson sarcastisch. 'Sorry dat ik gedwongen ben de idylle te verstoren, maar ik heb je nodig.'

'Wat is er?' vroeg Munch nieuwsgierig.

'Tienermeisje,' vervolgde Mikkelson, nu wat kalmer.

'Waar?'

'Ytre Hurum. Gevonden door een wandelaar, een paar uur geleden.'

'En we weten het zeker?'

'Wat?'

'Dat het om een 233 gaat?' Munch nam een lange trek van zijn sigaret. In de kamer hoorde hij Marion lachen. Iemand zat haar door het huis heen achterna, vast en zeker die idioot die zijn plaats had ingenomen. Hij schudde geïrriteerd zijn hoofd. Een verjaardag vieren in hun oude huis. Hoe had hij het in zijn hersens gehaald?

'Helaas wel,' ging Mikkelson door. 'Je moet er meteen naartoe.'

'Oké, ik kom al,' zei Munch, en hij hing op. Hij smeet zijn sigaret weg en liep net de trap af toen de deur openging en Miriam naar buiten kwam.

'Alles goed, papa?' vroeg zijn dochter met een bezorgde blik.

'Wat? Ja hoor... gewoon... werk.'

'Oké,' zei Miriam. 'Ik wilde je alleen maar...'

'Wat dan?' zei Munch ongeduldig, maar toen kwam hij tot bezinning en streek haar voorzichtig over haar schouder.

'Voorbereiden op het grote nieuws,' zei zijn dochter zonder hem aan te kijken.

'Wat voor nieuws?'

'Ze gaan trouwen,' zei Miriam snel, nog steeds zonder hem aan te kijken.

'Wie?'

'Mama en Rolf. Ik heb nog geprobeerd tegen haar te zeggen dat dit misschien niet het beste moment was, maar ja...' Nu keek ze hem wel aan, zichtbaar bezorgd. 'Kom je binnen?'

'Ik moet aan de slag,' zei Munch kortaf, niet wetend wat hij anders moest zeggen. Trouwen? De middag was zo goed begonnen, hij had, ja, wat had hij zich er eigenlijk van voorgesteld? Hij werd nijdig op zichzelf. Wat had hij dan verwacht? Idioot. Maar nu had hij iets anders aan zijn hoofd. Iets veel belangrijkers.

'Dus je gaat ervandoor?'

'Ja.'

'Wacht even, dan pak ik je jas,' zei Miriam, en ze kwam terug met zijn jas.

'Feliciteer ze maar van me,' zei Munch droogjes terwijl hij naar zijn auto liep.

'Bel me een keer, oké? Ik wil graag iets met je bespreken, het is nogal belangrijk voor me, als het eens zo uitkomt, ja?' riep Miriam hem achterna.

'Natuurlijk, Miriam. Ik bel nog,' zei Munch, waarna hij op een sukkeldrafje het grindpad afliep, snel in zijn zwarte Audi ging zitten en de motor startte.

5

Het was nauwelijks vijf uur, maar toch al vrijwel helemaal donker toen Munch bij de politieafzetting diep in de binnenlanden van Hurumlandet arriveerde. Hij hield zijn ID voor het autoraampje en werd haastig doorgewuifd door een jonge aspirant die lichtelijk beschaamd keek omdat hij hem had tegengehouden.

Een paar honderd meter voorbij de afzetting parkeerde Munch zijn auto langs de weg en stapte uit, de koude herfstlucht in. Hij stak een sigaret op en dook dieper weg in zijn jas.

'Munch?'

'Ja?'

'Olsen, teamchef.'

Munch schudde de gehandschoende knuist, die aan een lange, hem onbekende politieman van middelbare leeftijd toebehoorde. 'Hoe staan de zaken?'

'Het slachtoffer is ongeveer zeshonderd meter ten noordwesten van deze weg gevonden,' zei de robuuste man, en hij wees door het donkere bos omhoog.

'Wie zijn er nu boven?'

'De technische en de forensische recherche. Een van jouw mensen... Kolstad?'

'Kolsø.'

Munch opende de kofferbak van zijn Audi, pakte zijn laarzen eruit en wilde ze net aantrekken, toen hij werd gebeld. 'Munch?'

'Met Kim. Ben je er?'

'Ik sta beneden op de weg, waar ben jij?'

'Boven bij de tent. Vik is klaar en begint ongeduldig te worden, maar ik heb gezegd dat ze haar moeten laten liggen tot jij er bent. Ik kom je halen.'

'Mooi. Hoe ziet het eruit?'

'We kunnen onze nachtrust een poosje vergeten. Dit is een gestoorde klootzak.'

'Hoe bedoel je?' Een plotseling gevoel van onbehagen bekroop Munch. *Gestoorde klootzak?*

Munch had er nu bijna dertien jaar op zitten als moordonderzoeker en het meeste had hij wel gezien, dingen waarvan gewone mensen geen oog dicht zouden doen. Maar hij raakte zelden uit zijn evenwicht, wist doorgaans een beroepsmatige distantie te bewaren tot de taferelen die hij zag en zou zich geen zorgen hebben gemaakt als een van de anderen zoiets had gezegd. Mia, die het tegendeel van een dikke huid had en zich alles heel erg aantrok, of Curry, die voortdurend in uitersten verviel. Maar Kim Kolsø? Dit beviel Munch niet.

'Wil je het nu horen, of eerst zelf kijken?' vervolgde Kolsø.

'Vat maar kort samen,' zei Munch. Hij stak zijn vinger in zijn oor, want vlakbij zette een patrouillewagen plotseling zijn sirenes aan en hij reed rakelings langs hem.

'Ben je daar nog?' vroeg Kolsø.

'Ja, herhaal even het laatste wat je zei.'

'Tienermeisje, naar schatting zestien of zeventien. Naakt. Het ziet eruit als een soort, hoe zal ik het noemen... ritueel? Om haar heen ligt het vol met veren. En kaarsen...'

Munch stak zijn vinger nog eens in zijn oor toen de volgende patrouillewagen met het zwaailicht aan achter de vorige aan scheurde.

'... in de vorm van een soort symbool.'

Kolsø viel opnieuw weg. Munch wierp een geïrriteerde blik op teamchef Olsen, die in zijn telefoon praatte en wuifde naar iets wat bij de afzetting gebeurde. 'Ik hoor je niet.'

'Een soort stervorm.'

'Wat?'

'Naakt tienermeisje. Lichaam ligt er vreemd verwrongen bij. Ogen wijd open. Het ligt hier vol veren...' Weer viel Kolsø weg.

'Ik hoor je niet,' riep Munch, terwijl hij zijn vinger weer in zijn oor stak.

'... een bloem.'

'Wat?'

'Iemand heeft een bloem in haar mond gestopt.'

'Een wat?'

'Je valt weg,' zei Kim onder geruis. 'Ik kom naar beneden.'

'Oké, ik sta bij...' riep Munch in zijn telefoon, maar Kolsø had het gesprek al afgebroken.

Munch schudde zijn hoofd en nam nog een flinke trek van zijn sigaret toen Olsen weer naar hem toe kwam. 'We hebben hier wat nieuwsgierige journalisten gehad die iets te dichtbij kwamen, maar we denken dat we nu eindelijk de hele omgeving wel afgezet hebben.'

'Goed zo,' zei Munch. 'Zijn jullie het rondje al aan het doen? De huizen daarboven?'

Olsen knikte.

'Iemand die iets gezien heeft?'

'Voor zover ik heb gehoord niet.'

'Oké, zorg dat we de camping verderop langs de weg ook meenemen, die zal al wel dicht zijn voor het winterseizoen, maar de caravans staan er nog. Wie weet hebben we geluk.'

De teamchef knikte weer en verdween.

Munch trok zijn kaplaarzen aan en viste een muts uit zijn jaszak. Hij gooide zijn sigaret weg en stak met koude rode vingers een nieuwe op. Hij kreeg de aansteker bijna niet aangeknipt. Verdomme nog aan toe, het was onlangs toch nog zomer geweest? Nauwelijks vijf uur 's middags en nu al zo zwart als de nacht?

Kim kwam met een somber gezicht achter een grote zaklamp vanuit het geboomte op hem af. 'Ben je er klaar voor?'

Klaar voor?

Kolsø was echt niet zichzelf. Het tafereel in het bos had duidelijk een uitwerking op hem gehad die Munch er nog ongeruster op maakte.

'Kom maar vlak achter me aan. Het is hier zo onbegaanbaar als de pest, oké?'

Munch knikte en volgde zijn doorgaans zo kalme collega naar het pad door het bos.

6

Voor de deur van de flat aan de Møllergata stond Miriam Munch zich af te vragen of ze wel of niet moest aanbellen.

De flat van Julie. Een van haar oude vriendinnen. Ze had diverse sms'jes gestuurd dat Miriam absoluut moest komen. De twee waren een paar jaar geleden heel close geweest, in de tijd dat ze bij de radicale jeugdgemeenschap Blitz hadden gezeten en als vrijwilligsters voor Amnesty International hadden gewerkt, jonge, opstandige meiden met hun hele leven nog voor zich en ervan overtuigd dat het echt hielp om tegen een overmacht te protesteren. Nu leek dat een eeuwigheid geleden. Een compleet andere tijd. Een compleet ander leven. Met een zucht bracht Miriam haar vinger langzaam naar de bel toe. Toen trok ze hem terug en bleef nog een poosje staan piekeren. Marion logeerde bij oma en Rolf. Ze zou er het hele weekend na haar verjaardag blijven, dat had ze per se gewild. Johannes was zoals altijd naar zijn werk, de flat thuis was leeg en weinig aanlokkelijk, maar toch kwam ze er maar niet toe om aan te bellen. Niet dat ze sinds de geboorte van Marion nooit meer naar feestjes was geweest, lieve help, ze had echt wel een sociaal leven. Nee, iets anders weerhield haar ervan. Ze keek naar haar schoenen en vond meteen dat ze er belachelijk uitzag. Een jurk en nette schoenen. Ze kon zich niet herinneren wanneer ze zich voor het laatst zo had opgetut. Meer dan een uur had ze thuis voor de spiegel gestaan, ze had diverse outfits uitgeprobeerd, had zich opgemaakt, was van gedachten veranderd, had zich uitgekleed en afgeschminkt, was op de bank gaan zitten, had de televisie aangedaan en geprobeerd iets rustgevends te vinden, maar dat was niet gelukt. Dus had ze de televisie weer uitgezet, zich opnieuw opgemaakt, in nog meer outfits voor de spiegel rondgedraaid, en nu stond ze hier. Voor het eerst sinds ze zich kon herinneren was ze zo zenuwachtig als een tiener met vlinders in haar buik.

Waar ben je mee bezig?

Ze schudde haar hoofd om zichzelf. Ze was toch zeker gelukkig. Ze had die zin de laatste weken in gedachten vele malen herhaald. *Je bent gelukkig, Miriam. Je hebt Johannes. Je hebt Marion. Je leidt het leven dat je wilt leiden.* Maar toch bleef ze dingen denken die ze niet hoorde te denken. Ze had haar best gedaan, maar ze wilden niet weg. 's Avonds met haar hoofd op het kussen vlak voor ze insliep. 's Morgens na het wakker worden. Voor de badkamerspiegel, terwijl ze haar tanden poetste. Wanneer ze Marion naar school bracht en haar achter het grote smeedijzeren hek gedag zwaaide. Steeds maar weer diezelfde gedachten en datzelfde beeld in haar hoofd. Een gezicht. *Het gezicht.* Alsmaar hetzelfde gezicht.

Dat kan zo niet.

Ze had haar besluit genomen.

Tot hiertoe, maar niet verder.

Ze haalde diep adem en liep al haastig de trap af toen de deur achter haar plotseling opengíng en Julie verscheen.

'Miriam? Waar ga je naartoe?'

Haar vriendin had duidelijk al het nodige op. Met een vol glas rode wijn in haar ene hand stond ze luid lachend te wenken. 'Ik zag je door het raam, maar ik dacht dat je misschien verkeerd gelopen was. Kom nou maar, er zijn hier een heleboel mensen.' Julie tilde haar glas rode wijn op om te toosten en wenkte Miriam de trap weer op.

Miriam lachte. 'Ik had me in de etage vergist.' Langzaam liep ze de trap weer op, waarna ze haar vriendin omhelsde.

Julie grinnikte, en ze gaf haar een kus op haar wang. 'Lieverd toch. Kom binnen, kom binnen.'

De vriendin met het korte haar aan wie ze nog maar een paar jaar geleden alles had toevertrouwd trok Miriam mee de flat in en schopte de deur achter zich dicht.

'Nee, je hoeft je schoenen niet uit te doen, kom de anderen nou maar begroeten.'

Miriam liet zich met tegenzin de woonkamer in loodsen, die vol mensen zat. Ze zaten op de vensterbanken, op banken, op armleuningen en op de grond, het flatje was bomvol. In de kamer hing een dikke walm van tabak en minder legale substanties boven flessen en glazen in alle soorten en maten. Een jonge knul met een groene hanenkam had de stereo-installatie in beslag genomen en draaide de Ramones, zo hard dat de muren er haast van dreunden en Julie om aandacht moest schreeuwen. Een aandacht die Miriam kon missen als kiespijn maar die ze nu toch kreeg.

'Hela Kyrre, hééé.' Julie floot. 'Zet die neppunk eens uit.'

Miriam zei niets en voelde zich op slag overdreven opgemaakt en veel te zichtbaar, zoals ze daar hand in hand met haar vriendin in de deuropening stond.

'Hé allemaal, hééé,' riep Julie weer toen de knul met de hanenkam met tegenzin het volume lager had gezet. 'Dit is mijn oude, goede vriendin Miriam. Ze is toegetreden tot de gelederen van de snobs, dus probeer vanavond wat menselijk in plaats van aapachtig gedrag aan de dag te leggen, oké?' Ze lachte hard om haar eigen grap en bracht haar wijnglas weer omhoog om te toosten. 'En ja, hallo, ik was nog niet klaar. Miriam komt uit een politienest. Ja, dat hebben jullie goed gehoord, haar vader is superdetective Holger Munch in hoogsteigen persoon, dus weg met die wiet, want anders kan de antidrugseenheid hier *any minute* binnenvallen. Jawel, Geir, ik heb het over jou.'

Ze hief haar glas in de richting van een jongen met dreadlocks en een IJslandse trui die grijnzend op de vensterbank hing met een grote joint tussen zijn lippen.

'Zo, nu mag-ie weer hard,' zei ze lachend tegen de hanenkam. 'Maar *please*, als je dan al punk draait, neem dan iets fatsoenlijks, Black Flag of Dead Kennedys of zo, wat jij, Miriam?'

Miriam haalde even haar schouders op en was het liefst onder het vloerkleed gekropen, maar gelukkig leek niemand belang te stellen in wat er zojuist was gezegd. Twee tellen later dreunde de muziek weer door en stortten de mensen zich weer op hun glazen alsof er niets was gebeurd, terwijl Julie Miriam de kamer door en de keuken in trok en een glas tot aan de rand toe volschonk uit een jerrycan met rode wijn op het aanrecht.

'Hartstikke leuk dat je gekomen bent.' Ze omhelsde haar nog eens langdurig. 'Ik ben een beetje dronken, sorry.'

'Geeft niet,' zei Miriam glimlachend, en ze liet haar blik voorzichtig door de keuken glijden.

Het gezicht was niet in de woonkamer geweest en hier was het ook niet. Misschien had ze zich nodeloos ongerust gemaakt. Een feestje. Dit was een doodnormaal feestje, en verder niks. Ze was wat te zwaar opgemaakt, oké. Niks aan de hand. Een hemeltergend luidruchtige party met leeftijdgenoten. Prima in orde. Helemaal goed. Ze had wel genoeg doktersdiners bijgewoond. Genoeg gekeuveld over auto's, landhuizen en de juiste namen voor zilverwerk en porselein. Ze had foute kleren aan maar verder was dit net als vroeger. Gewoon een party, anders niks. Niks mis mee.

'Is dat waar?'

Miriam draaide zich naar de kant toe waar Julie zojuist nog had gestaan, maar die stond er niet meer, de gastvrouw was de woonkamer weer in verdwenen en stond nu over de hanenkam bij de stereo-installatie gebogen.

'Is dat waar?' herhaalde de jongen die voor haar stond met een voorzichtig lachje.

'Wat?' vroeg Miriam, terwijl ze haar blik nog eens door de kamer liet gaan.

'Dat Holger Munch je vader is? De politieman? Hij onderzoekt moordzaken, toch?'

De vraag irriteerde Miriam een beetje. Die had ze al zo vaak gehoord, ze had er al mee moeten leven sinds ze klein was, *haar vader zit bij de politie, we mogen niks tegen Miriam zeggen*, maar toen ze de jongen aankeek, begreep ze dat het goedbedoeld was, dat er niets achter stak. Ze was geen acht meer en alleen op het schoolplein. De vragensteller had een wit overhemd, ronde brillenglazen en een vriendelijke blik. Hij was alleen maar nieuwsgierig en koesterde geen boze bedoelingen. 'Ja, dat is mijn vader,' zei ze, en voor het eerst in vele jaren had ze het gevoel dat het prima in orde was om dat te zeggen.

'Wat leuk,' zei de jongen met de ronde brillenglazen, en hij nipte even van zijn drankje, kennelijk op zoek naar iets anders om te zeggen, maar zonder dat hij ergens op kwam.

'Ja hoor, leuk zat,' zei Miriam, terwijl ze nog maar weer eens rondkeek over de rand van haar glas rode wijn.

'En wat doe jij?'

'Wat bedoel je?' vroeg ze op een bijna reflexmatig afwijzende toon, maar daar had ze meteen spijt van.

Die knul was alleen verlegen en wat linksig. Hij probeerde alleen maar een gesprek op gang te brengen, misschien zelfs een beetje te sjansen, iets waar hij duidelijk niet aan gewend was of absoluut geen kaas van had gegeten. Ze kreeg bijna medelijden met hem zoals hij daar met zijn hand om zijn drankje geklemd stond in de hoop dat dit misschien zijn avond zou worden. Qua kleding oogde hij even misplaatst als zij, wit overhemd, vouw in zijn broek en iets wat misschien voor glimmend gepoetste Italiaanse schoenen moest doorgaan, maar wat daar alleen maar een goedkope variant van was. Ze schudde even haar hoofd uit schaamte om die laatste constatering. Een paar jaar geleden zou ze zelf nog op de vensterbank hebben gezeten met een joint tussen haar lippen, of een van die figuren zijn geweest die met hun haar overeind en de fles in de lucht op de tafel stonden. En nu had ze nota bene van het schoenenmerk Scarosso gehoord.

'Ik ben moeder,' zei ze vriendelijk. 'Ik heb een tijdje journalistiek gestudeerd en wil dat misschien weer oppakken, maar op dit moment ben ik alleen maar fulltime moeder.'

'O,' zei de jongen met de ronde brillenglazen, terwijl hij haar aankeek met die wat teleurgestelde blik die ze vroeger zo vaak in bars en cafés was tegengekomen.

Miriam Munch was een mooie meid en het ontbrak haar nooit aan belangstelling en voorstellen. *Ik heb een dochter van bijna zes* was meestal genoeg om ze met hun staart tussen hun benen te laten afdruipen. 'En wat doe jij?' vroeg ze vriendelijk, maar de lucht leek uit de sjansballon te zijn gelopen en de blik van de jongen was al naar elders afgedwaald.

'Hij ontwerpt verdomd goeie affiches, hè, Jacob?'

En toen was het er plotseling toch.

Het gezicht.

'Jacob, dit is Miriam. Miriam, dit is mijn vriend Jacob, ik zie dat jullie al kennis hebben gemaakt, leuk.' Lachend gaf het gezicht haar een knipoog.

'O, dus dat is ze...' zei de jongen enigszins opgelaten; plotseling leek hij alleen nog maar weg te willen. 'Ik geloof dat ik nog een, eh, beetje meer ga halen,' mompelde hij. Hij wees naar zijn drankje en verdween,

'Ze? Ga door. Welke ze?' vroeg Miriam.

'Ach, je weet wel,' zei het gezicht meesmuilend. 'Mooie jurk trouwens, goed om hier iemand met smaak tegen te komen.'

'Bedankt,' zei Miriam met een buiginkje.

'En?' zei het gezicht.

'Hoezo, en?'

'Is het hier niet een beetje vol?'

Miriam grinnikte. 'Te vol.'

'Volgens mij serveren ze een hele aardige margarita bij Internasjonalen,' opperde het gezicht.

'Ik had nooit gedacht dat ik dit nog eens zou zeggen, maar op dit moment zou een scheutje tequila erg welkom zijn.'

Het gezicht knipoogde weer. 'Dan moeten we daar maar voor gaan.' Hij zette zijn drankje op het aanrecht en liep rustig voor haar uit de lawaaiige menigte door.

7

Politieman John Larsen, bij zijn vrienden beter bekend als Curry, probeerde de deur van zijn flat te openen maar kreeg de sleutel niet in het sleutelgat.

Hij had zijn vriendin al herhaaldelijk beloofd dat hij zou stoppen. Ze spaarden al een hele tijd. Legden al meer dan een jaar maandelijks tweeduizend kronen opzij. Zij wilde naar Fiji. Drie weken in het paradijs exotische drankjes met parapluutjes drinken. Tussen kleurrijke vissen in azuurblauw water zwemmen. Een poosje vrij nemen van de baan die ze eigenlijk niet wilde, en nu had hij het weer verpest.

Curry vloekte binnensmonds, wist het sleuteltje ten slotte in het bijna onzichtbare gat te krijgen en draaide de deur van zijn flat zo stilletjes mogelijk van het slot. Hij wilde zijn jack ophangen maar miste de haak en bleef zwaaiend in de gang staan, terwijl hij zich afvroeg of hij de slaapkamer in zou gaan of zichzelf meteen maar naar de bank zou verwijzen. Daar moest hij meestal slapen als hij thuiskwam zoals nu, ladderzat, niet in staat verantwoording af te leggen voor het opgespaarde geld dat hij had weggegooid. Het zoveelste pokeravondje dat alleen maar verlies had opgeleverd, een groot verlies – alweer. Hij had de hele avond goed gezeten, maar toen hij all-in was gegaan met een hoge straat was hij rechtstreeks tegen een flush aan gelopen, een grijnzend gebit aan de andere kant van de tafel, waarna al zijn fiches plotseling van eigenaar hadden gewisseld. Op zo'n moment moest hij zich wel laten vollopen, dat snapte ze toch wel? Na acht uur aan de speeltafel? Na de hele avond, nou ja, bijna als een god te hebben gespeeld? Gepast als het moest. Verhoogd als het moest. Waar nodig gebluft. Hij had goed gespeeld, echt goed. Rondom de tafel hadden ze geknikt, *vanavond speelt Curry als een vent*, maar toen was alles uiteindelijk alsnog naar de klote gegaan en was het toch weer op hetzelfde liedje uitgedraaid.

Godver.

Met zijn rug tegen de muur geleund slaagde hij er ten slotte in zijn schoenen uit te trekken. Hij zwalkte de woonkamer in en wist op goed geluk de bank te vinden.

Er was de laatste tijd een hoop aan de hand, dat snapte ze toch wel. Er was een hoop aan de hand, en dan had hij zoiets nodig, moest hij er even helemaal uit. Fiji, dat was haar idee, die drankjes klonken wel goed, maar moesten ze de halve wereld over vliegen om te drinken? Dat kon toch best thuis? Hij hield niet zo van zwemmen en op het strand liggen, werd na één dag in de zon al rood en moest dan verder in de schaduw blijven. Terwijl hij door de kamer zwabberde en zijn stevig gebouwde lijf op de witte IKEA-bank wist te deponeren, werd Curry warempel nog een beetje nijdig ook. Hij liet zijn hoofd op een van de kussens zakken, probeerde een plaid over zich heen te trekken zonder die hoger dan zijn knieën te krijgen en werd wakker van de telefoon. Hij had niet eens gemerkt dat hij in slaap was gevallen.

'Hallo?'

Buiten was het dag. Een waterige oktoberzon scheen in zijn gezicht en maakte het hem onmogelijk de werkelijkheid te ontduiken. Hij had zich alweer een stuk in zijn kraag gezopen en al hun spaargeld met een hoge straat tegen zo'n verdomde flush vergokt.

'Ben je wakker?' vroeg Munch.

'Wakker?' prevelde Curry, zonder erin te slagen zijn hoofd van het kussen op te tillen.

Munch klonk gestrest en uitermate slechtgehumeurd. 'We roepen iedereen op, kun je over een uur op de gezamenlijke briefing zijn?'

'Op zondag?' Hij gaapte.

'Ben je daartoe in staat?'

'Ik ben...' Hij had in zijn slaap gekwijld en voelde dat zijn wang nat was. Het kostte hem moeite de woorden vanuit zijn hersens over zijn tong te wurmen.

'Over een uur op kantoor?'

'Natuurlijk,' mompelde Curry, en hij slaagde erin half overeind te komen. Toen herinnerde zijn lijf hem onzacht aan de vorige avond en was hij gedwongen meteen weer te gaan liggen.

'Moet alleen... met Sunniva... ons zondagse uitstapje cancelen... we zouden de stad uit gaan, een frisse neus halen, maar dat...' Curry gluurde voorzichtig de kamer rond met ogen die niet helemaal open wilden, op zoek naar zijn verloofde, die niet thuis leek te zijn.

'Het spijt me dat ik jullie idylle verstoor, maar je moet hierheen komen,' zei Munch droogjes.

'Wat... is er aan de hand?'

'Niet via de telefoon. Over een uur, oké?'

'Jaja, vanzelf, ik kom eraan, moet alleen...' vervolgde de politieman met de forse kater, maar Munch had al opgehangen.

Curry liep dubbel gebogen de keuken in en wist drie pijnstillers te vinden, die hij met een kleine liter water naar binnen spoelde. Hij sjokte naar de douche en bleef eronder staan tot het warme water bijna op was.

Eenmaal bij Mariboes gate 13 aangeland toetste hij de code van de voordeur in. Net op dat moment kwam Anette Goli eraan. Curry mocht Anette wel. Ze was vrij rustig en trad niet erg op de voorgrond, maar als politieadvocate was ze verdomd bekwaam, een doorzetster en een no-nonsensetype. Er waren er die dachten dat ze te veel tegen Mikkelson aan schurkte en tot alles bereid was om promotie te maken, maar daar had hij nooit iets van gemerkt.

'Hallo,' zei Anette, terwijl ze voor hem de lift in stapte.

'Yo,' mompelde Curry. Hij hoorde dat zijn stem naar whisky en sigaren klonk en schraapte even zijn keel.

'Laat geworden?' vroeg Anette, met een scheef lachje onder haar blonde haarlok.

'Nee... hoezo?'

'Ik kan het ruiken,' zei Anette.

'Een paar drankjes, meer niet,' mompelde Curry. Toen de enigszins rammelende lift aan de reis naar de tweede verdieping begon, voelde hij de vorige avond met volle kracht terugkomen.

'En, wat is er aan de hand?' vroeg hij met een poging tot een lachje.

'Tienermeisje gevonden bij Hurum,' zei Anette kortaf.

'Juist ja, en zijn er... sporen?' probeerde Curry, terwijl de lift de tweede verdieping naderde.

Anette keek hem vreemd aan, schudde even haar hoofd en liep voor hem uit het kantoor binnen. Dat vatte Curry op als een teken dat hij zich vandaag maar beter gedeisd kon houden. Hij sjokte de kantine door en nam onderweg een grote kop koffie mee, die hij op zijn weg naar de briefing room zo recht mogelijk hield.

Hij knikte alle leden van het team even toe. Kim Kolsø, Ludvig Grønlie, Gabriel Mørk, dat nieuwe grietje dat Munch kortgeleden had aangenomen, hoe heette ze ook alweer, iets met een Y? Kortgeknipt, blond haar, op haar manier knap, maar naar zijn smaak wat te jongensachtig gekleed. Ylva, dat was het. Curry zocht een plek achter in het vertrek op en zette zijn koffiekop voorzichtig op tafel neer om niet te morsen.

Munch stond al op het podium voorin met de afstandsbediening van de beamer in zijn hand. Hij had diepe rimpels in zijn voorhoofd en anders dan bij andere gezamenlijke briefings glimlachte hij niet.

'Doe jij het licht even uit, Ludvig?' vroeg hij kortaf, waarna hij op de knop drukte.

Op de muur achter hem verscheen een foto. Die toonde een meisje dat er naakt bij lag, met haar ogen wijd open. Curry schrok ervan. De zenuwen na de kater sloegen nu voluit toe en hij kreeg alweer spijt. Hij had moeten liegen, moeten zeggen dat hij ziek was. Op de bank moeten blijven liggen. Hij voelde het zweet langs de binnenkant van zijn overhemd lopen, zijn handen trilden, hij kon zijn vingers niet stilhouden. In de hoop dat niemand van de anderen het zou merken omklemde hij zijn koffiekop.

'Gisteren om twintig voor één werd in Hurumlandet diep in het bos het lijk van een jong meisje gevonden,' zei Munch. 'Een eindje van het pad naar Haraldsfjellet, zoals het daar heet. Het lijk is gevonden door Tom Petterson, een zesenveertigjarige botanist van de Universiteit van Oslo. Petterson kwam een of ander plantje fotograferen en stuitte bij toeval op het meisje.'

Curry had in zijn leven al veel meegemaakt en dacht dat hij het meeste wel zo'n beetje kon hebben. Maar dit sloeg alles, en die nervositeit hielp niet echt. Dat naakte meisje. Ze zag er doodsbang uit. Haar ogen waren opengesperd. Haar lichaamshouding was vreemd verwrongen, de ene arm wees omhoog en de andere lag in een merkwaardige positie langs haar zij.

Munch drukte nog eens op de knop. Een nieuwe foto.

'Volgens de patholoog is het meisje gewurgd, misschien ter plaatse, en vervolgens neergelegd zoals wij haar hebben aangetroffen. We gaan later wel op de details in, maar het kan nu al de moeite waard zijn om hier nota van te nemen...'

Hij drukte nu met kortere tussenpozen en op het scherm achter hem verscheen een reeks foto's.

'Veren.'

Volgende foto.

'Kaarsen.'

Volgende foto.

'Een pruik.'

'Die tekeningen op de grond.'

Volgende foto.

'De positie van haar armen.'

Volgende foto.

'Die tatoeage. Een paardenhoofd met daaronder de letters A en F.'

Curry probeerde wat koffie te drinken, maar hij kreeg het niet doorgeslikt en spuugde het zo voorzichtig mogelijk terug in de kop. Wat er om hem heen gebeurde drong niet meer helemaal tot hem door. Alles werd zwart voor zijn ogen en hij werd overvallen door een plotselinge behoefte aan frisse lucht. Toen Munch had gebeld, was hij nog dronken geweest. Daarom was hij erin geslaagd zonder kleerscheuren naar zijn werk te komen, maar nu was de lawine ontketend en hij moest zich heel erg beheersen om niet over de tafel heen in elkaar te ploffen. Zelfgestookt spul. Had hij dat gedronken? Op zijn netvlies verscheen vaag het beeld van een lift in een flat ergens in... Østerås? Een of andere vent met een baard, wat al te zwaar geparfumeerde vrouwen op hoge hakken en een kan drank op tafel. Allemachtig, geen wonder dat hij er zo aan toe was. En waar was Sunniva eigenlijk? Had ze al gesnapt hoe de vlag erbij hing? Was ze weer naar haar moeder gegaan, deze keer voorgoed?

'En niet in de laatste plaats dit.' Munchs stem klonk heel ver weg.

Volgende foto.

'Die bloem in haar mond.'

'Gore psychopaat,' siste Kim Kolsø achter hem.

Curry had het zwaar. De dag daarvoor kwam omhoog en wilde eruit. Hij keek wanhopig naar de deur en wilde naar buiten lopen, maar zijn benen weigerden dienst. Hij bleef zitten en haalde diep adem, terwijl hij zich opnieuw aan zijn koffiekop vastklampte.

'Het voorlopige verslag van de patholoog,' vervolgde Munch zonder acht te slaan op de reacties in het vertrek, 'laat een serie eigenaardigheden zien die we te zijner tijd ook nader onder de loep moeten nemen, maar we moeten in de allereerste plaats opmerkzaam zijn op het volgende.'

Nog meer foto's. Curry slaagde er niet in ze allemaal te bekijken.

'Blauwe plekken op knieën en ellebogen. Handpalmen onder de blaren. Bovendien is het meisje relatief mager. Erg mager, zoals jullie zien, bijna anorectisch, en de reden is misschien de volgende.'

Munch liet de laatste foto op het scherm staan en bladerde in de papieren voor hem. 'Volgens de patholoog zaten er uitsluitend pellets in haar maag.'

'Wat?' reageerden de aanwezigen.

'Dierenvoer?' vroeg Ludvig Grønlie.

'Ja,' antwoordde Munch.

'Maar godallemachtig...'

'Pellets?'

'Hoe kan dat nou...?'

'Ik snap het niet,' zei het nieuwe meisje, Ylva. Ze keek diep geschokt, alsof ze niet helemaal begreep wat ze meemaakte.

'Er zit geen spoor van gewoon voedsel in haar maag,' zei Munch.

'Ja, maar... Ik snap niet...'

'Dierenvoer,' zei Ludvig Grønlie weer.

'Ja, maar... Hoe kan...?'

'Dit is zoals gezegd alleen nog maar het voorlopige rapport,' hernam Munch. 'Vik heeft me voor morgen meer beloofd, dus daar zullen we op moeten wachten. Intussen...'

'Hoe kan ze nou alleen maar dierenvoer in haar maag hebben?' ging Ylva door. Ze keek niet-begrijpend om zich heen.

Munch zag eruit alsof hij iets wilde zeggen, maar daar kwam niets van, omdat zijn telefoon overging. Hij keek op het display en nam op. 'Hallo Rikard, heb je mijn bericht gekregen?' zei hij luid, als om de overigen duidelijk te maken waarom hij midden in de briefing zijn telefoon had opgenomen.

Mikkelson. Hun chef in Grønland. Curry had nog nooit meegemaakt dat Munch de chef bij zijn voornaam noemde. Hij zag dat diverse anderen om hem heen elkaar ook aankeken en verbaasd hun schouders ophaalden.

Munch stak een sigaret in zijn mond en wees naar het rookbalkon om aan te geven dat iedereen vijf minuten pauze kon nemen.

8

Mia Krüger zat op haar knieën op de vloer van haar flat met de potjes pillen op een rijtje voor zich. Ze probeerde een reden te bedenken om ze niet open te maken.

Ze had de hele nacht rusteloos door haar lege flat geijsbeerd, urenlang heen en weer gelopen met haar armen om haar koude lijf heen, om ten slotte bewusteloos op de matras bij het raam neer te vallen.

En toen had ze zo prachtig gedroomd. Over Sigrid. Dezelfde droom die ze al zo vaak had gehad. Haar tweelingzus die met een witte jurk aan in slow motion over een goudgele akker liep, glimlachend en wenkend.

Kom, Mia, kom.

En dat was zo fijn geweest. Ze was er zo rustig van geworden. Zo warm. Ze had het gevoel gekregen dat het leven eigenlijk mooi was. Maar toen was ze abrupt wakker geworden van de geluiden van de stad. De geluiden van de werkelijkheid. Wakker geworden van die alles overschaduwende duisternis, en nu snapte ze niet zo goed meer waarom ze ermee had ingestemd een poging te doen. Om te leven. Ze had haar besluit toch genomen? Daarom was ze toch naar Hitra verhuisd? Om er voorgoed uit te stappen? Was dat niet de reden geweest? Ze had haar besluit toch al lang geleden genomen, moest ze het allemaal dan nog eens doormaken?

Kom, Mia, kom.

Ja.

Je kunt het toch proberen?

Nee.

Kom, Mia, kom.

Mia kwam even bij haar positieven. Ze had het zo koud dat ze over haar hele lichaam rilde, merkte ze. Ze trok het dekbed dichter om zich heen en stak een magere, witte arm naar een van de potjes pillen uit. Probeerde te lezen wat erop stond, maar het was niet te zien. Ze had het licht niet aangedaan. Ze wist niet eens zeker of ze de elektriciteitsrekening wel had betaald.

Mia stond op om iets te drinken te halen. Ze was zo flink geweest, had alle flessen verstopt in een poging om te leven, om gezond en flink te zijn, had ze onder in de wasmand in de badkamer weggestopt.

Ik drink niet.

Ik heb alleen maar flessen verstopt onder vuile kleren die ik eigenlijk hoor te wassen, in een wasmachine die ik niet eens heb aangesloten, in een badkamer in een flat in een appartementengebouw in een stad in een wereld waar ik geen deel van wil uitmaken.

Plotseling ving ze in de badkamerspiegel een glimp op van haar eigen gezicht, en ze kreeg een flashback naar de aanblik die ze een paar maanden eerder van zichzelf had gehad in het huisje voor de kust van Trøndelag.

Die keer had ze nauwelijks de moed kunnen opbrengen om haar hoofd op te tillen en zichzelf in de ogen te kijken, maar dat deed ze nu wel, ze staarde naar zichzelf, een soort spook ergens achter het oppervlak van de spiegel.

Mia Manestraal.

Een indianenmeisje met fonkelende blauwe Noorse ogen. Lang zwart haar dat golvend over haar magere witte schouders hing. Het litteken naast haar linkeroog. Een snee van drie centimeter lang, een merkteken dat nooit zou verdwijnen. Het vlindertje dat ze na een nacht in Praag in haar jeugdige idioterie vlak boven de rand van haar slipje bij haar heupbeen had laten tatoeëren. Ze streek over het zilveren armbandje om haar rechterpols. Zij en Sigrid hadden er allebei een cadeau gekregen ter gelegenheid van hun belijdenis. Een kinderarmband met een hartje, een ankertje en een letter. De hare een M, die van Sigrid een S. Die avond, nadat het bezoek was vertrokken, hadden ze samen op hun meisjeskamer in Åsgårdstrand gezeten, en toen had Sigrid ineens voorgesteld dat ze zouden ruilen.

Wil jij de mijne, en dat ik dan de jouwe krijg?

Mia had het zilverkleurige armbandje sindsdien nooit meer afgedaan.

Mia Manestraal.

De naam waarbij haar oma haar had genoemd.

Jij bent heel bijzonder, weet je dat? Met de andere kinderen is niets mis, maar jij weet dingen, hè, Mia? Jij ziet toch dingen die de anderen niet zo goed doorhebben?

Oma, die niet haar echte oma was geweest maar haar toch heel na had gestaan. Sigrid en Mia. Mia en Sigrid. Een schattige tweeling, geadopteerd door een ouder echtpaar, Eva en Kyrre Krüger, omdat een te jong meisje hen niet had willen en kunnen houden.

Mama. Papa. Oma. Sigrid.

Vier graven op hetzelfde kerkhof, en alleen zij ontbrak nog. Mia stak haar arm in de vuile was, haalde een fles tevoorschijn en nam die klappertandend in haar ondergoed mee naar het dekbed dat op de grond lag voor het rijtje pillen.

Naar de psycholoog?

Rot op.

Ze had het toch geprobeerd?

Mattias Wang. Met een dun baardje in het chique Oslo-West, aardig en goed, slim en bekwaam, opgeleid volgens alle regels van de kunst, maar toch snapte hij nergens iets van.

'Weet je wat ik denk, Mia?'

Mia schroefde de dop van de fles.

'Nee.'

En zette de fles aan haar mond.

'Ik denk dat je ziek wordt van je werk.'

Ze voelde de warmte door haar keel omlaag glijden.

'Hoe bedoel je?'

Bijna als in haar droom. Sigrid op de akker.

'Tja, ik weet het niet precies, maar er is iets met jou, je bent anders dan de andere politiemensen.'

Mia nam nog een slok uit de fles en voelde de warmte verder afdalen door haar lichaam.

'In welk opzicht dan?'

Het gaf nu bijna niet meer dat ze geen kleren aanhad.

'Je trekt je de dingen te veel aan. Je gaat er haast aan onderdoor, geloof ik.'

Toch trok ze het dekbed om zich heen. Het voelde veilig en goed aan, als een vriend die haar kon helpen met datgene wat ze nu ging doen.

'Waaraan dan, Mattias?'

Vijf potjes met witte pillen.

'Dat kwaad. Alles wat je door moet maken. Wat je moet zien. Wat je moet voelen. Voor de anderen is het een baantje. Voor jou is het, tja, ik weet het niet... alsof je het zelf meemaakt, alsof die gruwelen jou overkomen, vind je dat ik me te dramatisch uitdruk?'

Mia zette de fles weer aan haar mond.

'Ik denk dat je ernaast zit.'

Vijf potjes die open konden.

'Ja, dat zal wel, we hebben nog niet zoveel afspraken achter de rug, in feite kan ik absoluut niet beweren dat ik je ken of ook maar iets van je weet, dit was alleen maar, ja, hoe zal ik het zeggen, mijn onmiddellijke indruk van jou als persoon.'

Mia liet de fles ditmaal langer tegen haar lippen rusten.

'Zullen we er volgende week wat verder op doorgaan?'

Nee.

'Ik denk dat we er wel uit komen, denk je ook niet, Mia?'

Nee.

Mia Krüger zette de fles weg en streek rustig over het zilveren armbandje om haar pols.

Nee.

Dat denk ik niet.

En ze begon voorzichtig de deksels los te draaien van de potjes pillen die voor haar op het koude zeil stonden.

9

Geïrriteerd zat Munch achter het stuur van zijn zwarte Audi, onderweg naar Bislett. Op de Ullevålsveien stopte hij voor een rood licht en keek naar een glimlachend jong stel dat met een kinderwagen de kruising voor hem overstak. Hij stak een sigaret op en schudde even zijn hoofd. Hoe was het eigenlijk zover gekomen? Nog niet al te lang geleden was hij zelf in die situatie geweest. Samen met Marianne. Met Miriam in de kinderwagen. En waarom kon hij het maar niet van zich af zetten? Trouwen? Hij had toch zeker wat anders aan zijn hoofd. Een zeventienjarig meisje. Vermoord en naakt in het bos achtergelaten. Op een bed van veren. Met een bloem in haar mond. En hij had geprobeerd bij Mikkelson in het gevlij te komen, dat ergerde hem misschien nog het meest. Hij had begrepen wat hem te doen stond zodra hij de witte tent in het bos in was gestapt en het meisje daar had zien liggen. Hij wilde Mia Krüger terug. Hij had een prima team, de beste rechercheurs van het land, maar niemand was zoals zij.

Hij schrok op doordat een auto achter hem toeterde. Het licht was groen en het jonge stel was weg. Munch schakelde en sloeg af in de richting van het Bislett Stadion. Trouwen? Waar was dat in hemelsnaam voor nodig?

Net toen hij zijn auto had geparkeerd en wilde uitstappen, ging zijn telefoon.

'Munch?'

'Met Ludvig.'

'Ja?'

'Ik denk dat we haar gevonden hebben.'

'Nu al?'

'Ik denk het wel.'

Munch had Ludvig Grønlie en zijn nieuwe assistente Ylva de lijst van vermiste personen laten natrekken. 'Fantastisch, Ludvig. Wie is het?'

'Het moet nog bevestigd worden, maar ik ben er vrij zeker van dat ze het is. Ze heet Camilla Green. Drie maanden geleden als vermist opgegeven, het signalement klopt, lengte, kleur ogen, tatoeage, maar, eh, er is iets raars aan de hand.'

'Wat dan?'

'Daarom heeft het even geduurd,' vervolgde Grønlie.

Munch glimlachte flauwtjes en stak een sigaret op. Even. Hij had de taken pas twee uur geleden verdeeld. Hij kreeg er bijna een slecht geweten van dat hij onmiddellijk had gedacht dat Mia moest komen. Zijn rechercheteam was het beste van het land en hij zou Ludvig absoluut niet kunnen missen. 'Laat maar horen,' zei hij, terwijl hij uitstapte.

'Camilla Green,' vervolgde Grønlie, die klonk alsof hij iets voorlas van zijn computerscherm. 'Geboren 13 april 1995. Groene ogen. Middelblond, schouderlang haar. Een achtenzestig lang. Ongeveer zeventig kilo. Geen ouders. Ene Helene Eriksen, bestuurslid van iets wat Kwekerij Hurumlandet heet, heeft de vermissing aangegeven.'

'Zeventig kilo?' zei Munch. Hij pakte zijn map uit de auto en deed die op slot. 'Dan kan zij het nauwelijks zijn, toch? Het meisje dat wij hebben gevonden was toch extreem mager?'

'Weet ik,' onderbrak Grønlie hem. 'Maar ik heb hier een foto van haar, en ze moet het wel zijn. Camilla Green. Al het andere klopt wel. Die tatoeage en zo.'

Grønlie doelde op een van de foto's die Munch in zijn map had. Een paardenhoofd met de letters A en F eronder dat op de rechterschouder van het meisje getatoeëerd stond.

'Oké, en wanneer is die aangifte van vermissing gedaan, zei je?'

'Op 19 juli. Maar dat is dus het rare, en daarom duurde het even voor we haar in het register gevonden hadden.'

'Wat dan?'

'Ja, die Helene Eriksen die de vermissing kwam melden heeft haar blijkbaar weer, hoe zeg je dat, onvermist gemeld. Maar een paar dagen later.'

'Je bedoelt dat ze gevonden was?'

Grønlie zweeg een paar tellen, alsof hij zijn scherm weer bestudeerde. 'Nee, niet gevonden. De aangifte werd gewoon ingetrokken.'

'Dat slaat nergens op,' zei Munch, terwijl hij opkeek naar Mia's flat. Achter geen van de twee ramen scheen licht. Hij had geprobeerd haar te bellen, maar ze had niet opgenomen en daarom was hij ernaartoe gegaan.

'... maar ze neemt niet op,' zei Grønlie.

'Wie?'

'Die Helene Eriksen, er staat hier een nummer bij, maar ze neemt haar telefoon niet op.'

'Oké,' zei Munch terwijl hij de straat overstak. 'Geen ouders, zei je? Dan moet ze een wettelijke vertegenwoordiger hebben gehad, wat weten we verder nog van haar?'

'Ik heb hier verder niets meer,' antwoordde Grønlie. 'Alleen die locatie, Kwekerij Hurumlandet.'

'En dat is?'

Munch liep naar de ingang en keek op de rij bellen, waar hij natuurlijk niets aan had. Mia zou daar nooit een naambordje ophangen. Hij deed weer een paar stappen naar achteren en keek omhoog naar de ramen. Gek eigenlijk. Ze woonden niet ver van elkaar vandaan, zijn appartement aan de Thereses gate was maar een paar minuten rijden, maar toch had hij haar nog nooit thuis opgezocht. Nou ja, niet zozeer gek als wel dom, misschien. Hij gooide zijn sigaret op de grond, stak een nieuwe aan en kreeg weer last van een slecht geweten. Sinds Mikkelson haar had geschorst hadden ze elkaar maar een paar keer gesproken. Korte, bijna overbodige ontmoetingen in Justisen. Mia had een afwezige indruk gemaakt en niet veel gezegd. Niet zo raar misschien. Na alles wat ze had doorgemaakt. Wat telefoongesprekken. Een paar koppen thee. Hij had misschien meer voor haar moeten doen. Een betere baas moeten zijn. En vriend. Maar zo was Mia wel enigszins, erg gesteld op haar privacy, zij wilde niet gestoord worden en hij had haar met rust gelaten.

'We hebben er nog niet zoveel over gevonden, maar het lijkt erop dat het een soort tehuis voor probleemjongeren is,' hernam Grønlie.

'Kwekerij Hurumlandet?'

'Ja. Ze hebben hier een website, maar die is een beetje...'

'Jaren negentig,' zei Ylva's stem op de achtergrond.

'Weinig up-to-date,' zei Grønlie.

'Maar het is inderdaad een kwekerij?'

'Ja,' zei Grønlie. 'Voor zover wij kunnen zien. Een plek voor jongeren die, tja, problemen hebben, daar komen werken of zoiets, zoals ik zei weet ik op dit moment verder niets, dit is alles.'

'Goed,' zei Munch. 'Zoek maar verder naar die... Hoe heette ze ook alweer?'

'Helene Eriksen.'
'Oké, blijf maar proberen tot ze opneemt. En zie wat je verder nog kunt vinden over Camilla Green, ja, je weet wel waar je moet zoeken.'
'We zijn al bezig,' zei Grønlie.
'Mooi,' zei Munch, en hij hing op.
Voor de zoveelste keer belde hij Mia's nummer, maar ze nam nog steeds niet op. Hij bleef zich even staan afvragen of hij op alle bellen moest drukken waar geen naam bij stond om te kijken of de juiste er toevallig tussen zat, maar werd gered doordat de deur plotseling openging. Een jonge vrouw in een nauwsluitend, kleurig trainingspak kwam naar buiten en Munch wist nog net op tijd zijn sigaret weg te gooien en de trap op te lopen voordat de deur weer dichtviel.
Tweede verdieping, zoveel wist hij nog wel. Hij was een keer met haar mee naar huis gelopen vanaf Justisen en zij had omhooggewezen.
Daar woon ik. Mijn nieuwe thuis.
Ze was dronken geweest, en haar toon sarcastisch.
Thuis.
Het had niet geklonken alsof ze het meende. Munch liep zwaar ademend de trappen naar de tweede verdieping op. Gelukkig waren daar maar twee flats. Op de ene deur zat een naambordje. HIER WONEN GUNNAR EN VIBEKE. Op de andere stond niets.
Munch knoopte zijn jas los, drukte twee keer op de bel en bleef staan wachten.

10

Miriam Munch was in een vreemde flat wakker geworden. Niet in een vreemd bed, dat niet, hij was een heer geweest en had het niet eens voorgesteld. Hij had een dekbed gehaald en haar ingericht op de bank in het charmante flatje dat voor geen meter op het hare leek.
Dit was een heel ander leven, een dat leek op het leven dat ze had geleid voor ze zwanger was geworden van Johannes, in zekere zin een vrijer leven. In de nieuwe flat die ze pas in Frogner hadden gekocht lagen er Italiaanse tegels op de vloer en zaten er

spotjes in het badkamerplafond. De koelkast had een ijsblokjesmachine en een aparte vershoudlade voor groente, de wasmachine een digitaal display. De verwarmingspanelen konden op afstand met een mobiele app bediend worden, zodat de temperatuur altijd perfect was wanneer ze van een uitje thuiskwamen. De nieuwe auto, Miriam wist niet eens hoe die heette, maar alles zat erop en eraan, gps, vierwielaandrijving, airbags voor en achter, dvd-schermen, een open dak en een skibox. De flat waarin ze zojuist wakker was geworden stond voor iets heel anders. Oude affiches die met plakband op de muren waren geplakt. In een van de hoeken een platenspeler. Overal kleren. Toen ze rechtop ging zitten voelde ze het door het raam tochten, en het was zo koud in de kamer dat ze in het dekbed weg moest duiken. Ze stak haar hand uit naar het pakje sigaretten op de tafel.

Oktober in Oslo. De winter was in aantocht en normaliter zou ze de thermostaat in de keuken die de temperatuur in de hele flat bepaalde hoger hebben gezet; dan zou Marion het warm hebben als ze nog slaperig uit haar slaapkamer kwam en hoefde ze het niet koud te hebben als ze aan de keukentafel zat te ontbijten. En nu stak haar slechte geweten de kop weer op. Ze was geen goed mens, toch? Dat ze naar dat feestje was gegaan. Dat ze ja had gezegd tegen een drankje bij Internasjonalen. Dat ze hier mee naartoe was gegaan om vervolgens de hele nacht bij een vreemde op de bank rode wijn te drinken en urenlang te praten over dingen waarover ze voor zover ze zich kon herinneren nooit eerder met iemand had gepraat. Over papa. De scheiding. Hoe het eigenlijk met haar gegaan was. Over Johannes. Dat ze hem had genomen om weg te komen, om dwars te liggen, al heel jong een kind had gekregen met een man die het volstrekte tegendeel was van haar vader en alles wat hij deed.

Miriam stak een sigaret op, viste op de tast haar telefoon uit haar handtas onder de tafel. Haar slechte geweten bekroop haar opnieuw toen ze keek of ze nog berichten had, maar die had ze niet. Niet van Johannes. Geen: Ik mis je. Geen: Waar ben je? Alleen een van haar moeder: Mag Marion hier nog een nachtje blijven? Ze wil graag dat wij haar morgen naar school brengen.

Miriam toetste een antwoord in: Oké, mama, natuurlijk, geef haar een kus van me. Ze legde haar telefoon op tafel en bleef onder het dekbed naar de affiches zitten kijken die haar omringden.

DE VRIJHEID VAN DIEREN IS ONZE VRIJHEID

STOP BOERDERIJ LØKEN

Een affiche met een plaatje van een uitgehongerde kat die opgesloten zat in een kooi in een boerderij in Mysen, Noren die geld verdienden met het kopen van honden en katten die ze vervolgens opsloten en doorverkochten voor dierproeven in het buitenland.

Zo hadden ze elkaar ontmoet.

Het gezicht en zij.

Ziggy.

Miriam voelde haar slechte geweten alweer bovenkomen maar kon niet besluiten. Om op te staan, zich aan te kleden, een taxi naar Frogner te nemen, klaar te staan om Johannes te verwelkomen als hij thuiskwam van zijn ziekenhuisdienst, als een goede geliefde, een goede moeder, degene die ze hoorde te zijn. Of om domweg het dekbed weer over zich heen te trekken in dit kleine, maar springlevende flatje dat haar zozeer herinnerde aan het leven dat ze eens had geleid.

STOP BOERDERIJ LØKEN

Daar hadden ze elkaar ontmoet. Bij de Dierenbescherming aan de Mosseveien. Omdat ze het gevoel had gehad dat ze meer met haar leven moest doen dan alleen maar moeder zijn. Tove en Kari, twee aardige mensen die niets anders wilden dan zorgen voor katten die niemand wilde hebben. Ze voeren. Ze aaien. Ze het idee geven dat ze belangrijk waren. Dat ook al hadden mensen ze alleen maar als versiering gebruikt, om ze vervolgens in een greppel te dumpen, er anderen waren die om ze gaven. Van ze hielden. En dat was genoeg voor haar geweest. Even afstand nemen van het dagelijks leven. Voor iemand zorgen.

En toen had hij daar plotseling gestaan.

Het gezicht.

Ziggy.

En ze hadden daar een heleboel vrijwilligers, er waren altijd wel mensen, sommigen maar één keer, anderen vaker, maar ze had meteen gezien dat *hij*, *Ziggy*, een geval apart was.

Toen hij voor het eerst was gekomen, waren ze bijna weer kleine meisjes geworden, Tove en Kari, met rode wangetjes, alsof er een bekende persoonlijkheid op bezoek was. En aanvankelijk had Miriam niet begrepen waarom, hij was niet zo heel anders geweest dan de andere vrijwilligers.

Door de bank genomen niet.

Maar nu begreep ze het wel.

Verdomme.

Miriam pakte een nieuwe sigaret en was net bezig die aan te steken toen de deur van de slaapkamer openging.

'Hoi.'

'Hoi,' zei Miriam.

'Heb je nog wat geslapen?' Hij wreef zijn ogen uit, liep voorzichtig door de kamer en ging in de stoel tegenover haar zitten, waarna hij het dekbed dat hij had meegenomen om zich heen sloeg.

'Niet veel, maar wel een beetje.' Miriam kreeg een kleur.

'Mooi,' zei hij lachend, en hij haalde een sigaret uit het pakje op tafel. Terwijl hij hem aanstak, zijn hoofd licht opzij gebogen, keek Ziggy haar met die lachende, mooie ogen over de gloeiende punt heen aan, opende zijn mond en kwam meteen ter zake. 'Wat vind jij dat we moeten doen, Miriam? Hiermee?'

Plotseling voelde ze zich lichtelijk onwel. Ze bleef zonder iets te zeggen naar haar sigaret zitten kijken. Ze had gedacht dat het bedwelmende gevoel van een nacht praten met iemand die haar het gevoel gaf dat ze zichzelf kon zijn over zou gaan.

Zodra ze wakker werd. Dat het zou verdwijnen.

'Ik heb behoefte aan koffie. Wil jij ook?'

Graag. 'Nee, ik denk dat ik maar eens moet gaan.'

Ik zou hier de hele dag kunnen blijven.

Het gezicht glimlachte. 'Ik snap het. Ik vind eigenlijk niet dat ik je zonder ontbijt mag laten vertrekken, maar dat moet je uiteraard zelf uitmaken.'

Zeg nou maar niets meer, want dan blijf ik hier. 'Nee, ik moet er echt vandoor.'

'Natuurlijk. Je moet doen waar je je het beste bij voelt.'

En toen ze aangekleed en wel buiten het flatje stond, begreep Miriam dat dit wel eens een probleem kon worden.

Ze was verliefd geworden.

Serieus.

Zonder gekheid.

Een gevoel van zwaarte had bezit van haar genomen, iets wat volstrekt verboden was maar desondanks ongelofelijk juist voelde.

Als ik nu eens geen contact meer met hem opneem?

Ze hield een taxi aan en probeerde zich de hele weg naar huis aan die gedachte vast te klampen.

Het gaat wel over.

Toen ze de deur van de lege flat in Frogner van het slot draaide, was ze er zelfs bijna in geslaagd zichzelf te overtuigen.

Dit zou overgaan.

Ze legde de sleutels neer op het tafeltje bij de voordeur, kleedde zich onderweg naar de slaapkamer uit, schoof onder het dekbed en viel in slaap, nog bijna voor haar hoofd het kussen raakte.

11

Holger Munch had nog eens aangebeld en een paar keer op de deur gebonsd. Hij wilde net weggaan toen er plotseling werd opengedaan en Mia in de deuropening verscheen.

'Wat is dit voor een tijdstip om iemand te wekken?' Met een scheef lachje liet ze hem binnen.

'Zondag vier uur?' zei Munch.

Hij trok zijn schoenen uit en zocht naar een haak om zijn jas aan op te hangen, maar vond er geen. Dus legde hij hem op de grond en liep achter haar aan de woonkamer in.

'Sorry voor de rotzooi,' zei Mia. 'Ik ben nog niet helemaal op orde. Wil je wat drinken? Een kop thee? Ik ga ervan uit dat je nog steeds geen alcohol drinkt.'

Munch zocht in die laatste zin naar een bepaalde ondertoon waarin doorklonk dat het al te lang geleden was, dat hij haar eerder had moeten opzoeken, maar die leek er niet te zijn.

'Ik wilde net gaan douchen, is dat goed?'

'Natuurlijk.'

'Mooi. Twee minuten, niet langer. Zo terug.'

Met nog een scheef lachje verdween Mia in de badkamer, terwijl Munch midden in de kamer bleef staan zonder te weten wat hij moest doen. *Nog niet helemaal op orde* was een understatement. Deze flat deed hem denken aan zijn kamer in Hønefoss. Hij had zijn spullen nooit uitgepakt, was er nooit in geslaagd van die kamer zijn thuis te maken, en zo was het hier ook. Onder het raam lag een matras met een kussen en een dekbed erop. Hij kreeg de indruk dat ze daar sliep. Her en der stonden stapels kartonnen dozen, een paar leken er halfgeopend en vervolgens weer dichtgedaan te zijn. De flat leek nogal op de zijne, misschien zeventig vierkante meter, gokte hij, met een woonkamer met open keuken, een deur naar een balkon, een gang die naar hij aannam naar de badkamer leidde en misschien naar een of twee slaapkamers die ze kennelijk niet gebruikte.

Het leek erop dat ze het op een bepaald moment wel had geprobeerd. Hier en daar stonden ongeopende dozen van IKEA. Een witte stoel was half gemonteerd, de poten lagen nog op de grond met de instructies ernaast, een tafeltje had ze in elk geval wel helemaal in elkaar gezet. Munch liet zich zwaar in de onafgemaakte, veel te lage witte stoel zakken, legde zijn map op het tafeltje en stelde vast dat hetgeen hij zojuist had gezien hem niet beviel.

Ze had er extreem moe uitgezien. Alweer. Bijna als toen op Hitra. Die keer had hij gegruwd van de aanblik, en nu had hij datzelfde gevoel. De normaal zo sterke Mia, vol energie en met een heldere blik, gereduceerd tot een geest van haar vroegere zelf. Naast de matras stonden een halfvolle fles armagnac en een glas, en drie lege pizzadozen lagen op een stapeltje in een hoek. Munch kreeg weer een slecht geweten. Natuurlijk had hij haar al eerder moeten opzoeken. Ze zag er niet goed uit. De vorige keer dat ze elkaar hadden gesproken, die avond in Justisen, had ze een wat opgewektere indruk gemaakt, leek ze te denken dat alles in orde zou komen, maar nu had ze weer diezelfde blik als op Hitra. Afwezig. Doods.

Munch stond op om zijn sigaretten uit zijn jas te halen. 'Hierbinnen roken of op het balkon?'

Hij riep het in de richting van de badkamer, maar ze had de douche aangezet en hij kreeg geen antwoord, dus koos hij voor het balkon. Verkleumd stond hij buiten te kijken hoe het laatste daglicht verdween en het Bislett Stadion en de rest van de stad door het donker werden gesmoord.

Een gestoorde klootzak.

Munch stak een sigaret op en liet het over zich komen.

Niet waar het team bij was. Dat deed hij nooit. Nuchter. Strak. Kalm. Constructief. Daarom was hij de baas, hij liet de anderen nooit merken wat een zaak met hem deed, maar hij voelde dat de verontrusting over wat hij in Hurum had gezien hem nu bekroop.

Ze kregen een heleboel zaken op hun bord. Er was altijd wel iets. En hij had altijd met het slachtoffer te doen, voelde mee met de families die getroffen waren door het buitengewoon tragische verlies van een dierbare, maar de meeste zaken staken rationeel in elkaar. Toevallige ruzies die ongelukkig afliepen. Afrekeningen binnen de bekende criminele circuits van de stad. Jaloezie. Meestal hadden de zaken waaraan hij had gewerkt iets menselijks. Het was waarschijnlijk niet helemaal juist om te zeggen dat moord menselijk kon zijn, maar in zijn beroep, en dat zei hij natuurlijk nooit hardop maar hij dacht het wel vaak, was hij altijd opgelucht als er sprake was van een bepaalde samenhang die hij kon bevatten.

Deze keer niet.

Dit is een gestoorde klootzak.

Munch haalde zijn jas uit de gang, ging weer op het balkon staan en stak nog een sigaret op. Hij zag Mia met een handdoek om zich heen de badkamer uit en een van de kamers in glippen, vermoedelijk naar een kleerkast of een doos met kleren. De hele situatie gaf hem opnieuw een onaangenaam gevoel. Ze had ervoor gekozen om uit de werkelijkheid te stappen. Zich in haar eentje verstopt op een eiland pal aan zee. En hij had haar teruggehaald. Ze hadden haar gebruikt omdat ze haar nodig hadden en vervolgens hadden ze haar weer laten vallen, haar alleen gelaten. Nee, dat laatste nam hij terug. Niet zij. Mikkelson had haar in de steek gelaten. Het korps. Het systeem. Niet hij. Als het aan hem, Holger Munch, had gelegen, had Mia mogen doen wat ze wilde, zolang hij maar met haar kon samenwerken.

'Als je toch de deur open laat staan, kun je net zo goed binnen roken, vind je ook niet?' Mia kwam glimlachend een van de kamers uit met een strakke zwarte broek en een witte coltrui aan. Om haar hoofd zat een handdoek, die ze nu afdeed om er haar haar mee te drogen.

'Ach ja, sorry.' Munch was er met zijn hoofd niet bij geweest, was in gedachten elders geweest. Hij gooide de sigaret op de straat, liep naar binnen en trok nu de deur wel achter zich dicht.

'Als ik nog als rechercheur werkte,' zei Mia met een lachje, terwijl ze op de matras onder het raam ging zitten, 'zou ik tot de conclusie komen dat als Holger Munch in hoogsteigen persoon op een zondagmiddag toevallig langskwam met een map vol foto's, er in de buitenwereld iets heel rottigs moest zijn gebeurd, dat het korps de wanhoop nabij was en dat ik misschien weer aan het werk kon?'

Munch liet zich weer in de pootloze witte stoel zakken. 'Tegen een prijs,' beaamde hij.

'Moet ik dan nu dank je wel zeggen, bedoel je dat?'

Munch zocht weer naar een bijklank in haar stem, maar die hoorde hij nog steeds niet. Ze maakte een opgeluchte, bijna blije indruk. De doodse ogen die hem in de deuropening hadden aangekeken waren weer wat tot leven gekomen, en het leek alsof ze zijn komst waardeerde.

'Dus waar gaat het om?' vroeg ze, terwijl ze de handdoek op de grond legde.

'Wil je het meteen zien of wil je eerst mijn mening horen?'

'Mag ik kiezen?' Mia pakte de map van het tafeltje.

Munch zag haar blik veranderen toen ze die opensloeg en de foto's voor zich op de vloer begon uit te spreiden. 'We hebben haar gistermiddag gevonden,' begon hij. 'Diep in Hurumlandet. Een paar honderd meter het bos in. Een wandelaar, nee, een of andere bioloog, botanist, die op pad was om een plantje te fotograferen, is over haar gestruikeld, heeft haar zo aangetroffen, midden in...'

'Een ritueel,' zei Mia afwezig.

Munch bleef even zwijgen terwijl Mia de laatste foto's voor zich op de vloer legde. 'Die indruk krijg je wel. Maar...'

'Wat?' zei Mia, die even van de foto's opkeek.

'Moet ik mijn mond houden, of wil je...?' vroeg Munch. Hij kreeg meteen het gevoel dat hij haar stoorde.

'Ja, nee, sorry, ga maar door,' prevelde ze. Ze opende de fles armagnac en schonk een vuil glas tot de rand toe vol.

'Zoals het eruitziet, en zoals jij zei, ja, lijkt het iets ritueels,' vervolgde Munch. 'De pruik. De veren. De kaarsen. De positie van de armen.'

'Een pentagram,' zei Mia, en ze bracht het glas naar haar mond.

'Ja, dat zei Ylva ook al.'

'Ylva?'

'Kyrre is overgeplaatst,' zei Munch. 'En zij kwam net van de academie, dus...'

'Net als ik, ja?' Mia glimlachte, en richtte haar blik weer op de foto's.

'Nee, die heb jij toch nooit afgemaakt?' zei Munch.

'Dus hoe luidt de afspraak?'
'Met Ylva?'
'Nee, met mij.' Mia raapte een foto van de vloer op.
'Wat bedoel je?'
'Met Mikkelson. Wat is er deze keer afgesproken? Eens raden. Ik mag terug als ik beloof dat ik bij die psycholoog blijf lopen?'
'Inderdaad.' Munch kwam een eindje uit de stoel overeind.
'Rook gerust hierbinnen, er staat ergens een asbak, ik geloof in een van die bovenkastjes,' wees Mia, nog steeds zonder op te kijken van de foto's.
'Camilla Green,' zei Munch, nadat hij weer was gaan zitten en zijn sigaret had aangestoken. 'Zeventien. Opgegroeid in pleeggezinnen. Drie maanden geleden als vermist opgegeven door een soort instelling voor probleemjongeren, een kwekerij.'
Mia knikte. 'Die bloem in haar mond.'
'Uit het voorlopige autopsierapport blijkt dat er diervoeding in haar maag zat.'
'Wat?' Nu keek Mia naar hem op.
'Pellets.'
'Fuck.' Ze richtte haar blik weer op de foto's. Weer nam ze een grote slok uit het glas. Haar blik was nu afwezig, zoals hij dat al zo vaak had meegemaakt. Ze was niet meer hier, maar diep in zichzelf weggedoken, en weer kreeg Munch het gevoel dat hij er eigenlijk niet bij had hoeven te zijn, dat hij haar gewoon alleen had kunnen laten.
Toen zijn telefoon ging en hij het balkon op liep om op te nemen, merkte ze het niet eens.
'Ja, Munch?'
'Met Ludvig. We hebben haar te pakken gekregen.'
'Wie?'
'Helene Eriksen. Degene die aangifte van de vermissing had gedaan. Ze komt nu. Ze is al onderweg.'
'Ik kom eraan,' zei Munch snel en hij hing op.
Toen hij de flat weer in stapte, had Mia haar glas geleegd en alweer bijgevuld.
'En?'
'En wat?' zei Mia, terwijl ze met een omfloerste blik naar hem opkeek.
'Wat is jouw mening?'

'Ik kom morgen. Nu wil ik hiermee alleen zijn.'

'Oké. Je weet zeker dat je je redt? Ik hoef geen, eh, eten voor je te halen of zo?'

Mia wuifde hem weg zonder haar blik van de foto's los te maken.

'Dan zien we elkaar morgen.'

Munch trok zijn schoenen weer aan, deed de deur voorzichtig achter zich dicht, liep op een drafje de trappen af en maakte zijn auto open, waarna hij naar de Mariboes gate reed.

12

De veertigjarige vrouw met het gewatteerde rode windjack keek onder de straatlantaarn bij het Bislett Stadion toe terwijl een zwaarlijvige man in een beige duffelse jas het appartementengebouw uit kwam. De man stak een sigaret op en leek even na te denken. Daarna stapte hij in een zwarte Audi en reed weg.

'Waar wachten we op?' De twintig jaar jongere knul naast haar keek nerveus om zich heen en trok zijn muts dieper over zijn oren. 'Ik heb het koud.'

'Kop dicht,' zei de vrouw. Ze stak haar hand in haar zak om te voelen of hij er nog in zat.

De armband.

'Hoe moeilijk kan het wezen?' zei de knul, terwijl hij met bibbervingers het sjekkie in zijn mondhoek aanstak. 'Je zei toch dat ze ons geld zou geven?'

Ze kreeg er spijt van dat ze hem überhaupt had meegenomen, eigenlijk kenden ze elkaar niet eens, ze had dit zelf moeten doen, ze had dit al veel eerder moeten doen.

Nog wat dieper weggedoken in haar jack bleef ze naar de flat op de tweede verdieping kijken; er brandde daar een zwak licht, dus ze was thuis, maar dat gaf toch niet echt een goed gevoel.

'Ik heb een shot nodig,' zei de jongen, en hij hoestte even.

'Kop dicht,' zei de vrouw met het rode jack weer, en nu voelde ze het zelf ook. Het gemis van de naald die een einde aan de ellende zou maken, haar de warmte zou schenken waar ze behoefte aan had.

'La's kijken,' zei de jongere knul met uitgestoken hand.

'Wat?'

'Die armband. Je zei toch dat ze ons daar geld voor zou geven?'

Ze keek weer op naar de flat en liet zien wat ze in haar zak had.

'Dat?' Verbaasd hield hij de armband in het licht van de straatlantaarn omhoog. 'Hoe kan dat nou iets waard zijn? Het ziet eruit als goedkope troep, zoiets wat kinderen dragen. Shit nog aan toe, we hadden toch een kiosk of zoiets kunnen pakken, 7-Eleven, in vijf minuten binnen en buiten, wat levert dit verdomme op? Krijg nou wat, heb je ze niet allemaal op een rij of zo?'

De vrouw met het rode jack pakte hem gedecideerd de armband af en liet die weer in haar zak glijden.

Een zilverkleurig armbandje, een hartje, een anker en een letter, M.

'Emotionele waarde,' zei ze zachtjes, terwijl ze merkte dat het nu serieus bovenkwam, met bijna onweerstaanbare kracht.

'Emo wat?' De jongere knul keek nerveus om zich heen en nam nog een trekje van zijn sjekkie. 'Jezus, laten we nou een 7 pakken. Of vragen of Leffe een bommetje voor ons maakt. Hij is me verdomme nog wat schuldig, ik weet zeker dat we daar een shot kunnen zetten, hij woont toch verdomme ook in deze buurt, kom nou toch. Shit, die armband is vast niet meer dan vijf kronen waard, waar slaat dit eigenlijk op, nee, zo meteen ben ik weg, jezus nog aan toe.'

De vrouw met het rode jack keek op toen er een deur openging en het meisje met het donkere haar haar balkon op stapte. Ze had een glas in haar ene hand. En in de andere iets wat ze bekeek. Een vel papier. Een foto. Iets. Ze bleef een paar tellen zo staan, naar het leek om de donkere stad in zich op te nemen. Toen ging ze weer naar binnen en trok de deur achter zich dicht.

Mia Krüger.

Ze merkte dat haar geweten weer begon op te spelen, want ze had dit al veel eerder moeten doen.

Veel, veel eerder.

Want ze was er die avond bij geweest.

'Kom nou,' zei de knul nu bijna smekend, terwijl hij zijn peuk weggooide. 'Nou gaan we er goddomme vandoor. Ik trek dit niet meer.'

'Kop dicht. Het gaat niet alleen om het geld.'

'Wat?'

'Het gaat niet alleen om het geld.'

'Maar allejezus, je zei toch dat...'

'We waren vriendinnen,' viel de vrouw hem in de rede, nu enigszins geërgerd. Ze had er alwéér spijt van dat ze die knul hier mee naartoe had genomen.

Ze had dit alleen moeten doen.

En ze had het al veel eerder moeten doen.

'Vriendinnen? Wie? Jij en zij daarboven?'

'Kun je je kop niet houden?'

'Als jullie bevriend zijn, kun je haar dan niet gewoon om geld vragen. Jezus, Cisse, dit is compleet gestoord, waarom staan we hierbuiten, ik zei toch dat Leffe een shot voor ons kan klaarmaken, kom nou.'

'Nee, niet met haar. Met Sigrid.'

'Sigrid wie?'

'Haar zus.'

De knul viste een plat zakje shag uit zijn zak en probeerde van de resterende kruimels nog een sjekkie te draaien. Hij keek nerveus om zich heen. 'Shit, Cisse, echt, ik trek dit niet meer, ik heb nu iets nodig. Jij dan niet? Waarom gaan we niet gewoon naar Leffe?'

'Ik was erbij,' zei de vrouw met het rode jack, nog altijd zonder haar blik van de schaduw in de flat boven hen af te wenden.

'Waarbij?'

'Ik heb hem gezien.'

'Waar heb je het over?'

'Toen hij haar vermoordde.'

Nu zweeg hij. Bleef met het dunne sjekkie tussen zijn lippen staan, aansteker erbij, maar zonder het aan te steken. 'Jezus, Cisse, ik schrik me het lazarus. Wie is er vermoord?'

Sigrid.

Weer voelde ze het bovenkomen.

Ze had dit al veel eerder moeten doen.

Ik was erbij.

Toen hij haar vermoordde.

'Verdomme, Cisse, ik wil gewoon een shot, je zei toch dat we hier alleen maar heen gingen om wat poen te scoren. Gaan we nou nog of niet?'

'Wat?'

‘Ik weet dat we bij Leffe terechtkunnen, het is goddomme vlakbij, kom nou toch, Cisse, dit slaat toch helemaal nergens op?’

Opnieuw rolde de veertigjarige vrouw het zilverkleurige armbandje in haar zak voorzichtig tussen haar vingers heen en weer. Ze voelde dat het er was. Toen ging het licht in de flat boven hen plotseling uit en was het daar donker.

‘Kom je dan nou?’

‘Kun je je bek niet eens houden?’

‘Wel verdomme, Cisse! Nou gaan we, kom je nog mee of niet?’

‘Je weet zeker dat we bij Leffe terechtkunnen?’

‘Jezus, hij is me nog iets schuldig. Waarom staan we hier eigenlijk? Kom je nou nog?’

De vrouw liet het zilverkleurige armbandje in de zak van haar jack nog één keer tussen haar vingers door glijden. Keek voor het laatst naar de donkere ramen van de flat daarboven.

En liep achter de jonge, nerveuze knul aan richting de Pilestredet.

2

13

Gabriel Mørk bleef bij de kranten voor de kiosk op de hoek van de Mariboes gate staan. Het stond hem nog heel goed bij hoe hij hier de eerste keer had gestaan, op precies dezelfde plek, nu zes maanden geleden. Hij was nogal zenuwachtig geweest omdat hij voor de politie ging werken. De jonge hacker had destijds geen enkele ervaring met politiewerk gehad, om heel eerlijk te zijn eigenlijk helemaal geen werkervaring. Ze hadden zijn naam doorgekregen van GCHQ, MI6. Hij had een uiterst lastige code ontcijferd die door de Engelse inlichtingendienst op het internet was geplaatst: *Can you crack it?* Het bleek een rekruteringstest te zijn en hij had te horen gekregen dat zijn oplossing goed was, maar dat je Brits staatsburger moest zijn om het baantje te krijgen. Gabriel had de hele kwestie uit zijn hoofd gezet, tot hij op een dag plotseling een telefoontje had gekregen. Van Holger Munch, die hem na een kort telefonisch interview onmiddellijk in dienst had genomen.

Zes maanden, dat leek bijna een eeuwigheid. In het begin was hij op van de zenuwen geweest en had hij zich absoluut niet op zijn plaats gevoeld, maar hij was goed opgevangen, en nu voelde hij zich een belangrijk onderdeel van het team. Bij de politie? Dat had hij nooit zo zien zitten, maar nu kon hij er niet meer buiten.

Gabriel haalde zijn kaart tevoorschijn en opende de deur van het gele gebouw. Een tienermeisje. Naakt in de bossen van Hurum aangetroffen. Met een bloem in haar mond. Hij huiverde even bij de gedachte aan de foto's die hij had gezien. Een zaak als deze hadden ze niet meer meegemaakt sinds de kleine meisjes die in de bomen hingen, en daar had hij bijna van moeten kotsen. Zijn eerste gedachte was geweest dat hij geweldig had misgekleund door deze baan te accepteren, maar ze hadden de zaak gelukkig opgelost. En hij had zijn steentje daaraan bijgedragen.

Na afloop had Munch hem op kantoor apart genomen om hem te bedanken en gezegd dat *we dit zonder jou niet hadden kunnen oplossen, Gabriel.* En hij was apetrots geweest: voor het eerst van zijn leven had hij een aandeel aan iets belangrijks geleverd.

Gabriel plaatste zijn kaart tegen de liftdeur en wilde net op de knop van de tweede verdieping drukken toen hij achter zich een welbekende stem hoorde.

'Wacht.'

Hij draaide zich om en schrok even toen hij Mia op een holletje op zich af zag komen.

'Bedankt,' zei ze hijgend toen de liftdeuren dichtgingen.

Mia Krüger.

'Ben je terug?' vroeg Gabriel. Hij merkte dat hij een kleur kreeg en hoopte dat ze het niet zou merken.

'Ja, daar ziet het wel naar uit. Ik had eigenlijk moeten zeggen dat ze de pot op konden, vind je ook niet?'

Gabriel grinnikte. 'Misschien wel.'

'Heb je haar telefoongegevens nog boven water gekregen?'

'Wat?'

'Van Camilla Green? Het meisje in het bos?'

'Nee,' zei Gabriel. 'Zoiets duurt even, maar ze komen eraan. Je weet wel. Bureaucratie en zo.'

'Waarom hack je hun systeem niet gewoon?'

'Munch werkt graag volgens het boekje,' zei Gabriel glimlachend en ietwat verlegen.

'Weet ik.' Mia lachte ook.

Ze liep voor hem uit de gang door, haalde haar kaart langs de lezer, hield de deur voor hem open en trok die achter zich dicht, precies op het moment dat Munch in zicht kwam.

'Hadden we geen elf uur gezegd? Elf uur is elf uur, niet kwart over elf.'

Mia grijnsde. 'Oeps.'

'Hij is momenteel erg chagrijnig,' zei Gabriel enigszins verontschuldigend.

'Dat is duidelijk.' Mia leek er niet erg mee te zitten.

'Elf uur is elf uur, mensen, wat is dit, een kleuterschool? Waar zijn we? Waar blijft iedereen?' Munch stond nu hard te roepen in de briefing room, met een zware bromstem, alsof iemand een beer uit zijn winterslaap had gewekt. Hij was vandaag echt chagrijnig.

Mia Krüger.

Gabriel was blij dat ze er weer was.

14

'Oké,' zei Munch, die zijn vaste plaats voor het scherm had ingenomen. Gabriel Mørk zag overal om zich heen verheugde blikken toen Mia de kamer in liep.

'Manestraal,' zei Ludvig Grønlie lachend, en hij omhelsde haar.

Anette Goli was ook naar haar toe gelopen om haar een hand te geven, terwijl Kim Kolsø haar vanaf zijn plek een opgestoken duim gaf.

'Oké,' zei Munch weer. 'Zoals jullie zien is Mia terug, en daar zijn we verdomd blij mee. En mochten jullie je afvragen aan wie jullie dat te danken hebben, dan ben ik dat. En dit is de eerste en laatste keer geweest dat ik tegen Mikkelson heb lopen kwispelen, dat jullie dat weten. Maar het was het deze keer wel waard, vind ik.' Munch veroorloofde zich een klein lachje en zette ondertussen de beamer aan. 'Waar is Curry?' vroeg hij plotseling, en nu viel het Gabriel ook op dat de stevige politieman er niet was.

'Kim? Ludvig?' Munch keek de kamer rond, maar iedereen schudde alleen maar zijn hoofd.

'Niks van hem gehoord,' zei Kim.

'Oké,' zei Munch, en hij drukte op de knop.

Er verscheen een beeld op het scherm. Het dode meisje, ditmaal nog in leven, flauw glimlachend naar de camera, op iets wat aan een schoolfoto deed denken.

'Gisteravond kregen we de bevestiging dat het meisje dat we bij Hurum hebben gevonden Camilla Green is. Zeventien jaar. Geboren in 1995. Opgegroeid in pleeggezinnen. Haar moeder is omgekomen bij een verkeersongeluk toen ze nog klein was. Haar vader is een Fransman, ene...'

'Laurent Clementz,' vulde Ludvig Grønlie aan.

'Mooi, dank je, Ludvig. Die hebben we nog niet te pakken gekregen,' vervolgde Munch, 'en volgens Helene Eriksen had Camilla ook heel weinig contact met hem. Ze moet daar als klein meisje een paar keer 's zomers op bezoek zijn geweest, maar naderhand heeft jeugdzorg hier in Noorwegen zich over haar ontfermd.'

'Sorry, Helene wie?' vroeg Ylva. Ze had haar hand opgestoken. Gabriel zag dat ze stiekem naar Mia zat te kijken. Hij herkende dat gevoel. Zo had hij het ook ervaren toen hij hier voor het eerst was geweest. Een zeker ontzag omdat hij in een en dezelfde ruimte zat als Mia Krüger, en niets verkeerds wilde zeggen of doen.

'Natuurlijk, Ylva. Het is een lange nacht geweest, en het spijt me dat niet iedereen op de hoogte is van alles wat er sinds gisteren is gebeurd.' Hij schraapte even zijn keel en nam een slok van het mineraalwater op de tafel voor hem. 'Helene Eriksen...' Munch keek naar Grønlie. 'We hebben nog geen foto's van haar, of wel?'

Ludvig Grønlie schudde zijn hoofd.

'Goed, hoe dan ook, Camilla Green was als pleegkind bij verschillende gezinnen ondergebracht, maar ze lijkt zich nergens echt thuis gevoeld te hebben.'

Munch bladerde wat in zijn aantekeningen. 'Ik geloof dat we hier vier gezinnen hebben staan en dat ze bij alle vier weggelopen was toen ze op haar vijftiende bij Kwekerij Hurumlandet belandde.' Hij wekte de indruk dat hij weer een vraag verwachtte, want hij stak zijn hand op, met de handpalm naar zijn toehoorders gekeerd. 'Jaja, Kwekerij Hurumlandet, daar kom ik nog op, daar kom ik nog op. Hoe dan ook... waar was ik?' Plotseling onderdrukte hij een gaap; hij zag er niet uit alsof hij erg veel slaap had gehad. Dat verklaarde misschien waarom hij Gabriel en Mia in de gang zo chagrijnig had begroet.

'Helene Eriksen,' zei Ylva.

'Ja, prima, dank je,' hernam Munch. 'Gisteren zijn we in contact geweest met degene die de dagelijkse leiding van die kwekerij heeft, Helene Eriksen. Zij was ook degene die Camilla drie maanden geleden als vermist had opgegeven. Ludvig en ik zijn gisteren met haar naar het forensisch instituut geweest en ze kon bevestigen dat het meisje dat we hebben gevonden Camilla is.' Munch zweeg even, en hij keek weer naar Grønlie. 'Hoe was het met haar?'

Ludvig schudde zuchtend zijn hoofd. 'Niet zo best. Ze verkeerde in shock.'

'Maar je hebt haar thuisgebracht?'

Ludvig knikte.

'En daar is ze door iemand opgevangen?'

Weer knikte Ludvig. 'Ene Paulus. Haar assistent, ik geloof dat hij haar rechterhand is in de kwekerij.'

'Mooi zo.' Munch bladerde nogmaals in zijn aantekeningen.

Het werd stil in de kamer en niemand zei iets. Hij drukte weer op de knop. Nu verscheen er een foto van de plaats delict, een die ze al eerder hadden gezien. Het meisje, Camilla, lag naakt in die rare houding in de hei, met die witte bloem in haar mond.

'Die Paulus...' vervolgde Munch, en hij keek Grønlie weer aan.

'Nee, van hem hebben we nog geen foto.'

'Oké. Hoe dan ook, die Paulus schijnt een van de vroegere bewoners van de kwekerij te zijn, en voor zover wij begrepen hebben neemt hij daar nu een vertrouwenspositie in. Hij heeft ons vanmorgen vroeg een lijst gegeven van bewoners, medewerkers, leraren en alle andere betrokkenen.'

'Sorry.' Deze keer klonk Ylva bijna opgelaten. 'Die Kwekerij Hurumlandet, wat is dat voor iets?'

'Het spijt me,' zei Munch nogmaals, en hij streek over zijn voorhoofd, waarna hij een hernieuwde gaap onderdrukte. 'Ludvig, wil jij die beantwoorden?'

'Oké.' Ludvig wierp een blik op de papieren die voor hem op tafel lagen. 'Kwekerij Hurumlandet is een opvangcentrum voor probleemjongeren. Het is in 1991 opgericht door Helene Eriksen als privéonderneming, maar wordt gesubsidieerd door de staat en is tevens verbonden met andere instellingen en instanties, de Dienst Pedagogie en Psychologie, de Regionale Afdeling Spijsverteringsstoornissen in het Ullevål-ziekenhuis en het Dikemark-ziekenhuis. Ik heb een aantal telefoontjes gepleegd, en het centrum wordt overal als goed beoordeeld. Het lijkt erop dat kinderen en jongeren die nergens anders functioneerden echt iets aan het verblijf in Kwekerij Hurumlandet hebben gehad, een paar hebben er jarenlang gewoond.' Hij bladerde wat. 'Zoals gezegd hadden we weinig tijd, maar degenen die ik aan de lijn heb gehad gaven niet alleen dat centrum maar vooral die Helene Eriksen een hoop complimenten, ik kreeg de indruk dat ze voor die kinderen en jongeren een soort moeder is. Vandaag ga ik er verder mee aan de slag, maar tot nog toe ben ik niets tegengekomen wat een slecht licht werpt op dat centrum of op haar, integendeel zelfs.'

'Mooi, Ludvig, dank je. Eh...'

'Mijn beurt nu?' zei Kim Kolsø met een scheef lachje.

'Ja, prima, Kim.'

'Nadat we haar gevonden hadden, hebben we mensen naar de plaats delict gestuurd,' zei Kim. 'Op deuren geklopt en de hele omgeving uitgekamd, maar wat technische sporen betreft hebben we weinig om mee te werken. Het is daar een bekend wandelgebied waar een hoop mensen komen, dus voetsporen kunnen we wel vergeten, dan moeten we de schoenen van de halve provincie gaan onderzoeken, denk ik zo. In het omliggende gebied hebben we verder ook niets gevonden, wat ik persoonlijk merkwaardig vind, maar we zijn nog bezig. We hebben zo veel mogelijk personeel ingeschakeld uit Svelvik, Røyken en Sande en we zoeken door tot we iets vinden, want ergens moet toch iets bruikbaars zijn. We hebben een groot gebied te doorzoeken, dus het kan even duren, maar we zijn al begonnen en blijven ermee doorgaan. Iets technisch hebben we natuurlijk al wel, maar dat hebben jullie al gezien. De veren, de kaarsen, die bloem in haar mond, dat is trouwens een lelie. En dan hebben we nog een ooggetuige.' Hij scrolde even over zijn iPad. 'Een gepensioneerde vrouw, ene Olga Lund. Ze woont aan de weg die naar het pad leidt waar we haar in de buurt hebben gevonden, en volgens haar zeggen had ze vlak na het vroege journaal op de televisie een wit bestelbusje met een plakplaatje op de zijkant voorbij zien rijden, en dat vlak voor het avondnieuws langs dezelfde weg weer terug zien rijden, alweer volgens haar zeggen.'

De aanwezigen glimlachten even. Ze konden zich heel goed voorstellen dat de oude dame de tijd bijhield aan de hand van de vaste programma's van de nationale omroep.

'Plakplaatje?' vroeg Mia, de eerste keer dat ze haar mond opendeed.

Kim lachte. 'Ja, dat was wat ze zei.'

'Een logo?'

'Dat zal ze wel bedoeld hebben, ja.'

'Zei ze niet welk logo?'

Kim scrolde nogmaals over zijn iPad. 'Daar zie ik hier niets over staan, ik heb het verslag gekregen van een agent daar, maar ik denk dat ik er zelf maar eens heen ga om met haar te praten.'

'Mooi, Kim, dank je. Gabriel?'

Gabriel was in gedachten verzonken geweest en schrok op toen hij zijn naam hoorde. 'Ja?'

'De gegevens van haar telefoon?'

'Zijn opgevraagd en onderweg,' antwoordde Gabriel.

'Mooi.'

Gabriel keek naar Mia, die hem een knipoogje teruggaf.

'Oké,' zei Munch. 'Mia?'

Mia stond op en nam voor het scherm plaats. Munch gaf haar de afstandsbediening van de beamer en ging op een stoel naast de lessenaar zitten. Mia streek haar lange donkere haar achter haar oren, schraapte even haar keel en liet de eerste foto verschijnen.

'Ik heb niet zo goed de tijd gehad om hiernaar te kijken, ik heb deze gisteren pas gekregen,' zei ze bijna verontschuldigend. 'Maar het gaat hier om een aantal zaken die denk ik van groot belang voor ons zijn. Een aantal keuzes waarvoor we geplaatst zijn, verschillende invalshoeken waar we iets mee moeten doen.'

Het was nu doodstil, en Mia keerde zich naar het scherm toe. 'Dit is ongetwijfeld gepland, en al lang van tevoren. Het eerste wat me opviel was de enscenering op de plaats delict, het lijkt bijna een spel, vinden jullie ook niet?' Mia werkte een paar foto's af zonder op antwoord van de aanwezigen te wachten. 'De pruik. De veren. De kaarsen om haar heen. Dat ze naakt is. De positie waarin haar armen zijn geplaatst. De bloem in haar mond. Een ritueel. *Een offer.* Dat was natuurlijk het eerste waar ik aan dacht, en dat geldt vast ook voor jullie. Zoals jullie zien...'

Mia deed een stap naar het scherm en wees verschillende punten op de foto aan. 'De manier waarop die kaarsen zijn neergezet. Daar ga je meteen iets bij denken, toch? Want dat is een bekend symbool. De poort naar, tja, de duisternis, de duivel, ik trek op dit moment dus geen conclusies, ik zeg alleen wat er spontaan bij me opkomt. Maar voor mij valt er niet aan te twijfelen dat we met een persoon, of een groep van personen te maken hebben die zich hiermee bezighoudt. Occultisme. Satanisme.' Nu keek Mia de kamer in om te zien of er vragen waren, maar iedereen zat er nog steeds doodstil bij. 'Begrijpen jullie wat ik bedoel?'

Een enkeling knikte even, maar nog steeds deed niemand zijn mond open.

'Ik bedoel, er ligt een jong meisje, spiernaakt, op een bed van veren in een pentagram van kaarsen, en voor zover ik begrijp waren er geen sporen van seksueel geweld, of wel?' Ze keek naar Munch, die zijn hoofd schudde. 'Nietwaar?' Mia klikte een reeks nieuwe foto's tevoorschijn.

'De maagd,' vervolgde ze, en ze stopte bij een close-up van het meisje; Gabriel slikte. 'Daar gaan al die rituelen om, toch?'

Nog steeds zei niemand iets.

'Ik bedoel niet dat Camilla Green nog maagd was. Weinig zeventienjarige meisjes zijn dat tegenwoordig nog. Maar dat ze niet seksueel is misbruikt, dat ze tussen al die symbolen is neergelegd, naakt, en rein, snappen jullie, daar moeten we beslist iets mee doen.' Mia pakte Munchs flesje mineraalwater, nam een slok en verzonk in haar eigen gedachten.

'Mia?' Munch kuchte voorzichtig.

'Wat?' Ze keek hem aan. 'Ja. Sorry.' Ze drukte weer op de knop en er verscheen een nieuwe foto. 'Dus,' vervolgde ze, 'ik heb nog niet zoveel tijd gehad om die foto's te bekijken, en waar ik het nu over heb, is dan ook de *buitenkant*, akkoord? Ik ben er nog niet verder in gedoken, ik probeer alleen onder woorden te brengen wat we van buitenaf zien. Wat dit ons vertelt. Ons als toeschouwers, begrijpen jullie wat ik bedoel?'

Mia keek weer op en lachte de aanwezigen voorzichtig toe. Hier en daar werd wat geknikt, ook al wist Gabriel dat de anderen net als hijzelf het gevoel hadden dat ze erbij zaten als studenten die vol ontzag naar een hoorcollege luisterden.

'Mooi. Van buitenaf dus. We kijken er van buitenaf naar.' Ze klikte een aantal keren achter elkaar, een nieuwe reeks foto's, dezelfde die ze al eerder hadden gezien. 'Dus iemand heeft haar hier neergelegd. Naakt. In een bepaalde houding. Haar geëxposeerd. Een zeventienjarig meisje. Camilla Green. En het volgende dat ik dacht, was...' Even verzonk ze weer in gedachten, maar niet zo lang dat Munch haar wakker moest schudden. 'Was het de bedoeling dat wij haar zouden vinden? Moest ze zichtbaar zijn? Dat is een belangrijke vraag.' Ze keek naar Munch.

Die leek op dat moment evenzeer op een student als de rest van de aanwezigen, maar knikte desondanks. 'Ongetwijfeld.'

'Dan hebben we, ja, laten we zeggen, het meer technische aspect,' hernam Mia. Ze klikte nog een paar keer, ditmaal totdat de foto kwam die niet van de plaats delict afkomstig was, maar eerder op een klassenfoto leek. 'Camilla Green was een kerngezonde, normale meid. Weliswaar met problemen, een pleegkind, ze woonde in een soort tehuis, eh...?'

'Kwekerij Hurumlandet,' vulde Munch aan.

'Inderdaad, maar technisch gezien heeft dat niets met de zaak te maken. Haar verleden dus. Want kijk hier eens...'

Nieuwe foto's.

'Toen ze verdween, had Camilla een normaal gewicht. Maar toen ze werd gevonden, zag ze er zo uit.'

Gabriel kon er nu bijna niet meer naar kijken.

'Mager. Uitgehongerd. Met blauwe plekken en verwondingen op haar knieën.' Mia klikte weer. 'Haar ellebogen...' en nog eens, '... haar handpalmen. En nog een technisch aspect: ze verdween drie maanden geleden. Als gezonde tiener. Nu duikt ze weer op, in deze toestand. Wat maken we daaruit op? Puur technisch gezien?' Ze keek de kamer in.

'Ze is gevangengehouden,' zei Kim Kolsø.

'Dat denk ik ook,' zei Mia, en ze nam nog een slokje uit het flesje voor haar.

Gabriel sloeg zijn ogen neer, want hij kon die foto niet langer aanzien. Gevangengehouden? Hij merkte dat hij niet de enige onder de aanwezigen was die dit niet helemaal kon verwerken.

'Nog vragen?' wilde Mia weten.

Het duurde even voordat iemand iets zei. 'Dat... dierenvoer roept vragen bij me op,' zei Ylva voorzichtig.

Gabriel keek naar het nieuwe meisje. Ze was wit weggetrokken, alsof ze niet helemaal begreep wat ze zojuist had gezien. Hij kon daar wel in komen. Hij had hetzelfde gevoel gehad toen hij voor het eerst in de briefing room had gezeten en foto's te zien had gekregen van een realiteit waarover hij daarvoor alleen maar in de krant had gelezen.

'Ja, hè?' zei Mia, en ze verzonk weer even in gedachten.

'Dus...?' zei Ylva.

'Een dier,' antwoordde Mia.

'Wat bedoel je?'

'Ik bedoel, denken jullie dat ook niet?' Ze keek de kamer in.

'Een dier?'

'Ja, geloof je ook niet, Kim?'

'Ik weet niet wat ik moet geloven, Mia,' zei Kim zacht. 'Hoe bedoel je, een dier?'

'Ze is als een dier behandeld.' Mia nam nog een slokje water.

'Maar waarom...?' Ylva weer, nog steeds zo wit als een doek.

'Dat weet ik niet.' Mia haalde haar schouders op. 'Zoals gezegd heb ik deze foto's gisteren pas gekregen. Dit is alleen maar wat er in eerste instantie bij me opkomt.' Ze keek vragend naar Munch, die knikte dat ze weer kon gaan zitten.

'Prima,' zei hij, terwijl Mia naar haar plaats terugliep.

Het bleef nu lang stil. De anderen hadden Mia al eerder meegemaakt en kenden haar capaciteiten, maar Ylva zag er nog steeds uit alsof ze het gebeurde niet helemaal had gevolgd.

Munch stond op en ging weer voor het scherm staan. 'Oké.' Hun chef krabde even in zijn baard. Hij zag eruit alsof hij stof tot nadenken had gekregen. 'Dan hebben we nu een sigaret nodig,' vervolgde hij, en hij klapte even in zijn handen. 'Twee korte trekjes, meer niet, en dan gaan we weer door, dit is spannend.'

Niemand zei iets, maar Gabriel zag Kim geforceerd glimlachen. Munch was de enige van het team die rookte, dus die pauzes laste hij altijd alleen maar voor zichzelf in. Hij trok zijn jas aan en verdween naar het rookbalkon, terwijl de anderen gewoon bleven zitten.

'Spannend?' zei Kim verbaasd. 'Wat is er vandaag met hem aan de hand?'

Mia haalde haar schouders op.

'Het...' begon Ludvig Grønlie, maar hij deed zijn mond even snel dicht als hij hem geopend had.

'Wat?' zei Kim met een vragende blik naar zijn collega, die keek alsof hij liever geen antwoord zou geven.

'Hij kan het misschien beter zelf zeggen,' mompelde Ludvig voorzichtig. 'Als hij al van plan is om het ons te vertellen, daar ben ik niet helemaal zeker van.'

'Wat dan?' vroeg Mia nieuwsgierig.

Ludvig leek opnieuw te weifelen. Toen trok hij een van de papieren uit het stapeltje voor hem en schoof het haar toe. 'We hebben een uur geleden de lijsten gekregen.'

'Welke lijsten?'

'Van de werknemers. Bij Kwekerij Hurumlandet.'

'O god,' zei Mia.

'Hoezo, god?' vroeg Kim.

'Rolf Lycke,' prevelde Mia.

Kim pakte het papier. 'Wie is Rolf Lycke nou weer?'

'De vriend van Marianne.'

'Welke Marianne?'

'Marianne Munch,' zei Ludvig aarzelend.

'Zijn ex?' vroeg Kim verrast.

'Inderdaad. De vriend van Marianne Munch. Rolf Lycke. Hij is daar leraar.'

'Jezus.'

'Ja, hè?' mompelde Ludvig, en hij stopte het blad papier terug in de stapel toen Munch van het balkon terugkwam en zijn jas uittrok.

15

Isabella Jung stond in haar kamer voor de spiegel en merkte dat ze vreselijk zenuwachtig was. Zo had ze zich nog niet eerder gevoeld. Nooit. Eigenlijk heel gek. Toen de psycholoog een paar maanden eerder deze plek had voorgesteld, had ze gereageerd zoals altijd, whatever, zo'n beetje van *mij een zorg*, maar nu was het heel anders.

Ze was haar leven lang van de ene instelling naar de andere verhuisd. Ook daar in Hammerfest. Ze noemde het 'daar in Hammerfest', want daar kwam ze dus niet vandaan, dat wisten ze toch? Ze wilde naar papa in Fredrikstad toe, maar papa was niet goed genoeg, dus dat ging niet. Volgens jeugdzorg. Maar zij zat er niet mee dat hij een beetje dronk, dat hij niet de hele tijd thuis was. Ze kon toch zeker haar eigen eten maken? Zelf haar schooltas inpakken en de weg naar de bus vinden? Maar nee hoor, ze moest en zou naar mama.

Mama.

Isabella huiverde enigszins bij de gedachte en vroeg zich even af of ze zich anders moest opmaken, misschien iets mooiers moest aantrekken, een blouse of zo, misschien niet dat vest en die broek met de gaten, ook al wist ze diep in haar hart dat Helene zulke dingen in wezen niet belangrijk vond.

Mama.

Ze vloekte binnensmonds. Dat vreselijke mens was toch zeker geen moeder? Snapten ze dat niet? Dat papa veel beter was? Een moeder moest zich om haar kinderen bekommeren. Leuke dingen zeggen. Ze prijzen. Niet de hele tijd klagen. Overal over schelden. Zeggen dat ze lelijk was. Dat ze niks kon. Dat er nooit iets van haar zou worden. Dat ze nergens voor deugde, hoe goed ze het ook deed op school, hoe positief de leraren ook over haar praatten, hoe netjes ze haar kamer ook opruimde. Schelden, altijd schelden, nooit een omhelzing, nooit een vriendelijk woord, nooit, daarom was ze in een instelling beland, eerst eentje, toen nog een, dus was ze uiteindelijk maar weggelopen, ze was toen dertien geweest. Het hele eind gelift. Veertienhonderd kilometer. Zonder problemen helemaal tot Fredrikstad gekomen. Hoe moeilijk kon het zijn? Ze kon zich toch best zelf redden, als ze maar niet bij mama hoefde te wonen? Wat gaf het nou dat haar vader dronken achter het stuur had gezeten en de bak in moest? Ze kon zich best zelf redden. Maar nee, dat mocht niet. Ze waren haar weer komen halen, en deze keer was ze in de kliniek voor spijsverteringsstoornissen in Oslo beland, omdat ze niet at, omdat ze zo mager als een lat was.

En sindsdien konden ze van haar allemaal de pot op.

Whatever.

Mij een zorg.

Maar ze had geruchten gehoord. Van de meisjes in de kliniek. Dat het daar goed was. Bij Kwekerij Hurumlandet. Dat het anders was dan op al die andere plekken. Dus toen haar psycholoog met dat voorstel kwam, had ze met tegenzin ja gezegd, en nu stond ze voor de spiegel en merkte ze tot haar verbazing dat ze vurig hoopte dat dit gesprek goed zou verlopen, zodat ze mocht blijven.

De eerste dag was ze niet zo positief geweest. Had ze gedacht dat het net zo zou gaan als het altijd op al die andere plekken was gegaan. Want hier golden ook regels. Het terrein bestond uit een hoofdgebouw met kantoren en een klaslokaal. Want ze moesten naar school, dat was verplicht, en al leek het rooster geen probleem, van leraren had ze de afgelopen jaren ook genoeg gekregen. Dan was er het grote internaat waar de meisjes woonden, het kleine internaat voor de jongens, de drie grote kassen en hier en daar wat kleine gebouwen, zoals een gereedschapsschuur en een garage. Isabella was die eerste dag door Helene rondgeleid en had ook de kaart te zien gekregen met de grenzen die ze niet over mocht. Merkwaardig, had ze gedacht, dat zij bepalen waar ik wel en niet naartoe mag. Dan waren er de praktische regels. Iedereen moest om zeven uur op, om acht uur was het ontbijt, dan brachten ze tot de lunch een dagdeel met werk in de kassen of op school door, al naargelang welke dag van de week het was. Daarna weer een dagdeel tot het avondeten, om zes uur, en dan hadden ze allemaal vrij tot elf uur, als ze naar bed moesten en het licht uitging. Niemand mocht het terrein af, behalve degenen die een taak hadden, bijvoorbeeld bloemen afleveren bij mensen die ze hadden besteld. En overdag hadden ze geen toegang tot het internet en mochten ze geen televisie kijken, alleen maar tussen acht en tien uur 's avonds. Bellen mocht ook niet. Je kreeg je telefoon pas na het avondeten en voor bedtijd moest je die weer inleveren. Zoals gezegd had ze na die eerste ronde gedacht: hier blijf ik niet lang, maar het was toch anders gelopen.

Al na een paar dagen was ze min of meer tot rust gekomen. Want er was iets met de sfeer hier. Niemand zeurde. Niemand klaagde. Iedereen die hier was maakte de indruk het prima naar haar zin te hebben. Isabella Jung had al snel doorgehad dat dit de verdienste van Helene was. Helene was als het ware anders dan andere volwassenen, niet neerbuigend, zo van *je bent ziek, je spoort niet, ik weet het beter dan jij, je moet naar mij luisteren.* Helene was niet zo. Helene was bijna altijd opgewekt. Niet op zo'n geforceerde nepmanier, ze was gewoon zo. Als ze hun iets wilde leren of laten zien, nam ze daar altijd ruimschoots de tijd voor, ze was altijd begrijpend en geduldig, liet het iedereen altijd meer dan eens proberen, en als ze het eventueel anders wilden doen, dan mocht dat. Al na een paar weken had Isabella liggend in bed in haar kamertje gedacht: hier wil ik blijven.

Voor het eerst sinds lange tijd had ze zich... ja, bijna gelukkig gevoeld. In veel van de andere instellingen waar ze was geweest had niemand zich erom bekommerd wat ze deed, zolang ze de regels niet overtrad. 's Morgens laat op. 's Avonds net zo lang opblijven als ze wilde. Uren op het internet, televisieseries, films, clips op YouTube, Facebook, chatten, er was een tijd geweest dat ze zo lang achter het scherm zat dat ze vlekken voor haar ogen had gekregen, bijna alsof haar hersens hadden overgegeven. En ze had in elk geval niet gedacht dat ze het fijn zou vinden om zo krankzinnig vroeg op te staan, om zeven uur, god nog aan toe, en dan nog de hele dag werken ook? Maar ze vond het heerlijk.

Het gevoel was gekomen toen ze voor het eerst in de grootste plantenkas was. Waar de orchideeën waren. Het gevoel dat ze zo'n beetje was thuisgekomen, in zekere zin. Paulus was verantwoordelijk voor de bloemen. Paulus was heel knap. Blauwe ogen, lange bruine krullen en net als Helene heel aardig en behulpzaam. In het begin was het moeilijk geweest om alles te snappen, te leren hoe het moest, maar van lieverlee was ze zich er haast op gaan verheugen om 's morgens op te staan. Af en toe werd ze zelfs al voor zevenen wakker, helemaal uit zichzelf, voordat de wekker ging, ze kon niet wachten tot ze in de kas was.

Isabella besloot zich toch niet op te maken, trok haar gewone broek en vest aan, keek nog een laatste keer in de spiegel en liep haar kamer uit. Dat besluit had ze lang geleden eens genomen nadat een paar kinderen in haar klas op de school in Hammerfest haar ergens om hadden gepest, ze wist nu niet eens meer waarom. *Ik ben mezelf, en als dat de mensen niet bevalt, dan moet dat maar.* Sindsdien probeerde ze volgens die regel te leven, ook al was dat niet altijd makkelijk.

Pas toen ze haar deur achter zich had dichtgetrokken zag ze de bloem op de grond liggen. Een witte lelie? Waarom lag er een witte lelie voor haar deur? Ze raapte hem op en bleef er even naar staan kijken. Pas toen ontdekte ze het briefje op haar deur.

Ik vind jou lief.

Isabella keek snel de gang rond, terwijl ze voelde dat haar wangen begonnen te gloeien. Iemand had een bloem op de grond gelegd. Een briefje op haar deur geplakt. Hier gestaan en zelfs niet durven aankloppen, alleen die bloem op de grond gelegd, het briefje op de deur geplakt en zich stilletjes uit de voeten gemaakt.

Ik vind jou lief.

Er stond een schets onder. Een soort handtekening. Degene die die bloem hier had neergelegd was zo verlegen geweest dat hij niet eens zijn naam had durven schrijven, maar in plaats daarvan iets had getekend. Ze zag eerst niet precies wat het was, maar na een poosje begreep ze wat het zou kunnen zijn. Een vogel, het leek beslist een vogel, een met grote ogen, een uil misschien? Terwijl ze om zich heen keek, hield Isabella de bloem onder haar neus, en ze voelde haar hart wat sneller kloppen.

Iemand vindt mij lief?

Een heimelijke bewonderaar?

Ze liep haar kamer weer in, legde de bloem en het briefje voorzichtig onder haar kussen en trok toen de deur achter zich dicht, om lichtvoetig de trap af te dalen.

Ze was het internaat nog niet uit of ze begreep dat er iets mis was.

Daar stond Cecilie, een van de meisjes die ze hier het aardigst vond, met tranen in haar ogen en haar armen om Synne heen, een van de andere meisjes die ze ook erg mocht.

'Wat is er?'

'Weet je het nog niet?' snikte Cecilie. Ze had zo te horen moeite met praten.

'Nee, wat is er dan? Zeg het nou maar.'

'Ze hebben Camilla gevonden.'

'Camilla Green?'

'Ze is dood. Iemand heeft haar vermoord. Ze hebben haar in het bos gevonden.'

'Jezus,' stamelde Isabella.

'Helene wil ons allemaal in het klaslokaal hebben,' huilde Cecilie.

'Jezus. Maar... hoe...?'

Ze werden onderbroken door Paulus, die hun vanaf de andere kant van het erf toeriep: 'Helene wacht op jullie, meisjes. Komen jullie?'

De jongen met de donkere krullen klonk ongelofelijk triest. Zijn stem brak bijna.

Isabella Jung sloeg haar arm stevig om Cecilie heen en streelde haar voorzichtig over haar haar, terwijl de drie jonge meisjes elkaar steun boden op hun langzame gang naar het hoofdgebouw.

16

Het was zes uur en de hoofdstad was al in een dikke duisternis gehuld toen Munch en Mia in de zwarte Audi naar Kwekerij Hurumlandet reden. Als het aan Mia had gelegen, waren ze al veel eerder gegaan, meteen na de briefing, want daar moesten ze beginnen: praten met die Helene Eriksen, iets te weten komen over het leven van Camilla Green. Maar Munch had nee gezegd. Niet voor zes uur.

Helene Eriksen moest eerst iedereen op de hoogte brengen, dat was de reden waarom ze hadden gewacht. Iedereen die Camilla kende moest het tragische nieuws horen voor de politie binnen kwam stampen. En daarom waren nu alleen zij tweeën daarheen onderweg, *dan komt de hele horde niet tegelijk binnendenderen*, zoals hij het had uitgedrukt. Op dat punt was Mia het met hem eens. Een groep jongeren met een problematisch verleden, dan was het niet ondenkbaar dat er een paar tussen zaten die ook een problematische relatie met de politie hadden, of met het gezag in het algemeen. Om dan op volle sterkte met loeiende sirenes uit te rukken kon eerder schadelijk dan nuttig zijn als het erom ging de benodigde informatie te krijgen. Maar als het aan Mia had gelegen, had ze zich dus kunnen voorstellen dat ze eerder waren gegaan. Want nu dreigde haar het een en ander te ontglippen. Dingen die ze over het hoofd had gezien. Op die foto's. Mia kon haar vinger er niet helemaal achter krijgen, maar ze voelde dat ze haast hadden. Dat ze geen tijd te verliezen hadden.

Te ongeduldig.

Dat was ze misschien ook wel. Munch was veel stabieler, veel rustiger, ook al was zijn optreden vandaag merkwaardig geweest. Maar nadat Ludvig Grønlie haar die lijst met namen had laten zien, begreep ze waarom.

Ze haalde een pastille uit de zak van haar jas en rolde het autoraampje omlaag toen Munch weer een sigaret opstak en de E18 op zwenkte. Het was al sinds vijf uur pikdonker, een dichte, alles overschaduwende duisternis die Mia niet beviel. Die tijd van het jaar. Die was haar nooit bevallen. Kou. Een constante zwarte deken om hen heen, alsof de wereld nog niet onmenselijk genoeg was, en dan zouden ze ook nog eens gedwongen zijn om maanden zonder licht te leven. Nu gleed ze weer over haar heen, die warmte uit haar droom van Sigrid op de akker, maar ze weerde het af, gruwde bijna van het idee dat ze nog geen vierentwintig uur geleden de deksels van de potjes had gedraaid en de inhoud van het eerste had ingenomen.

Hij had haar weer gered. Het hing van toevalligheden aan elkaar. Als Munch niet op dat moment op haar deur had gebonsd, was ze er niet meer geweest. Ze had haar vinger in haar keel gestoken en de pillen weer uitgebraakt. Mia merkte dat ze zich een beetje schaamde. Ze had zichzelf beloofd om het te proberen, en vervolgens had ze het al zo snel opgegeven.

Ze boog zich naar voren en drukte op het digitale paneel tussen hen in, zette de kachel vol aan en dacht even na, maar er was geen ontkomen aan, het had geen zin om te doen alsof ze het niet wist.

'En, wanneer was je van plan geweest het tegen me te zeggen?' vroeg ze.

'Wat?'

'Kom nou, Holger, ik heb die lijst toch gezien, we hebben hem allemaal gezien, ik snap niet helemaal hoe je je dit had voorgesteld.'

'Wat dan?' vroeg Munch, al zag ze dat hij best wist waar ze het over had.

'Rolf. Rolf werkt daar als leraar.'

Munch zag eruit alsof hij nog een sigaret wilde opsteken, maar hij deed het niet en bleef door de voorruit zitten staren.

'Je weet dat je om die reden eigenlijk niet aan deze zaak kunt werken? Dat je eraf wordt gehaald zodra Mikkelson het ontdekt? Ik weet het niet precies, Holger, maar hoe had je je dit voorgesteld? Er is hier sprake van een enorme belangenverstrengeling, en jij zegt helemaal niks tegen de rest van het team, en...'

'Oké, oké.' Hij onderbrak haar met een geïrriteerd gebaar en bleef nog even door de ruit staren. Toen antwoordde hij zonder haar aan te kijken: 'Ze gaan trouwen.'

'Wie?'

'Marianne en Rolf.'

Mia schudde haar hoofd. 'Wat heeft dat verdomme met deze zaak te maken?'

Munch zweeg weer.

'Kom nou toch, Holger, zo incapabel ben je toch niet?'

'Hoe?'

'Moet ik het echt zeggen?'

'Moet je *wat* zeggen?' Munch klonk nu geërgerd, of misschien eerder teleurgesteld. Hij ging op de linkerbaan rijden om een vrachtwagen te passeren, zwenkte weer naar rechts, stak zijn hand naar het pakje sigaretten op het dashboard uit en stak er nu wel een op.

'Holger,' zuchtte Mia, 'ik hoef geen psycholoog te zijn om te begrijpen wat je denkt, maar het slaat toch nergens op?'

'Wat dan?' vroeg Munch, al zag hij er ook nu weer uit alsof hij wist wat ze zou gaan zeggen.

'Dat als Rolf Lycke op miraculeuze wijze bij deze zaak betrokken zou blijken te zijn, Marianne natuurlijk bij hem weggaat, en dan ligt de terugweg open. Ik bedoel, kom nou, Holger, een Hollywoodfilm met een slecht script en een happy end? Dat is toch niks voor jou.' Ze glimlachte nu flauwtjes naar hem en was blij dat hij na enig nadenken teruglachte.

'Soms erger ik me echt kapot aan je, weet je dat?'

'Ja, dat weet ik. Maar een van ons tweeën moest het zeggen.'

Munch schudde even zijn hoofd, als om zijn eigen kinderachtigheid te bevestigen. 'Hij had een groot boeket bloemen bij zich,' zei hij met een lichte zucht.

'Dat vind ik rot voor je. Maar allemachtig, na tien jaar? Het is tien jaar geleden.'

'Weet ik, Mia.'

'Dus wat doen we ermee?'

'Waarmee?'

'Met het feit dat hij daar werkt. Dat er voor jou sprake is van belangenverstrengeling en dat je eigenlijk niet aan die zaak kunt werken.'

Munch drukte het gaspedaal in en passeerde nog een vrachtwagen. Toen zuchtte hij weer even en antwoordde: 'We strepen hem zo snel mogelijk weg.'

'Dat zou kunnen werken. Het spreekt vanzelf dat hij er niet bij betrokken is.'

'Vanzelf.'

'Dus we zorgen dat dat vast komt te staan en voeren hem van de lijst af.'

'Precies,' zei Munch.

'Dat klaren we wel.'

'Uiteraard.'

'Probleem opgelost.'

'Wat voor probleem?'

'Precies.' Mia glimlachte.

'Waar hangt Curry eigenlijk uit?' vroeg Munch toen ze Asker naderden en de afslag namen naar de provinciale weg.

Hij wilde duidelijk van onderwerp veranderen, en Mia ging er maar al te graag op in. Ze had de bevestiging en het antwoord gekregen die ze had gewild. Hij gedroeg zich echt anders. Ze wist wel dat hij Marianne nog steeds vreselijk miste, maar dat hij hier na tien jaar nog zo zwaar aan tilde verwonderde haar, en ze had met hem te doen.

'Geen idee,' antwoordde ze. 'Hij neemt zijn telefoon niet op.'

'Maar hij moet toch verdomme de moeite nemen om naar zijn werk te komen. Hij weet best wat we op ons bord hebben,' bromde Munch over het stuur heen.

'Weet ik, maar zoals ik al zei krijg ik hem niet te pakken. Ik heb ook een bericht voor Sunniva achtergelaten. Zij nam ook niet op.'

'Ik kan niet nog iemand missen,' mompelde Munch verbeten.

'Hoe bedoel je?'

'Heb je het niet gehoord?'

'Wat gehoord?'

Munch keek haar aan. 'Kim.'

'Wat is er met Kim?'

'Het kan zijn dat hij bij ons weggaat.'

'O?' vroeg Mia verrast. 'Hoe dat zo?'

'Hij heeft gevraagd of hij naar Hønefoss overgeplaatst kan worden.'

'Kim? Naar de provincie?' Mia lachte. 'Waarom wil hij dat in vredesnaam?'

'Ik geloof dat hij ook gaat trouwen,' mompelde Munch. 'Dat lijkt tegenwoordig in te zijn.'

'Trouwen? Met wie dan?'

'Herinner je je die lerares daar nog? Die twee broertjes?'

'Uiteraard,' zei Mia. 'Die dat kleine meisje aan de boom hadden gevonden? Tobias en Torben?'

'Ja. Emilie Isaksen. Zij en Kim zijn een stel, en ik geloof dat ze overwegen die jongens te adopteren.'

'Mooi toch,' zei Mia opgewekt.

Munch lachte kort. 'Ja, tot op zekere hoogte, mooi voor hen, maar niet voor ons, hè? Ik weet niet wat we zonder Kim aan moeten en als Curry het verdorie zelfs niet opbrengt om naar zijn werk te komen...'

'Je vindt heus wel een goede vervanger, dat krijg jij wel voor elkaar.'

'Hij mag niet weg voor we deze zaak hebben afgerond, dat heb ik hem duidelijk aan zijn verstand gebracht,' gromde Munch.

'Dus, wat denk je?' vroeg Mia toen de koplampen van de auto het bord voor hen beschenen. KWEKERIJ HURUMLANDET 500 M.

'Van deze zaak?'

'Ja?'

'Onder ons gezegd en gezwegen? Ik heb hier een heel slecht gevoel over. Dit heeft iets... Ik herken het, begrijp je wat ik bedoel?'

'Iets duisters,' zei Mia zachtjes.

Munch knikte langzaam, sloeg van de hoofdweg af en reed door een laantje naar iets in de verte wat het licht van een plantenkas zou kunnen zijn.

17

De muren van het kantoortje van Helene Eriksen straalden verdriet uit. Mia was Holger dankbaar dat hij de blonde vrouw en de andere bewoners de tijd had gegund om de schok te verwerken. Op dat moment wenste ze dat ze helemaal niet hadden hoeven komen, want de lange vrouw die voor hen zat leek volkomen kapot en nauwelijks in staat om een verklaring af te leggen.

'Om te beginnen wil ik je bedanken dat je ons al zo snel kon ontvangen,' zei Holger met een kuchje, terwijl hij zijn jas losknoopte. 'En natuurlijk ook dat je ons gisteravond hebt kunnen helpen, ik begrijp wat een schok dit voor je geweest moet zijn, en het spijt me dat we je nu lastig moeten vallen met vragen die voor jou met het oog op deze tragische gebeurtenis misschien niet ter zake doen. Voor ons is het uiteraard belangrijk zo snel mogelijk aan het onderzoek te beginnen. Ik weet dat Camilla daarmee niet terugkomt, dat het niet opweegt tegen het verdriet dat jullie nu allemaal hebben, maar de dader moet gestraft worden voor deze wandaad, en dat is onze taak, dus...'

'Natuurlijk,' onderbrak Helene hem.

Mia kon duidelijk zien dat deze vrouw hier de baas was. Ze had iets charismatisch, een soort welwillend gezag.

'Mooi,' zei Holger. 'We hebben de lijsten van alle mensen die hier werkzaam zijn al gekregen van je assistent...'

'Paulus,' hielp Helene Eriksen.

'Ja, Paulus, dank je. En wat we ook nodig hebben is een gedetailleerd overzicht over de patiënten...'

Helene schraapte haar keel. 'Bewoners.'

'Ja, natuurlijk, neem me niet kwalijk. Een wat gedetailleerder overzicht over, eh, de bewoners hier. Op dit moment hebben we alleen namen, maar we moeten ook toegang hebben tot rapporten, persoonlijke achtergronden, een nader inzicht in wie ze zijn en wat ze hebben doorgemaakt, waarom ze hier terecht zijn gekomen, snap je?'

Helene zag eruit alsof ze even nadacht, maar toen knikte ze.

Een trotse kloek die over haar kuikens waakt.

Mia merkte dat haar respect voor de vrouw met wie ze zojuist kennis hadden gemaakt nog toenam. Ze begreep dat het klopte wat Ludvig Grønlie over deze instelling had gezegd.

'Mooi.' Munch bladerde wat in zijn notitieblok. 'Dan, alleen maar om dit uit de wereld te helpen: je hebt Camilla op 19 juli als vermist opgegeven, maar een paar dagen daarna heb je contact met ons opgenomen om alle meldingen in te trekken. Waarom?'

'Ik voel me nu natuurlijk een idioot. Maar Camilla is nou eenmaal zo, ik bedoel... ze was zo.' Helene bleef even zwijgen en Mia zag dat ze nu tegen haar tranen vocht omdat ze in de verleden tijd over Camilla had moeten spreken.

'Hoe dan?' hielp Munch haar over dit moeilijke punt heen.

'Labiel.'

'Labiel, in welk opzicht?' vroeg Munch vriendelijk om haar weer de goede kant op te helpen.

'Nee, niet labiel, sorry, dat klopt niet. Bijzonder. Camilla was bijzonder,' vervolgde Helene. 'Niet zo dol op regels en gezag. Ze ging er vaak vandoor, maar ze kwam altijd weer terug als zij dat wilde, alles moest op haar voorwaarden gebeuren, zo was ze gewoon, als jullie begrijpen wat ik bedoel.'

'Ik snap het,' zei Munch. 'Dus, nogmaals, ze is als vermist opgegeven, maar toen...'

Helene kuchte. 'We hebben hier tamelijk strenge regels. Sommigen vinden dat fijn, anderen niet, maar zo is het nu eenmaal, zo gaat het hier toe. Voor wat hoort wat, toch?' Ze glimlachte flauwtjes naar hen.

'Dus... ze...?'

'Camilla kwam op 18 juli tegen de afspraak 's avonds niet opdagen en toen we de volgende ochtend op haar kamer keken was ze daar niet, dus gaf ik haar als vermist op.'

'En de reden dat je dat weer introk was...?'

'Ik kreeg een paar dagen later een sms'je van haar.'

'Wat stond daarin?' vroeg Munch.

Helene zuchtte hoofdschuddend. 'Dat we haar niet moesten zoeken. Dat het goed met haar ging. Dat ze naar Frankrijk was gegaan om haar vader op te zoeken.'

'En dat geloofde je?' Nu deed Mia ook haar mond open, en ze merkte meteen dat ze misschien wat te bruusk overkwam.

'Hoe bedoel je?'

'Dat bericht gaf je op geen enkele manier het idee dat er iets niet klopte?'

Helene keek naar Munch, enigszins onzeker nu. 'Nee, ik...'

'Niemand beschuldigt je ergens van, uiteraard.'

'Ik had het natuurlijk moeten merken,' zei Helene terwijl ze haar blik op het bureau voor zich richtte. 'Maar ze was een beetje...'

'Labiel?' vulde Munch aan.

'Nee, nee... zoals ik al zei was dat de verkeerde woordkeus... Eigengereid,' antwoordde de blonde vrouw, en ze keek weer op. '"Eigengereid" is beter. Camilla hield er niet van als anderen haar de wet voorschreven.'

'Dus wat jou betreft was die melding terecht?' vroeg Mia.

'Ja.'

'Heb je enig idee?' ging Mia verder.

'Waarover?'

'Over wie dit gedaan kan hebben?'

'Nee, totaal niet,' stamelde Helene, en ze keek weer naar Munch.

'Niemand van de bewoners hier, van het personeel, die een bijzondere achtergrond heeft? Iemand die het zo zwaar, zo moeilijk heeft gehad dat hij of zij het leuk kan hebben gevonden om Camilla op een bed van veren te leggen en een bloem in haar mond te stoppen?'

'Nee... ik bedoel, hoe kan ik nou...?' Nu keek ze verschrikt.

'Er kwam niet spontaan iets bij je op?' vervolgde Mia, weer zonder acht te slaan op de blik van Munch. 'Toen je haar zag? Van, dit zou *hij*, of *zij* geweest kunnen zijn...'

Helene zweeg even en sloeg na een korte blik op Munch haar ogen weer neer. 'Nee,' zei ze zacht, voordat ze weer opkeek. 'Nee, natuurlijk niet.'

Munch wierp Mia nog een strenge blik toe en leek op het punt te staan om iets te zeggen, toen ze werden gestoord doordat er op de deur werd geklopt en een jongen een hoofd vol krullen naar binnen stak. 'Helene, we moeten...' De jongen maakte zijn zin niet af toen hij zag dat ze niet alleen was. 'O, sorry, ik...'

'Nee, het is goed, Paulus,' stelde Helene Eriksen hem gerust. 'Wat is er?'

'Een paar meisjes, die... Ja, maar ik wist niet dat...' begon de jongen en hij keek nog eens naar Mia en Munch.

'Kan het later?' vroeg Helene.

'Jawel, maar...' stamelde de jongen.

'Wij kunnen wel wachten,' zei Munch. 'Geen probleem.'

De jongen in de deuropening keek naar Helene, wierp nog een snelle, ongeruste blik op Mia en Munch en richtte zich toen weer tot zijn cheffin. 'Is het goed dat je... ja, nu even komt? Als dat gaat?'

'Weten jullie zeker dat het geen probleem is?' vroeg Helene hun.

'Ja hoor,' zei Munch. 'We hebben alle tijd van de wereld.'

'Fijn, bedankt,' zei ze terwijl ze opstond. 'Ik ben zo terug.'

Ze hoorden de deur achter haar dichtgaan, en toen zaten ze plotseling alleen in het kantoortje. Munch keek Mia hoofdschuddend aan.

'Wat?' vroeg Mia, en ze haalde haar schouders op.

'Soms...' zuchtte Munch, maar daar liet hij het bij.

'Ze weet iets.'

'Verdomme toch, Mia.' Munch streek met zijn hand over zijn voorhoofd.

'Wat?' vroeg Mia weer, terwijl ze haar armen spreidde.

'Kun je niet... Ik bedoel...'

'Wat?'

'Is het dan zo moeilijk om...?' Weer schudde Munch zijn hoofd, en hij bleef naar de muur achter het bureau staren waaraan Helene zojuist nog had gezeten.

'Ze weet iets,' herhaalde Mia, terwijl de deur openging en de lange vrouw het vertrek weer binnenliep.

'Excuses. Waar waren we?' Helene ging weer op haar bureaustoel zitten.

'De patiëntendossiers?' vroeg Munch lichtelijk bezwaard, terwijl hij nog eens op zijn notitieblok keek.

'Die van de inwoners,' bevestigde Helene.

'Ja, natuurlijk, sorry. Wanneer denk je dat we die kunnen inzien?'

'Ik hoef alleen maar even met onze advocaat te overleggen,' antwoordde Helene. 'Gewoon, om er zeker van te zijn dat we alles goed doen, dat we geen informatie verstrekken die we niet mogen verstrekken, als jullie begrijpen wat ik bedoel.' Ze glimlachte tegen hen, en haar blik was nu helderder.

'Mooi.' Munch keek Mia nog even streng aan. Toen krabde hij in zijn baard en sloeg de volgende bladzij van zijn notitieblok op.

18

Gabriel Mørk zat achter zijn computerschermen in het kantoor aan de Mariboes gate, niet erg tevreden over zichzelf. De jonge hacker koesterde uitsluitend respect voor Holger Munch, maar zoals altijd had er tijdens de algemene briefing iets ontbroken. Dat was misschien de leeftijd. Munch werd binnenkort vijfenvijftig, eigenlijk nog niet zo oud, maar toch leek hij vergeten te zijn dat ze in een andere tijd leefden dan toen zijn carrière van start was gegaan.

Een jong meisje van zeventien, Camilla Green, dood aangetroffen in Hurumlandet met een bloem in haar mond, en geen mens had over de sociale media gerept. Gabriel had zijn hand op willen steken om er iets over te zeggen, maar hij had er maar van afgezien. Munch had in een merkwaardige stemming verkeerd, misschien omdat de vriend van zijn ex op de personeelslijst van de kwekerij stond. Hoe dan ook, Gabriel had niet het idee gehad dat dit het juiste moment was om zijn chef een lesje te geven over hoe het tegenwoordig werkte in de wereld.

Hij kon het beter zelf uitzoeken. En misschien zelfs een schouderklopje krijgen. Gabriel nam een slok van de cola die naast zijn toetsenbord stond en schoof een nieuw kauwgompje in zijn mond. Facebook, Twitter, Tumblr, Reddit, Instagram. Munch was een uiterst capabele rechercheur en Gabriel begreep moeiteloos waarom hij de leiding had over de eenheid aan de Mariboes gate, maar de intelligente hoofdrechercheur leefde nog in het stenen tijdperk als het om het internet en de communicatiemethoden van de jeugd van tegenwoordig ging.

Gabriel had diverse Facebookaccounts onder de naam Camilla Green gevonden, maar geen daarvan was van het meisje op de foto's die ze hadden gezien. Een meisje uit South Carolina in bikini, een oudere dame uit Florida met een foto van haar kat, iemand uit Zweden, een meisje uit Hongarije, maar de Camilla Green naar wie hij op jacht was zat er niet tussen. Raar eigenlijk, had hij meteen gedacht, raar dat ze niet op Facebook zat, maar toen was hij een beetje met de namen gaan spelen en na verschillende combinaties te hebben gebruikt had hij haar ten slotte gevonden.

C. Green.

Een Facebookpagina en een Instagramaccount. Dat had hij gevonden. Hij keek de foto's op het Instagramaccount nog eens door in een poging de politieman in zichzelf te wekken, te analyseren wat hij had ontdekt. Want er was iets geks mee. Dat was hem meteen al opgevallen. Er stond zo weinig op. Vrijwel geen statusupdates op Facebook. Weinig foto's op Instagram. Heel ongewoon voor een meisje van zeventien. Wat selfies. 'Verveel me' onder een foto van een gapende Camilla in wat hij voor haar kamer in Kwekerij Hurumlandet aanzag. 'Ga morgen op Whirlwind rijden!' onder een foto waarop ze glimlachend haar duim opstak op hetzelfde bed met dezelfde achtergrond. Wat foto's van paarden. Een paar likes. Een enkel commentaar: 'Fijne verjaardag!' en 'Ik mis je, schat!' maar verder stond er niet zoveel op, wat Gabriel merkwaardig vond, totdat hij helemaal naar onderen was gescrold en had gezien op welke datum de accounts waren aangemaakt.

30 juni.

De accounts waren nieuw en dateerden allebei van dezelfde dag. 30 juni. Nog geen drie weken voor ze was verdwenen.

Gabriel nam nog een slok cola en probeerde zijn gevoelens weer buiten te sluiten, politieman te zijn, te denken als Munch. Camilla had haar oude accounts nog geen drie weken voor haar verdwijning gewist. Waarom? Er moest iets gebeurd zijn. Niemand wiste zomaar zijn oude accounts om vervolgens nieuwe aan te maken zonder dat daar een reden voor was.

Hij bekeek de foto's nog eens en schoot rechtovereind toen er plotseling op de deur werd gebonsd en Mia Krüger haar hoofd naar binnen stak.

'Ben je bezig? Heterdaadje?'

'Wat?' mompelde Gabriel.

'Geheimpjes?' vroeg Mia.

'Wat?'

'Geen vunzigheid, hoop ik?'
'Toch wel,' zei Gabriel toen hij zich een beetje had hersteld. 'Ik zoek plaatjes voor Curry.'
'Natuurlijk.' Lachend trok Mia de ritssluiting van haar jas open. 'Wat heeft hij deze keer besteld?'
'Aziatische meisjes in klederdracht op een kameel,' zei Gabriel, terwijl hij merkte dat zijn wangen gelukkig wat minder gloeiden.
'Je meent het.' Mia grijnsde en legde haar been op het bureau.
'Nee,' antwoordde Gabriel lachend.
'Maar goed ook. Hij is tot bijna alles in staat, nietwaar?'
'Dat zal best,' zei Gabriel, nu weer wat beschroomd omdat Mia hem aankeek.
'Dus je hebt haar gevonden?' Mia knikte naar de foto's op het scherm.
'Ja.'
'Munch is geen wereldkampioen internet, hè?'
Gabriel grinnikte. 'Nee.'
'Gelukkig hebben we jou nog.' Ze gaf hem een por tegen zijn schouder.
'Jawel,' mompelde hij, en hij hoopte dat hij niet wéér een kleur kreeg.
'Dus, wat hebben we hier?' Mia staarde naar het scherm.
'Een Facebookaccount en eentje op Instagram.' Hij zette de vensters naast elkaar, zodat ze ze allebei tegelijk kon bekijken.
'Ik zal niet beweren dat ik hier erg handig in ben. Dus, wat valt hier te zien?'
'Nieuwe accounts.'
'O ja?' Mia zette grote ogen op. 'Hoe nieuw?'
'Van drie weken voor haar verdwijning,' antwoordde Gabriel.
'Serieus?'
'Ja.'
'En wat wil dat zeggen? Ik bedoel, wat maak jij daar als kenner uit op?'
'Van het internet, bedoel je?' Gabriel was nu rustiger. Zijn wangen voelden niet warm meer aan. 'Wat dat wil zeggen? Wat wil je precies weten?'
'Nou, ik heb er niet zo'n verstand van, dus ik heb geen idee. Als iemand zijn accounts wist en nieuwe aanmaakt, waarom is dat dan, denk jij?'

'Daar kunnen diverse redenen voor zijn.'

'Wat bijvoorbeeld?' vroeg Mia nieuwsgierig.

'Nou ja, het kan toeval zijn.'

'Toeval?'

'Ja, of het heeft niets te betekenen,' vervolgde Gabriel. 'Het kan zijn dat je vrienden op Facebook hebt met wie je niet meer bevriend wilt zijn, maar je vindt het lastig om ze domweg te ontvrienden, want dan moet je dat uitleggen. Dus is het makkelijker om gewoon maar een nieuw profiel te maken, snap je?'

Mia trok schouderophalend haar wenkbrauwen op. Ze maakte duidelijk zelden gebruik van de sociale media.

'Maar meestal is er iets gebeurd,' hernam Gabriel.

'Zoals?'

'Tja, dat kan van alles zijn. Je hebt het uitgemaakt met je vriend of vriendin en je wilt niet dat die weet met wie je zoal chilt, bijvoorbeeld.'

'Chillen?' vroeg Mia. 'Is dat iets wat jullie doen?'

'Wat bedoel je?'

'Met elkaar chillen? Dus dat is waar jullie daar mee bezig zijn?'

Ineens had Gabriel het gevoel dat Mia veel ouder was dan ze was. Dit was eerder een vraag voor iemand van Munchs leeftijd of misschien zelfs van de generatie daarvoor, maar hij begreep meteen dat het in haar geval niets met leeftijd te maken had. Zij bezocht de sociale media niet. Ze was een publieke persoonlijkheid. Die op haar privacy gesteld was. Destijds, een paar jaar geleden, had Mia Krüger zelfs eigen fanpages op Facebook gehad.

'Ja, als we niet naar Aziatische meisjes in klederdracht zoeken,' zei Gabriel lachend.

Mia glimlachte zonder haar blik van het scherm af te wenden. 'Paarden?' Ze plaatste haar vinger op een van de foto's.

'Ja, je krijgt de indruk dat ze graag paardreed.'

'Whirlwind,' zei ze zachtjes, terwijl ze naar het Facebookbericht wees.

'Dat zal wel een paard zijn.'

'Zit er dik in. Als het tenminste geen kameel is.'

Gabriel glimlachte en merkte dat zijn wangen weer begonnen te gloeien.

Mia kwam overeind en bleef nog even voor de schermen staan, alsof ze ergens over nadacht. 'Oké,' zei ze toen. 'Ga je mee?'

'Waarheen?'
'We hebben haar spullen meegekregen van de kwekerij.'
'Die van Camilla?'
'Ja,' zei ze. 'Ze kloppen met wat jij hier hebt.'
'Wat bedoel je?'
'Paarden. Dat lijkt me een bruikbaar uitgangspunt.' Nog steeds stond ze voor de schermen; het leek alsof ze met haar gedachten elders was. 'Kom je?' zei ze ten slotte.
'Goed.' En Gabriel volgde haar door de gang naar de briefing room.

19

De jonge hacker Skunk had nog nooit eerder voor zo'n dilemma gestaan.
Hij trok zijn muts wat verder omlaag over het stugge zwarte haar met de witte streep in het midden waaraan hij zijn bijnaam ontleende en stak de straat over om in de schaduw te kunnen blijven.
Normaliter zou het niet in zijn hoofd opkomen om naar de politie te gaan. Natuurlijk niet. Dat sprak vanzelf. In zijn wereld was het een doodzonde om het gezag en alles wat daar ook maar in de verste verte op leek erbij te halen. Skunk beschouwde zichzelf als een anarchist, een vrijheidsstrijder op het internet, en al werd hij de laatste jaren wat minder rechtlijnig en had hij de ondergrondse frontlinies verruild voor zijn inmiddels uiterst lucratieve business, de regels waren uiteraard hetzelfde gebleven. Geen politie. Geen autoriteiten. Natuurlijk niet. Maar nu? Na de film die hij gisteravond had gezien? Hij had simpel gezegd geen keus.
Verdomme nog aan toe.
Hij trok zijn capuchon over zijn hoofd, stak een sigaret op en koos een andere route dan hij anders nam als hij bij uitzondering eens de straat op ging. Skunk kwam niet zo vaak buitenshuis. Hij zou niet weten waarom. Hij had alles wat hij nodig had in zijn kelder in Tøyen. Zijn eigen bunker, waar niemand hem kon vinden. Maar nu moest hij zijn hoofd helder zien te krijgen. Hij stak nog een keer over, staarde naar de grond toen er een auto voorbijscheurde en bleef zo staan dat de bestuurder zijn gezicht niet kon

zien. Daarna liep hij door en probeerde zich ondertussen te concentreren.

Hij was er bang van geworden.

Van wat hij had gezien.

Waarom had hij verdomme geen gehoor gegeven aan zijn ingeving om bij die server vandaan te blijven? Hij had een neus voor zulke dingen, een instinct dat hem zei waar hij wel en niet moest wezen als hij op het internet zat. Dat had hem ook nu weer gewaarschuwd, maar hij had niet geluisterd. Het was een te grote uitdaging geweest. In donkere hoekjes werd al maanden over die server gefluisterd en ten slotte was het te verleidelijk geworden, maar nu had hij spijt. Wat hij had gevonden, de video die hij had gezien, was zijn bevattingsvermogen te boven gegaan. Hij had al heel wat extreme dingen gezien, maar dit?

Jezus nog aan toe.

Skunk nam nog een trekje van zijn sigaret, draaide zich snel om en keerde op zijn schreden terug. Hij schudde even zijn hoofd om zijn eigen actie. Paranoïde? Niks voor hem. In die bijna tien jaar als hacker aan de verkeerde kant van wat sommigen de wet noemden maar waar hij weinig respect voor had, was hij nog nooit bang geweest. Niet één keer. Hij had zichzelf altijd onder controle. Stortte zich nooit als een kip zonder kop in een project. Liet nooit sporen achter. Hij was geen amateur. Voor hem was het geen spelletje, zoals voor die halvezolen die zomaar ergens inbraken om erover op te scheppen. Hij prevelde een lelijk woord, gooide zijn sigaret weg, stak weer over en liep op goed geluk door, waarbij hij voortdurend over zijn schouder bleef kijken of hij soms werd gevolgd.

Skunk merkte dat de jonge anarchist in hem weer kwam bovendrijven toen hij het Tøyenpark uit kwam. Hij had echt geen slecht geweten omdat hij deed wat hij deed. Hij zag het bijna als zijn plicht. Iets wat hij op grond van zijn capaciteiten hoorde te doen. Een Robin Hood was hij bepaald niet, hij hield al het geld zelf, maar de mensen van wie hij het afpakte waren zulke fraudeurs dat ze niet beter verdienden. Zijn werkwijze was even eenvoudig als geniaal. Hij koos een bedrijf uit dat hem niet beviel, zocht naar een gat in de beveiliging en haalde informatie op over de onzuivere transacties waar de meesten zich aan bezondigden – corruptie, omkoperij, overtreding van de milieuvoorschriften, je kon het zo gek niet bedenken. En dan moesten ze dokken.

Skunk schudde zijn hoofd en de anarchist in hem gaf zich weer aan dat gevoel over. Als het Noorse volk zou weten wat ze uitvoerden, die grote, populaire vennootschappen waar ze dagelijks mee te maken hadden, waarvan de producten in alle winkels stonden en die als steunpilaren van de maatschappij werden beschouwd, hoe ze eigenlijk aan hun geld kwamen, hoe ze zo rijk waren geworden, dan zou het volk misschien ook in opstand komen, maar dat was niet zo.

Opium voor het volk.

Skunk was geen communist, hij hield er geen ideologie op na, maar op dat punt had hij gelijk gehad, Karl Marx. Geef de mensen een religie of stompzinnig vermaak om ze af te leiden, zodat ze niet tot het inzicht komen dat ze eigenlijk niet meer dan slaven van het systeem zijn.

Het was nooit lastig. Hij kwam nooit in de problemen. Telkens als hij iets vond, en dat gebeurde bijna altijd, stuurde hij alleen maar een anoniem mailtje over zijn bevindingen en vroeg hij geld om er niet mee naar de media te gaan. Virtuele gijzeling. Gericht tegen idioten die het verdienden. En ze waren altijd bereid te betalen. Ze hadden altijd iets te verbergen. Altijd. Skunk had er absoluut geen slecht geweten over en hij kreeg uiteraard het geld waar hij om vroeg, de bedrijven wilden koste wat het kost vermijden dat hun geheimpjes aan het licht kwamen.

Maar dit was anders.

Wat hij nu had gevonden.

Die film.

Waarom had hij die verdomme niet gemeden als de pest?

Niet gewoon maar een illegale transactie met een voormalige Sovjetstaat om een marktmonopolie voor een product te krijgen. Niet gewoon maar een overmaking naar een Afrikaanse leider die al miljoenen aan ontwikkelingshulp te eigen bate achterover had gedrukt, met als tegenprestatie de ontginning van een olieveld of de verkoop van wapens, landmijnen en munitie, zodat een Noors bedrijf geld kon verdienen.

Daar ging het hier niet om.

Dit was...

Jezus.

Skunk keek voorzichtig om zich heen om er zeker van te zijn dat er niemand in de buurt was en stak een nieuwe sigaret op om zijn gedachten te ordenen.

Naar de politie gaan.

Dat stond hem niet aan.

Dat stond hem helemaal niet aan.

Maar hij zag in wezen geen andere oplossing, en hij had... nou ja, hij had Gabriel.

Gabriel Mørk. Ze waren lang geleden samen begonnen, gewoon voor de lol. Achter hun computer in hun slaapkamer, geïnspireerd door die twee Australische jongens uit de jaren tachtig, Electron en Phoenix, in een tijd dat er nog bijna geen internet was en de computers maar tien megabyte opslagcapaciteit hadden, met processoren die nauwelijks groter waren dan rekenmachines. Maar ze waren met zijn tweeën toch overal binnengekomen. De NASA, de CIA, het was destijds een spelletje geweest, ze hadden er samen een kick van gekregen, hij en Gabriel, telkens als het hun was gelukt een van die systemen te kraken die geacht werden onaantastbaar te zijn. Maar toen had Gabriel plotseling andere weidegronden opgezocht.

Te lief. Te moreel. Daarom waren ze uit elkaar gegroeid. Gabriel had een heel andere instelling, vond dat ze hun capaciteiten ten goede moesten gebruiken, niet om kapot te maken, chaos te creëren. Ze hadden de laatste keer flink ruzie gekregen achter hun biertje in Teddy's Soft Bar, ze waren als kwaaie vrienden gescheiden en hadden sindsdien niet meer met elkaar gepraat. Het laatste wat hij had gehoord was dat Gabriel voor de politie was gaan werken.

Goeie god. De politie. De vijand.

Maar toch.

Die film.

Hij zag het niet zitten.

Hij zag het helemaal niet zitten.

Maar op dit moment wist hij niet wat hij anders zou kunnen doen.

Gore klootzakken.

Skunk nam weer een trekje van zijn sigaret en overdacht de zaak nog een laatste keer.

Ja, het zou toch moeten. Gabriel Mørk. Hij kon er niet omheen. Skunk liet zijn sigaret vallen, verzekerde zich ervan dat hij niet was gevolgd en ging op weg naar huis, naar zijn bunker.

20

Mia Krüger wenkte de ober, bestelde een Guinness en een Jägermeister en wachtte tot hij weer weggelopen was voordat ze de map opensloeg.

Lorry. De oude, eerbiedwaardige pub aan het eind van de Hegdehaugsveien. Ze kwam daar de laatste tijd vaker als haar flat, op maar een paar minuten loopafstand, haar te eenzaam en te koud werd.

Ze had een tafeltje gevonden dat ze wel prettig vond, helemaal achterin in een hoekje, waar ze zich een beetje kon verstoppen om alleen te zijn met haar gedachten, terwijl ze toch ook het leven om zich heen voelde. Mia had dit altijd een fijne plek gevonden. Tijdens haar studie had ze hier vaak gezeten. Wandbanken met rode leren zittingen, en witte tafelkleden. Obers met witte overhemden en vlinderdasjes. Een gevarieerd publiek, van zakenlui in pak tot en met shabby ogende kunstenaars en schrijvers. Hier kon je je verstoppen, en vooral: dit was een van de weinige uitgaansgelegenheden in Oslo waar geen muziek werd gedraaid. Ze hield van die stilte, gedempte stemmen tegen een achtergrond van rinkelend glas, zonder die eeuwige brij van speakergeluiden.

Mia nam een grote slok bier en keek intussen naar de eerste foto. Een naakt meisje. Camilla Green. Zeventien. In een pentagram van kaarsen neergelegd. Op een bed van veren. Met een blonde pruik op en een bloem in haar mond. Ze leegde haar bierglas en merkte dat de alcohol begon te werken, bestelde nog een rondje en haalde pen en papier uit haar handtas.

19 juli. Drie maanden.

Mager. Schaafwonden en blaren.

Dierenvoer in haar maag.

Verdwenen drie maanden voor ze werd gevonden.

De stemmen om haar heen stierven langzaam weg naarmate ze dieper in de foto's wegdook.

Dat moest het zijn.

Iemand had haar gevangengehouden.

Hier. In Noorwegen. Terwijl doodgewone mensen 's ochtends waren opgestaan, hun dierbaren gedag hadden gewuifd, naar hun werk waren gegaan, hadden zitten kletsen tijdens de lunch, hun kinderen van de peuterspeelzaal hadden afgehaald, naar het nieuws hadden gekeken, naar bed waren gegaan en de lamp op hun nachtkastje hadden uitgedaan in afwachting van een doodgewone nieuwe dag, had de zeventienjarige Camilla Green ergens opgesloten gezeten, bijna uitgehongerd, doodsbang en moederziel alleen.

Mia nam nog een slok Guinness, kneep haar lippen op elkaar en deed zo veel mogelijk haar best om er niet aan toe te geven, niet terug te vallen in de toestand waarin ze nog geen vierentwintig uur daarvoor had verkeerd. Dat kwaad. Die duisternis.

Kom, Mia, kom.

Nee.

Jawel, kom, Mia.

Nee, niet nu.

Dan zijn we toch bij elkaar?

Nee, Sigrid, ik moet...

'Nog een keer hetzelfde?'

Mia schrok op: de ober stond voor haar.

'Wat?'

'Nog meer?' De oudere man met het strikje wees naar de lege glazen voor haar.

'Ja, graag.' Mia slaagde erin flauwtjes te glimlachen.

De ober knikte beleefd, kwam terug met twee nieuwe glazen en liep verder door de gelagkamer.

Verdomme.

Mia stopte de map met de foto's in haar tas terug en leegde met trillende vingers het glaasje Jägermeister.

Verdomme nog aan toe.

Misschien was ze het kwijt. Dat speciale vermogen om dingen te zien die anderen niet zagen. De reden waarom Munch haar van de politieacademie had gehaald voordat ze zelfs maar klaar was geweest. Misschien had hij gelijk, de psycholoog met het dunne baardje.

Ik denk dat je ziek wordt van je werk.

Je trekt je de dingen te veel aan.

Je gaat er haast aan onderdoor, geloof ik.

Mia legde haar pen op haar notitieblok en trok haar jas aan. Knikte de uitsmijters vriendelijk toe en glipte de straat op om een frisse neus te halen. Buiten ging ze op een stoel zitten kijken naar twee dronken zakenmannen die al rokend over een of andere transactie stonden te praten die in de loop van die dag had plaatsgevonden.

Hij maakt haar mooi.

Ze had geprobeerd het van zich af te zetten, maar nu kwam het toch weer sluipenderwijs terug.

Hij maakt haar mooi. Blonde pruik. Bloem in haar mond. Hij maakt haar klaar. Camilla. Ze is naakt. Maagd. Hij heeft haar ergens voor nodig. Er is hier iets gaande wat wij niet hebben gezien.

Mia schoof langs de uitsmijters terug naar haar tafeltje en zette haar pen weer op het papier.

Hij?

Of zijn het er meer?

Ze stak haar hand op naar de ober, die haar een nieuw rondje bracht. Nu voelde Mia dat het eraan zat te komen, in hetzelfde tempo als waarmee de alcohol de zenuwen in haar lijf de baas werd. Haar pen gleed lichter over het papier. *Er is hier iets gaande.* Voor haar op tafel begon haar telefoon te trillen, op het display stond *Holger*, maar ze liet hem bellen.

Iets wat wij niet hebben gezien.

Mia nam weer een slok bier en probeerde dieper tot de zaak door te dringen. De pruik. *Waarom die pruik?* Camilla was niet blond. Was dat de reden? Blond? Moest ze blond zijn? Omdat...? Zeventien. Jong. Scandinavisch. Blond. Mager? Had hij haar uitgehongerd omdat ze magerder moest zijn? Was ze daarom gevangengehouden? Omdat ze er zo uit moest zien? Precies zo? Mia's pen schoot nu sneller over het vel papier, terwijl tegelijkertijd de kamer om haar heen verdween. *Ze moet er zo uitzien. Anders heeft het geen zin. Ze kan pas tussen die kaarsen worden neergelegd als ze er zo uitziet. Daarom ligt ze daar. De pruik. Blond en mager. Ze is zichzelf niet. Ze mag zichzelf niet zijn. Het is niet Camilla die daar ligt, maar iemand anders. Wie ligt daar? Wie ben je?*

Mia leegde de Jägermeister bijna zonder het te merken, terwijl de pen verder over het papier bleef snellen.

Een cadeau.

De kaarsen en de veren.

Die vormen de verpakking.

De bloem.

Ze is een cadeau voor iemand.

'Nog meer?'

Verward keek Mia van haar aantekeningen op, ze wist niet precies waar ze was. Ze was ergens dichtbij geweest, ergens diep daarbinnen, maar de werkelijkheid had haar weer wakker geschud.

'Nog een rondje?' vroeg de ober.

'Ja,' antwoordde Mia kortaf, en ze probeerde weer in zichzelf te duiken, maar dat gevoel was weg, er waren alleen nog dronken mensen achter bierglazen op tafeltjes, en nu merkte ze hoeveel ze had gedronken, ze kon het display van haar telefoon nog maar net lezen.

Munch.

Hij had haar zes keer gebeld.

En een bericht gestuurd.

Waar ben je? Bel me.

Ze zocht zijn nummer op, en terwijl ze heel in de verte de zoemtoon hoorde, probeerde ze weer bij haar positieven te komen. Ze wist niet precies hoe het kwam, maar iets aan Munch bezorgde haar een slecht geweten. Omdat ze zoveel dronk. Omdat ze depressief was. Omdat ze eigenlijk alleen maar wilde verdwijnen. Hij had zulke grote verwachtingen van haar gehad, misschien was dat het. Ze wist nog hoe ze elkaar in een café hadden gesproken, die keer dat hij haar uit de politieacademie had geplukt. Hij had geprobeerd het voor te stellen alsof ze héél erg zou boffen als ze een plaats kreeg in het pas opgerichte rechercheteam dat hij ging leiden, maar gedurende het hele interview was het zo duidelijk geweest dat hij haar koste wat het kost wilde hebben, dat ze zich geen moment slecht op haar gemak of zenuwachtig had gevoeld. Zo was hij op zijn best, Holger. Daarom mocht ze hem zo. Hij praatte niet graag over zijn gevoelens, maar hij was zo doorzichtig als wat. Althans voor haar. Aardig. Een fijne vent. Daarom had ze nu misschien zo'n slecht geweten. Haar talenten. Hij had vertrouwen in haar gehad. In haar geloofd.

Kom, Mia, kom.

De ober kwam net terug met haar volgende bestelling toen ze aan het andere eind Munchs diepe stem hoorde. 'Ja?' bromde hij.

'Ja?'

'Wat, ja?'

'Nee, dat is wat ik zeg, jij had toch gebeld?' mompelde Mia, en ze hoopte dat ze nog enigszins alert klonk.

'Ja,' antwoordde Munch afwezig. Hij klonk alsof hij met iets anders bezig was en al bijna was vergeten dat hij haar had gebeld.

'Nog nieuws?' vroeg ze.

'Eh, sorry, ja,' antwoordde hij.

'Wat is er gebeurd?'

'Ik heb een paar uur geleden twee telefoontjes gehad, een van *Dagbladet* en een van VG. En nu is het hek min of meer van de dam, want ze brengen morgen foto's van de plaats delict. Misschien staan ze straks al wel op internet.'

'Van de plaats delict?' zei Mia verbaasd. 'Hoe komen ze daaraan?'

'God mag het weten,' bromde Munch. 'Maar het is duidelijk dat we er niets tegen kunnen doen, dus laten we ons maar schrap zetten. Ik heb met Anette gepraat en zij handelt het morgen af via Grønland. We houden een persconferentie om negen uur, dus dan moeten we maar zien. En, ja...' Hij zweeg, alsof hij even nadacht over wat hij ging zeggen.

'Ga door.'

'We hebben de boel prima in de hand, maar het is van belang dat, tja...' Hij schraapte zijn keel.

'Dat wat?'

Het werd even stil. 'Jij kunt je beter gedekt houden,' zei Munch toen snel, alsof hij tegen deze mededeling opgezien had.

'Wat bedoel je?' vroeg Mia.

'We kunnen jou er beter buiten houden.'

'Waarbuiten?'

'Je bent toch officieel nog niet aan het werk? Dus nou ja, je weet hoe dat gaat, jij bent nou eenmaal wie je bent en als de kranten erachter komen dat je er weer bij zit, ook al ben je geschorst, dan...'

Mia merkte dat een zekere ergernis haar bekroop. Ze pakte haar bierglas en nam een grote slok.

'Ben je daar nog?' vroeg Munch schroomvallig.

'Ja, ik ben er nog,' zei ze kortaf.

'Oké dus?'

'Heeft Mikkelson je op je huid gezeten?'

'Jawel, maar...'

Het leek alsof Munch met de hele situatie in zijn maag zat, en Mia zag geen reden om hem het vuur na aan de schenen te leggen. Het was zijn schuld niet. Als het aan hem had gelegen, had hij alles voor haar gedaan, wist ze.

'Rustig maar, Holger,' zei Mia, en ze slaagde erin haar ergernis te onderdrukken. 'Als jij dat wilt, kan ik best onzichtbaar blijven. Geen probleem.'

'Bedankt.' Hij klonk opgelucht. 'Je weet...'

'Ja, ik weet het. Ik ben labiel en bezorg het korps een slechte reputatie.'

'Nee, allemachtig, zo bedoel ik het niet, maar...'

'Rustig maar, Holger,' zei Mia weer, en ze meende het. Waarom zou zij de kranten te woord staan? Ze hadden haar een paar jaar geleden wekenlang belaagd nadat ze Sigrids vriendje Markus Skog had doodgeschoten. Ze had haar flat niet uit gekund, was uiteindelijk gedwongen geweest zich in een hotel in Majorstuen te verstoppen. Nee, absoluut niet. Als ze er even over nadacht, had ze er absoluut geen probleem mee om op de achtergrond te blijven.

'Bedankt.'

'*No stress*, niet meer aan denken, Holger. Dus vanavond op het net en morgen op de voorpagina's?'

'Daar ziet het naar uit,' mompelde Munch, blij dat ze van onderwerp was veranderd.

'Maar ze gaan toch hopelijk geen foto van het lijk laten zien?'

'Nee, nee, het is een zootje idioten, maar zelfs zij beschikken vreemd genoeg over een zekere moraal.'

'Dus wat gaan ze brengen?'

'Alleen de plaats delict.'

'Een foto van de vindplaats?'

'Ik heb niet alle details gehoord, maar ik ga ervan uit dat ze met het pentagram, de kaarsen, de veren en de plek waar ze lag komen. De nieuwsgieren.'

'Kunnen we erachter komen waar ze die vandaan hebben?'

'De foto's die ze hebben?'

'Ja?'

'Daar heb ik Ludvig op gezet, en trouwens...'

Mia nam net weer een slok bier toen ze bij de toegangsdeur een bekend gezicht zag opduiken. Een gedrongen buldog zonder haar, in handgemeen met een van de uitsmijters, die duidelijk niet van plan was hem nog verder de zaak binnen te laten.

'Ludvig heeft ontdekt waar de veren vandaan komen.'

'Wat?' zei Mia, terwijl ze overeind kwam.

‘De veren op de plaats delict,’ vervolgde Munch. ‘Die zijn van een uil.’

‘Een uil? Allemaal?’

‘Ja, blijkbaar wel. Geen idee hoe ze die dingen uit elkaar houden, maar...’

‘Zullen we morgen verder praten?’ onderbrak Mia hem. ‘Er is hier iets gebeurd. Oké?’

‘Wat? Ja, oké. Gezamenlijke briefing om tien uur.’

‘Prima.’

‘Mooi, en nog bedankt voor, nou ja, je weet wel,’ mompelde Munch.

‘Niks aan de hand,’ sloot Mia het gesprek af, onderweg naar het tumult bij de deur.

Curry grijnsde toen zijn blik op haar viel, en hij stak zijn armen naar haar uit. ‘Mia!’

‘Hij komt er niet in.’

‘Ik ben goddomme niet dronken,’ zei haar collega met een neusstem, en hij rukte zijn arm uit de greep van de grote uitsmijter los.

‘Het komt wel goed,’ zei Mia. ‘Ik neem hem mee, laat me alleen even mijn spullen halen.’

‘Ik ben goddomme niet dronken,’ herhaalde Curry. Plotseling struikelde hij over zijn eigen benen en belandde languit op de vloer.

‘Hij heeft een lokaalverbod. We willen hem hier niet meer zien,’ zei de uitsmijter streng toen Mia met haar handtas naar de deur terugkwam.

‘Hoe kan ik nou een verbod hebben als ik hier nooit binnen ben geweest? En ik ben niet dronken. Je zou me eens dronken moeten meemaken, dan...’

‘Kom, Curry,’ zei Mia. Ze lachte de uitsmijter verontschuldigend toe en loodste haar collega de tent uit.

3

21

De man met de witte fietshelm ging niet graag zijn huis uit, maar vandaag moest hij wel, want de koelkast was leeg. Hij had gehoopt dat hij langer zou doen met de voorraden die hij had ingeslagen toen hij voor het laatst naar de winkel was geweest – hij wist niet precies meer wanneer, maar het was al een poosje geleden. Waarschijnlijk dinsdag, of was het in april geweest? Nee, niet in april, dat wist hij vrij zeker, april kwam na maart, en maart was al lang geleden. In maart kwam de vuilniswagen alles ophalen wat hij in de groene bak bij de schuur had gegooid. Nee, niet in maart, dinsdag, op dinsdag werd het vuilnis opgehaald, want dan verstopte hij zich altijd in de badkamer, dus dat wist hij. Niet in maart. Op dinsdag zat hij in de badkamer, dan kwamen ze het huis niet binnen om te vragen of ze zijn telefoon mochten gebruiken of naar de wc mochten, want dat hadden ze een keer gedaan. En de vuilnisman met de handschoenen aan had op de rand van de wc-bril geplast en gelachen omdat hij in huis een fietshelm droeg, en sindsdien had hij zich telkens als ze kwamen in de badkamer verstopt.

Iedere dinsdag. In maart. Nee, niet alleen maart, in alle maanden. Oktober. Het was nu oktober. Hij had een paar dagen geleden de kalender omgeslagen. Ja, dat was zo, dat wist hij nog goed. Van september naar oktober. Want op september had een plaatje van een meeuw gestaan. En die meeuw was nu weg, nu stond er een vos op. Een vrij sluwe vos met een witte staartpunt die naar hem had geknipoogd toen hij aan de keukentafel het laatste blikje tonijn zat op te eten. Dankzij hem had hij begrepen dat de koelkast leeg was en dat hij nu binnenkort weer naar de winkel moest fietsen, al had hij daar helemaal geen zin in, en dat hij maar moest hopen dat ze niet zoals altijd zouden lachen.

In het geniep. Zo deden ze het. Niet wanneer hij er was, nee, dan nooit, het kwam zelfs voor dat ze zich vriendelijk voordeden. Dat kind met haar kauwgom en die andere vrouw die altijd achter de kassa zat. Wanneer hij hun het lijstje met benodigdheden liet zien dat hij had opgesteld, dan deden ze alsof ze aardig waren. Ze liepen met hem rond en hielpen hem de spullen in zijn mandje te leggen, knäckebröd en makreel in tomatensaus en karbonaadjes, dan lachten ze niet. Ook niet als hij moest betalen, ook al slaagde hij er niet in het geldbedrag uit zijn portemonnee te halen dat paste bij het getal dat op de kassa stond. Dan niet, dan deden ze of ze aardig waren en hielpen hem tellen, maar na afloop. Als hij de winkel uit was gelopen en had gedaan of hij naar huis fietste, maar in werkelijkheid stiekem stond te gluren achter de glasbak, of achter de auto waar 'Kruidenier Hurumlandet' op stond, dan lachten ze om hem, sloegen ze al schaterend dubbel van de lach, omdat hij altijd zijn fietshelm ophad. Zowel heen als terug was het vierendertig minuten fietsen, als het niet te glad was, en dat was het vandaag wel. Dus zag hij er nog meer tegen op dan anders toen hij zijn fiets van het slot haalde en er voorzichtig mee naar de hoofdweg liep.

Deze keer duurde het bijna vijfendertig minuten. Zo glad was het. Oktober, niet langer september, maar toch was het bijna winter. Misschien was dat zijn schuld? Dat had de man met de witte fietshelm de afgelopen week al herhaaldelijk gedacht: dat het best eens zijn schuld zou kunnen zijn dat het zo koud was. De opwarming van de hemel, daar had hij over gelezen, dat het ijs op de Noordpool en de Zuidpool zou smelten als je je afval niet goed sorteerde. Normaal lette hij daar heel goed op, etensresten in de container voor etensresten, plastic in de plastic-container, papier of karton deed hij nooit bij het restafval en hij maakte zowel de melkpakken als de luchtdichte verpakkingen grondig schoon voor hij ze weggooide, maar een paar weken geleden was hij ziek geweest. Zijn hoofd had pijn gedaan en hij had midden op de dag koortsdromen gehad, en toen was hij het simpelweg vergeten, had alles in dezelfde bak gegooid, en toen hij zijn fout had ontdekt, was het al te laat geweest. Daarna had hij vier dagen niets gegeten in de hoop dat hij daarmee de fout goed zou maken, maar toen was hij even flauwgevallen en had hij toch iets moeten eten. Toen hij de volgende dag wakker werd, had er rijp op de grond gelegen en sindsdien had het zweet in zijn oksels gestaan en had hij zich telkens wanneer hij lichten op de weg zag achter de keukengordijnen verstopt, bang dat ze erachter waren gekomen wat hij had gedaan. Hem kwamen halen. Maar gelukkig was geen van die auto's naar zijn huis afgeslagen. Dat deden ze meestal niet. Meestal kwam er niemand. Alleen de vuilniswagen, op dinsdag, en dan verstopte hij zich in de badkamer. Verder was hij altijd alleen in zijn witte huisje.

De man met de fietshelm maakte met het ene slot zijn voorwiel aan de fietsenstandaard vast en wond de ketting in zijn zak om het achterwiel. Hij had een paar minuten nodig om te controleren of allebei de sloten goed dichtzaten, waarna hij aan de lange weg naar de ingang begon. Hij ging nooit rechtstreeks naar binnen, nee, dat had hij namelijk eens geprobeerd en dat was helemaal misgegaan, hij was met zijn gedachten elders geweest, had gewoon de deur geopend en was zo de winkel in gestapt. Dat was niet goed gegaan. Er waren daarbinnen wolven geweest, enorme grijze wolven met grote ogen en reuzenmuilen, en hij was zo bang geworden dat hij een rek met zonnebrillen had omgegooid, en op weg naar buiten was hij recht tegen de deur aan gelopen, en daarna was de ziekenauto gekomen en hadden ze weer om hem gelachen, alle verpleegsters en de dokters die zijn gezicht met naald en draad hadden gehecht, en daar had hij van geleerd dat hij maar beter voorzichtig kon zijn. Dus liep hij altijd met een boogje tot voorbij de glazen deuren, zodat hij naar binnen kon kijken, en dan gauw naar de reclameborden, want daar kon je doen of je naar de aanbiedingen stond te kijken zonder dom te lijken. Grillworstjes voor 19,90. Drie pakken luiers voor de prijs van twee. Vandaag geen wolven. De man ademde opgelucht uit, maar wachtte toch nog een paar minuten en wierp nog een blik naar binnen om helemaal zeker te zijn. Daarna vatte hij moed en legde de laatste moeizame stappen naar de winkeldeur af.

Boven hem klonk zoals altijd een belletje, maar daar was hij op voorbereid, dus schrok hij er deze keer niet van. Hij pakte een mandje van de stapel en bleef even staan om de zaak in te turen. Die was gelukkig leeg, geen wolven, geen blikkerende tanden, alleen maar het meisje met de kauwgom, dat zich bij de kassa achter een weekblad had verstopt. De man haalde zijn boodschappenlijstje uit zijn zak en liep zo snel mogelijk tussen de schappen door. Melk. Ja. Eieren. Ja. Zalmfilet. Ja. Hij begon zich nu beter te voelen, het was vandaag makkelijk om de dingen die op zijn lijstje stonden in het mandje te leggen, ze zeiden geen van alleen nee, zoals ze soms deden. Bananen. Ja. Aardappels. Ja. Kip. Ja. Nu glunderde hij bijna, dit leek wel zijn geluksdag, kijk toch eens hoe goed alles ging. Hij hield van kip, maar die wilde niet altijd in het mandje, soms was hij gedwongen alleen aardappels te eten, maar vandaag was het al met al niet zo moeilijk. De kip had er vandaag zin in, was blij om in het mandje te mogen, sprong geheel vrijwillig de vrieskist uit en ging tevreden tussen de worteltjes en de aardappelpuree liggen. Wie weet lag het toch niet aan hem? Dat het zo vroeg winter was geworden? De man met de witte fietshelm glimlachte bij zichzelf, legde de laatste dingen op zijn lijst in het winkelmandje en liep trots naar de kassa.

Het jonge meisje legde haar weekblad weg en blies een grote roze bel. Ze keek hem niet dom aan, nee, ze lachte hem zelfs flauwtjes toe. De man voelde zijn hart wat sneller kloppen onder zijn windjack toen hij de waren op de lopende band begon te leggen. Ze had het vast gemerkt. Dat het vandaag zijn dag was. Dat het niet aan hem lag, het weer.

'Tasje?' vroeg het meisje toen ze alle boodschappen op de kassa had aangeslagen.

'Nee, dank je.' De man keek tevreden, en hij wilde zijn boodschappen net in zijn rugzak stoppen toen zijn oog er plotseling op viel.

Op het rek bij de kassa.

De kranten.

Nee toch.

'Pinnen of contant?'

De man bleef staan, niet in staat zich te verroeren.

Op allebei de voorpagina's.

Die foto.

Hoe konden ze...?

'Sorry. Hoe wil je betalen?'

'Wat?'

'Pinnen of contant,' zei het meisje, terwijl ze hem aankeek.

'Die kip is vrijwillig meegekomen,' mompelde hij zonder zijn blik van de foto op de voorpagina's van de kranten af te wenden.

'Wat bedoel je?' vroeg het meisje.

'De kip,' zei de man.

'Ja?' zei het meisje onzeker.

'Die is vrijwillig meegekomen. Dat gebeurt dus niet iedere keer.'

'Nee, oké,' zei het meisje achter de kassa. 'Maar wil je pinnen of contant betalen?'

'Nee, ik heb een rugzak.'

'Rugzak?'

'Ik hoef geen tasje.'

'Nee... oké... maar... hoe wil je voor je boodschappen betalen?'
'Het is mijn schuld niet.'
'Waar heb je het over?'
'Ik heb de kat niet vermoord.'
'De kat?' Nu keek het meisje met de kauwgom anders.
'De hond ook niet.'
'De hond? Maar hoe... Betaal je met je pinpas, of...?'
Nu kwam er een wolf aan. Een dikke wolf met een bril. Uit een andere deur achter in de zaak. De wolf kwam steeds dichterbij en de man met de fietshelm was het liefst de winkel uit gerend, maar zijn voeten wilden niet meer, die waren vastgenageld aan de vloer. Hij deed zijn ogen dicht en stak zijn vingers in zijn oren, vandaag was het dinsdag en hij kon zich waarschijnlijk het beste in de badkamer verstoppen, vooral in maart, want dan kwam de vuilniswagen, nee, niet maart, oktober, dat had de vos gezegd.
'Hallo Jim, ben jij daar?'
De man opende zijn ogen, en toen bleek het toch geen wolf te zijn. Het was de aardige man. De aardige man met de baard van wie de winkel was.
'De kip wilde het mandje wel in,' zei de man met de witte fietshelm toen de aardige man met de baard naar het meisje achter de kassa keek. Ze haalde alleen maar haar schouders op.
'Is er een probleem met de betaling?'
Het meisje met de kauwgom tikte met haar vinger tegen haar voorhoofd en schudde met haar hoofd, maar de aardige man met de baard wierp haar een strenge blik toe, dus haalde ze haar vinger snel weer weg.
'Kom, dan pakken we je spullen in, Jim,' zei de aardige man, en hij hielp hem alles in de rugzak te stoppen.
'Ik heb de hond niet vermoord,' zei de man voorzichtig.
'Dat weet ik echt wel,' zei de aardige man, en hij liep achter hem aan naar de deuren, die nu makkelijker opengingen, bijna helemaal vanzelf. 'Je hoeft vandaag niet te betalen, hoor, Jim, dat komt later wel, goed?' Hij glimlachte in plaats van hardop te lachen met zijn tanden ontbloot, ook al kostte het hem wat moeite om het ene fietsslot open te maken. 'Je weet toch dat ik je boodschappen graag thuisbezorg, hè? Je hoeft alleen maar te bellen, dan komen we naar je toe, goed?'
'Het is heel belangrijk om jezelf te kunnen redden.'

‘Dat spreekt vanzelf. En dat lukt je prima, Jim. Maar als er iets is, hoef je alleen maar te bellen, goed?’

‘De vos heeft een witte staartpunt, vandaar dat het oktober is,’ zei de man met de fietshelm. Daarna trapte hij hard op de pedalen en fietste hij naar huis, ditmaal in een nieuwe recordtijd, minder dan tweeëntwintig minuten, ook al was het heel erg glad, vooral midden op de weg.

22

Curry werd wakker van een rinkelend geluid in de verte en stak zijn hand uit naar de wekker op zijn nachtkastje om te zorgen dat het stopte. Zijn vinger raakte de knop bovenop en het geluid verdween. Glimlachend liet hij zich weer in slaap zakken, trok het donzen dekbed nog eens om zich heen en rolde naar Sunniva toe om de warmte van haar lichaam te voelen. Zo lag hij graag. Dat korte poosje, die paar minuten waarin ze altijd deden of ze geen van tweeën naar hun werk hoefden. Als ze de wekker uitzetten en deden alsof ze nergens naartoe hoefden, alsof ze vrij hadden en zelf precies konden bepalen wat ze wilden, geen plichten, geen chefs, alleen zij tweeën onder het dekbed. Haar warme, zachte huid tegen de zijne, terwijl ze haar neus in het kuiltje in zijn hals duwde en zich tegen hem aan nestelde alsof ze wilde dat hij over haar zou waken. Met een lachje trok Curry haar dichter tegen zich aan. Sunniva. Hij had het al geweten toen hij haar voor het eerst had gezien. Dat hij haar wilde hebben. Het meisje met het lange rode haar en die verrukkelijke glimlach dat altijd koffiedronk op dezelfde plek als hij, iedere ochtend, hij op weg naar de politieacademie en zij als verpleegster op weg naar haar werk. Op een dag had hij moed gevat en haar mee naar de bioscoop gevraagd, en tot zijn grote verrassing had ze ja gezegd.

Curry deed zijn ogen open en keek recht naar een stapel kartonnen dozen op een lege linoleumvloer in een flat die de zijne niet was, en langzaam keerde hij tot de werkelijkheid terug. Hij had met zijn kleren aan geslapen op een dunne matras, niet thuis, bepaald niet, ze had een nieuw slot op de deur laten zetten, zodat zijn sleutel niet meer zou passen. Het gerinkel hield niet op. Traag en gedesoriënteerd kwam hij van de matras overeind en hij liep slaapdronken op het geluid af, de gang door, tot vlak bij het gezicht van de man die voor de deur van Mia's flat stond.

'Mia Krüger?' vroeg de man met het dunne baardje, terwijl hij op een papier in zijn hand keek.

'Zie ik daarnaar uit?' prevelde Curry, die merkte dat hij nog steeds dronken was.

Al twee dagen zat. Nadat ze had gezegd dat ze niet meer wilde. Sunniva.

'Eh, ja, nee,' zei de man, en nu keek hij op, zichtbaar verrast over datgene wat hij tegenover zich zag.

Fuck you, Jon. En deze keer meen ik het verdomme echt, nu is het fucking genoeg geweest. Al het geld? Al ons geld? Weet je hoe hard ik daarvoor heb gewerkt? Heb je daar enig idee van?

'Zie ik eruit als een Mia Krüger?' Curry kon zichzelf ruiken en hoopte maar dat die vreemde vent er niets van zou merken. Twee dagen zat, met dezelfde kleren aan en zonder naar zijn werk te zijn geweest, hij had er gewoon schijt aan gehad.

'Ik kan later wel terugkomen,' zei de man, die werkkleding droeg en nu bijna treurig keek. 'Maar er ligt afval in de kelder...'

'Wat?' zei Curry, die inmiddels moeite had om te blijven staan, de smalle gang deinde onder zijn voeten.

'En dit is de laatste flat,' vervolgde het mannetje voor de deur. 'De woningbouwvereniging heeft...'

'Oké.' Curry greep zich vast aan een haak omdat de vloer nog sneller onder hem begon te bewegen.

Een paar minuten later stond hij met zijn schoenen en zijn jas aan voor het Bislett Stadion. Hij had de man met de werkkleding de sleutel van de flat gegeven en hem verzocht die in de brievenbus te gooien. Hij doorzocht de zakken van zijn jas tot hij zijn doosje *snus* had gevonden en schoof een dot onder zijn bovenlip, terwijl hij naar een taxi zwaaide die met het licht aan langzaam door de Bislettgata kroop.

De lift was vol. Hij had er al ontelbare keren in gestaan, maar vandaag was het anders, leek het bijna een soort hermetisch gesloten doos, hij was blij toen de deur eindelijk openging en hij eruit mocht.

'Hallo?' Curry schoof voorzichtig het kantoor in, maar daar heerste een diepe stilte. Hij sloeg af naar de pauzekamer, schonk koffie uit het koffiezetapparaat in en bracht het zure vocht naar zijn mond, terwijl hij verder wankelde naar de briefing room.

'Hallo?'

'Hé, ben je toch gekomen?' Plotseling stond Ylva voor hem in de gang.

'Hoe bedoel je, toch?' Curry nam een slok koffie en probeerde alert over te komen, wat kennelijk werkte.

'Mia zei dat je ziek was, dat je niet zou komen, meer niet,' zei Ylva, terwijl ze voor hem uit de gang door liep.

'Een beetje wel, griep,' kuchte Curry. 'Maar ik moest wel komen, het lukte me niet om thuis te blijven liggen, als je begrijpt wat ik bedoel. Hoe staat het hier, nog nieuws?'

Hij volgde Ylva naar haar plek en bleef staan kijken terwijl ze iets intypte op haar toetsenbord. Hij zorgde ervoor om afstand te houden, zodat ze de walm die van zijn lichaam af sloeg niet zou ruiken.

Verdomme nog aan toe.

Hij viste zijn telefoon uit zijn zak om te kijken of hij gebeld was, maar nee, alleen maar de stilte van het graf, geen woord van Sunniva, ook al had hij haar ontelbare keren gebeld en een heleboel berichten achtergelaten.

Kom nou, we moeten toch kunnen praten?

Neem je op?

Kun je me bellen?

Bel me, oké? Als het je uitkomt?

Ik mis je.

Bel me, please?

'Anette heeft vandaag om negen uur een persconferentie gehouden en Munch om tien uur een gezamenlijke briefing, heeft Mia je alles verteld, of zal ik je op de hoogte brengen?' Opgewekt duwde Ylva haar bril recht. Ze liep naar een computer bij het raam en toetste iets in.

'Nee, nee.' Curry schudde zijn hoofd en nam nog een slok koffie. 'Ik ben helemaal bij, maar waar zijn ze allemaal?'

'Wil je een beknopte versie van de bijeenkomst van vanochtend? Ik bedoel, ook al ben je helemaal bij?'

Glimlachend knikte hij. Ze was de kwaadste niet, dat nieuwe meisje. Al kleedde ze zich wat jongensachtig en niet helemaal naar zijn smaak. Hij liep achter haar aan naar de briefing room.

'Dus wat is het laatste wat je hebt gehoord?' zei Ylva, terwijl ze naar het grote bord bij het raam wees. 'Heb je Anders Finstad nog meegekregen?'

'Wat?'

Ylva krabde even op haar hoofd en keerde zich naar hem toe. 'Zal ik de hele briefing samenvatten?'

'Eh, ja graag,' antwoordde Curry, en hij pakte een stoel.

'Wat weet je?'

'Naakt meisje gewurgd aangetroffen in het bos met een bloem in haar mond.'

'Camilla Green.'

'Dus we hebben haar geïdentificeerd?'

'Ja,' antwoordde Ylva, gelukkig zonder hem het gevoel te geven dat hij een idioot was dat hij dat niet wist. 'Camilla Green, zeventien jaar, woonde in een soort opvanghuis, een re-integratieplek voor jongeren, kinderen uit pleeggezinnen, eigenlijk, wil je alle details weten, of...?'

'Nee, nee, hou het maar kort.'

'Oké,' vervolgde Ylva, en ze keerde zich weer naar het bord toe. 'Dus, Camilla Green. Drie maanden geleden vanuit die plek, Kwekerij Hurumlandet, als vermist opgegeven, maar dat hebben ze toen weer ingetrokken omdat ze hadden gehoord dat het goed met haar ging en dat ze niet naar haar hoefden te zoeken.'

'Bericht, hoe dan?' vroeg Curry nieuwsgierig. Hij merkte dat de politieman in hem weer wakker werd.

'Een sms'je,' zei Ylva. Ze haalde een vel papier van het bord en legde het voor hem neer.

'Dit is het telefoonlog?'

'Ja. Dat heeft Gabriel gisteren van Telenor gekregen; het rare, nou ja, iets waarover Munch, Kim en Mia vandaag heel wat afgediscussieerd hebben, is dat het bericht vanaf de kwekerij is verstuurd.'

'Wat bedoel je?' vroeg Curry verrast.

'Tja, Gabriel is degene die daar verstand van heeft, maar hij zei dat, hoe heet dat ook weer, de mobiele zendmast?'

'Ja?'

'Camilla was dus verdwenen en ze deden aangifte van vermissing. Maar toen kregen ze dus bericht van haar dat alles goed was en dat ze haar niet hoefden te zoeken.'

'En dat kwam daarvandaan? Kwekerij Hurumlandet?'

'Inderdaad. Volgens die mobiele zendmast.'

Curry stond op en liep naar het bord met de foto's toe. 'Dus wat... Je noemde een naam, hebben we al een verdachte?'

Ylva knikte, en ze plaatste haar vinger op een zwart-witfoto van een man van middelbare leeftijd met een cap op, voor iets wat eruitzag als een stal. 'Anders Finstad.'

'En wie is dat?'

'Die tatoeage?'

'Welke tatoeage?' Curry begon zich een beetje dom te voelen. Twee dagen zuipen met in allebei zijn handen drank, vol zelfmedelijden om gewone, alledaagse dingen, terwijl er een misdrijf was gepleegd en ze al een heel eind gekomen waren zonder dat hij daar ook maar iets aan had bijgedragen.

'AF, zie je dat?'

'Ja,' zei Curry, toen hij haar vinger op de foto had gevolgd.

'En dat paardenhoofd?'

'Ja?'

'Anders Finstad. Camilla was dol op paarden. Die Finstad heeft een manege, niet ver van de kwekerij waar ze woonde.'

'En?'

'Hij zit bij ons in het archief. Zesenzestig. Met een aangifte wegens ontucht aan zijn broek. Had twee meisjes op de manege opgedragen hun bovenlichaam te ontbloten voor een van de paarden, terwijl hij foto's nam. De meisjes waren twaalf en veertien jaar.'

'Goeie god...'

'Ik weet het.'

'En? Wat gebeurde er?'

'De zaak werd geseponeerd,' zei Ylva. 'Goeie advocaat, onvoldoende bewijs, weet ik veel, maar ze richten zich nu toch op deze Anders Finstad. Camilla was lid van zijn rijclub. Voor zover ik heb begrepen, was ze goed. Streefde ernaar om voor het nationale jeugdteam bij de springruiters in aanmerking te komen.'

'Ons slachtoffer?'

'Ja. Mia is daar nu, de rest is bij Kwekerij Hurumlandet.'

'Staan er nog auto's in de kelder?' vroeg Curry.

'Hoezo?'

'Hebben ze alle dienstauto's meegenomen?'

'Dat weet ik niet,' zei Ylva, terwijl ze hem voorging door de gang. 'Moet ik je terugmelden op het werk, of wil je nog ziek gemeld blijven?'

'Ik dacht dat zulke dingen onder Grønland vielen?'

'*Nope*,' zuchtte Ylva. 'Dat krijg je waarschijnlijk als je nieuw bent in een team.'

'Ik zou het even met Anette opnemen,' zei Curry met een knipoogje. Hij pakte een autosleutel die niet in gebruik was uit de kast, zette zijn lege koffiekop in het keukentje en nam de lift omlaag naar de garage.

23

Munch werd meteen langs de afzetting bij de ingang van Kwekerij Hurumlandet gelaten, en toen de flitsregen van de persfotografen zijn auto trof, was hij heel blij dat hij had besloten Mia naar de manege te sturen.

Hoofdschuddend reed hij na een blik in zijn achteruitkijkspiegel de oprijlaan van de kwekerij op. Helene Eriksen had hem die ochtend vroeg gebeld, en ze had niet overdreven. Er had een invasie plaatsgevonden van persmensen, *net een zwerm sprinkhanen, ze dringen overal binnen, de meisjes worden er bang van, wat moeten we doen?*

Munch glimlachte even bij zichzelf toen hij voor het hoofdgebouw parkeerde en uit zijn zwarte Audi stapte. Hij begon die Helene Eriksen te mogen. Sprinkhanen. Hij had het zelf kunnen bedenken.

Terwijl hij een sigaret opstak, kwam Kolsø de trap van het grote, witte hoofdgebouw af. 'Wat een circus,' zei hij, met een hoofdgebaar naar het einde van de oprijlaan.

'Wij zijn de baas,' zei Munch. 'Hoe staan de zaken hier?'

'Goed.' Kim keek even rond. 'We hebben twee klaslokalen en een kantoor, het is een beetje primitief, maar we zijn bezig. Grønlie vindt het leuk om buitenshuis bezig te zijn, krijg ik de indruk. Dubbele Jensen is er ook al, ik heb die lijst opgesteld volgens jouw verzoek, zodat jij en ik de belangrijksten kunnen nemen.'

Munch had Grønland om extra mankracht gevraagd, en Mikkelson had hun een team van de eenheid voor georganiseerde criminaliteit toegewezen, Jensen en Jensen, doorgaans Dubbele Jensen genoemd, niet Munchs eerste keus, maar het moest maar, ze hadden extra mensen nodig.

'Curry is onderweg, hij kan wel met hen meedoen,' mompelde Munch, en hij nam een lange trek van zijn sigaret in een poging Kim niet te laten merken hoe enorm geïrriteerd hij was.

'O ja? Maar Mia zei toch dat hij ziek was?'

'Hij is er kennelijk weer bovenop.'

'Mooi,' zei Kim, en hij ging zijn chef voor, de trap op en de geïmproviseerde verhoorkamer in.

'Wie nemen we eerst?' vroeg Munch toen hij zijn jas had uitgetrokken en in zijn handen had gewreven om ze weer warm te krijgen.

Het was nog steeds koud buiten. Hij dacht even aan Mia. Zelf zag hij de kou en het donker al volstrekt niet zitten, maar hij wist dat zijn jonge collega het er nog veel moeilijker mee had. Het leek wel of het donker bezit nam van haar hoofd en haar pas verliet als het lente werd. Hij zette het van zich af en keek naar de naam boven aan de lijst die Kolsø voor hem had neergelegd.

'Benedikte Riis?' Hij keek zijn collega vragend aan. 'Ik dacht dat we het erover eens waren dat wij met die Paulus zouden beginnen?'

Kim haalde enigszins verontschuldigend zijn schouders op. 'Die is met Grønlie mee.'

'Waarom?'

'Daar stond hij op.'

'Die jongen, Paulus? Waarom dan?'

'Hij stond midden op het erf toen wij kwamen,' zei Kim. 'Wekte niet de indruk dat hij veel geslapen had. *Jullie zullen wel denken dat ik het heb gedaan, vanwege mijn achtergrond. Ik wil graag als eerste worden verhoord.*'

'Juist ja,' prevelde Munch.

'Dus heb ik hem aan Ludvig overgelaten. Kan die knul innerlijk een beetje tot rust komen.'

'Zijn achtergrond? Wat bedoelde hij daarmee?' vroeg Munch.

'Hij zal er wel van uitgegaan zijn dat we zijn strafblad hebben gezien.'

'Kleinigheden, meer was het toch niet?' vroeg Munch enigszins verbaasd.

'Inderdaad. Hasj op zak, winkeldiefstal, in een greppel gereden met een gestolen auto, allemaal toen hij nog jonger was. Misschien heeft hij dingen op zijn kerfstok waar wij niets van afweten. In elk geval had hij een slecht geweten, dus heeft Grønlie hem meegenomen, hij zit zoals gezegd nog bij hem.'

'Oké,' zei Munch, en hij bladerde zijn papieren door. 'En wie is die Benedikte Riis?'

'De laatste die Camilla nog in leven heeft gezien. Het schijnt dat ze iets belangrijks te melden heeft. Ik geloof dat Helene Eriksen heeft geprobeerd het uit haar te krijgen, maar ze wil haar mond pas opendoen als ze met de politie kan praten.'

'Op die manier.' Munch trok zijn wenkbrauwen op. 'Oké, ga maar halen.'

24

Anders Finstad stond al op de trap toen Mia Krüger het terrein op reed. Manege Hurum. Aan de buitenkant leek het hier heel erg op de kwekerij die Munch en zij de vorige dag hadden bezocht. Een lange laan met majesteitelijke berken en aan weerskanten akkers, die leidde naar wat eruitzag als een fraai onderhouden manege. Een groot, mooi wit hoofdgebouw, een met grind bestrooid erf, een prachtig gebouw van rode baksteen, waarschijnlijk de stal. Mia stapte uit haar auto en merkte dat deze plek haar een goed gevoel gaf. Geen open zee, dat niet, maar toch deed het haar hier aan Hitra denken. Hier heerste rust. Een mooie manege die sommige mensen duidelijk dierbaar was, midden in de rustige en fraaie natuur.

'Hallo,' zei de man op de trap, en hij kwam snel naar beneden, naar haar toe. 'Anders Finstad.'

'Mia Krüger.' Ze schudde zijn koude hand. Hij had hier blijkbaar al even gestaan.

De man van middelbare leeftijd lachte flauwtjes. 'Ja, ik weet wie je bent. Onder andere omstandigheden zou ik waarschijnlijk hebben gezegd dat ik me vereerd voelde met dit bezoek.'

Mia glimlachte. 'Ach ja.' Ze probeerde vast te stellen of dit misschien een poging was haar te ontwapenen, haar vriendelijker te stemmen, maar niets wees daarop. Zo op het eerste gezicht maakte Finstad dezelfde indruk als zijn manege: iemand die om zijn uiterlijk gaf zonder dat het ook maar enigszins geforceerd overkwam.

'Wat een tragedie,' zei Finstad toen hij haar had binnengelaten in wat Mia voor een soort huiskamer hield. Hij wees op een stoel en glimlachte enigszins behoedzaam. 'Kan ik je iets aanbieden, of zullen we...?'

'Meteen ter zake komen?' Mia hing haar leren jasje over de stoel heen.

'Ja...' Hij zag eruit alsof hij deze reactie had verwacht en gewenst. Hij trok de stoel tegenover haar naar achteren, ging zitten en keek even naar het witte tafelkleed. Toen vatte hij min of meer moed, zonder dat Mia iets had gezegd. 'Ik zag het natuurlijk al aankomen,' zei hij, terwijl hij voorzichtig naar haar opkeek.

'Wat?' vroeg Mia.

'Dat jullie zouden denken dat ik het was.'

'Wie zegt dat?' zei Mia.

'Denken jullie dat dan niet?' vroeg Finstad, en hij leek verrast en enigszins opgelucht.

Mia had onwillekeurig met deze beleefde, goedgeklede man voor haar te doen. Hij had donkere wallen onder zijn ogen en zat nerveus met zijn handen te frunniken. Hij was duidelijk flink aangeslagen door de gebeurtenissen van de afgelopen dagen.

'Op dit moment denken we niets, we houden alle mogelijkheden nog open,' zei Mia. 'Maar het is duidelijk dat je Camilla kende. Ze zat hier op rijles...'

'O nee,' zei Anders Finstad.

'Hoezo, nee?'

'Rijles, nee, dat zou ik niet willen zeggen.'

'Wat bedoel je?'

'Camilla was...' Finstad leunde naar achteren in zijn stoel alsof hij naar de juiste woorden zocht.

'Ze was wat?'

'Bijzonder,' zei Finstad ten slotte. 'Ze was geen leerling, om het zo maar te zeggen.'

'Wat dan?'

'Camilla liet zich de wet niet voorschrijven. Ze was heel eigengereid, had een sterke wil.' Nu glimlachte Finstad even. Zijn blik keerde zich naar binnen, alsof hij haar daar voor zich zag, ergens ver weg.

'Dus je gaf haar geen rijles? Op de manege?'
'Wat? O, jawel, op papier wel, maar ja, je kon Camilla niets voorschrijven. Fijne meid. Absoluut. Snapte het meteen al. Helene bracht haar hier. Heb jij dat wel eens meegemaakt? Dat je iemand tegenkomt die, ja... wat charismatischer is dan anderen, die een soort, ja...' Finstad leek de juiste woorden ditmaal niet te kunnen vinden, en hij bleef naar het witte tafelkleed zitten staren.
'Vond je haar aardig?' vroeg Mia.
'Wat? Ja, iedereen vond Camilla aardig.'
'Jij ook?'
'Jazeker.'
'Heel erg aardig?'
'Jazeker,' zei Finstad weer, maar plotseling kwam hij tot zichzelf en drong het tot hem door waar Mia met haar vragen naartoe wilde.
'Welnee, niet op die manier...' Hij zat nu stil; hij leek de volgende vraag te zien aankomen.
'September 2011,' zei Mia.
'Ja.'
'Je weet waar ik het over heb?'
'Natuurlijk,' antwoordde Finstad, nog steeds zonder haar aan te kijken.
'Twee leerlingen die bij jou op rijles zaten, twaalf en veertien jaar.'
'Ik weet het...'
'Foto's met ontbloot bovenlichaam voor een paard?'
Finstad tilde zijn handen van tafel op en hield ze even voor zijn gezicht. 'Ik ben er niet trots op...' zei hij behoedzaam.
'Maar je hebt het wel gedaan?' vroeg Mia.
'Ik ben ook maar een mens. Iedereen kan fouten maken, toch?'
Nu keek hij haar wel aan, en Mia merkte dat haar gevoel dat ze deze man wel mocht plotseling omsloeg in afschuw. 'Fouten maken? Dus je vindt het in orde om naaktfoto's van kleine meisjes te maken, is dat wat je bedoelt?'
'Wat?' zei Finstad verrast.
'Je bent naar de stal gegaan. Met je camera. Hebt misbruik gemaakt van de macht die je over onschuldige meisjes hebt door ze te vragen zonder kleren voor een paard te poseren, geef je dat nu dan in feite toe?'

Mia merkte voor het eerst dat de alcohol van de vorige avond haar naar het hoofd steeg. Die ellendige Curry. Hij had haar tot diep in de nacht uit haar slaap gehouden. Sunniva. Gokken. Niet voor het eerst, en het zou ongetwijfeld niet voor het laatst zijn. Ten slotte had ze hem in bed gekregen, en toen de wekker was gegaan, had ze het niet opgebracht hem wakker te maken. Nu besloop de alcohol haar. Maakte haar geïrriteerd en boos, minder professioneel dan ze had horen te zijn. 'Je bent pedofiel en dat praat je goed, moet ik het zo opvatten?'

'Wat?' zei Finstad vol onbegrip.

'Je hebt best gehoord wat ik zei.'

'Wat? Nee. Dat is toch nooit gebeurd?'

'Dat is wat we van je weten,' zei Mia, kort.

'Wel allemachtig,' zei Finstad. 'Hebben jullie dan niet het hele dossier?'

Munch had Mia niet alle details gegeven, maar daar zei ze niets over. 'Je hebt foto's gemaakt van twee naakte meisjes voor een paard, dat is wat we weten.'

'Nee, nee, nee,' zei Finstad. 'Weten jullie dan niet alle details over die idiote kwestie? Die moeten jullie toch hebben?'

Ze had ook pillen geslikt. Om te kunnen slapen. Na de hele nacht op te zijn geweest met Curry. Tot drie uur voor de briefing. Ze had er een paar in de badkamer geslikt en was weggezakt, bijna zonder zich te herinneren dat ze haar hoofd op het kussen had gelegd. Mia schraapte haar keel en vermande zich. 'Waar ben je dan niet trots op?'

'Wat bedoel je?' Nu keek Finstad nogal wanhopig.

'Je zei dat je niet trots was. Op wat je had gedaan?'

'Natuurlijk niet. Ik was haar ontrouw geweest.'

'Wie?'

'Mijn ex-vrouw,' zei hij, en nu keek hij haar wat verwonderd aan. 'Staat dat niet in het dossier dat jullie hebben?'

Mia kuchte even en merkte dat ze nijdig werd op Munch. Hij had haar hier blijkbaar naartoe gestuurd zonder dat ze alles afwist van de zaak tegen deze man, die een vrij eerlijke en fatsoenlijke indruk maakte. 'Jawel, maar ik moest er nu eenmaal naar vragen.'

'Dat ze op die manier wraak op me heeft genomen?'

'Jawel.'

'Dat ze het allemaal had verzonnen? Om zich te wreken? Omdat ik haar ontrouw was geweest? Dat ze het naderhand heeft toegegeven? Dat de hele zaak werd geseponeerd?'

'Jaja, dat weten we, maar ik moest ernaar vragen.'

'Ja, dat snap ik.'

'Sorry,' zei Mia, en ze meende het.

'Geeft niet.' Finstad glimlachte tegen haar. 'Maar ik heb er spijt van. Het was niet netjes van me. Zo ben ik eigenlijk niet, maar ja...'

'Dat gaat mij niet aan,' zei Mia, en ze probeerde hem zo vriendelijk mogelijk aan te kijken. Ze merkte nu dat de hoofdpijn op volle kracht kwam opzetten. Die verdomde Munch. En die ellendige Curry.

'Wat een tragedie.' Hij richtte zijn blik weer op zijn handen. 'Ze was zo bijzonder. Zo was ze gewoon. Ja.'

'Kwam ze hier vaak?'

'Camilla? Ja. Soms was ze bijna iedere avond hier. Zij was een van de weinige meisjes die een eigen locker hadden. Heb ik al gezegd dat ze een groot talent was? Ze had nog vrijwel nooit op een paard gezeten toen ze voor het eerst kwam. Ik weet nog...'

'Locker?' viel Mia hem in de rede.

Finstad knikte. 'Ja, een paar van de meest enthousiaste meisjes hebben er een. Al hun spullen hier, dat is het meest praktisch.'

'Mag ik die zien?'

'Natuurlijk.'

Hij stond op, ging Mia voor naar de buitendeur en wees haar de weg naar de stal.

25

Isabella Jung had het al vaker gedacht, maar papa had altijd gezegd dat je niet te snel met je oordeel klaar moest staan, en dat had ze dan ook altijd geprobeerd te vermijden, te voorkomen dat haar eerste indruk van iemand doorslaggevend was, maar inmiddels wist ze het honderd procent zeker: ze kon het smoelwerk van Benedikte Riis niet uitstaan.

Ze zaten met zijn allen in de televisiekamer te wachten tot ze een voor een voor het gesprek met de politie zouden worden opgeroepen en Benedikte Riis was natuurlijk weer de eerste geweest. Ze moest en zou de eerste zijn omdat zij *Camilla het beste kende*, haar *het meest na* had gestaan en haar *als laatste nog in leven* had gezien. Isabella wist heel zeker dat dat bullshit was, want degene die Benedikte het meest na stond, was Benedikte. Isabella had nog nooit iemand meegemaakt die zo vol van zichzelf was, haar beste vriendin was vermoedelijk haar eigen spiegelbeeld, en op dit moment had Isabella het liefst tegen die bitch gezegd dat ze haar bek moest houden, maar uit respect voor de andere aanwezigen deed ze dat niet. De laatste dagen waren voor iedereen toch al een beproeving geweest. Isabella was een harde, wist zich al haar hele leven alleen te redden, maar anderen hadden het er moeilijker mee gehad dat dit vreedzame plekje plotseling in een wespennest was veranderd. Overal politie. En dan al die journalisten. Voor de boel was afgezet had het geleken of ze van alle kanten binnendrongen, en een paar meisjes waren helemaal ingestort. Goddank waren de agenten in uniform zo zoetjesaan verdwenen en nu waren er alleen nog rechercheurs in burger. De dagelijkse gang van zaken was gecanceld. Alles stond op zijn kop. De klaslokalen hingen nu vol vragen, niet over Noorse districten en Engelse werkwoorden, maar over Camilla Green. Benedikte was zoals gezegd als eerste aan de beurt geweest, was net terug en verzamelde nu haar hofhouding om zich heen.

'Ik heb gezegd waar het op stond,' zei ze. 'Camilla en ik waren close, we deden alles samen, en als *ik* het niet weet, dan weet niemand het, snappen jullie?'

'Als je wat niet weet?' vroeg Cecilie zwakjes. Het kleine meisje uit Bergen zat verschrikt in een hoekje van de bank met een kussen op schoot, het leek wel of ze iets nodig had om zich achter te verstoppen, om zich aan vast te klampen.

'Hallo? Je weet wat er gebeurd is, ja? Ben je dom of zo?' Benedikte tikte tegen haar voorhoofd, en Isabella kon zich nauwelijks meer inhouden.

'En wat zei je dan?'

Dat was Wenche. Een van de meisjes die Isabella niet zo goed kende. Kort, donker haar en een hoop tatoeages, uit Oslo, en wat meer door de wol geverfd dan degenen met wie Isabella het best bevriend was. Het gerucht wilde dat ze iets had gehad met een biker die bij de Bandidos zat en gepakt was omdat ze had geprobeerd heroïne in een kinderwagen de boot naar Denemarken op te smokkelen, maar als Isabella hier iets had geleerd, dan was het om geruchten te negeren. Ze had het gevoel dat ze zich hier allemaal harder probeerden voor te doen dan ze waren, afgezien van Synne en Cecilie natuurlijk, en met hen trok Isabella dan ook het meest op.

Een uil?

Er was zo kort achter elkaar zoveel gebeurd dat ze het briefje op haar deur al bijna helemaal was vergeten. Die witte lelie.

Ik vind jou lief.

De tekening daaronder.

Ze had haar hart in haar keel voelen kloppen toen ze het had gezien. Een heimelijke bewonderaar. Die háár aardig vond? Zou het kunnen...? Was het van degene die zij dacht?

Ze werd in haar gedachtegang gestoord door het onuitstaanbare smoelwerk van Benedikte, dat op de een of andere manier vlak bij het hare was opgedoken. 'En jij zegt er ook niks over, hè?' Benedikte stond daar met haar wijsvinger op Isabella gericht en om onduidelijke redenen keken alle meisjes in de kamer nu naar haar.

'Wat?' wilde Isabella weten.

'Jezus, ben je doof of zo?' zuchtte Benedikte.

'Nee,' zei Isabella kalm, en opnieuw weerstond ze de verleiding om op te staan en die irritante griet recht op haar bek te slaan.

'Ik zei dat we het geen van allen mogen zeggen, dat moeten we elkaar verdomme toch beloven?' Ze keek de kamer rond en vond overal respons. Zelfs de doodsbange Cecilie knikte flauwtjes vanachter haar kussen.

'Wat dan?' vroeg Isabella weer.

'Dat ze altijd het bos in sloop,' zei Wenche, die inmiddels op de vensterbank zat en een sigaret had opgestoken, al wist iedereen dat dat hierbinnen niet mocht.

''s Nachts,' vulde Sofie aan.

'Dat wist ik niet,' zei Isabella.

'Nee, want jij bent hier nieuw, en je moet niet denken dat Paulus je aardig vindt, alleen maar omdat hij je met de orchideeën helpt. Het is maar dat je het weet. Paulus helpt iederéén met de orchideeën, ja?' Benedikte lachte hard, en Wenche en Sofie volgden haar voorbeeld.

'Ik beloof in elk geval dat ik niets zal zeggen,' zei Cecilie zachtjes. Ze had het kussen nu bijna helemaal tot bij haar gezicht getrokken.

'Mooi,' besloot Benedikte.

'Waarom mag ik daar niets over zeggen?' vroeg Isabella, die zich opstandig voelde worden.

'Omdat ik het zeg.' Benedikte priemde met haar wijsvinger naar Isabella's gezicht.

'Ik doe verdomme wat ik zelf wil,' zei Isabella terwijl ze van haar stoel opstond.

'Dat laat je maar uit je harses, want anders...'

Benediktes uitbarsting werd afgekapt doordat de deur openging en Helene de kamer in kwam.

De leidster met het blonde haar oogde moe. Normaal gesproken zou ze Wenche ervanlangs hebben gegeven omdat ze met een sigaret in haar mond op de vensterbank zat, maar vandaag niet.

'Isabella?' zei Helene zwakjes.

'Ja?' Isabella keerde zich om.

'Jouw beurt. Ze willen nu met jou praten.'

26

Mia wenste echt dat ze meer had geslapen, niet de hele nacht had besteed aan het troosten van Curry, dan was ze misschien kordater geweest, had ze dit beter aangepakt. Want toen Anders Finstad de staldeur opende, was ze plotseling weer zestien.

Deze plek herinnerde haar aan Sigrid.

Mia bleef bij de ingang staan en slaagde er niet helemaal in haar voeten in beweging te krijgen.

'Ach natuurlijk, de sleutels van de lockers, sorry,' zei de eigenaar van de manege.

Mia glimlachte. 'Geen probleem.'

'Wacht even, ik ben zo terug.'

'Ik heb geen haast.' Mia deed een stapje bij de deuropening vandaan, terwijl Finstad met snelle passen over de binnenplaats terugliep.

Twee keer per week. Op de achterbank van papa's Volvo. Een manege bij Horten. Ze hadden naar haar staan kijken, de hele familie, Sigrid lachend op het zwarte paard, terwijl haar blonde haar onder de helm uit wapperde. Sigrid was dol op paardrijden. Wat

Mia zag en rook had die herinnering weer boven gebracht en om de een of andere reden werd ze er onpasselijk van.

Waarom was ze zo...?

Plotseling merkte Mia dat ze het niet meer binnen kon houden. Ze strompelde langs de ene wand en wist nog net de hoek om te komen voor de boel naar boven kwam. Ze gaf over. Veel zat er niet in haar maag, maar het wilde er toch uit. Ze bleef dubbelgeklapt naar adem staan happen.

Wel verdomme...

Alles danste voor haar ogen. Ze had de afgelopen tijd weinig gegeten. Alleen maar gedronken. Pillen geslikt. Slecht voor zichzelf gezorgd.

'Ben je hier?'

Mia slaagde erin zichzelf genoeg in de hand te krijgen om flauwtjes te glimlachen en de hoek weer om te lopen.

'O, daar ben je.' Finstad hield een bos sleutels op. 'Ik heb...'

'Zou ik even van het toilet gebruik mogen maken?' mompelde Mia, en ze kneep haar lippen op elkaar.

'Natuurlijk,' zei hij, 'dat is direct na de toegangsdeur rechts. Kom, ik wijs het je even...'

'Bedankt, ik weet het wel te vinden.' Mia liep zo snel mogelijk terug over de binnenplaats, sloot de deur van het kleine badkamertje achter zich af en zonk op haar knieën voor de toiletpot om op adem te komen.

Jezus.

Na een poosje wist ze weer overeind te komen. Ze spoelde haar mond en waste haar handen in de wastafel, en bleef voor de spiegel naar zichzelf staan kijken. Ze zag lijkbleek. Net een spook. Mia Krüger was niet bang uitgevallen, maar nu bekroop de angst haar. Haar lichaam had gereageerd. Heftig. Er was niet meer voor nodig geweest dan haar herinneringen aan Sigrid in de stal. Sigrid op de rug van dat prachtige paard.

Zullen we het dan maar eens over Sigrid hebben?

Misschien had hij achteraf gelijk. Die psycholoog. Hij had haar een berichtje gestuurd. Je hebt je afspraak gemist, zal ik een nieuwe maken? Maar ze had niet gereageerd. Waarom ook? Ze was toch weer aan het werk? Dáárvoor had ze hem bezocht, niet om uit te weiden over haar leven. Mia bleef voor de spiegel staan tot ze zich weer min of meer normaal begon te voelen. Misschien had ze het toch moeten doen. Haar hart uitstorten. Al haar verdriet. Alle ellende. Dat ze haar moeder, haar vader, haar oma miste. Dat ze Sigrid miste. Ze haalde een fles mondwater uit een medicijnkastje bij de wastafel en spoelde haar mond er grondig mee. Nee, lieve god. Ze bekeek zichzelf weer in de spiegel en schudde haar hoofd.

Ze mocht doodvallen als ze haar ziel voor een psycholoog binnenstebuiten zou keren.

Ze maakte haar gezicht nog eens nat.

Natuurlijk niet.

Dat was zo klaar als een klontje.

Gewoon een samenloop van omstandigheden. Te weinig slaap. Te veel stress. Deze zaak, en dan tot overmaat van ramp ook nog eens die ellendige Curry. Dit had niets met haar geestestoestand te maken. Ze had alles in de hand. Mia knikte zichzelf in de spiegel toe.

Alles in de hand.

Ze bleef nog een paar minuten voor de spiegel staan tot ze weer wat kleur in haar gezicht had en liep toen terug over de binnenplaats.

'Alles in orde?' vroeg Finstad, die haar enigszins bezorgd aankeek.

'Wat?' Mia liep achter hem de stal in. 'Ja hoor. Is dat haar locker?' Ze was weer rechercheur.

'Ja. Zal ik hem openmaken?'

Ze knipoogde. 'Het heeft weinig zin om de deur van de buitenkant te blijven bekijken, nietwaar?'

Finstad glimlachte. Stond even met de sleutelbos te prutsen voor hij de goede had gevonden. Ondertussen haalde Mia haar plastic handschoenen uit de binnenzak van haar jas.

'Zal ik...?' vroeg Finstad toen hij de deur van het slot had gedraaid. Ze kon duidelijk zien dat hij heel nieuwsgierig was naar de inhoud van de locker.

'Ik kom je halen als ik vragen heb.' Mia wachtte tot hij de stal uit was voordat ze de deur opende.

Een rood amazonejasje. Een paar knielange zwarte laarzen. Een beige broek aan een kleerhanger. Aan de binnenkant van de deur hing een velletje papier. Een handgeschreven briefje.

Ik vind jou lief.

Met een tekeningetje eronder.

Een vogel.

En daarmee had ze dus in haar achterhoofd gezeten, zonder dat ze eigenlijk de tijd had gehad om er lang bij stil te staan, omdat Curry plotseling dronken de Lorry binnen was komen vallen. Met wat Munch haar de vorige avond had verteld. Die veren op de plaats delict.

Uilenveren.

Mia haalde haar telefoon uit haar zak en belde Munch. Hij nam niet op, dus typte ze haastig een berichtje in: Bel me, nu.

Ik vind jou lief.

Een tekening.

Een vogel.

Een uil.

Mia haalde een pastille uit de zak van haar leren jasje en bleef met een glimlach voor de locker staan.

27

Het zag ernaar uit dat de hemel niet helemaal licht zou worden, ook al was het midden op de dag. Daar had hij niet van moeten opkijken, maar hij deed het toch. Holger Munch stak een sigaret op en zag hoe de oranje gloed zijn koude vingers verlichtte. Alweer kwam de gedachte bij hem op die hij de afgelopen tijd zo vaak had gehad, namelijk dat het niet de bedoeling was dat hier mensen woonden. Zo ver naar het noorden. Een historische vergissing, een abuis. De Noren waren nazaten van mensen die ergens in de prehistorie verkeerd waren gelopen, want waarom kiezen voor deze kou, deze duisternis, als de aarde vol zon en stranden, vruchtbare lappen grond en paradijzen was? Die waren ver te zoeken op dit donkere erf, waar hij met de capuchon van zijn duffelse jas op de rode draad probeerde te ontdekken in de interviews met al die meisjes, die bij elkaar uren hadden geduurd. Ze hadden geen van alle iets opgeleverd wat een direct aanknopingspunt voor verder onderzoek vormde. De meisjes maakten allemaal een bange indruk, en al waren ze heel verschillend, ze hadden met elkaar gemeen dat ze niet graag met de politie leken te praten.

Munch trok zijn jas dichter om zich heen en nam net weer een trekje van zijn sigaret toen de deur van het hoofdgebouw openging en Helene Eriksen de trap af kwam en zijn kant op liep.

'Je weet toch dat je binnen kunt roken als je wilt?' zei ze, en ze deed haar best om te glimlachen, ook al was te zien dat dat haar moeizaam afging.

Ze had al een terneergeslagen indruk gemaakt toen hij haar voor het eerst had ontmoet, en de gebeurtenissen van de afgelopen dagen hadden het er niet beter op gemaakt. Het vonkje leven dat hij toen in haar ogen had gezien was verdwenen, en Munch had alleen maar met haar te doen.

'We hebben ook koffie voor je,' vervolgde ze behoedzaam. 'Het is een lange dag voor jullie, net als voor ons allemaal trouwens.'

'Ik ben gestopt met koffie drinken,' zei Munch beleefd. 'Maar een kopje thee zou me wel goeddoen.'

'Dat heb ik ook.' Helene ging hem voor de trap op en wees hem een kamertje op de benedenverdieping. 'Mijn vrijetijdsruimte,' zei ze toen Munch was gaan zitten. 'Soms is het goed om een plek te hebben waar je een beetje op jezelf kunt zijn.'

Munch legde zijn jas over de armleuning van zijn stoel en merkte dat hij deze vrouw, die hij nog maar kortgeleden had ontmoet, steeds sympathieker begon te vinden. Ze hielp mensen. Bood probleemjongeren een eigen plek. Een goed mens met een groot hart.

'Veel keus kan ik je niet bieden,' zei ze terwijl ze een kom met theezakjes voor hem op tafel zette.

'Prima, hoor. Alles is goed, als het deze kou maar uit mijn lichaam verjaagt.'

'Ja, hè,' zei Helene, en ze ging in de stoel tegenover hem zitten.

Munch pakte een willekeurig theezakje en vulde zijn mok met water uit de waterkoker die ze voor hem had neergezet.

'Mag ik er eentje?' vroeg ze, terwijl ze naar het pakje sigaretten op de tafel wees.

'Uiteraard.'

'Ik rook eigenlijk niet,' zei ze verontschuldigend, terwijl ze een sigaret tussen haar lippen stak. 'Ben al lang geleden gestopt, het is natuurlijk troep, maar nu, tja...'

'Ik snap het.' Munch glimlachte, en hij boog zich over de tafel heen en knipte zijn aansteker voor haar aan.

Helene leunde naar achteren en blies de rook naar het plafond. Ze leek even na te denken, alsof ze iets op het hart had of er iets anders was dat ze hem graag wilde vertellen, maar er kwam niets.

'We vorderen goed,' zei Munch om haar gerust te stellen. 'Binnenkort krijgen jullie weer rust, we zijn al een heel eind, het merendeel van de lijst hebben we vandaag al gehad.'

'Hebben jullie iets ontdekt? Was het nuttig?'

'Ik kan niet met je in details treden, dat snap je hopelijk wel,' zei Munch. 'Maar ja, ik geloof dat we hebben gevonden wat we nodig hebben.'

'Prima. Als er nog meer is wat ik kan doen, dan komt dat uiteraard in orde. Wanneer je maar wilt. Je hoeft het alleen maar te zeggen, ja?'

'Bedankt, Helene. Je bent een en al behulpzaamheid. Dat waarderen we erg.'

'Mooi,' zei ze, waarna ze nog een kort trekje van haar sigaret nam. Toen drukte ze hem uit in de asbak en glimlachte opnieuw naar Munch. 'Vroeger twintig per dag, maar nu lukt het me om het bij een paar trekjes te houden.' Ze bleef voor zich uit zitten staren, en Munch moest ineens denken aan wat Mia na het eerste verhoor met haar had gezegd.

Ze weet iets.

Hij schraapte even zijn keel, drukte zijn eigen sigaret uit en stond op. 'Bedankt voor de thee, maar we moeten weer verder. Er staat nog een aantal namen op de lijst.'

'Ja, vanzelf,' zei Helene, en ze liep achter hem aan de kamer uit.

'Nog één ding,' zei Munch toen ze in de gang stonden.

'Ja?'

'Ik heb begrepen dat niet iedereen die op de lijst van bewoners of werknemers staat hier vandaag aanwezig is, klopt dat?'

'Ja.'

'Het punt is...' begon Munch.

'Ja?'

'Het punt is dat ik bij iemand een vraagteken heb, het kan zijn dat hij er wel is, maar hij staat niet op de lijst om verhoord te worden.'

'Om wie gaat het?'

'Rolf Lycke,' zei Munch met een kuchje.

'Rolf?'

'Ja? Ik heb begrepen dat hij hier leraar is?'

Ze zag eruit alsof ze niet goed begreep wat hij bedoelde. 'Rolf?

Staat die op jullie lijst?'

'Ja. Klopt dat niet?'

Helene schudde even haar hoofd. 'Nee, nee, die is allang weg.'

'Maar hij is hier vroeger wel leraar geweest?'

'Een tijdje, inderdaad. Hij was, laat ik het zo zeggen, een goeie, ik had hem natuurlijk graag gehouden, maar dit was geloof ik niet het baantje dat hij zocht. Mijn meisjes niet te na gesproken, maar academisch gezien is hun niveau niet bijzonder hoog, dat mag ik toch wel zeggen? Ik denk dat Rolf Lycke hoger mikte. Als je hem wilt spreken kan ik dat wel regelen, ik heb zijn nummer nog wel ergens, zal ik het opzoeken?'

'Nee, nee. Ik ga alleen op onze lijsten hier af.'

'Oké.'

Op dat moment trilde de telefoon in Munchs zak. Hij had hem tijdens de verhoren wel op stil gezet, maar was zoals altijd natuurlijk weer vergeten ook de trilfunctie uit te schakelen. Op het display stond de naam van Anette Goli.

'Ja?' zei Munch.

'Volgens mij hebben we hem. Heb je Mia nog te pakken gekregen? Ze heeft geprobeerd je te bereiken, ze had iets ontdekt op de manege, maar dat doet er nu niet meer toe...' De politieadvocate sprak zo snel dat Munch de helft van wat ze zei niet verstond.

'Wat zeg je?' vroeg hij.

'We hebben hem,' herhaalde Anette.

'Wie?'

'We hebben een bekentenis.'

'Wat?'

'Ja,' vervolgde ze. 'Hij kwam zich melden. We hebben hem in hechtenis genomen. Hij zit nu in Grønland. Hij heeft de moord bekend.'

'Ik kom eraan,' zei Munch. Hij drukte op de rode knop, nam zijn jas onder zijn arm en draafde naar de zwarte Audi op het erf.

28

Munch opende de deur van het hokje naast de verhoorkamer en zag dat Mia er al zat. Anette stond tegen de muur geleund met haar armen over elkaar geslagen en een lach op haar gezicht.

Mia zat op een stoel aan een appel te knagen met haar leren jasje nog aan, en aan het gezicht van zijn jongere collega zag hij al dat ze niet helemaal overtuigd was.

'Wat weten we?' vroeg Munch, terwijl hij zijn jas ophing en op de stoel achter de doorkijkspiegel ging zitten.

'Jim Fuglesang,' zei Anette. 'Tweeëndertig, woont in Røyken. Met de auto nog geen veertig minuten van Kwekerij Hurumlandet. Meldde zich een uurtje geleden bij de receptie. Bekende dat hij Camilla Green had vermoord.'

'Fuglesang – vogelzang? Is dat een bestaande naam?' vroeg Munch, terwijl hij de man bekeek die in de kamer naast hen zat.

'Ja. Ik heb hem nagetrokken. Hij bestaat, het is geen grap. Vroeger werkzaam bij de posterijen, tegenwoordig arbeidsongeschikt, ik weet niet waarom, maar daar heb ik Ludvig op gezet.'

'Waarom heeft hij een fietshelm op?'

'Die wil hij niet afzetten.' Anette haalde haar schouders op.

'Ik geloof er niks van,' zei Mia, en ze nam nog een hap van haar appel.

'Hoe dat zo?' vroeg Munch.

'Kom nou, Holger. De kranten zijn vanmorgen vroeg met het nieuws gekomen. Hoe vaak hebben we dat niet meegemaakt? Mensen die graag willen bekennen? God mag weten waarom, maar sommige figuren doen alles om de aandacht te trekken. Ik snap eerlijk gezegd niet waarom we hier zijn, heb je mijn bericht niet gekregen, Holger?'

Munch kreeg sterk het gevoel dat ze zich enorm zat te ergeren.

'Ik ben de hele dag aan het verhoren geweest.'

'Die tekening in de manege,' zei Mia, zonder haar blik van de man met de fietshelm af te wenden.

'Wat voor tekening?'

Ze gaf geen antwoord.

'Anette?' zei Munch, terwijl hij zich omkeerde.

De politieadvocate schudde haar hoofd en oogde zelf ook enigszins geïrriteerd nu er beweerd werd dat ze Mia en Munch voor niets had laten komen. Ze hield een map omhoog die ze in afwachting van Munchs komst blijkbaar nog niet aan Mia had laten zien. 'Ik ben niet gek,' zei ze, en ze legde twee foto's voor hen neer. 'Jim Fuglesang. Tweeëndertig. Arbeidsongeschikt. Draagt een witte fietshelm die hij niet af wil doen. Geeft zichzelf aan. Bekent de moord. En natuurlijk, ik ben ook niet van gisteren, ik weet dat er wel eens valse bekentenissen worden afgelegd. Ik zou jullie niet gebeld hebben als hij deze niet bij zich had gehad.'

Ze tikte op de foto's die ze zojuist had neergelegd. Mia wendde voor het eerst haar blik van de man in de andere kamer af en staarde ernaar.

'Wel allemachtig,' zei Munch.

'Ja, hè?' zei Anette triomfantelijk.

'Wat is dat in...?' Mia keerde zich naar Anette toe.

'Ja, hè?' herhaalde Anette, en ze vouwde haar armen over elkaar.

Twee foto's. Onscherp, maar het was duidelijk wat erop stond, zonder enige twijfel.

'Dat snap ik niet,' zei Mia.

Anette glimlachte. 'Ik zei toch dat we hem hadden.'

'Oké.' Munch kwam overeind. 'Laten we maar eens gaan horen wat die halvegare te melden heeft.'

29

Gabriel Mørk zat op een stoel in de briefing room, terwijl Ludwig Grønlie foto's aan de muur hing. Hij had het tegen niemand gezegd, omdat hij geen opgewonden jongetje wilde lijken, maar hij had een uitermate spannende werkdag achter de rug, misschien de beste sinds hij hier was begonnen.

Hij was buitenshuis geweest om verhoren op Kwekerij Hurumlandet te houden, iets wat normaal gesproken aan Munch, Mia en Kim Kolsø voorbehouden zou zijn geweest. Maar vanwege de omvang van deze zaak, of eigenlijk meer het aantal personen die tegelijkertijd verhoord moesten worden, had Munch iedereen erheen gestuurd, op Ylva na, die op kantoor had moeten blijven om het fort te verdedigen en hen allemaal vol afgunst had zien vertrekken.

Gabriel snapte dat best. Hij had zich de eerste maanden ook een soort buitenstaander gevoeld: routines en trefwoorden bij de andere teamleden, dingen die hij niet begreep, maar daar was verandering in gekomen. Eigenlijk een soort doop. Hij glimlachte bij zichzelf en nam net een slok van de cola die voor hem op tafel stond toen Ylva de kamer in kwam en op de stoel naast hem ging zitten.

'Dus jullie doen dit toch?' vroeg het meisje met het korte haar. Ze knikte naar Grønlie, die net een foto had opgehangen van een van de meisjes op de kwekerij en haar naam eronder had gezet.

Isabella Jung.

'Hoezo?'

'Nou, we hebben hem toch te pakken?'

'Dat weten we niet zeker.' Grønlie hing de volgende foto naast die van Isabella en schreef er een nieuwe naam onder.

Paulus Monsen.

'Anette leek anders behoorlijk overtuigd,' zei Ylva, en toen Grønlie zich omdraaide en haar aankeek, koesterde Gabriel zich opnieuw in het aangename gevoel niet meer het jongste lid van het team te zijn.

'Dat is al zo vaak gebeurd,' zei de oudere man, en hij pakte de volgende foto van tafel.

'Wat?' vroeg Ylva.

'Dat mensen de schuld op zich nemen van een moord die ze niet hebben gepleegd,' zei Gabriel met een snelle blik op de ervaren rechercheur bij de muur.

'Precies,' zei Grønlie, en er kwam weer een nieuwe foto naast de andere te hangen.

Benedikte Riis.

'Ze leek erg zeker van haar zaak,' zei Ylva, terwijl ze een kauwgompje in haar mond stopte. 'Anette, bedoel ik.'

'Het zou ook ideaal zijn.' De volgende foto die hij ophing kwam boven de andere te hangen.

Helene Eriksen.

'Dus heeft iemand al iets gehoord?' vroeg Ylva.

'Nog niet.' Grønlie hing er weer een foto bij.

Cecilie Markussen.

'Ik hoop dat hij het is. Dat we dit al opgelost hebben,' zei het jonge meisje, en ze blies een kauwgombel.

Grønlie glimlachte. 'O, ik ook. Maar tot we horen dat het zo is, lijkt het me belangrijk dat we dit overzicht hebben. Een hoop mensen.' Hij zuchtte even en bleef naar zijn fotocollage staan kijken, die nu bijna af was.

'Erg rommelig,' zei Ylva.

'Vind je?' Grønlie staarde haar aan.

'Eh, nee,' verontschuldigde het meisje zich. 'Niet jouw wand, dat bedoelde ik niet, ik had het over de zaak in zijn geheel. Erg rommelig, met al die mensen. Dan weet je niet zo gauw waar je beginnen moet, als jullie begrijpen wat ik bedoel.'

Met een lachje hing Grønlie de laatste foto op en deed een stapje naar achteren als om te kijken of hij zelf tevreden kon zijn met zijn werk, of het overzicht duidelijk genoeg was.

'Wie zijn dat allemaal?' vroeg Ylva, die de rij foto's nieuwsgierig bekeek.

'Helene Eriksen,' zei Grønlie terwijl hij zich oprichtte. 'Zij heeft daar de leiding, en zij heeft de hele boel ook opgezet.'

Ylva knikte.

'Paulus Monsen. Helenes, tja, hoe moet je dat noemen, rechterhand. Vijfentwintig. Aanvankelijk een van de bewoners, maar nu een soort manusje-van-alles.'

'Oké.'

'Twee leraren,' vervolgde Grønlie al wijzend. 'Karl Eriksen. Eva Dahl.'

'En hoe waren die?' vroeg Ylva.

'Die zijn door Munch en Kim verhoord,' zei Ludvig, 'dus dat weten we nog niet. Eigenlijk wel een beetje jammer.'

'Hoezo jammer?'

'Dat we de debriefing niet met zijn allen hebben gedaan. Nu gaat het voor mijn gevoel wat chaotisch toe, maar ja.' De man met het grijze haar deed nog een stapje naar achteren en bestudeerde opnieuw de wand met de foto's.

'Alleen maar meisjes?' vroeg Ylva.

'Wat?' Grønlie was even in gedachten verzonken geweest.

'De bewoners. Zitten daar alleen maar meisjes?'

'Dat is geloof ik niet de opzet,' zei Grønlie. 'Of wat dacht jij, Gabriel?'

'Nee, het is zowel voor jongens als voor meisjes bedoeld. Er was daar een jongenshuis en een meisjeshuis, maar om de een of andere reden wonen er nu alleen meisjes, waarom is ons niet helemaal duidelijk geworden, toch, Ludvig?' Hij keek snel naar Grønlie, die zijn hoofd schudde en even aan zijn hals krabde.

'Dus die acht meisjes zijn de bewoonsters?' vroeg Ylva al wijzend.

Er piepte iets in Gabriels zak. Hij trok zijn iPhone er voorzichtig uit en wierp er een korte blik op, want hij wilde eigenlijk horen wat Ludvig zou zeggen, maar toen hij het bericht zag dat hij zojuist had binnengekregen, vergat hij zowel de foto's als zijn collega's.

Phoenix aan Electron, ben je daar?

Het duurde een paar tellen voor het goed en wel tot hem doordrong wat er stond.

Skunk? Hij wist niet eens meer wanneer hij voor het laatst iets van zijn oude vriend had gehoord, zo lang geleden was het. Snel typte hij een antwoord. Electron hier. Tis er?

Na niet al te veel tellen kwam het antwoord al. Sta buiten. Belangrijk.

Buiten? Haastig typte hij terug: Waar buiten? Wat is er belangrijk?

Ook nu kwam het antwoord snel. Mariboes gate 13. Heb iets voor je. Meisje met bloem in mond.

Een meisje met een bloem in haar mond? *Camilla Green?*

Wat had Skunk in vredesnaam met haar te maken?

Haastig stond Gabriel op, mompelde een verontschuldiging tegen zijn collega's en liep de kamer uit. Zo hard hij kon rende hij de trap af.

30

'Tien oktober. Zeventien uur vijf. Aanwezig zijn het hoofd van de Onderzoekseenheid voor Moordzaken aan Mariboes gate 13, Holger Munch, en rechercheur Mia Krüger.'

'Wil je je volledige naam zeggen?' zei Mia tegen de man met de fietshelm, terwijl ze naar het opnameapparaat wees. Ze maakte een geagiteerde en wat geërgerde indruk en Munch had het liefst gezegd dat ze wat rustiger moest doen, maar hij deed het niet.

'Jim.'

'Je volledige naam,' zei Mia en ze wees weer naar het apparaat.

De man keek haar aan. 'Heet ik zo?' vroeg hij behoedzaam met een korte blik naar Munch.

'Je hele naam, ook je achternaam.'

'Jim Fuglesang.' Hij richtte zijn blik weer op de tafel.

'Je weet dat je recht hebt op de aanwezigheid van een advocaat?'

vroeg Munch, en hij ontweek de blik die Mia hem toewierp.

'Wat?'

'Een advocaat,' herhaalde Munch. 'Wil je er een advocaat bij hebben?'

'De kip wilde het mandje in,' zei de man.

Mia keek naar Munch, die zijn schouders ophaalde. 'Dus je ziet af van het recht op een advocaat?'

De man achter de tafel keek Munch aan alsof hij niet precies begreep waar die het over had. Ineens ging hij wat meer rechtop zitten. 'Ik heb haar vermoord.'

'Wie?' Mia boog zich naar voren op haar stoel.

'Wie?' zei Jim Fuglesang, en weer keek hij niet-begrijpend.

'Ja, Jim, wie heb je vermoord?' Mia klonk nu wat kalmer. Iets aan deze man die hier voor hen zat maakte dat boos worden geen optie was. Hij zag eruit alsof hij er geen idee van had wat hij eigenlijk meemaakte. 'Wie heb je vermoord, Jim?' herhaalde Mia. Haar toon was nu vriendelijker. Het had duidelijk geen zin om een dreigende houding tegenover hem aan te nemen. Hij leek al bang en verward genoeg.

'Dat meisje in de krant.'

'Wie, Jim?' vroeg Munch rustig.

'Dat op de veren.'

'Camilla?'

Het duurde even voor er antwoord kwam. 'Ja,' mompelde Jim Fuglesang, en hij keek weer naar de tafel.

'Kende je haar?'

'Wie?'

'Camilla Green?'

De man zag er nog steeds uit alsof hij geen idee had over wie Munch het had, maar desondanks knikte hij.

'Kende je haar?' vroeg Mia. 'Waar kende je haar van, Jim?'

'Het was zomer,' zei de man tegenover hen. 'Er was daar een eekhoorn. Ik hou van eekhoorns.'

Munch gluurde naar Mia, die alleen maar haar hoofd schudde. 'Was dat in het bos?' vroeg ze. 'Heb je Camilla in het bos gezien? Zomaar bij toeval?'

Nu glimlachte Fuglesang. Hij zag eruit alsof hij was verdwenen naar een plek binnen in zijn hoofd. 'Ik vind hun staart leuk, die is zo dik en zacht, en als ze zo doen met hun armpjes. Met de dennenappels. Als ze ze opeten. Je weet wel?' Hij lachte flauwtjes en deed even zijn kaken op elkaar.

'Dus je hebt een eekhoorn in het bos gezien? Van de zomer?' zuchtte Munch, en hij merkte dat hij zijn geduld begon te verliezen.

'Ja hoor, een heleboel. Ze zitten altijd in de grote sparren bij het meertje. Waar die rode boot ligt, weet je wel?'

'Heb je haar daar gezien?' wilde Mia weten. 'Bij het meertje?'

'Wie?' vroeg Fuglesang weer.

'Luister eens...' zei Munch met weer een zucht, maar hij werd onderbroken doordat Mia haar hand op zijn schouder legde.

'Je was bij het meertje,' vervolgde Mia. 'Om naar de eekhoorns te kijken?'

'Ja, want daar zitten ze altijd.'

'En je was daar alleen?'

'Ja. Daar kom ik het liefst.'

Munch wist niet waar Mia naartoe wilde, maar hij liet haar toch maar doorgaan.

'Dus Camilla, dat meisje uit de krant, die was daar niet?'

'Nee, zij niet, alleen die eekhoorn. Die zag eruit als een mama, vond ik, want ik dacht dat ik een baby-eekhoorn zag, maar dat was alleen aan het begin, want later zag ik alleen die andere nog, en toen... weet je, je moet op je hurken gaan zitten.' Fuglesang boog zijn hoofd een stukje, liet zijn blik behoedzaam heen en weer gaan en legde zijn vinger op zijn lippen. 'Heel stilletjes, want anders lopen ze weg.'

'En bij het meertje?' vroeg Mia vriendelijk lachend. 'Heb je die daar genomen?' Ze sloeg de map open, haalde de twee foto's eruit die Anette hun had laten zien en schoof ze langzaam over de tafel.

Nu reageerde de man met de witte fietshelm. Hij wendde zijn blik van de foto's af en ging naar de muur zitten staren. 'Maria Theresa.' Zachtjes begon hij tegen zijn helm te slaan.

'Camilla,' zuchtte Munch, die zich nu niet meer kon inhouden.

'Maria Theresa,' herhaalde Fuglesang, en nu zag hij eruit alsof hij compleet weg was. 'Vier witte stenen.'

'Camilla,' zei Munch, luider nu.

'Veertien minuten met mooi weer. Zestien minuten terug.'

'Luister eens,' zei Munch geërgerd, maar weer legde Mia haar hand op zijn schouder.

'Wij hadden eens een eekhoorntje in de tuin,' zei ze. 'Toen ik klein was. We hadden zonnebloemzaad in het vogelhuisje gelegd, en toen we gingen kijken of er vogels zaten, zagen we dat eekhoorntje.'

Fuglesang stopte met op zijn hoofd slaan, maar bleef naar de muur staren.

'Mijn zusje en ik,' ging Mia verder. 'We legden zaadjes neer, en toen kwam het terug. We zaten op de vensterbank achter de gordijnen te wachten, en elke dag rond dezelfde tijd kwam het terug. Maar weet je wat zo lastig was?'

'Nee?' vroeg Fuglesang nieuwsgierig, en hij keerde zich weer naar hen toe.

'Dat we niet wisten of we het Knabbel of Babbel moesten noemen.'

Munch wist niet goed wat hij ervan moest denken, waar Mia met deze idioterie naartoe wilde, maar hij liet haar maar doorgaan.

'Mijn tweelingzus zei Knabbel, maar ik was voor Babbel.'

Jim Fuglesang lachte. 'Knabbel en Babbel hebben de hele kerstboom van Donald Duck vernield.'

'Dat weet ik.' Mia glimlachte.

'Hij kreeg ze maar niet te pakken, en toen werd hij boos. En hij had hem juist zo mooi opgetuigd voor Kerstmis, en toen werd alles vernield.'

'Ja, hè? En wij konden maar niet beslissen, maar we hebben wel foto's genomen, daar ben ik blij om.'

'Van het eekhoorntje?' vroeg Jim.

'Ja. Die hebben we op onze kamer gehangen, zodat we er iedere avond voor we naar bed gingen naar konden kijken.'

'Babbel was die dikke, en heel grappig.' De man met de fietshelm grijnsde, en even leek het alsof hij opnieuw in zichzelf verzonk, maar Mia haalde hem terug.

'Jij neemt ook graag foto's, hè?'

'Ja.'

'En je hebt deze foto's genomen?' vroeg Mia voorzichtig, en ze bracht haar hand rustig naar de foto's die voor hen op tafel lagen.

'Ja,' zei de man weer, en nu slaagde hij erin hen aan te kijken.

'Weet je wat ik vind, Jim?' zei Mia.

'Nee?'

'We moeten die Camilla maar vergeten. Het meisje op de veren.'

'O ja?' vroeg Fuglesang enigszins verrast.

'Ja, we vergeten haar, zij is niet zo belangrijk,' vervolgde Mia. 'Jij hebt Camilla niet vermoord, waarom zou je? Je kent haar niet eens, en jij bent aardig, jij zou nooit zoiets doen, toch?'

'Nee, nooit.'

'Je kende haar niet eens, hè?'

'Nee, ik heb haar nooit ontmoet.'

'Je werd alleen een beetje bang, hè? Toen je die kranten zag, en dat is natuurlijk niet zo vreemd. Ik zou ook bang zijn geworden, en jij, Holger?' Nu keek Mia met een klein lachje naar Munch.

Die kon niet anders dan zijn schouders ophalen. 'Ja, natuurlijk,' zei hij met een kuchje.

'Zie je wel, Jim? We zouden allemaal bang worden, want jij had die foto's, hè?'

'Ik heb het niet gedaan,' zei Jim, nu met tranen in zijn ogen.

'Natuurlijk niet.'

'Ik heb de kat niet vermoord.'

'Natuurlijk heb je de kat niet vermoord.'

'De hond ook niet.'

'Spreekt vanzelf, de hond ook niet,' vervolgde Mia vriendelijk. 'Jij zou nooit iemand kwaad doen, hè Jim?'

'Nee.' Fuglesang veegde een traan weg.

'Ik vind het heel goed van je, hoor,' zei Mia.

'Wat?'

'Dat je met die foto's bij ons bent gekomen. Je hebt ons geholpen. Natuurlijk was jij het niet. Maar we zouden wel graag willen weten waar je ze hebt genomen, snap je?'

'De hond en de kat?' vroeg Jim Fuglesang.

Twee foto's. Bijna identiek. Kaarsen in de vorm van pentagrammen. Bedden van veren. Op het ene lag een kat. Op het andere een hond. Allebei dood. En met hun poten in dezelfde merkwaardige houding gelegd als Camilla's armen. Eentje omhoog. Eentje omlaag langs hun rechterzij.

'Was dat in de buurt van de eekhoorn?' vroeg Mia.

'Er waren wolven in de winkel,' zei de man, die nu weer weg dreigde te raken.

'Jim?' zei Mia. 'Bij het meertje? Met die rode boot?'

Het leek alsof de man weer helemaal uit zijn doen was geraakt van de aanblik van de foto's. Hij begon zachtjes tegen zijn hoofd te slaan en richtte zijn blik weer op de muur. 'Maria Theresa,' mompelde hij.

'Jim,' probeerde Mia weer.

'Vier witte stenen.'

'Jim, weet je nog waar je deze foto's hebt genomen?'

'De rode boot,' zei Fuglesang, en hij begon steeds harder op zijn helm te slaan.

'Camilla,' zei Munch, die nu echt zijn geduld verloor.

'Was dat op dezelfde plek?' vroeg Mia. 'Op hetzelfde tijdstip?'

'Maria Theresa,' herhaalde de man met de fietshelm. 'Vier witte stenen. De kip wilde het mandje in.'

'Jim?' hield Mia aan. 'Waar heb je die foto's genomen? Wanneer heb je ze genomen? Was dat op dezelfde plek? Tegelijkertijd?'

'Dinsdag kun je je het best in de badkamer verstoppen,' zei de man, die nu helemaal weg leek te zijn.

Op hetzelfde moment werd er geklopt. Anette stak haar hoofd naar binnen. Mia keek de politieadvocate geërgerd aan.

'Grønlie heeft contact met ze gehad,' zei Goli met een knikje naar Munch. 'Kan het even op de gang?'

Munch keek naar Mia, die nijdig haar hoofd schudde.

'Oké.' De gezette rechercheur stond op, liep de kamer uit en deed de deur zachtjes achter zich dicht.

31

Er zaten gelukkig weinig mensen in Justisen, en ze hadden een tafeltje gevonden waar ze niet gestoord werden. Munch was uiteraard het liefst buiten gaan zitten, waar hij kon roken, maar daar was het te koud voor.

Hij legde zijn jas weg en plofte neer aan de andere kant van het tafeltje waaraan Mia al achter een biertje in gedachten verzonken over haar aantekeningen gebogen zat. Hij bestelde een mineraalwater, en de gedachte ging door hem heen dat hij deze debriefing misschien met het hele team had moeten houden, maar hij genoot altijd van deze uurtjes, ze hadden iets speciaals. Mia en hij in Justisen. Hij had iedereen morgenvroeg voor een gezamenlijke bespreking opgetrommeld, dat moest maar genoeg zijn. Ze hadden allemaal toch al een extreem lange dag achter de rug.

'En?' vroeg hij.

'En wat?' zei Mia. Ze leegde haar bierglas zonder van de paperassen op tafel op te kijken.

'Jim Fuglesang? Niet onze man, zijn we het daarover eens?'

Mia keek alsof ze eigenlijk niet in een gesprek geïnteresseerd was. 'Natuurlijk,' zei ze hoofdschuddend, nog steeds zonder hem aan te kijken.

Draaideurpatiënt bij het Dikemark-ziekenhuis. Woonde soms thuis, maar altijd onder toezicht. Ludvig Grønlie had natuurlijk zoals altijd de juiste telefoontjes gepleegd en de juiste mensen gevonden, en al had Munch even overwogen Jim die nacht vast te houden, hij had uiteindelijk besloten hem aan de hoede over te laten van degenen die hem waren komen ophalen.

'Ik kan absoluut geen chocola maken van die foto's,' zei Mia terwijl ze voor het eerst van haar aantekeningen opkeek. Ze wenkte de ober om nog een biertje en een Jägermeister te bestellen en bleef toen met haar blik op oneindig op haar pen zitten kauwen. 'Ik bedoel, ik heb toch al veel rare dingen gezien.'

'Hetzelfde ritueel, maar dan met een kat? En een hond?' Hij keek haar vragend aan. Holger Munch was een van de bekwaamste moordrechercheurs van het land, maar soms voelde hij zich de assistent van Mia Krüger, wiens taak het was haar op het juiste spoor te brengen. Hij zuchtte even, wenste dat hij kon roken en bedacht plotseling dat hij was vergeten te reageren op het bericht dat Miriam hem eerder op de dag had gestuurd.

Moet met je praten, papa. Nogal belangrijk. Kun je bellen?

Dat moest maar wachten. Sinds Camilla Green daar in het bos was gevonden, waren ze achter elkaar doorgegaan.

'In dezelfde houding. Dezelfde vijfhoek van kaarsen. Op hetzelfde bed van veren. Een kat. En een hond. Maar nu laten we het rusten,' zei hij, en hij nam nog een slok uit het flesje voor hem.

'Wat?' zei Mia, die opschrok.

'Ik zei, nu laten we het rusten,' herhaalde hij.

'Waarom?'

'We weten het wel. Twee foto's. Soortgelijke locatie. Et cetera, et cetera. Dat weten we nu wel. Toch?'

'Ja.' Ze leegde haar Jägermeister, nam een slok bier en legde haar pen neer.

'Goed, wat hebben we verder nog?'

'Het briefje dat ik in Camilla's locker heb gevonden,' zei Mia. 'Heb je de foto gekregen die ik je daarvan heb opgestuurd?'

Munch knikte.

'*Ik vind jou lief*. Een uil?'

'In elk geval een tekening die op een vogel lijkt,' zei Munch. 'Of het een uil is, heb ik niet kunnen zien.'

'Ja, maar... uilenveren?'

'Klopt. Maar zoals gezegd, merkte Grønlie op dat dat maar een eerste indruk was, de technische werkt er nu aan door.'

'Maar toch,' zei Mia en ze nam weer een slok bier.

'Mee eens, uiteraard.'

'Dus dat staat vast.'

'Die telefoongegevens die Gabriel heeft opgevraagd,' zei Munch.

'Inderdaad. Dat bericht dat alles goed met haar was, is van de kwekerij verstuurd.'

'Niet per se. Maar wel daar in de buurt.'

'Zelfde mobiele zendmast?'

'Ja.'

'Camilla verdween. En iemand had haar telefoon en stuurde bericht dat alles goed was vanaf een plek niet ver vanwaar ze was verdwenen.'

'Als ze dat niet zelf heeft gedaan,' zei Munch.

'Denken we dat?'

'Ik weet het niet, ik probeer alleen op een rijtje te zetten wat we hebben.'

'Prima,' zei Mia. 'Maar als we nu eens even aannemen dat ze het niet zelf heeft gestuurd.'

'Heel goed mogelijk.'

'Dan houdt dat in dat degene die we zoeken toegang heeft tot de kwekerij.'

'Of daar in de buurt woont.'

'Ja,' zei Mia.

Munch zag dat ze weer in zichzelf wegdook en maakte van de gelegenheid gebruik om zich te verontschuldigen en buiten te gaan roken. Daar stonden nog meer mensen onder de terraslampen te bibberen, maar Munch zocht een eigen lamp uit en haalde zijn telefoon uit zijn jaszak. Moet met je praten. Nogal belangrijk.

Hij zocht met koude vingers haar nummer op maar kreeg alleen haar voicemail. *Hallo, dit is Miriam Munch. Ik kan nu helaas niet opnemen...*

Hij belde haar nog een paar keer, maar kreeg iedere keer haar voicemail. Toen hij zijn sigaret ophad, ging hij terug naar binnen. Mia had een nieuw biertje en nog een Jägermeister besteld en zat met haar magere schouders over haar notities gebogen.

'En die Finstad?' zei Munch, om haar weer bij de les te halen.

'Wat?'

'Anders Finstad? Die die meisjes had gefotografeerd?'

'Je weet zoiets natuurlijk nooit,' zei Mia, 'maar ik kreeg het gevoel dat het een prima kerel is. Je kon het bijna aan zijn manege zien. Verzorgd. Keurig aangeharkt en onderhouden. Met liefde, het straalde bijna van de gebouwen af, snap je wat ik bedoel?'

Munch begreep het weliswaar niet helemaal, maar vertrouwde op wat ze zei, al werd haar blik al wat wazig van de alcohol.

'Dus het klopte, dat hele verhaal over die ex?'

'Zoals ik zei, dat mag God weten, maar ik kreeg in ieder geval het gevoel dat hij de waarheid sprak.' Ze trommelde wat met haar vingers op tafel en streek haar lange donkere haar achter haar oor.

'Dus hij kan van de lijst?'

'Wat? Nee, dat niet, maar hij staat niet meer bovenaan, wat mij betreft. Wie heb jij?'

'Op mijn lijstje?'

'Ja, van de kwekerij?'

Munch merkte dat hij nu moe werd. Het was een lange dag geweest.

'Helene Eriksen?' vroeg Mia. 'Erop of eraf?'

Munch concentreerde zich en dacht even na. 'Ik mag haar graag, maar erop.'

'Die Paulus?'

'Blijft er absoluut op staan.'

'En dan die meiden.' Mia keek even op haar papier. 'Isabella Jung? Benedikte Riis? Cecilie Markussen?'

Munch onderdrukte een geeuw. 'Te vroeg om daar iets over te zeggen. Als het aan mij ligt, blijven ze er allemaal op staan, morgen na de briefing zien we wel verder.'

Mia leegde de Jägermeister. Net op dat moment kwam er een bericht binnen op haar telefoon. 'Fuck.' Ze schudde haar hoofd.

'Wat?' vroeg Munch.
'Curry,' zei ze met een zucht.
'Wat nou weer?'
'Had het op een drinken gezet. Heeft een plek nodig om te slapen. Alweer.'
'Problemen thuis?' vroeg Munch, en hij dronk zijn mineraalwater op.
'Weer ruzie met Sunniva,' mompelde Mia. 'Deze keer is het waarschijnlijk menens.'
'Zal best.'
'Sorry, maar ik wist niet precies wat ik tegen jou moest zeggen.'
'Ik ben niet van gisteren. Maar ja...'
'Maar wat?'
'Tja, wat wil je,' zei Munch. 'Ik weet dat je Jon graag mag, maar ik moet van mijn mensen op aan kunnen.'
Mia knipoogde. 'Kim vertrekt. Curry valt af. Misschien zijn alleen jij en ik er straks nog.'
'Daar ligt op dit moment niet mijn probleem, voor mijn gevoel,' zei Munch, en hij stond op.
'Ga je nu al?' zei Mia.
'Ja. Ik heb slaap nodig. Morgen verder.'
Hij had net zijn jas aangetrokken toen zijn telefoon ging. Terwijl hij nog een geeuw onderdrukte, keek hij wie het was. Gabriel Mørk. Even overwoog Munch om niet op te nemen, maar hij deed het toch. 'Met Munch.'
Aan het andere einde was het doodstil.
'Hallo?'
Nog steeds geen geluid.
'Ben je daar, Gabriel? Wat is er?'
Mia keek van haar papieren op.
'Je moet komen.'
'Wat is er? Wat gebeurt er?'
'Je moet komen,' zei Gabriel weer.
'Waarheen?' vroeg Munch.
'Ik moet je iets laten zien.' De jonge hacker leek buiten zichzelf.
'Kan het niet tot morgen wachten?'
'Nee,' mompelde Gabriel. 'Absoluut niet.'
'Meen je dat?'
'Ja.'

'Ben je op kantoor?'

'Ja.'

'Oké, ik kom eraan,' zei Munch, en hij hing op.

'Wat is er?'

'Gabriel. Belde vanaf kantoor. Wil dat ik daar nu heen ga. Kom je mee?'

'Natuurlijk.' Mia leegde haar bierglas.

4

32

Sunniva Rød nam de laatste traptreden en hing haar jas in de garderobe. Ze haalde haar uniform uit de kast en trok het met een lichte zucht aan. Ze werkte hier nu al bijna acht jaar, en eerst had ze die nauwsluitende, ouderwetse uniformen best aardig gevonden, maar zo langzamerhand werd ze het behoorlijk zat. Niet alleen de kleding, maar ook het baantje zelf.

Met nog een zucht liep ze de pauzekamer in om voor zichzelf een kop koffie te zetten.

Fiji.

Een azuurblauwe zee, palmen en vrijheid.

Ze hadden er bijna een jaar voor gespaard, en ze had zich er zo op verheugd. De hele vorige winter, alleen maar kou en duisternis, geen vakantie, ze had alle wachtdiensten genomen die ze maar kon, maar dat was geen probleem geweest, want volgend jaar januari zouden ze naar Fiji gaan. Een hele maand.

En toen had hij het verdomme weer gedaan. Het geld vergokt. Zich bezopen en het geld vergokt. Alweer. En deze keer was ze het zat. Nu was het genoeg. Ze was erg dol op Curry, echt waar, maar nu bracht ze het niet meer op. Ze had haar twijfels gehad toen ze elkaar leerden kennen, hij was wat lomp en luidruchtig geweest, niet precies zoals ze zich de man van haar dromen had voorgesteld, maar daar had ze zich snel overheen gezet. Ze was verliefd geworden. Een stel geworden. Ze pasten bij elkaar, ook al was hij soms niet helemaal volmaakt. Hij werkte op alle tijdstippen van het etmaal, maar dat kon Sunniva wel hebben, daar had ze geen bezwaar tegen. Zelfs zijn drankgebruik had ze door de vingers gezien, maar dit?

Dit niet, goddomme. Nu was het genoeg geweest.

Hun Fiji-reisje?

Nee. Dit was de druppel. Ze had hem eruit gegooid, en daar was ze alleen maar blij om. De flat was haar eigendom. Het geld had ze van haar vader gekregen toen ze een paar jaar geleden zin hadden gekregen om samen iets te kopen. En nu was hij van haar alleen. Dat gaf eigenlijk wel een fijn gevoel.

Sunniva liep met haar kop koffie de pauzekamer uit en maakte zich op voor de ochtendbespreking. De nachtdienst was voorbij, de ochtenddienst begon en iedereen zou op de hoogte worden gesteld over de gang van zaken van vannacht. De Sint-Helenastichting was een hospice waar bejaarden hun laatste dagen, weken, of maanden kwamen doorbrengen, en het was er over het algemeen rustig. Een doktersbezoek hier. Een medicatiewijziging daar.

Na de bespreking nam ze de tijd om nog een kop koffie te drinken voor ze aan haar ochtendronde begon. Dat had ze nodig. Vandaag had ze namelijk Torvald Sund op haar lijst.

De gestoorde dominee.

Zo noemden ze hem. Ze wist niet precies waarom, maar er was iets met die oude man, iets duisters in zijn blik. Zodra ze bij hem in de buurt kwam kreeg ze een onbehaaglijk gevoel.

Sunniva zette een vrolijk gezicht op en liep met het ontbijt zijn kamer in. De dominee sliep gelukkig, dus zette ze het dienblad op het tafeltje naast zijn bed. Een boterham met zalm en kappertjes. Kamillethee met honing en een glas sinaasappelsap. Bij de Sint-Helenastichting beknibbelden ze niet op de maaltijden.

Ze wilde net de kamer uit lopen toen de dominee plotseling zijn ogen opende. 'Ik ga niet naar de hemel,' barstte de oude man uit, terwijl hij haar aanstaarde.

De roodharige verpleegster schrok ervan. 'Natuurlijk wel,' zei ze vriendelijk toen ze zich enigszins had hersteld.

'Nee. Ik heb gezondigd.' De oude man leek compleet in de war. 'O, God, vergeef me. O, Vader, lieve Heer, ik wist het niet, ik wist het niet, laat me toch boeten voor mijn zonden.' De man stak zijn magere armen in de lucht en riep min of meer in de richting van het plafond: 'Waarom luistert er niemand?'

Op de medicijnkaart van de dominee stond driemaal daags 10 mg diazepam, en 0,5 mg morfine via het infuus. Sunniva wierp een blik op de infuuszak en ontdekte dat die leeg was. De nachtzuster was niet geweest om de medicijnen bij te vullen. Ze richtte zich op, schudde lichtelijk geïrriteerd haar hoofd en haalde de houder van het statief.

'Nee,' prevelde de oude man ineens.

Sunniva keek op hem neer.

'Nee, nee,' herhaalde de dominee, en hij wees met een kromme vinger naar de plastic houder in haar hand.

Het duurde een paar tellen voordat ze begreep wat hij bedoelde. 'Wil je je medicijnen niet?'

De oude man schudde zijn hoofd en wees naar een boek op zijn nachtkastje.

'De bijbel? Wil je voorgelezen worden?'

De dominee schudde zijn hoofd en de blik waarmee hij haar aankeek leek nu iets helderder. Hij mompelde iets wat ze eerst niet verstond, maar toen hij het herhaalde, begreep ze dat ze het kastje voor hem moest opendoen.

Ze hing het infuus aan het statief terug, liep om het bed heen en ging voor het nachtkastje op haar hurken zitten. Er lag een krant in. Een oud nummer van *Verdens Gang*. Ze haalde het eruit en hield het voor hem omhoog. 'Dit?'

De oude man knikte. Nu glimlachte hij flauwtjes.

'Zij,' zei hij al wijzend.

'Welke zij?' vroeg Sunniva.

'De kinderen branden,' fluisterde de oude man, die nu niet meer zo helder keek.

'Torvald?' zei ze, en ze legde haar hand op zijn voorhoofd. Dat was gloeiend heet. 'Torvald?'

Geen reactie.

De oude man was niet meer bij kennis, zijn oogleden waren langzaam dicht gegleden en de kromme vinger die naar de krantenfoto had gewezen hing slap naast het bed.

Sunniva Rød legde de krant op zijn plaats terug, trok de deken over de oude dominee heen, liep de voorraadkamer in om een nieuw infuus te halen, koppelde het aan de magere, gerimpelde hand, verzekerde zich ervan dat hij goed sliep, trok de deur voorzichtig achter zich dicht en vervolgde haar ochtendronde.

33

Gabriel Mørk zat muisstil op een stoel achter in de briefing room. Hij had al vierentwintig uur niet geslapen, maar hij was niet moe. In de loop van de nacht had hij herhaaldelijk moeten overgeven, zodat zijn maag nu helemaal leeg was, maar honger had hij om de een of andere reden ook niet. Hij verkeerde in shocktoestand, dat moest het zijn. Toen Skunk zich de vorige avond had gemeld en ineens voor de deur van het kantoor had gestaan, was Gabriel natuurlijk uitermate nieuwsgierig geworden, maar niets had hem hierop kunnen voorbereiden.

Munch stond vooraan bij de beamer en oogde volkomen uitgeput. Ze hadden geen van allen geslapen. Mia en Munch waren hier ook de hele nacht geweest. Anette was rond drie uur gekomen, Curry vlak daarna. Alleen Kim, Ylva en Ludvig Grønlie hadden nog niets gezien. Die zouden hem nu te zien krijgen, die afschuwelijke film, maar Gabriel wist eerlijk gezegd niet of hij het opbracht om nog eens te kijken.

'Zoals jullie inmiddels allemaal weten,' Munch schraapte zijn keel en overzag de aanwezigen, 'kreeg Gabriel gisteravond bezoek van een vroegere collega, genaamd...' Hij keek even naar Gabriel.

'Skunk,' mompelde die.

'Een vroegere collega-hacker genaamd Skunk, die een filmpje had gevonden. Ergens op het internet, op een of andere geheime server. En naar ik begrijp is deze hacker niet bijster op de politie gesteld, dus ik denk dat we het aan Gabriel hier te danken hebben dat het ding in onze handen is gevallen.'

Nu keerden de anderen zich naar hem toe en knikten even. Gabriel stelde het op prijs dat Munch zijn best deed hem wat op te vrolijken, maar erg veel hielp het niet. Hij had in zijn leven een hoop rare dingen gezien tijdens zijn escapades op het internet, ook in de krochten van het 'dark web', maar nog nooit zoiets als dit. Hij moest er bijna weer van kotsen. Kreeg er opnieuw een wee gevoel van. Na de tocht naar Kwekerij Hurumlandet had hij zich een ouwe taaie gevoeld, een stapje hoger in de hiërarchie, geen beginneling meer, maar nu was hij terug bij af, buiten op de stoep, waar hij zes maanden geleden had gestaan. Een klein jongetje dat bij het zien van de afschuwelijke taferelen in dat korte filmfragment had moeten overgeven, bepaald niet professioneel. Hij liet zijn handen op zijn schoot rusten en probeerde rustig adem te halen, zich te beheersen, hij wilde zich ten overstaan van zijn collega's niet compleet waardeloos betonen, al had hij het gevoel dat het misschien al te laat was.

'Zoals jullie weten,' vervolgde Munch, 'was de fysieke toestand waarin Camilla Green werd gevonden heel wat slechter dan die waarin ze bij haar verdwijning verkeerde. Ze was broodmager, bijna uitgehongerd, had blaren en schaafwonden op haar handen en knieën en overal blauwe plekken. Daarnaast wees de autopsie uit dat haar maaginhoud uitsluitend uit pellets bestond, dierenvoer dus, en dankzij Gabriel en zijn collega van vroeger krijgen we nu te zien waarom.'

Gabriel zag dat Ylva met een mengeling van nieuwsgierigheid en vrees naar hem keek. De nieuwelinge maakte een heel ongemakkelijke indruk; ook zij zag eruit alsof ze hier eigenlijk liever niet was.

'Maak jij het even donker, Ludvig?' zei Munch.

Grønlie stond op om het licht uit te doen, en daarna werd het stil in de kamer, terwijl Munch op de knop drukte en het filmpje begon te lopen.

Gabriel keek op en dwong zichzelf te kijken. Misschien lukte het hem om deze keer hetzelfde te doen als Mia en Munch. Zich een politieblik aan te meten. Naar sporen te zoeken. Te proberen het te doorgronden. Niet als een gewoon mens, zoals de eerste keer dat hij ernaar had gekeken, de gewone man die getuige was van de vernedering en vertwijfeling van een zeventienjarig meisje.

Aan het begin was alles zwart. Alsof iemand een volledig donkere kamer had gefilmd. Maar toen kwam ze in beeld, Camilla Green, en Gabriel had het filmpje zoals gezegd in de loop van die nacht diverse keren gezien, maar hij kon nog steeds nauwelijks geloven wat hij zag. Het leek op een kelderruimte. Aanvankelijk verduisterd, maar toen ging langzaam het licht aan en werd het grote looprad zichtbaar. Het was een soort kooi, als voor een muis of een hamster misschien, maar dan veel groter, bestemd voor een mens. Camilla zat in een draaiend rad en Gabriel had aanvankelijk niet begrepen wat zich daar afspeelde, maar toen was het tot hem doorgedrongen, want het licht ging aan, terwijl zij langzaam op handen en voeten door het grote, zware rad krabbelde. Ze zat gevangen in een kelder. Een kooi, zonder licht, en om te zorgen dat de lampen om haar heen gingen branden, moest ze het grote looprad aan het draaien zien te krijgen.

Gabriel zag zich gedwongen de andere kant op te kijken toen Camilla voorzichtig overeind kwam in het rad, in een poging het sneller te laten draaien. Dat was het moment waarop het schrift op de wand zichtbaar werd. Iemand had met witte letters op de grijze muur achter haar geschreven:

De uitverkorene.

In haar wanhoop slaagde Camilla erin het grote rad steeds sneller te laten draaien.

Gabriel richtte zijn blik weer op het scherm toen het Camilla was gelukt te gaan staan om het looprad in een fors tempo te laten draaien. De ene voet voor de andere, zo snel en regelmatig als ze maar kon, en dat had Gabriel de eerste keer niet begrepen. Waarom het magere meisje zo hard was blijven lopen, het licht was toch aangegaan? Maar toen was er ineens een luikje opengegaan en begon er iets op de vloer te lopen.

Eten.

Daarom moest ze zo hard lopen.

Om eten te krijgen.

Pellets.

Gabriel moest er bijna weer van overgeven. Camilla Green was gevangengehouden in een kelder. In een kooi. Had in een rad moeten lopen om licht te hebben. Om te eten te hebben.

Dierenvoer.

En nu lukte het niet meer. Hij kon er niet meer naar kijken. Hij hield zijn hand voor zijn mond, rende de kamer uit, wist de deur naar de badkamer open te krijgen en zakte op zijn knieën voor de toiletpot, terwijl het maagzuur omhoogkwam en zijn mond uit golfde, en het zweet als een waterval over zijn hele lijf liep.

'Gaat het wel, Gabriel?'

Hij slaagde er niet in om antwoord te geven, merkte bijna niet dat de deur achter hem openging en Mia het badkamertje binnenkwam. Ze hield een handdoekje onder de kraan en reikte het hem aan, en terwijl hij zijn gezicht afkoelde met de koude lap stof, ging ze op haar knieën naast hem zitten.

'Het gaat wel,' prevelde hij.

Zo had hij bepaald niet willen overkomen. Op Mia Krüger. Als een groentje voor wie dit werk te belastend was. Maar daarvoor was het nu een beetje te laat, de nacht duurde al veel te lang. Na een poosje slaagde Gabriel erin overeind te komen. Hij trok de wc door en ging op de pot zitten met de koude handdoek tegen zijn gezicht.

'Het lijkt me dat je nu beter naar huis kunt gaan,' zei zijn collega vriendelijk. 'Dan hebben we het er later nog wel over.'

Gabriel streek nog eens met de aangenaam aanvoelende lap over zijn voorhoofd. Hij snapte niet precies wat ze bedoelde.

'Waarover?' mompelde hij, terwijl hij naar haar opkeek.

Mia legde een hand op zijn schouder. 'Ik weet dat het moeilijk is, maar ja, we zullen het toch moeten weten.'

'Wat weten?' prevelde Gabriel verbaasd.

'Hoe hij hieraan komt.'

'Aan komt?'

'Waar hij dat filmpje vandaan heeft. Die vriend van je. Skunk. Dat moeten we zo snel mogelijk weten.'

'Ja,' zei Gabriel traag, al wist hij nu al dat dat niet zou gaan.

Skunk was uit de schaduwen opgedoken en even snel verdwenen als verschenen. Het was inmiddels alweer lang geleden dat ze dikke vrienden waren geweest, maar één ding wist Gabriel maar al te goed: Skunk had een hekel aan alle vormen van gezag, en niemand wist beter dan hij hoe hij uit beeld moest verdwijnen en zich totaal onzichtbaar moest maken. Die zou op geen enkele manier met hen samenwerken, en Gabriel had er ook geen idee van hoe hij hem zou moeten vinden.

'Munch heeft een taxi gebeld, die staat beneden op je te wachten, oké? Ga nu maar wat slapen, dan praten we over een paar uur wel verder.' Mia glimlachte tegen hem en legde nogmaals een vriendelijke hand op zijn schouder. 'Zal ik met je mee naar beneden gaan?'

'Nee, dat gaat wel lukken.' Gabriel stond op.

'Mooi.' Mia streek hem even over zijn rug. 'Bel me als je wakker wordt, goed?'

'Goed.' Gabriel knikte verdwaasd. In de gang pakte hij zijn jas, waarna hij de lift nam naar de taxi die beneden op hem stond te wachten.

34

Curry had zojuist een slok koffie genomen toen Mia de briefing room weer binnenkwam en ging zitten.

'Alles goed?' vroeg Munch.

'Het komt wel in orde met hem,' zei Mia.

'Mooi,' antwoordde Munch. Hij zag eruit alsof hij niet precies wist wat hij verder nog moest zeggen.

Voor zover Curry begreep, waren Munch en Mia hier al sinds gisteravond, en het slaapgebrek was de binnenkort vijfenvijftigjarige rechercheur duidelijk aan te zien. Munch ging bij de beamer staan en krabde met een onderdrukte geeuw in zijn stoppelbaard. 'Eh, tja,' mompelde hij, maar meer kwam er niet uit.

Curry snapte dat best. Hij had na inname van bijna een halve fles whisky bij Mia thuis op een matras geslapen. Hij had Sunniva honderden keren gebeld zonder dat ze opnam, en uiteindelijk had hij het maar opgegeven en de drank vrij spel gegeven. Hij was out gegaan en toen de telefoon rond drie uur was overgegaan, had hij die bijna niet gehoord.

Nu was hij volledig alert, of zo voelde het althans, en trok er een mengeling van verbazing en haat door zijn lijf. Welke zieke klootzak deed zoiets? Een jong meisje in een grote kooi opsluiten? Maandenlang? Haar laten rondkruipen in een groot rad om het licht aan te krijgen? Om eten te krijgen? In zijn lichaam kreeg de woede steeds meer de overhand, en hij slaagde er maar net in om stil te blijven zitten, terwijl Munch vooraan bij de beamer nog steeds naar woorden zocht en eruitzag alsof hij er alles voor zou geven om zo snel mogelijk zijn hoofd op het kussen te leggen.

Curry beschouwde zichzelf als tamelijk gehard. Maar zelfs hij had zich niet goed raad met zichzelf geweten toen hij voor het eerst dat filmpje over het scherm had zien rollen, die duisternis waarin langzaam licht was gaan schijnen en waarin plotseling het bange gezicht van de uitgeputte Camilla was opgedoken.

'Nog vragen?' zei Munch ten slotte. 'Voordat we gaan analyseren wat we hebben gezien?' Hij keek de kamer rond, maar nog steeds zei niemand iets. Eigenlijk viel er niets te vragen. Ze hadden allemaal hetzelfde gezien. Curry nam nog een slok koffie en probeerde te voorkomen dat de extreme woede die op dat moment in hem opborrelde de overhand kreeg.

'Mia?' zei Munch, en hij liet de plaats bij de beamer aan zijn collega over, die er in tegenstelling tot hem niet uitzag alsof het gebrek aan slaap haar parten speelde.

'Oké,' zei Mia met een druk op de knop. 'Sommigen zullen dit filmpje misschien vaker willen zien, en dat kan natuurlijk ook, er staat een kopie van op onze server, maar nu vind ik dat we de tijd moeten nemen om wat naar de details van de verschillende beelden te kijken. Zoals jullie hebben gemerkt, duurt het filmpje ongeveer een minuut. We hebben het in een aantal stills geknipt en zijn wat gaan kijken naar zaken die ons niet meteen opvielen, maar die we wel van belang achten.'

Nu was hij van Mia onder de indruk. Curry had haar natuurlijk altijd al gerespecteerd, daar niet van, maar nu zag hij het ook werkelijk. Hoe ze haar gevoelens opzij had gezet en de professional in zichzelf boven had laten komen, je kon bijna zien hoezeer haar brein op scherp stond als ze de diverse stills aanklikte.

'Waarom was Camilla zo mager toen we haar vonden? Dat weten we nu. Waarom had ze blaren op haar handen en blauwe plekken op haar knieën? Dat weten we nu ook. En niet in de laatste plaats, waarom bleek uit de autopsie dat er alleen maar dierenvoer in haar maag zat? Ook dat weten we dus nu. Dat kunnen we allemaal van ons lijstje schrappen. En ik snap dat het voor sommigen van jullie misschien moeilijk te bevatten is dat dit echt gebeurd is, dat we hier zojuist getuige van zijn geweest, maar ik kies ervoor om de pluspunten ervan te zien. Hoe meer we weten, hoe eenvoudiger het voor ons wordt die smeerlap, of smeerlappen, te pakken te krijgen, toch?'

Curry begreep niet helemaal waarom Mia deze toespraak hield, dit sprak toch allemaal vanzelf? Maar na een poosje begreep hij dat ze het vooral tegen Ylva had, die eruit had gezien alsof ze elk moment van haar stokje kon gaan maar nu enigszins gekalmeerd leek te zijn.

'Goed,' zei Mia, en ze dacht even na voor ze vervolgde: 'We weten twee dingen. Eén: Camilla is in een kelder gevangengehouden. Gedwongen als een beest te leven, misschien meerdere maanden lang. Twee: op het een of andere moment heeft de dader, of hebben de daders, haar gedood, haar geofferd in iets wat sterk aan een ritueel doet denken.' Ze drukte weer op de knop en keek nog eens van het ene beeld naar het andere. Camilla in de kelder en op de open plek in het bos.

'Dus. Vraag één. Het motief. Hoort dit bij elkaar, steekt hier hetzelfde motief achter, als jullie me volgen?' Ze keek naar de aanwezigen, maar niemand reageerde, dus Mia ging verder: 'Is dit dezelfde misdaad? Camilla wordt in een kelder vastgehouden en als een beest behandeld. Een paar maanden later duikt ze op, nu naakt en in een pentagram van kaarsen neergelegd. Is het motief hetzelfde? Is er een verband?'

Nu keek ze weer op, waarna ze een slokje water nam, en plotseling snapte Curry waarom ze een minder vermoeide indruk maakte dan Munch, die bijna leek om te vallen. Ze had iets geslikt.

Curry kreeg een slecht geweten. Ze was aardig geweest, had hem bij haar thuis op de bank laten crashen, en het was niet zijn bedoeling geweest, hij had het niet expres gedaan, maar de witte potjes in de prullenbak onder de wastafel in haar badkamer waren hem niet ontgaan.

Hij dronk nog wat koffie en zette het van zich af. Mia was volwassen. Het was haar leven. Ze mocht doen wat ze wilde, hij hoopte alleen dat ze niet ineens in elkaar zou ploffen, daar op die verhoging, want er kwam nu een bijna onsamenhangende woordenstroom over haar lippen en hij merkte dat hij niet de enige was die het nauwelijks kon volgen.

'Ik zeg niet dat het níét zo is,' ging Mia door, en ze knikte even. 'Maar we moeten de vraag wel stellen. Waarom is ze gevangengehouden? Waarom naakt in het bos gelegd? Is dat hetzelfde misdrijf? Hetzelfde motief?' Nu was ze zichzelf aan het herhalen. 'Ja, oké, dat was in elk geval het eerste wat ik dacht. Dat we op dat punt onze positie moeten bepalen.'

'En wat denk jij, Mia?' vroeg Kim, de eerste die zijn mond opendeed.

'Ik weet het niet.' Ze leek even na te denken voor ze vervolgde: 'Ik bedoel, lijkt het niet een beetje vreemd? Ik zie het verband niet precies, ik snap dat dit voor sommigen van jullie wat voortijdig komt, maar toch?'

Curry zag dat het nu ook tot een paar van de anderen begon door te dringen. Dat ze niet helemaal zichzelf was. Dat er iets met haar was wat, tja – Curry kon zijn vinger er niet helemaal achter krijgen, maar ze had in elk geval iets ingenomen waardoor ze in een veel hoger tempo bleef doorgaan dan normaal.

'Ik zou niet weten waarom,' zei Kim weer. 'Waarom zouden het twee verschillende misdrijven zijn? Twee verschillende motieven? Het gaat hier om een zieke klootzak. Of klootzakken, meervoud. Iemand kreeg er een kick van om haar gevangen te houden, haar te wurgen, met veren onder haar lijf en kaarsen om haar heen, ik zie het verschil niet.'

'Misschien heb je gelijk,' zei Mia, die weer even nadacht. 'Maar toch, hier is iets mee, iets merkwaardigs, dat ik alleen...' Ze krabde even op haar hoofd en dronk weer wat uit de fles die voor haar op tafel stond. 'Oké, goed, laat maar rusten. Blijven jullie het alleen wel in je achterhoofd houden, voor het geval iemand er iets mee kan, er zijn nog een heleboel andere dingen waar we naar moeten kijken, dus dit is misschien alleen maar verwarrend. Negeer het voorlopig maar, laat het rusten.'

Kim keek even naar Curry, die zijn blik beantwoordde en alleen zijn schouders ophaalde.

'Oké,' vervolgde Mia. 'Laten we dan nu eerst even de technische aspecten bekijken, dan kijken we daarna naar iets wat Holger en ik hebben ontdekt, en wat heel spannend is. Maar nu eerst de technische kant.' Ze klikte weer, ditmaal diverse keren achter elkaar.

'Dat looprad. Een soort hamsterrad, maar dan heel groot. Ik zou niet weten waar je zoiets in een winkel kunt kopen, jullie wel? Heeft iemand het gebouwd? Komt het uit, tja, laten we zeggen, een circus of zo? Dat looprad. Daar moeten we ons over buigen.'

Nieuwe foto.

'De tekst op de muur achter haar. "De uitverkorene". Waarom? Ik bedoel, waarom Camilla? Waarom is juist zij de uitverkorene?'

Nieuwe foto.

'Het filmpje. Deze film zelf dus. Waarom is ze gefilmd? Was het voor eigen gebruik? Ik bedoel, het filmpje is ergens op een server aangetroffen. Is het met iemand gedeeld? Was dat de reden waarom ze gevangen werd gehouden? Om gefilmd te worden en die film later met anderen te delen?' Ze nam weer een slokje water, en nu was het zo klaar als een klontje. Haar woorden kwamen als een waterval en haar ogen waren zo groot als schoteltjes.

'Op dit moment ga ik ervan uit dat we daar antwoord op krijgen als Gabriel wakker wordt en contact weet te leggen met die...' Ze keek naar Munch, die zo uitgeput was dat hij voor het eerst in de geschiedenis zelfs geen pauze had ingelast om een sigaret te roken.

'Skunk,' mompelde hij.

'Precies. Er valt hier natuurlijk meer over te zeggen, maar puur technisch gezien lijkt me dit het belangrijkste. Waar komt dat rad vandaan? De uitverkorene? Was zij dat? Of is het alleen maar, tja, decoratief bedoeld? Maar als het klopt, als dit wáár is, waarom was zij het dan? Waarom was nu juist Camilla de uitverkorene? En...'

Nu raakte ze de draad kwijt, maar Curry hielp haar weer op gang. 'Het filmpje zelf.'

'Ja, inderdaad, bedankt, Jon. Het filmpje. Waarom is dat gemaakt? Waarom is het op een server aangetroffen? Het lijkt me nogal riskant, toch? Zoiets als dit maken? Zoiets als dit delen?' Met een lachje streek Mia haar haar achter haar oor en keek weer naar de aanwezigen. 'Nog vragen? Commentaar, tot dusverre?'

Je had wat moeten slapen, Mia, dacht Curry, maar hij zei het niet.

Ylva's hand kwam behoedzaam omhoog. Het zag ernaar uit dat ze zich na de eerste schok enigszins had hersteld. 'Je zei iets over, eh, iets wat jullie hadden ontdekt?'

'Juist ja, prima,' zei Mia. Ze liep snel naar de Mac en klikte een bestand aan dat ze al had klaargezet. 'Dit is een fragment van het filmpje, het zit op ongeveer veertig seconden. Kijk maar of jullie het zien, oké? Zijn jullie klaar?'

Om haar heen werd kort geknikt.

Mia drukte op de laptop en plotseling kwam het zeventienjarige meisje weer tot leven op de wand. Camilla Green. Ze was nu uit het looprad gesprongen en zat op haar knieën op de vloer. Voor een hoopje pellets. Gretige handen die zo veel mogelijk naar binnen probeerden te werken. Voordat het licht doofde, was dat de reden waarom haar lichaam zo trilde, omdat ze maar weinig tijd had? Of was ze gewoon zo uitgehongerd?

Dierenvoer, allejezus.

Godverdomme nog aan toe.

'Hebben jullie het gezien?' vroeg Mia vol ijver na afloop van het korte fragment, en ze keek de kamer weer in.

Curry keek om zich heen, maar iedereen schudde van nee, afgezien van Munch, die al wist waar ze het over had, en die zijn ogen hoe dan ook nauwelijks kon openhouden.

'Oké,' zei Mia. 'We spelen het nog eens af, en nu proberen jullie niet naar Camilla op de voorgrond te kijken. Ik snap dat het moeilijk is, maar doe alsof ze er niet is. Kijk naar de muur achter het rad. Helemaal in de rechterbenedenhoek, ja?'

Ze drukte weer op de Mac, en het filmfragment begon weer. Curry probeerde te doen wat Mia had gezegd en niet naar het knielende magere meisje op de voorgrond te kijken. En ineens zag hij het.

'Shit,' riep Ylva vlak naast hem uit.

'Godallemachtig,' mompelde Kim Kolsø.

'Ja, hè?' Mia keek bijna triomfantelijk toen het fragment afgelopen was.

'Krijg nou wat,' zei Anette Goli.

Holger Munch stond uit zijn stoel op, bijna even traag als een beer die zijn winterslaap heeft gemist. Het was duidelijk dat hij vrijwel aan het eind van zijn krachten was.

'Dit is geweldig,' gaapte hij. Inmiddels kon hij van vermoeidheid zijn jas bijna niet meer aan krijgen. 'Maar nu moet ik nodig pauzeren. Vanavond komen we weer bij elkaar. Laten we zeggen om zes uur, of misschien... eh, goed.'

De chef trok de capuchon van zijn jas over zijn hoofd, wankelde de kamer door en verdween de gang op zonder de deur achter zich dicht te doen.

35

Miriam Munch voelde zich een slappeling. Ze had gedacht dat het over zou gaan. Dat ze hem zou kunnen mijden, maar hij was de afgelopen dagen voortdurend in haar gedachten geweest. Het gezicht. *Ziggy*. En nu zat ze hier in een café in Grünerløkka, vol gespannen verwachting, vermengd met gewetenswroeging. Een geheime ontmoetingsplek. Een tent waar ze nooit kwam. Marion was weer bij oma en Rolf. Dat bezorgde Miriam Munch geen slecht geweten, het kleine meisje was dolgraag bij oma. Johannes was erger.

Een paar dagen geleden had ze het er 's ochtends bijna uitgeflapt. Ze had een hekel aan die onoprechtheid. Dat stiekeme gedoe. Ze moest gewoon iets zeggen. Over hoe het voelde. Ze hadden in bed gelegen en waren allebei vroeg wakker geweest. Marion was nog niet opgestaan en ineens had Miriam gedacht: nu moet ik echt iets zeggen, maar toen was hij gebeld, van zijn werk, of hij wat eerder kon komen, en toen was het juiste moment voorbij geweest.

Miriam ging nog een kop thee bestellen en liep naar haar tafeltje terug. Kwart over. Hij was te laat. Zij was natuurlijk veel te vroeg gekomen, gretig als een schoolmeisje dat haar eerste afspraakje heeft, in de tram had ze een kriebelig gevoel gehad en bijna niet stil kunnen zitten, en nu zat ze hier al een poosje en voelde ze zich haast opgelaten. Het kwam haar voor alsof iedereen aan haar kon zien dat ze hier in haar eentje op iemand zat te wachten, en dat ze dat eigenlijk niet mocht. Miriam pakte een krant om iets te doen te hebben, iets om in weg te duiken, en ze bladerde wat zonder dat het echt tot haar doordrong wat erin stond.

Het meisje in het bos, natuurlijk. Daar ging het vooral over. Dat naakt gevonden was, een rare toestand, een soort ritueel of zo, diep in het bos in Hurumlandet. Camilla, zo heette ze. Camilla Green. Ze woonde in een tehuis voor jonge meisjes. Miriam legde de krant weer weg. Ze kon er gewoon niet aan denken. Het was domweg te gruwelijk. Pagina na pagina vol details, dat bracht ze nu niet op. Ze was te kwetsbaar. Ze voelde zich bijna doorzichtig, zoals ze daar zat.

Dat was natuurlijk waarom hij na Marions verjaardag het huis uit was gelopen. Papa. Omdat ze dat meisje hadden gevonden. Daar kreeg ze nu ook al een slecht geweten van, vanwege al die jaren dat ze hem zo slecht had behandeld. Hem de schuld had gegeven van de scheiding. Een naakt meisje met veren op de grond en kaarsen midden in het bos. Niet zo vreemd dat hij weg had gemoeten. Nee, ze was nu echt kwetsbaar. Miriam stond op om haar bestelling in een biertje te veranderen, dat dronk ze 's middags bijna nooit, maar nu had ze er behoefte aan.

Ze had het volgende biertje ook al op voordat hij kwam, en inmiddels was ze zelfs een beetje nijdig op hem, had ze overwogen om weg te gaan, maar ze merkte dat het allemaal als sneeuw voor de zon verdween toen dat opgewekte gezicht de deur in kwam en zich op de stoel aan de andere kant liet zakken.

'Sorry dat ik zo laat ben,' zei Ziggy.

Miriam glimlachte. 'Geeft niet.'

'Dank en nogmaals sorry. Drinken we bier? Wil je er nog een?'

Ze wikte en woog. Drie biertjes, zo vroeg in de middag? Ze had afgesproken om Marion te halen voor het bedtijd was. Maar haar dochtertje zou er ongetwijfeld geen bezwaar tegen hebben om bij oma te logeren. En Johannes bleef natuurlijk tot laat op zijn werk.

'Waarom niet?' zei ze opgewekt.

Ziggy verdween naar de bar om te bestellen.

Nu werd ze er weer door overspoeld. Een nieuwe golf van gewetensnood. Wat deed ze hier eigenlijk? Ze was toch gelukkig? Niet dan?

Johannes, Marion en zij. Miriam had nooit verwacht dat het anders zou zijn. Het was zelfs niet bij haar opgekomen. Maar toch. Zes weken geleden, en al die tijd had ze hem niet uit haar hoofd kunnen zetten.

Ziggy droeg voorzichtig twee biertjes naar het tafeltje en ging weer zitten. 'Sorry dus dat het zo lang heeft geduurd. Mijn zus belde, en je weet wel, familiezaken, daar zal ik je niet mee lastigvallen.'

'Je valt me er niet mee lastig, ik wil het best horen,' zei Miriam, en ze nam een slok bier.

'Zeker weten?' vroeg Ziggy enigszins verbaasd.

'Absoluut. We moeten toch ergens over praten?' Ze knipoogde en hij lachte terug. Een geintje. Dat was juist het fijne geweest. Al sinds ze elkaar hadden leren kennen was het zo gegaan. Er viel nooit een stilte.

'Wat?' Ziggy keek haar vragend aan.

Miriam lachte. 'Nee, niks.'

'Zeg het nou maar,' zei hij plagerig.

'Nee, echt.' Miriam moest weer lachen. 'Er is niks. Laat eens horen. Je zus? Is er iets gebeurd? Hoeveel broers en zussen heb je eigenlijk?'

Hij keek haar wat verwonderd aan. Leunde naar achteren in zijn stoel en keek haar aan alsof hij ergens over nadacht. Haar zo'n beetje inschatte. 'Je weet niet wie ik ben, hè?' vroeg hij.

'Hoezo? Ik weet best wie je bent.'

'Nee, niet op die manier. Je weet niet, eh, uit welke familie ik kom? Echt niet?'

Ze begreep niet goed wat hij bedoelde. 'Nee, je hebt daar toch nooit iets over verteld? Niet dat het, nou ja, nodig was, ik bedoel, we hebben toch pas...' Nu raakte Miriam verstrikt in haar eigen woorden, en ze begon zich een beetje te generen.

'Zo was het niet bedoeld,' zei Ziggy. 'Ik weet natuurlijk ook niet precies wat we... eh, ik bedoel, wat jij wilt? Ik weet wel wat ik wil.'

'En wat wil je dan?' vroeg ze, zonder dat ze rechtstreeks naar hem durfde te kijken.

'Dat weet je denk ik wel.' Hij glimlachte en legde zijn hand op de hare.

Ze draaide haar handpalm naar boven en streek met haar vingers even over de zijne. Toen ging de deur achter hen plotseling open, en ze trok werktuigelijk haar hand terug, al hoorde het gezicht dat binnenkwam niet bij iemand die zij kende.

'Sorry,' zei Ziggy. 'Ik wilde je geen vervelend gevoel bezorgen.'

'Nee, nee, dat doe je ook niet, het is alleen, ja, je kent de situatie.'

Ze keek hem aan. Ziggy knikte om duidelijk te maken dat hij haar helemaal begreep. Dat was ook waar ze die nacht in zijn flat over hadden gepraat. Dat ze Marion had. Nee, dat klopte niet. Hij had al tegen haar gezegd dat dat geen probleem zou zijn. Dat ze een dochtertje had.

'Dus, je familie?' vroeg Miriam om van onderwerp te veranderen.

'Ja, meen je dat serieus?'

'Wat meen ik serieus?'

'Dat je niet weet wie mijn familie is?' Miriam moest één groot vraagteken hebben geleken, want hij lachte even.

'Je hebt een zus,' zei ze. 'Dat is alles wat ik weet. Meer heb je niet gezegd, moet ik me nu ergens voor generen? Was ik die nacht zo dronken? Heb je me dingen verteld die niet tot me zijn doorgedrongen?'

'Je generen? Nee, lieve help, ik ben alleen maar opgelucht, ik maak namelijk niet vaak mee dat mensen mijn familie niet kennen. Daar drinken we op.'

Miriam merkte dat ze toch wel nieuwsgierig begon te worden, dit was duidelijk iets wat ze had gemist. 'Nou moet je het toch eigenlijk wel zeggen.'

'Ik zit er feitelijk niet mee,' zei Ziggy. 'Eigenlijk wel leuk dat ik eens geen familie van ze ben, zoals ik al zei is dat waarschijnlijk voor het eerst.' Hij hief zijn bierglas nog eens naar haar op.

'Ik wil graag alles van je weten,' zei Miriam. 'Als ik eerlijk ben, moet ik bijna aan één stuk door aan je denken.' Had ze dat laatste echt gezegd? Dat moest de alcohol zijn. Alweer voelde ze zich lichtelijk opgelaten, maar dat moest dan maar.

'Ik wil ook graag alles van jou weten.' Ziggy boog zich over het tafeltje heen een eindje naar haar toe. 'En ik denk ook aan jou. Misschien zou dat niet moeten, en ik weet niet wat we ermee aan moeten, maar zo liggen de zaken dus.'

Nu begon het wat sneller te kloppen onder haar trui, haar hart, terwijl hij haar weer eventjes over haar hand streek. *Verdomme nog aan toe, Miriam. Waar ben je mee bezig? Een heimelijk afspraakje in een café in Grünerløkka? Met een knul die je amper kent?* 'En, wat zijn dat voor geheimzinnige figuren waar je familie van bent?' vroeg ze met enige gêne. Het was makkelijker om weer van onderwerp te veranderen.

'Wat weet je wel van me?' Ziggy leunde naar achteren in zijn stoel.

'Dat je Simonsen heet,' antwoordde Miriam.

'Precies.'

'O.'

'Ziggy Simonsen, dat ben ik.'

Het begon haar nu langzaam te dagen. Simonsen?

'Mijn doopnaam is niet Ziggy, om het zo maar te zeggen. Jon-Sigvard, vonden ze dat ik moest heten. Het moest natuurlijk iets zijn met Sigvard erin. Dat is in iedere generatie zo.' Hij glimlachte haar flauwtjes toe vanonder zijn donkere bos haar.

'Carl-Sigvard Simonsen?'

Ziggy knikte.

'Is dat je vader? Die rijkaard?'

'Jawel.'

'Sorry,' zei Miriam met een lachje.

'Sorry? Nou moet je ophouden, waarom zou dat je moeten spijten? Respect.' Hij hief zijn bierglas naar haar op.

'Ik lees de roddelbladen niet,' zei Miriam verontschuldigend. 'En helaas ook wat te weinig kranten.'

'Hé, zoals gezegd vind ik het alleen maar prachtig. Dat ik je heb leren kennen als mezelf, en niet als een...' Nu verzonk hij in gedachten en zag hij eruit alsof hem iets dwarszat, zijn heldere, open blik verduisterde op een manier die ze nog niet eerder had meegemaakt.

'De zoon van een miljardair dus?' vroeg Miriam, om de stemming weer wat luchtiger te maken. 'Dus ik heb de kip met de gouden eieren gevonden?'

Nu was hij er met zijn hoofd weer bij. Zijn mooie blauwe ogen keken haar lachend aan. 'Houdt dat in wat ik denk?'

'Wat dan?'

'Dat we ervoor gaan?'

'Waarvoor gaan?' vroeg Miriam aarzelend, al wist ze maar al te goed waar hij het over had.

'Jij en ik?' Opnieuw kroop zijn hand naar de hare toe. 'Wagen we de gok? Hebben we het lef?'

Nu liet ze haar hand liggen. Zijn verrukkelijke hand tegen de hare. 'Ik geloof dat ik nog een biertje nodig heb,' zei ze behoedzaam.

36

'Manestraal.' De man in de deuropening grijnsde. 'Ik vroeg me al af wanneer je zou komen. Toen ik die foto's in de kranten zag, had ik zo'n donkerbruin vermoeden dat je zou komen opduiken, kom binnen, kom binnen.'

Mia stapte over de drempel en volgde de magere man met de paardenstaart de flat in.

'Je hoeft je schoenen niet uit te doen, hier nemen we het daar niet zo nauw mee. Iets te drinken? Iets anders?'

Mia wist heel goed wat hij bedoelde. In het flatje hing een dikke marihuanawalm.

'Sorry voor de rotzooi. Ik krijg maar weinig bezoek, ben het liefst alleen, weet je wel.'

'Geeft niet.' Mia schoof een stapel troep in een hoek van de bank opzij en ging zitten.

'Mooi, mooi,' zei de man met de paardenstaart en met een grijnslach plofte hij neer in de stoel tegenover haar. 'En, kan ik je iets aanbieden?' Hij maakte een armgebaar naar de tafel. 'Heb wat goeie Afghaanse binnengekregen, zo van de bron. In dertig landen verboden, hehe, maar hoe dan ook, goed spul. Boterzacht. Heb ook ergens wat Maroc liggen voor het geval je op een rustig tripje uit bent. Weet je zeker dat ik je niet kan verleiden?'

Sebastian Larsen glimlachte tegen haar. Het had haar nogal verbaasd dat hij zo snel op haar verzoek had gereageerd. Hij had het niet zo op bezoekers, maar op dit moment leek hij zelfs erg blij te zijn dat hij haar zag.

'Nee, dank je, je weet dat ik daarvan afblijf.' Mia merkte dat het nu serieus opkwam. De behoefte aan slaap.

'Zelf weten. Maar je hebt er vast geen bezwaar tegen dat ik mezelf voorzie?'

'Ga je gang,' zei Mia schouderophalend.

Sebastian Larsen. Sociaal antropoloog. Voormalig werknemer van de Universiteit van Oslo. Een knappe kop die snel promotie had gemaakt, totdat hij eruit gegooid was omdat hij de studenten marihuana had verkocht. Mia had hem vroeger wel bij wat zaken geraadpleegd, maar was naderhand tegen een totaal verbod van hogerhand op gelopen. Sebastian Larsen was iemand met wie het korps niet geassocieerd wenste te worden, en dat begreep Mia best, de lucht in deze flat en zijn grijnzende smoel waren reden genoeg.

'Wat is dat lang geleden, Manestraal, goed om je te zien,' zei hij. 'Ik dacht al dat jullie me totaal vergeten waren.'

'Het is druk geweest.' Opnieuw voelde ze het. Munch had haar strikte orders gegeven om wat te rusten, maar ze had haar lijf niet helemaal op non-actief kunnen zetten. In plaats daarvan had ze de pillen genomen waar ze af had moeten blijven en zichzelf langs chemische weg alert gehouden. Al sinds ze Camilla hadden gevonden had ze Sebastian in haar achterhoofd gehad. Occultisme. Rituelen. Mia kende niemand die meer van dergelijke dingen wist dan de man die nu tegenover haar zat.

Hij hield er een eigen blog op na en daar leefde hij vermoedelijk van sinds hij op straat was gezet. Samenzweringstheorieën, dat was globaal gezien waar hij zich mee bezighield. Ze was hem zo'n beetje blijven volgen, niet intensief, maar zo nu en dan keek ze op zijn blog. *Nieuw bewijsmateriaal: de Amerikanen zijn nooit op de maan geweest. Area 51: Getuigen verklaren: wij hebben de buitenaardse wezens gezien.* Dat soort dingen.

'Weet je het zeker?' vroeg Larsen, en hij nam een trekje van de waterpijp die voor hem stond. 'Rechtstreeks van de bron dus, ik heb mijn eigen mannetje in Nepal.'

'Nee, dank je,' zei Mia, en ze schudde weer haar hoofd.

'Wat je wilt.' De man met de paardenstaart lachte, en de kamer vulde zich met de rook die hij uitblies.

Sektes. En occultisme.

Daaraan had hij zijn aanstelling aan de universiteit te danken gehad. Hij had veel erkenning gekregen. Was de wereld rondgereisd om lezingen te houden. Totdat bekend was geworden dat hij een zwak voor dit spul had, of misschien moest ze het als een vrijzinnige houding omschrijven.

'Je snapt waarom ik hier ben?' vroeg ze, terwijl ze merkte dat ze met haar ogen begon te knipperen. Ze schoof haar hand in haar zak, naar de witte pilletjes toe. Ze zou weer extra energie krijgen als ze er een nam. Maar dat deed ze niet.

'Natuurlijk.' Sebastian keek haar ernstig aan. 'Ik ben zelfs blij dat je er bent. Had al gehoopt dat je zou komen.'

'Dus, wat denk je?'

'Van die foto's in de krant?'

'Ja.'

Sebastian haalde een hand door zijn haar en trok er even aan. 'Tja, wat zal ik zeggen, het is lastig om een mening te hebben op grond van één enkele foto op de voorkant van een krant, heb je nog meer voor me?'

'Misschien,' zei Mia. 'Maar ik wil eerst iets van jou horen.'

'Dus je vertrouwt me niet meer, hè?'

Ze glimlachte flauwtjes en gebaarde met haar hoofd naar de waterpijp. 'Zou jij dat wel doen?'

Larsen lachte kort. 'Nee, ik zie het, ik zie het, oké.' Hij ging achter het tafeltje zitten waarop zijn computer stond en typte de URL van een website in. 'Interessant wel, dat moet ik toegeven,' zei hij, terwijl hij de foto ophaalde die in de kranten had gestaan. De bosgrond. De veren. De vijfhoek van kaarsen. 'Een pentagram, maar dat had je al wel begrepen, natuurlijk.' Larsen keek haar aan.

Mia knikte.

Hij richtte zijn blik weer op het scherm. 'Die veren zie ik voor het eerst. Maar die formatie van kaarsen is natuurlijk bekend, het pentagram, heel veel gebruikt, het is dan ook duizenden jaren oud, maar ja, als je wilt dat ik je verder help, zul je me toch eigenlijk wat meer moeten vertellen.'

Mia merkte dat hij nu nieuwsgierig was. De sociaal antropoloog in hem was ontwaakt, maar ze was er nog steeds niet helemaal van overtuigd dat ze hem de foto's in haar tas moest laten zien. Camilla Green. 'En vandaag de dag?' Ze moest weer met haar ogen knipperen om naar het scherm te kunnen blijven kijken.

'Wat bedoel je?' vroeg Larsen.

'Dat pentagram. Laten we zeggen dat het een ritueel was, wie doet of doen zoiets tegenwoordig?'

'Waar wil je dat ik begin?'

'Waar dat het meest relevant is.'

'Dus je kunt me niet meer laten zien?'

Mia negeerde zijn nieuwsgierigheid. 'Als je zou moeten zeggen wie, ik bedoel, geheel en al instinctief, op grond hiervan, wie zou het dan zijn?'

Larsen typte iets in om een nieuwe website op te roepen. 'O.T.O,' zei hij met een hoofdbeweging naar het scherm.

'Wie?'

'Ordo Templis Orientis.'

'En dat is?'

'*Doe wat gij wilt zal het geheel van de wet zijn. Liefde is de wet, liefde geleid door de wil.*'

'Nu kan ik het niet meer volgen,' zei Mia. 'Waar heb je het over?'

'De Ordo Templis Orientis,' herhaalde Larsen. 'Opgericht in 1895, eigenlijk als een tempeliersorde, als een breuk met de kerk. Heb je wel eens van Aleister Crowley gehoord?'

'Jawel.'

'Ken je de thelemische doctrine?'

'Niet precies.'

'Het satanisme?'

'Ja, natuurlijk.'

'De O.T.O. is zoals ik al zei opgericht in 1895, en veel mensen denken dat Aleister Crowley de man achter de schermen was, maar dat was hij niet. Hij trad pas toe in 1904, toen hij...'

'Wat zei je daarvoor?'

'Waarvoor?'

'Voor de thelemische doctrine?'

'Doe wat gij wilt,' zei Larsen, terwijl hij zich naar haar toe draaide.

'Wat houdt dat in?'

'Wat denk je?'

'Weet ik veel.'

'Je weet misschien nog dat de kerk destijds...' begon Larsen, maar Mia kon het niet opbrengen nu naar een ellenlange voordracht te luisteren.

'Kort samengevat?'

Larsen keek haar hoofdschuddend aan. 'Jij vroeg ernaar,' zei hij lichtelijk gepikeerd.

'Sorry, Sebastian.' Ze legde een hand op zijn schouder. 'Het is een lange dag geweest. Dus die organisatie...?'

'Ordo Templis Orientis,' bevestigde Larsen.

'Die heb je hier in Noorwegen ook?'

'O ja, die loopt hier als een trein. Heeft in 2008 een eigen senaat opgericht. Eigen loges in de grootste steden, Bergen en Trondheim draaien de laatste jaren het beste.'

'Dus ze leven volgens die... thelemische doctrine?'

'Doe wat gij wilt, dat is de wet.'

'En wat houdt dat in?'

Met een klein lachje draaide hij zich om. 'Wat denk je, Mia? *Doe wat gij wilt*?'

'Zeg het maar.'

'Het recht van het individu. Verzet tegen de sturende rol van de samenleving. Tegen het gedachtegoed van de kerk. Tegen de gewone morele en ethische normen die ons worden opgelegd.'

'En dat wil zeggen?'

'Kom nou, Mia, ben je wel helemaal bij de les?' Hij keerde zich naar haar toe, en ze begreep wat hij bedoelde, hij had zojuist illegale substanties gebruikt – waar die dan ook vandaan kwamen – maar zijn hersens leken nog steeds beter te werken dan de hare.

Ze schoof haar hand weer in de zak van haar jasje.

Nog een pil?

Om mijn hersens wakker te schudden?

Nee, ze moest nu slapen. Haar lichaam wilde niet meer. Ze had nu snel rust nodig.

'Natuurlijk,' mompelde Mia, en ze richtte haar blik weer op het scherm. 'De O.T.O. Satanisme. Thelemische doctrine. Doe wat gij wilt. Loopt in Noorwegen tegenwoordig als een trein.'

'Ze houden hun rituelen uiteraard geheim, net als alle andere sektes,' zei Larsen. 'Ik heb met een paar van die lui gepraat, een paar oudere leden, en het is inderdaad heel serieus wat daar gebeurt.'

'Bijvoorbeeld?'

'Tja, wat zal ik zeggen, waar wil je dat ik begin?'

'Maakt niet uit.'

'Seksuele magie. Offerrituelen. Maak je los van de samenleving. Lever je lichaam uit. Lever je ziel uit. Word vrij.'

'Seksuele magie?'

'Jawel.'
'En dat wil zeggen?'
'Sja, als een van de senatoren wil dat je je naakt uitkleedt en je ten overstaan van oude mannen met geitenmaskers op aan de thelemische doctrine toewijdt, dan kom je daar vrijwel niet onderuit.'
'Senator?'
'Ja, interessant, hè? Hoe al die sektes die beweren dat ze er zijn om zich van de strenge regels van de maatschappij los te maken precies dezelfde rollen hanteren? Ze beloven je vrijheid, maar er heerst daar natuurlijk geen vrijheid, je moet zoals altijd onderaan beginnen. President, senator, er staat altijd iemand aan de top en altijd iemand onderaan, is dat niet merkwaardig?'
'Dus, die O.T.O?' zei Mia ongeduldig.
'De Ordo Templis Orientis. Er zijn er niet veel die dat weten, maar die bevindt zich onder ons. In Noorwegen. Vandaag de dag. Springlevend.'
Ze wees weer naar het scherm. 'En dit doet je daaraan denken?'
'Dat kan ik nu nog niet zeggen. Kun je me nog meer laten zien?'
'De Ordo Templis Orientis dus. Hoeveel zijn er verder nog?'
'Je hebt ze in alle soorten en maten,' zei Larsen, en hij klikte een nieuwe website aan. Deze keer was het Google Maps. Hij toetste een adres in en leunde naar achteren.
'Waar kijken we naar?' vroeg Mia.
'Het slot.'
'Wat bedoel je?'
'Het Noorse koninklijke slot.' Hij vergrootte het beeld wat. 'Dit is de Parkveien, je weet waar die is?'
Mia keek hem dom aan. Natuurlijk wist ze dat. Een van de duurste straten van Noorwegen, hartje Oslo, waaraan zowel de woning van de minister-president als diverse ambassades stonden. 'Waar wil je heen?'
'Die verenigingen hebben huizen aan de Parkveien,' zei Larsen, terwijl hij doorklikte. 'Ik bedoel, pal achter het slot. De Orde van Noorse Druïden.'
'Druïden? Wat?'
'Zeg dat wel. Gevestigd aan de Parkveien.' Larsen klikte weer. 'De Tempeliersorde. Gevestigd aan de Parkveien.'
'En die zouden allemaal... Ik bedoel, dat pentagram?' Mia was aan het eind van haar Latijn. Weer dacht ze aan de pillen in haar

zak, maar ze liet ze maar voor wat ze waren, anders zou ze straks niet kunnen slapen.

'Nee, dat zeg ik niet, naast de O.T.O. lijkt me de meest waarschijnlijke sekte die waar je baas lid van is.'

'Munch?'

Larsen lachte even. 'Nee, niet Munch, ik denk niet dat die zich daar op zijn plaats zou voelen.'

'Wie dan?'

De magere man klikte nog een website aan. 'Mikkelson.' Hij wees.

'Mikkelson?'

'Jazeker. Rikkard Mikkelson,' bevestigde Larsen. 'Lid van de Noorse Orde van Vrijmetselaren.'

Nu werd Mia weer een beetje wakker. 'De Vrijmetselaren?'

'O ja, die zijn dol op pentagrammen. Willen graag overkomen als steunpilaren van de maatschappij en goede christenen, maar hehe... ja, je hebt die video toch gezien waarin de grootmeesters van de drieëndertigste graad met kappen op en hun geslachtsorgaan opgericht gezamenlijk een geit offeren?'

'Nee,' zei Mia, die nu niet meer wist hoe ze dit precies moest interpreteren: verkeerde Larsen nog steeds grotendeels onder invloed van dat spul uit Nepal, of was de academicus in hem aan het woord?

'Mikkelson is lid. Samen met, tja, alles wat hier te lande bij de top van de politiek en het bedrijfsleven zoal kruipt en sluipt. De vrijmetselaars, Mia. Volwassen mannen die rituelen uitvoeren? Elkaars hand vasthouden? Zich verkleden? Bloed drinken uit zilveren bekers? Hoe naïef kun je zijn? Denk je echt dat wat er in dit land wordt besloten, door het parlement wordt bepaald? In regeringsbijeenkomsten? Ik bedoel, kom nou, Mia, hallo?' Hij pakte de waterpijp en stak hem weer aan.

'Sebastian,' zei ze ernstig, terwijl ze haar blik op de kleine, magere man richtte.

'Ja?'

'Nu zal ik jou iets laten zien. En dat mag uiteraard niet, maar ik doe het toch.'

'O ja?' Nu leek hij haast een beetje zenuwachtig.

'Je moet me precies vertellen wat je denkt, oké?'

'Natuurlijk.'

'Ik ben hier blij mee. Met wat je me hebt laten zien. Ik ga het nog eens nader bekijken, maar nu heb ik iets concreters nodig, goed?' Mia stond op en liep de gang in om de map uit haar tas te halen. Ze liep ermee terug naar de rommelige kamer en ging weer op haar bankje zitten, tegenover Larsen, die nu bijna zo gespannen als een kind zat te wachten op wat hij te zien zou krijgen.

'Het pentagram.'

'Ja.'

'Ik wil graag dat je me de betekenis van iets vertelt.' Mia sloeg de map open en zag hem grote ogen opzetten toen ze de foto van Camilla Green voor hem op tafel legde.

'Shit.'

'Ja hè? En ik kan er meteen bij zeggen, Sebastian, als ik ook maar even hoor of zie, op je blog of ergens anders, dat je deze foto onder ogen hebt gehad, dan, tja, ik weet niet...'

'Ik snap het,' zei Larsen ernstig, en ze zag dat hij het meende.

'Ik wil nog iets weten.'

'Wat dan?'

'Dit betekent iets, toch? Ik bedoel, dit is toch geen toeval? Zoals die kaarsen zijn neergezet?'

'O, nee, nee, een pentagram is, nou ja, belangrijk voor degenen voor wie zulke dingen menens zijn, het is...'

Eerder op de dag had Mia Munch de briefing room uit zien wankelen, nauwelijks bij zijn positieven, en zij voelde zich ongeveer net zo. 'Dus waar staat dat voor?'

'Waar staat wat voor?'

'Dat symbool? Die punten?'

'Het pentagram?'

'Ja.'

'Tja, er bestaat een standaardinterpretatie.' Larsen schraapte zijn keel, en nu was het maar al te duidelijk. Het was één ding om in allerlei theorieën gespecialiseerd te zijn, maar nu had hij de werkelijkheid voor zijn neus. De foto van een zeventienjarig meisje, naakt op een bed van veren, met een vijfhoek van licht eromheen, en hij wist duidelijk niet goed wat hij daarmee aan moest.

'Laten we doen alsof ik van niets weet. Breng me op de hoogte.'

'Oké.' Hij knikte nerveus. 'Het pentagram heeft, zoals je weet, vijf punten. En die symboliseren allemaal iets.'

'Wat dan?'

'De traditionele interpretatie is tamelijk gangbaar. Zal ik van bovenaf met de klok meegaan...?'

Nu trilde haar telefoon. Mia pakte hem, maar kon bijna niet zien welke naam erop stond. *Kim Kolsø*. Ze drukte op de rode knop en stopte hem weer in haar zak.

'De top is de ziel,' zei Sebastian. '*Spirit*, dit gaat meestal op zijn Engels, dus ik vertaal het maar even zelf als je...'

'Ga maar door.'

'En de andere punten zijn water, vuur, aarde en lucht.'

'Ziel, water, vuur, aarde en lucht?'

'Ja.'

'Oké, prima, dank je, Sebastian.' Mia pakte de foto van de tafel en wilde hem al in de map terug stoppen, toen een magere hand haar tegenhield.

'Maar dat is alleen maar, tja, hoe zal ik het noemen, de standaardversie. Kinderwijsheid.'

'Wat bedoel je?'

'Er bestaat een interpretatie die dieper gaat.'

'O ja?'

Larsen staarde weer naar de foto. 'Haar armen,' zei hij aarzelend. 'Zoals die zijn neergelegd. Dat kan toch geen toeval zijn?'

'Hoe luidt die diepere interpretatie?' vroeg Mia. 'Die geen kinderwijsheid is?'

'Geboorte, maagd, moeder, wet, dood,' antwoordde Larsen zachtjes, zonder zijn blik van de foto af te wenden.

Mia gaapte.

'En kijk eens naar de houding waarin haar armen gelegd zijn,' vervolgde hij.

'Welke houding is dat dan volgens jou?'

'Geboorte. En moeder,' zei de magere man serieus.

Mia wurmde haar telefoon uit haar zak en toetste het nummer van de taxicentrale in. 'Bedankt, Sebastian.'

'Dat kan toch geen toeval zijn?'

Mia glimlachte en stopte de foto in haar tas.

'Ik mag hem zeker niet houden?'

'Nee.'

Larsen knipoogde. 'Het viel te proberen.'

Mia stond op. Haar zicht werd nu wazig. Slapen. Het was echt hoog tijd.

'Geboorte en moeder,' herhaalde Larsen met klem. 'Haar armen wijzen die twee kanten op.'

'Bedankt, Sebastian,' zei Mia. Ze wankelde de trap af en tuimelde de taxi in die op haar stond te wachten.

37

Miriam Munch had het merkwaardige gevoel dat haar lichaam niet helemaal in elkaar zat zoals anders.

Ze waren op kroegentocht gegaan. Marion bleef bij oma logeren en was natuurlijk overgelukkig. Johannes had niet gereageerd, ze had hem zelfs nog geprobeerd te bellen, half en half in de hoop dat hij zou komen aanstormen om haar te redden of iets in die geest, haar op een of andere manier zou laten weten dat ze toch bij elkaar hoorden, maar hij had zijn telefoon niet opgenomen en niet op haar berichten gereageerd, en ten slotte had Miriam begrepen dat hun relatie in zekere zin voorbij was.

Ze keek naar haar bierglas, dat alweer bijna leeg was. Ziggy stond buiten te bellen. Miriam kon het niet laten om heimelijk door het raam naar hem te kijken terwijl hij opgewekt op het trottoir stond te gesticuleren. Alleen al zijn aanblik gaf haar een warm en blij gevoel vanbinnen. Ze liep naar de bar om nog twee bier te bestellen, net toen Ziggy glimlachend weer naar binnen kwam.

'Nog meer hier?' vroeg hij met een knipoog. 'Gaan we niet naar de volgende tent?'

'Had jij dat dan gewild?'

'Nee hoor, ik doe met je mee,' zei hij schokschouderend.

'Had je eigenlijk niet naar huis gemoeten?' vroeg Miriam toen ze met het bier naar hun tafeltje liep.

Ziggy lachte. 'Absoluut niet. Jij?'

'Nee,' zei Miriam resoluut, en ze tikte met haar glas even het zijne aan.

Het was hier rustiger, de muziek stond zachter, het licht was gedempter en er waren hoekjes waarin ze zich konden verstoppen. Miriam liet haar hand over de tafel glijden en zijn warme vingers vlochten zich door de hare heen. 'Belangrijk telefoontje?'

'Het was Jacob maar.'

'Jacob wie?'

'Jullie hebben elkaar ontmoet.'

'Sorry,' giechelde Miriam over de rand van haar bierglas heen.

Ziggy grinnikte. 'Ja, echt. Op Julies feestje? Ronde brillenglazen? Kleedt zich graag netjes?'

'Ach ja, natuurlijk.' Nu wist ze het weer. Die knul die zo'n onbeholpen poging had gedaan om haar te versieren voordat hij erachter was gekomen dat ze moeder was.

'Dus jij vindt dat we...?' vroeg hij, en hij streelde haar voorzichtig over haar wang.

'Ja, Jon-Sigvard. Dat vind ik. Althans, als jij het ook vindt.'

'Zolang je me maar geen Jon-Sigvard noemt.' Hij grijnsde vanonder de haarlok over zijn voorhoofd, en hij nam een slok bier.

'Afgesproken.'

'Het is alleen wel zo...' zei Ziggy, en nu vouwde hij allebei zijn handen om zijn bierglas en staarde erin.

'Ja, wat?'

'Tja, stel dat je iets over mij ontdekt wat je niet bevalt.' Hij keek weer naar haar op.

'Dat risico moeten we dan maar nemen, hè? Jij kunt toch zeker ook dingen over mij ontdekken die je niet bevallen?'

'Dat betwijfel ik.'

'Grapjas,' zei Miriam.

'Nee, ik meen het serieus.' Hij klonk bijna ernstig.

'Wat bedoel je?'

'Nou, ik heb het gevoel dat ik je in een moeilijk parket heb gebracht. Met Marion en zo, ja...'

'Ik ben een volwassen vrouw. Marion zal het hoe dan ook wel naar haar zin hebben.'

'Ja, maar...' begon Ziggy, en weer aarzelde hij.

'Wat?'

'Als ik je nou vertel dat ik me bezighoud met dingen waardoor ik misschien de bak in draai?'

'Waar heb je het over?' vroeg Miriam.

'Dat ik een crimineel ben?' zei Ziggy.

Miriam lachte even, totdat ze besefte dat hij het echt meende. 'Een crimineel? Jij? Dat wil er bij mij niet in. Wat doe je dan, banken beroven?'

'Nou nee, niet echt. Maar toch...'

Miriam merkte dat ze nieuwsgierig werd. Ze zag dat hij iets

kwijt moest, waarvan hij niet zeker wist hoe het bij haar zou vallen.

'Ik bedoel, het familieleven en zo, dat is allemaal wat onzeker, tja, mijn levensstijl past misschien niet... Nee, ik weet het niet precies.' Zijn vingers frutselden met het glas.

'Wat, nee?' Miriam wachtte even of ze haar alarmbellen hoorde rinkelen, ze had een soort instinct voor die dingen, maar er gebeurde niets. De jongeman voor haar straalde louter goedheid uit.

'Ik mag je graag, Miriam,' zei hij, en hij pakte haar hand weer.

'Ik mag jou ook, Ziggy.'

'Dus als ik je een geheimpje vertel, dan kun je daartegen?'

'Daar ben ik vrij zeker van. Heb je iemand vermoord?'

'Wat? Nee, lieve help, is dat hoe je over me denkt?' Ziggy fronste zijn wenkbrauwen.

'Tja, ik weet het niet precies. Je zegt dat je de bak in draait, maar je bent geen bankrover, wat moet ik dan denken?'

Een beetje te veel alcohol, dat voelde ze nu. De woorden kwamen haar mond uit voor ze haar hersens waren gepasseerd.

'Oké,' zei Ziggy, en nu leek hij eindelijk een besluit te hebben genomen. 'Je weet nog hoe we destijds kennis hebben gemaakt, ja?'

'De Dierenbescherming.'

'Ja. Tamelijk onschuldig, nietwaar?'

'Absoluut.'

'Ja, hè? Maar voor mij is dat nooit genoeg geweest.'

'Wat bedoel je?'

Hij had de knoop nu duidelijk doorgehakt. 'Mensen die dieren mishandelen. Dat haat ik. Snap je wat ik bedoel?'

'Natuurlijk.'

'Nee, ik geloof niet dat je het helemaal begrijpt. Ik háát dat.' Hij had nu een blik in zijn ogen die ze nog nooit had gezien.

'Hier zit er nog een.'

'Nee, Miriam. Ik háát het,' zei Ziggy weer, met opeengeklemde kaken.

'En hebben we het daarover? Ben je daarom een "crimineel"?' Miriam maakte een paar aanhalingstekens met haar vingers.

'In de ogen van de overheid wel.' Hij pakte zijn telefoon, toetste iets in en schoof hem naar haar toe.

Een oud artikel uit *Verdens Gang*: DIERENBESCHERMERS IN ACTIE TEGEN BOERDERIJ LØKEN.

'Was jij dat?' zei Miriam verrast.

Ziggy knikte.

'Boerderij Løken? Die tent in Mysen waar ze honden en katten verzamelen om ze te verhandelen voor dierproeven in het buitenland?'

Hij knikte weer.

'Jullie zijn midden in de nacht in de aanval gegaan en hebben diverse dieren gered?'

'Ja.'

'Gewapend en wel, meen ik me te herinneren. Er is toen iemand doodgeschoten, was dat iemand van jullie?'

Hij rechtte zijn rug en keek een stuk opgeluchter. 'Wij zijn niet degenen die hebben geschoten.'

Met een lachje schoof Miriam de telefoon terug. 'Was dat wat je me liever niet wilde vertellen?'

'Ja.'

'Jemig,' pruttelde Miriam. 'Geef me een buks en ik doe mee.'

'Serieus?' Ziggy keek enorm opgelucht.

'Goeie god, dat soort mensen? Wanneer dan ook. Waar dan ook. Zoals ik zei, geef me een wapen en ik doe mee.'

Nu grijnsde hij breed. 'Meen je dat echt?'

'Natuurlijk,' zei Miriam bijna beledigd. 'Met wie denk je eigenlijk dat je hier zit? Ging het gesprek daarover?'

'Welk gesprek?'

'Dat je net voerde met... eh... Joachim?'

'Jacob.'

'Ja, sorry. Ging dat daarover?' Toen Ziggy knikte vervolgde ze: 'Wat gaan jullie doen?'

Nu keek hij even om zich heen, een korte aanval van paranoia, alsof iemand hier in dit donkere café belang in zoiets zou stellen.

'Een nieuwe club,' zei Ziggy. Hij toetste weer wat in op zijn telefoon en schoof hem weer naar haar toe.

'Wat is dit? Atlantis Tuinen?'

'Een farmaceutisch bedrijf.'

'Atlantis Tuinen? Wat een stomme naam. Zijn dat soort namen meestal niet wat flitsender? Novartis? AstraZeneca? Pfizer?'

'Het is geen firmanaam, alleen een proefstation ergens in Hurum. Geregistreerd als proeflaboratorium voor genetisch gemodificeerd dierenvoer. Honden. Katten. Vogels. Muizen. Overtreden voortdurend de Noorse wetten, maar niemand lijkt zich daarom te bekommeren, alsof iemand hogerop in het systeem... Tja, het is zelfs nauwelijks op de kaart te vinden, maar nu hebben we...'

Ziggy leunde weer naar achteren en leek plotseling wat terughoudend, alsof hij te veel had gezegd. Hij dronk wat van zijn bier en keek het café rond, alsof hij bang was dat iemand hem kon horen.

Miriam schoof zijn telefoon weer terug over de tafel. 'Ja.'

Hij keek haar wat onzeker aan, snapte niet wat ze bedoelde.

'Ja,' zei ze weer, en ze schoof haar hand over het tafeltje.

'Wat bedoel je, ja?'

'Wat je eerder op de dag vroeg?' zei Miriam, en ze streelde voorzichtig zijn arm.

'Ja?'

Ze glimlachte. 'Ja.'

'Zeker weten?'

'Ik wil het. Ik mag je graag.'

'Ik jou ook,' zei Ziggy, en hij sloeg zijn ogen neer. Het duurde een paar tellen voor hij weer verderging. 'Ik heb geen idee of je dit soort dingen ook in het echt vraagt, maar...'

'Wat?'

'Mag ik je kussen?'

'Ja, dat mag.' Ze haalde nu sneller adem, sloot haar ogen en boog zich langzaam naar de knappe jongeman aan de andere kant van het tafeltje toe.

38

Mia schrok wakker en lag naar adem te happen totdat het eindelijk tot haar doordrong dat haar nachtmerrie van zojuist niet echt was. Ze ging op de rand van het bed zitten met haar hoofd in haar handen, terwijl haar hart bonkte onder haar trui. Ze was met haar kleren en schoenen aan in slaap gevallen en had zo gezweet dat het onderste laagje aan haar lijf vastgeplakt zat.

Fuck.

Ze had serieus gedacht dat het echt was. Dat ze datgene wat ze zojuist had doorgemaakt niet had gedroomd, maar werkelijk had meegemaakt. Normaal sliep ze goed. Normaal had ze aangename dromen, het leek wel of er binnen in haar een soort muur stond: hoezeer het kwaad haar in wakende toestand ook aangreep, zodra ze haar hoofd op het kussen legde en wegzakte, was het net of het goede de overhand kreeg. Maar deze keer niet.

Verdomme.

Mia stond van haar bed op en sjokte de badkamer in, nog steeds met haar leren jasje en haar schoenen aan. Verkoelde haar gezicht onder de kraan. De droom bleef nog wat hangen, wilde haar niet helemaal loslaten, dus ze bleef nog even zo staan, haar handen en haar gezicht onder het koude water, tot ze weer redelijk normaal kon ademen. Daarna sjokte ze door naar de woonkamer en plofte op de bank neer. Ze had over Sigrid gedroomd. Geen mooie droom, zoals anders, waarin haar zusje haar toelachte en over de akker op haar af kwam lopen.

Kom, Mia, kom.

Nee, ze was in die kelder geweest. De kelder in Tøyen waar Sigrid op haar smerige matras zat met die band om haar arm en de spuit naast zich, klaar om haar shot te zetten, het shot dat haar die nacht nu ruim tien jaar geleden het leven had gekost. Mia was erbij geweest. Zo had het gevoeld. Ze had in diezelfde ruimte gestaan, alle rondslingerende rotzooi gezien, de lucht van urine en afval in haar neusgaten voelen doordringen. Het contrast met de altijd zo keurige Sigrid had niet groter kunnen zijn. Die vieze, bedompte kelder en het mooie meisje met het lange blonde haar op de matras. Mia had geprobeerd iets te zeggen, maar er was geen woord uit gekomen. Ze had geprobeerd naar haar toe te lopen om haar te helpen, maar geen beweging in haar lichaam kunnen krijgen. Paniek, iets anders had ze niet gevoeld, en die zat nu nog steeds in haar lijf. Ze probeerde haar ademhaling in bedwang te krijgen en viste haar telefoon uit haar jaszak. Het was bijna middernacht. Ze had de gezamenlijke briefing gemist, maar er waren geen telefoontjes of berichten van Munch gekomen. Wel een oproep van Kim Kolsø, maar niets van Holger. Merkwaardig. Waarom niet? Ineens kreeg ze het gevoel dat ze nog steeds droomde, dat datgene wat ze om zich heen zag ook niet echt was, dat de schaduw misschien ook hier zou komen, de schaduw die ze achter Sigrid op de muur had gezien. Toen ze nog eens op haar telefoon wilde kijken gleed die uit haar vingers en viel op de grond, en ze kon zich er niet toe brengen te bukken om hem op te rapen. Durfde de kamer om haar heen niet uit het oog te verliezen.

De schaduw op de muur.

Verdomme, dat moesten de pillen zijn.

De pillen die ze had geslikt om wakker te blijven. Dat deed ze anders nooit. Anders nam ze altijd pillen om te ontsnappen. Te rusten. Afstand te scheppen tussen haarzelf en de wereld. Een ruimte vol doezeligheid te creëren. Vol wakende slaap. Een plek waarheen ze kon ontsnappen. Maar ze had zichzelf voor de gek gehouden. Pillen geslikt waar ze af had moeten blijven. En nu hadden die haar brein kapotgemaakt. Echt, of niet echt? Ze was niet in staat het verschil te zien. Mia bukte zich om haar telefoon op te rapen, nog steeds zonder haar blik van de muur voor haar af te wenden. Ze tastte met trillende vingers de vloer af, maar vond hem niet.

Want ze was van gedachten veranderd. Sigrid. Dat was wat ze had gedaan. Mia had daar machteloos in die smerige stank gestaan en haar zuster in die rubberen band zien bijten, die vast zien binden om haar magere arm, vlak boven de elleboog. Ze had toegekeken terwijl haar zusje het blokje op een lepeltje legde. De heroïne. Haar aansteker eronder hield. Het was gaan borrelen. Een dot watten en wat water, Mia had geen idee waarom, wist niet precies hoe ze hun shots zetten, maar het ritueel was haar bekend voorgekomen, alsof ze het eerder had gezien. Close-ups van de belletjes in het lepeltje. De punt van de naald waardoor de vloeistof de injectiespuit in werd gezogen. De stank. Mia hield haar hand voor haar neus, de stank was zo erg dat ze die niet kon uitbannen. Dit was toch een droom? Was ze eigenlijk wel hier? In haar flat? Zou hij ook hier komen?

De schaduw.

Mia tastte de vloer weer af naar haar telefoon, haar blik nog steeds op de muur gericht. Ten slotte kreeg ze hem te pakken. Raapte hem op en legde hem voor zich op tafel. Durfde nauwelijks naar het display te kijken. Bijna middernacht? Dat kon niet kloppen. Ze hadden een briefing, wat had Munch ook alweer gezegd? Zes uur? Zeven? Waarom had hij haar niet gebeld? Ze trok haar hand van haar neus vandaan in een poging haar telefoon te pakken, maar moest hem onmiddellijk terugplaatsen. Die stank was er nog steeds. Uitwerpselen en afval. De lucht van een mens in nood. En haar tweelingzusje, daar pal voor haar op die matras, en ze kon niets doen, er kwam geen geluid uit haar mond, hoe hard ze ook riep, haar benen wilden haar niet over die vieze vloer dragen, al deed ze nog zo haar best.

Nog meer close-ups. Vingers die hard op de witte huid sloegen om de aderen te laten opzwellen. Een duim tegen de achterkant van de spuit, en vervolgens een beeld van de punt waar een klein beetje heroïne uit liep, niet veel, maar net genoeg om te zorgen dat er geen lucht meer in zat. Geen lucht in je aderen. Een luchtbel in de spuit kon je dood zijn. En toen die mooie ogen. En die fraai gevormde mond. En toen die arm die de spuit naar de opgezette blauwe ader vlak onder de gele rubberband bracht. Maar toen was ze van gedachten veranderd.

Sigrid.

Ze wilde leven.

En ze had haar aangekeken. Sigrid. Ze had haar diep in haar ogen gekeken, en daarna had ze geknikt. Geglimlacht zoals vroeger. Even geknipoogd. De spuit op de matras gelegd. Ze was begonnen de rubberen band van haar arm los te maken, maar op dat moment was hij opgedoken. De schaduw op de muur. En het had net geleken of Sigrid wilde opstaan. Naar haar toe wilde komen. Haar over haar haar wilde strijken, zoals ze altijd had gedaan als Mia verdrietig was. Als ze was gevallen. Als iemand haar op school had gepest. Sigrids hand over haar haar, en Mia had gevoeld hoe dringend ze die nodig had, zoals ze daar in die nachtmerrie verkeerde, met die stank van menselijke vernedering om zich heen, Sigrids warme, heerlijke hand over haar haar.

Het gaat goed, Mia.

We hebben elkaar.

Jij en ik, voor altijd, goed?

Maar toen was hij gekomen. En daarna had Sigrid haar niet meer gezien. Mia had geprobeerd het gesprek te verstaan, want ze zag dat haar lippen zich bewogen, maar haar gehoor werkte niet, ze begreep niet wat er gebeurde, ze kon alleen zien dat Sigrid haar blik neersloeg naar de vieze vloer, knikte en weer op de van urine doortrokken matras ging zitten. Opnieuw close-ups. De spuit weer in haar hand. De punt op weg naar de opgezwollen, blauwe ader.

De schaduw op de muur.

Diezelfde schaduw als op de muur van de kelder waarin Camilla Green gevangen was gehouden.

Iemand met veren.

Een mens met een verenkleed aan.

En weer die close-ups met Sigrid in het midden. De duim tegen de spuit. De injectie in de ader. Haar ogen, die zich eerst openden als een glimlach en daarna langzaam dicht gleden, zich sloten, totdat het meisje van wie ze in deze wereld het meeste hield levenloos voor haar op de matras lag.

Goddomme.

Mia probeerde rustig te ademen en merkte dat de echte wereld haar langzaam weer omsloot. De ongeopende kartonnen dozen. Het aanrecht met de resten van het eten dat ze tot nog toe naar binnen had weten te krijgen. Ze trok haar hand voorzichtig bij haar neus vandaan en rook nog steeds die stank, maar begreep onmiddellijk dat die van haarzelf afkomstig was. De pillen. Synthetisch vergif waar haar lichaam tegen had geprotesteerd en zich koortsachtig tegen had verzet tot ze baadde van het zweet, een chemische lucht, die niet uit de kelder maar uit haarzelf opsteeg. Langzaam stond Mia op om haar onwelriekende outfit uit te trekken. Ze zag de kledingstukken een voor een vallen, tot ze naakt op de vloer van de koude flat stond. Ze trok de plaid van de bank om zich heen. Op dat moment ging de telefoon, een trillend klein wezen voor haar op tafel.

Kim op het display.

Mia ging weer op de bank zitten, trok de plaid verder om zich heen en drukte op het groene icoontje. 'Ja?'

'Mia?' vroeg Kim. Hij klonk als iemand uit een andere wereld. Ergens heel ver weg. 'Ben je daar, Mia?'

Mia knikte.

'Hallo?'

'Hoi, ja, sorry, ik ben er, Kim, hoe staan de zaken?' zei Mia, terwijl ze haar benen onder de plaid trok.

'Heb ik je wakker gemaakt?'

'Nee hoor, geen zorgen, ik was op.'

'Oké, ik wilde het alleen maar even checken. Alles goed?'

'Ja, natuurlijk, en bij jullie?'

Het antwoord was automatisch gekomen, maar ze stelde vast dat haar lichaam en haar hoofd nu echt wakker begonnen te worden. Ze bevond zich niet meer in haar droom, maar in haar flat. Naakt onder een plaid, met Kim Kolsø in haar oor. Geen schaduwen op de muren.

'Ja, prima, heeft hij je nog gebeld?'

'Wie?'

'Munch.'

'Nee, niets van Holger,' zei Mia.

'Hier ook niet. Heb een poging gedaan, maar hem niet te pakken gekregen. Dacht dat ik hem misschien maar beter kon laten slapen.'

'Goed idee wel.'

'Gabriel heb ik ook niet te pakken gekregen. Voor hem geldt misschien hetzelfde. Hij was nogal geschrokken.'

'Ja,' antwoordde Mia zonder er helemaal bij te zijn.

Er viel een korte stilte, alsof Kim verwachtte dat ze nog meer zou zeggen. 'Daarom hebben we het bij een korte briefing gehouden, alleen maar een samenvatting. Ik wilde op jullie wachten, natuurlijk, maar ik heb doorgenomen wat ik wist.'

'Mooi zo,' mompelde Mia.

'Gaat het echt goed met je?'

'Ja hoor, prima,' zei Mia, en ze stond op. Met de plaid nog om zich heen liep ze naar het verwarmingselement onder het raam en voelde eraan. Het was koud. Ze had haar energierekening toch wel betaald? Ze draaide de knop open en sjokte terug naar de bank.

'Ik weet eigenlijk niet...' zei Kim, en er viel weer even een stilte.

'Wat weet je niet?'

'Nou ja...' vervolgde hij. 'Volgens mij heb je de anderen nogal op stang gejaagd.'

'Waarmee?'

'Tja, dat meisje in het rad was één ding, dat was al erg genoeg. Maar die schaduw op de muur achter haar. Zelfs Curry werd er stil van, en dat zegt wel iets.' Nu lachte Kim even.

De schaduw op de muur.

Een mens met een verenkleed aan.

Mia schraapte haar keel. 'Wat hebben jullie doorgenomen?'

'Gewoon, alleen wat we weten,' antwoordde Kim. 'Technische informatie van het lab over het briefje dat je in de manege had gevonden. Geen andere vingerafdrukken dan die van Camilla zelf. Haar telefoongegevens. Dat er ergens verderop iemand moet zijn geweest die dat bericht heeft gestuurd dat het goed met haar ging.'

'Of vlakbij.'

'Natuurlijk, maar hoe groot is die kans?'

'Nee, inderdaad,' zei Mia. 'Maar toch.'

'En verder nieuwe details van het autopsieverslag.'

'En?'

'Nee, niets bruikbaars, denk ik. Allemaal dingen die we al dachten. Gewurgd. Op de plaats delict, volgens Vik, maar daar durft hij geen eed op te doen.'

'Dus ze is vrijwillig het bos in gegaan?'

'Dat zei hij niet, maar het is wel denkbaar, dat wil zeggen, niet vrijwillig, maar je snapt wat ik bedoel?'

Dat snapte Mia maar al te goed. Camilla was op eigen kracht het bos in gelopen, maar natuurlijk niet vrijwillig.

Na drie maanden in een looprad in een kelder.

'Dan hebben we iets wat die jongen van de technische bij Kwekerij Hurumlandet heeft gevonden, maar ik weet niet wat we ermee aan moeten.'

'En dat is?'

'In een van de kassen zijn hennepplanten aangetroffen.'

'Juist ja,' zei Mia.

'En, wat denk jij daarvan?'

'Tja, dat ligt eraan, waren het er veel?' Ineens kreeg Mia een flashback naar haar gesprek met Sebastian Larsen. In die flat die rook alsof iemand Amsterdam naar Oslo had verplaatst. Ze had nog geen tijd gehad om dat gesprek te verwerken. O.T.O. De vrijmetselaars. De betekenis van het pentagram. Ze wist niet goed wat ze daarvan moest denken, merkte ze. Of hij voorgoed losgezongen was van de werkelijkheid, of iets had gezegd waar ze nog wat aan hadden ook.

'Acht, geloof ik.'

'Dus voor eigen gebruik?'

'Geen idee,' gaapte Kim.

'We kunnen het morgen wel bespreken,' zei Mia.

'Oké.'

'Moeten we nog op een speciaal tijdstip verschijnen?'

'Zoals ik zei heb ik Holger niet te pakken gekregen, dus ik heb tegen iedereen negen uur gezegd, is dat goed wat jou betreft?'

'Ja, ja, natuurlijk,' zei Mia, en ze dook wat dieper weg in haar plaid.

'Enneh...'

'Ja?'

'Ik ben nog eens bij Olga Lund langs geweest.'

'Olga wie?' vroeg Mia, die geen idee had wie hij zou kunnen bedoelen.

'Die oude dame in Hurum.'

'Ach, ja.'

Nu daagde het haar. De vrouw die de televisie gebruikte om te weten welke tijd van de dag het was. 'Iets ontdekt?'

'Helaas, ze kon alleen maar herhalen wat we al wisten. Wit bestelbusje, een of ander logo op de zijkant, misschien een bloem.'

'Van de kwekerij?' Mia werd weer een beetje wakker.

'Dat had ik ook gehoopt,' zei Kim. 'Maar volgens haar kon het ook een sinaasappel geweest zijn.'

'Oké,' zuchtte Mia.

'Ik denk dat we haar voorlopig maar moeten schrappen.'

'Maar dat het een wit bestelbusje was, wist ze zeker?'

'Ja. Het probleem is alleen dat er volgens Ludvig in Oslo en Buskerud duizenden witte bestelbusjes geregistreerd staan, dus waar moeten we dan beginnen?'

'Zeg dat wel. Nee, we laten het zitten, tenzij we verder niets vinden.' Ze merkte dat het warmer begon te worden in de flat. Ze stak haar been uit naar de tafel en gaapte even. Die pillenslaap had niet geholpen. Ze moest nu wat gewone slaap zien te krijgen.

'En, eh,' zei Kim, die weer even stilviel, alsof hij ergens in bladerde. 'De pruik.'

'Die ze ophad toen ze werd gevonden?'

'Ja, die blonde, weet je nog?'

De maagd met de blonde pruik.

'Natuurlijk, zijn we daarover iets te weten gekomen?'

'Het is een beetje raar...' zei Kolsø, en hij zweeg weer even, alsof hij de informatie die hij voor zijn neus had zelf niet helemaal geloofde. 'Tja, alles gaat hier in hoog tempo, dus zijn ze bij de technische wat geïrriteerd omdat we alles zo snel willen hebben, denk ik, maar toch...'

'Ja?'

'Het is maar een voorlopig verslag, omdat we zo zeuren, maar het ziet ernaar uit dat het een soort – tja, ik heb daar dus geen verstand van, maar toch...' Het werd weer stil.

'Ga door,' zei Mia.

'Nou, er is iets bijzonders mee.'

'Wat?'

'Pruiken. Zoals ik het zie, ga je daarvoor naar een zaak in feestartikelen, je weet wel. Je hebt het een en ander nodig voor een verkleedpartijtje of iets in die geest. Ik wil me als Marilyn Monroe verkleden, dus moet ik iets hebben wat niet al te veel kost, snap je?'

Mia was nu weer wakker en hoorde dat er iets was. Ze kon het niet precies plaatsen, maar er was iets met Kolsø's stem, er klonk iets in door wat ze niet helemaal kon thuisbrengen.

'Maar met deze ligt het anders?'

'Ja,' vervolgde Kim, en Mia kreeg het idee dat hij nog steeds in de aantekeningen voor zijn neus zat te kijken. 'Het is dus voorlopig, maar...'

'Ja?'

'Het is waarschijnlijk echt haar,' zei Kolsø.

'Is dat zo ongewoon?'

'Ik weet hier niet zoveel van af, maar degene die ik in het lab heb gesproken, Tormod, of Torgeir, of hoe hij ook heet, die zei dat er echt haar van minstens twintig verschillende vrouwen in zat.'

'In die pruik?'

'Ja.'

'En dat is ongebruikelijk?' vroeg Mia.

'Nou, misschien niet,' antwoordde Kim. 'Maar als het zo'n duur ding is, dan moet je dat misschien speciaal bestellen. Hoeveel mensen maken zoiets? Aan lange, blonde pruiken met echt haar van een heleboel vrouwen zal toch zeker een prijskaartje hangen? Dat kunnen we dan nagaan, vind je ook niet?'

'Zeker,' zei Mia. Ze stond op. 'Het lijkt mij niet zo heel ongewoon, maar we kunnen altijd kijken of we iets kunnen vinden.' Ze liep naar het verwarmingselement onder het raam en voelde de warmte tegen haar naakte lijf. Ze bleef staan om uit te kijken over het Bislett Stadion. Het leven daarbuiten. Bijna middernacht in Oslo. Mensen die niet zoals zij hoefden te leven. Die een biertje hadden gedronken met een kennis en naar huis gingen om samen met hun geliefde het bed op te zoeken. Een stel dat liep te klappertanden, armen om elkaar heen, jonge mensen die lachend en zonder zorgen over straat liepen. Een vrouw met een rood gewatteerd jack onder een straatlantaarn, capuchon op en handen in haar zak, haar blik omhoog naar een raam, ongetwijfeld een verdieping boven of onder Mia, misschien wachtend op een vriend die haar zou binnenlaten. Doodgewone mensen. Doodgewone levens. En ze merkte dat ze jaloers was. 's Morgens opstaan. Naar je werk gaan. 's Middags weer naar huis gaan. De televisie aanzetten. Het weekend vrij hebben. Een pizza bakken. Iemand een skiwedstrijd zien winnen.

'Ben je daar nog?' vroeg Kim, die iets had gezegd wat ze niet had opgevangen.

'Ja, ik ben er nog.'

'Ik vroeg wat jij ervan vond.'

'Zullen we dat niet liever morgenochtend bespreken?' vroeg Mia, terwijl ze weer terugliep naar de bank.

'Ja, ja, natuurlijk,' zei hij, en daar was het weer, dat gevoel dat hij niet zei wat hij eigenlijk zou willen zeggen.

'Goed werk, Kim.'

'Wat? Ja, dank je, maar...' Hij zweeg weer. Het duurde vrij lang voor hij weer iets in de hoorn sprak. 'Jullie blijven mij er toch bij betrekken?'

Ze begreep aanvankelijk niet wat hij bedoelde.

'Holger en jij, bedoel ik?'

'Erbij betrekken? Hoe bedoel je?'

En toen kwam het, datgene wat ze al die tijd in zijn woorden had voelen doorklinken.

'Nou ja, nu, eh, Emilie en ik...' mompelde Kim Kolsø.

Mia koesterde alleen maar een groot respect voor deze bekwame rechercheur. Als ze had moeten kiezen aan wie ze haar leven zou toevertrouwen, dan zou hij absoluut bij de eerste namen op haar lijst hebben gestaan. Zoals nu had hij nog nooit geklonken.

'Wat bedoel je, Kim?'

'... nu ik om overplaatsing heb gevraagd,' zei hij, en het klonk alsof die mededeling hem het nodige had gekost.

'Waar heb je het over?'

'Tja, ik weet niet,' vervolgde hij. 'Ik heb een beetje het gevoel dat, nou ja, omdat ik en Emilie gaan... omdat ik om overplaatsing heb gevraagd, dat ik er al zo'n beetje uit lig. Dat jullie het verder zonder mij doen.'

'Kim...?' zei Mia, en ze trok de plaid weer goed.

'Ja?'

'Natuurlijk niet.'

'Zeker weten?' zei de anders zo kalme rechercheur, en weer verbaasde Mia zich over de toon waarop hij het zei.

'Waarom zouden we? Jij bent toch ons beste teamlid, wat is er aan de hand, Kim?'

'Nou ja, ik wilde alleen...'

Weer viel hij stil.

'Natuurlijk houden we je op de hoogte, Kim,' zei Mia, terwijl ze weer overeind kwam.

'Oké, fijn.'

'Wat denk jij nou!' Mia liet de plaid vallen en liep naakt naar de badkamer.

'Dus een briefing morgenochtend om negen uur?'

'Jazeker.'

'Mooi.' Het klonk alsof hij nog meer wilde zeggen, maar hij liet het erbij. 'Dan zien we elkaar morgen.'

'Tot negen uur,' zei Mia. Ze drukte op de rode knop, legde haar telefoon weg en stapte de douche in, en met haar hoofd naar de tegels toe gebogen bleef ze er net zo lang onder staan tot het warme water op was.

39

Helene Eriksen draaide het contactsleuteltje om, stapte uit haar auto en stak een sigaret op. Ze trok de ritssluiting van haar windjack op tot onder haar kin en had ineens het gevoel dat ze iets deed wat niet mocht. Een ontmoeting op een verlaten weg, in het geheim, laat op de avond. Ze nam een stevige trek van haar sigaret, zag hoe de rode gloed haar vingers verlichtte en merkte dat ze bibberde. Misschien van de kou, oktober had van de ene op de andere dag een duisternis gebracht die normaal gesproken bij november of december hoorde. Maar dat was natuurlijk niet de enige reden, besefte ze. Ze trok de mouwen van haar jack wat verder omlaag en tuurde de lege weg af naar de koplampen waarvan ze wist dat die zo zouden opduiken.

'Laat eens kijken.'

Tong uit.

'Grote meid. De volgende.'

Het was meer dan dertig jaar geleden, maar toch liet het haar maar niet los. Het gebeurde nog steeds dat ze midden in de nacht wakker schrok, zwetend tussen haar lakens, uit een droom waarin ze weer op die oude bank had geslapen, bang voor wat geweest was en bang voor wat komen zou. De angst om gestraft te worden als ze iets verkeerd deed. Iets verkeerds zei. Iets anders dacht dan wat de tantes wilden. Destijds was ze zeven jaar geweest, nu in de veertig, maar ze was het nog steeds niet kwijt, en ze merkte dat ze dat afschuwelijk vond.

'Het is jouw schuld niet.' Dat was het eerste wat hij had gezegd, haar psycholoog. Ze was elf geweest, misschien twaalf, dat wist ze niet precies meer, alleen maar dat er een raar luchtje in zijn kantoor had gehangen en dat het haar moeite had gekost haar mond open te doen.

'Het is jouw schuld niet, Helene. Dat is het eerste wat je moet doen. Je moet denken: het is mijn schuld niet. Kun je dat voor me doen? Kun je daarmee beginnen?'

Helene leunde met haar rug tegen de motorkap, trok haar benen onder zich en bleef in het donker zitten kijken naar het landschap om haar heen. De bomen wierpen schaduwen die op gestalten leken, fluisterende, halfdode mensen, en ze merkte dat het sterker werd. Ze werd nog steeds onrustig als ze alleen was. Ze gooide haar half opgerookte sigaret weg en ging weer achter haar autostuur zitten. Hierbinnen was het veiliger. Ze stak de sleutel in het contact en draaide hem een slag om, zodat ze de verwarming en de radio aan kon zetten.

'Laat eens kijken.'

Tong uit.

'Grote jongen. De volgende.'

Ze drukte wat knoppen in op zoek naar een leuke zender die haar kon afleiden. Ze zette het geluid harder en zat wat met haar vingers op het stuur te trommelen, terwijl ze door de voorruit tuurde op zoek naar de lichten die zo zouden komen.

'Gaat dat lukken, denk je, Helene?'

Je haar bleken. Dezelfde kleren dragen. Altijd doen wat de tantes zeiden. Altijd hetzelfde, dag in, dag uit. School, yoga, huishoudelijk werk, lessen, pillen, school, yoga, huishoudelijk werk, lessen. Dertig jaar geleden. Hoelang moest ze daar nog last van houden?

'Ik snap dat het moeilijk is, maar ik ben er om jou te helpen.'

Helene haalde het pakje sigaretten uit haar zak en stak er nog een op, al had ze daar eigenlijk geen zin in. Ze deed het autoportier open om niet in de rook te zitten, maar sloeg het snel weer dicht, het was te koud buiten. Winter in oktober? Het leek of iemand daarboven vastberaden was om hen te straffen.

'Waar denk je aan, Helene?'

Twaalf jaar, op een stoel in Oslo tegenover een vreemde met een baard.

'Het is jouw schuld niet, snap je dat, Helene?'

Ze nam weer een trekje en zette de radio nog harder, genoot ervan dat de muziek de hele auto vulde, zodat ze aan andere dingen kon denken.

Failliete boedel. Kwekerij te koop.

Dat was inmiddels tweeëntwintig jaar geleden, en ze had gedaan wat haar gezegd was. Naar de middelbare school gaan. Zich ontwikkelen. Iets worden.

Hurumlandet. 2,8 hectare. Vier plantenkassen. Goed onderhouden, dient enigszins gemoderniseerd te worden.

De bus erheen. Failliete boedel. Kwekerij. En ze had het naderhand heel duidelijk gevoeld: dit was wat ze eigenlijk met haar leven wilde doen.

Anderen helpen.

Helene zette de radio uit, keek op de klok en stapte weer uit de auto. Ze overwoog om nog een sigaret op te steken, maar besefte wel dat dat nergens goed voor was, dus bleef ze gewoon met haar handen in de zakken van haar windjack het donker in staren.

'En, waar denk je nu aan, Helene?'

Ze veranderde van gedachten en stak er toch weer een op, zocht met haar blikken de weg af naar de lichten die nu gauw moesten komen.

Het was ruim dertig jaar geleden. Dan zou het zo langzamerhand toch over moeten zijn?

Helene nam net een trekje van haar sigaret toen de lampen waarop ze had gewacht plotseling verschenen en het witte bestelbusje kwam aanrijden en vlak naast haar stopte.

'Hallo, wat is er aan de hand?' vroeg het gezicht achter de ruit.

'Dat heb je toch wel gehoord?'

'Wat dan?'

'Even serieus,' zei Helene, en ze liep helemaal naar de man achter het autoraampje toe. Ze zag dat hij even nadacht voor hij antwoord gaf.

'Jawel, maar ik heb daar niets mee te maken.'

Helene merkte dat ze hem heel graag zou geloven. Ze had dolgraag het gevoel gehad dat ze hem kon geloven, maar ze kreeg het niet voor elkaar.

Haar broer.

Hij had geen kleren aan.

Hij was spiernaakt, maar zijn hele lichaam zat onder de... veren?

'Ze stellen vragen,' zei ze, weggedoken in haar jack.

'Waarover?'

'Alles en iedereen.'

'Jezus, Helene, dacht je dat ik het was?'

'Je was daar toch? In dat huisje van je? De hele zomer? Je was niet thuis, hè? Ik moest het gewoon... Nou ja, je snapt het wel. Vragen. Ik hou zoveel van je.'

Haar broer stak zijn hand uit het autoraampje. 'Ik hou ook van jou, Helene, maar godallemachtig. Midden in de rimboe in het holst van de nacht? Dat was echt niet nodig geweest.'

Nu voelde ze zich dom. Ze dook nog dieper weg in haar windjack. Haar broer streelde door het raampje heen glimlachend haar hand.

'Nee, maar, ik dacht alleen... je weet wel, vanwege die veren en zo?'

'Daar was ik lang geleden al klaar mee. Ga nou naar huis en naar bed, oké?'

Opnieuw voelde Helene Eriksen zijn warme hand tegen de hare. Toen draaide hij het autoraampje dicht.

En hij verdween even snel als hij verschenen was.

5

40

Het leek erop dat Holger Munch goed geslapen had, want hij stond glimlachend voor de verhoging in de briefing room te wachten tot iedereen zat. Gabriel Mørk voelde zich minder goed. Voor het eerst sinds deze zaak liep had hij zelfs overwogen om thuis te blijven. Een dag vrij, gewoon om overal afstand van te nemen. Hij was zwaar aangeslagen van het filmpje dat hij had gezien en voelde zich niet erg lekker. Wie weet had hij een griepje onder de leden. Bovendien was zijn vriendin zwanger, zeven maanden inmiddels, en het zou wel fijn wezen om een hele dag samen met haar door te brengen. Misschien konden ze samen wat door de stad slenteren? Wat babyspullen kopen voor het jongetje dat binnenkort geboren zou worden?

Maar hij was toch gekomen, want Gabriel wist dat het eigenlijk allemaal uitvluchten waren. De reden waarom hij geen zin had, was natuurlijk die kwestie met Skunk. Hij wist dat die vraag zou komen. Ze moesten Skunk te pakken krijgen, en dat was uiteraard Gabriels verantwoordelijkheid, maar hij had er eerlijk gezegd geen idee van waar ze hem moesten zoeken.

'Oké allemaal, goeiemorgen,' begon Munch bij de beamer, terwijl het stil werd in de kamer. 'Sorry dat ik er gisteren de brui aan gaf, dat zal wel komen doordat ik oud begin te worden.' Hij knipoogde, en hier en daar werd wat gegrijnsd. 'Maar voordat ik van wal steek – heb ik nog iets gemist?'

Gabriel zag dat Ylva op haar stoel zat te wiebelen. Zij was als eerste in de briefing room geweest en popelde blijkbaar om te vertellen wat ze had ontdekt. 'Ik heb iets,' zei ze, ditmaal zonder eerst haar hand op te steken.

'O ja?' zei Munch.

'Die tatoeage.' Ze stond op en bracht Munch een vel papier. Daarna bleef ze staan, niet wetend of ze weer moest gaan zitten, terwijl Munch het papier bestudeerde.

'Aha, mooi. Wat zien we hier?'

Hij knikte haar toe ten teken dat ze moest blijven staan om de rest van de groep deelgenoot van de nieuwe informatie te maken. Gabriel zag dat ze lichtelijk nerveus maar vooral trots op haar ontdekking haar handen in haar zakken stak en zich even schrap zette voor ze begon: 'Camilla had dus een tatoeage op haar arm, ja?'

In de kamer werd geknikt. Een paardenhoofd met daaronder de letters A en F.

'Ik lag vannacht wakker, want daar was iets mee. Ik heb er een hele tijd over liggen piekeren, omdat ik het ooit eens ergens had gezien, maar niet meer wist waar.' Nu lachte ze flauwtjes en keek even naar de grond voordat ze verder sprak. Je kon zien dat ze het niet echt leuk vond om op die manier in de schijnwerpers te staan, maar toch ook in haar nopjes was. 'Dus kon ik niet slapen en pijnigde ik mijn hersens af, maar toen bedacht ik ineens dat – ja, weten jullie nog, dat verbindingsstreepje?'

Munch had de foto van de tatoeage aangeklikt, en die glansde hen nu toe vanaf de muur. Camilla's arm met daarop het paardenhoofd en de letters A en F.

'Dus toen dacht ik ineens, als daar nu eens niet A en F staat? Als dat streepje – zien jullie het?' Ylva liep naar de muur en wees. Nu leken de aanwezigen eindelijk wakker te worden, en ze keken er vol belangstelling naar. 'Als dat streepje geen streepje is, maar ook een letter. Zien jullie het?'

'Een L?' constateerde Mia langzaam.

'Precies,' zei Ylva. 'Stel dat er nu eens geen A en F staat, maar kijk eens goed...' Ze liep naar de muur om er nog eens naar te wijzen. 'ALF.'

'ALF?' gaapte Curry. 'Die figuur heet Alf?'

Er werd wat gelachen.

'Wat?' zei Curry, en hij keek om zich heen.

Gabriel wist niet precies wat er met Curry aan de hand was, maar hij leek de laatste tijd nogal afwezig, niet helemaal zichzelf.

'Ga maar door, Ylva,' zei Munch.

'Zoals gezegd,' vervolgde ze, 'zat ik met iets in mijn achterhoofd, maar het kwam er pas uit toen ik plotseling op die L kwam. En het duurde even, maar vannacht heb ik dit op het internet gevonden.' Ze keek naar Munch. 'Ik heb een aantal exemplaren uitgeprint, zal ik...'

Glimlachend knikte Munch. Ylva liep snel naar haar plaats en deelde wat vellen papier rond.

'Wat is dit?' vroeg Kim Kolsø.

'Het Animal Liberation Front,' zei Ylva, die weer naast Munch stond. 'ALF. Dit is hun logo, of althans één daarvan. Dat paardenhoofd met die letters eronder.'

Onder de aanwezigen steeg enig gemompel op en het jonge meisje straalde. Ze wierp weer een korte blik op Munch, die haar te kennen gaf dat ze moest doorgaan.

'Het Animal Liberation Front is al in 1974 in Engeland opgericht en is tegenwoordig in veertig landen actief. Ze staan bekend om hun agressieve houding tegenover mensen of bedrijven die dieren opsluiten, vooral laboratoria die gebruikmaken van proefdieren. Er zijn mensen die ze dierenterroristen noemen. Ze deinzen niet terug voor het gebruik van keiharde en vaak illegale middelen om hun doel te bereiken.'

'En ze zijn ook in Noorwegen actief?' vroeg Mia.

'Dat is een beetje raar, want het antwoord is "ja en nee",' zei Ylva. 'In Noorwegen heten ze het Dierenbevrijdingsfront, en ze waren tussen 1992 en 2004 enorm actief, voerden een aantal overvallen op pelsdierfokkerijen en bontzaken uit, dat soort dingen. Ze hebben een eigen website, maar die is al sinds 2009 niet bijgewerkt, dus ik weet niet zeker of ze nu nog actief zijn, of dat ze, tja, wat meer ondergronds zijn gaan werken, of onder een andere naam.' Ze keek weer naar Munch, die haar een teken gaf dat ze kon gaan zitten.

'Dus onze vriendin Camilla had een tatoeage op haar arm van het Animal Liberation Front, een dierenbeschermingsclub.' Munch keek op het papier dat Ylva hem had gegeven en glimlachte nog eens naar haar. 'Uitstekend werk, uitstekend, Ylva.'

Het jonge meisje glimlachte vol trots terug.

'Ga jij hier verder mee aan de slag, oké? Kijk maar wat je kunt ontdekken. Alles over dat Dierenbevrijdingsfront, of er de laatste tijd nog van zulke acties hebben plaatsgevonden, of we Camilla op enigerlei manier hiermee in verband kunnen brengen. Ludvig helpt je met de archieven en geeft je alles wat je verder nog nodig hebt, oké?'

Ylva keek naar Ludvig, die haar vriendelijk toeknikte.

'Mooi,' zei Munch. 'Een goed begin van de dag.'

Gabriel had het idee dat Munch nu naar buiten zou gaan om te roken, maar dat deed hij niet. In plaats daarvan gaf hij een klap op de beamer; hij was vandaag duidelijk erg ijverig, bijna alsof hij de tijd die hij had verslapen wilde inhalen. 'We hebben een hoop voor de boeg, echt heel veel, dus wordt het tijd om wat prioriteiten te stellen, goed?'

Er werd geknikt.

'Eerst wat de technische recherche op de kwekerij heeft gevonden. Marihuana?' Hij keek Kim aan.

'Maar weinig planten, zeven of acht stuks.'

'En hoe denken we daarover, is dat relevant voor ons?'

Kim haalde zijn schouders op. 'Dat is te vroeg om te zeggen, maar het lijkt mij de moeite waard om het na te trekken. Ik weet dat het niet onze afdeling is en ik weet ook niet of onze vrienden bij Drugszaken in zo'n kleine vondst geïnteresseerd zijn, maar zelf vind ik dat Helene Eriksen het een en ander heeft uit te leggen.'

'Als ze ervan afwist,' zei Munch.

'Natuurlijk,' zei Kim. 'Maar iemand daar wist ervan, en dat kan iets opleveren.'

'Zonder meer. Eigenlijk moeten we er vandaag weer heen, doe jij dat, Kim?'

'*No problem.*'

'Mooi. En als je er toch bent, dat briefje met die getekende uil. Dat is ons meest concrete aanknopingspunt. Ons duidelijkste spoor tot nog toe. Heeft iemand dat eerder gezien? Heeft iemand daar het geschreven? Weet iemand daar er ook maar iets van af? Je weet wel.'

Kim Kolsø knikte. 'Komt goed.'

'Ik ga mee,' zei Curry.

'Mooi.' Munch klikte de volgende foto tevoorschijn. 'De pruik.'

'Ja.' Ludvig keek in zijn aantekeningen. 'Een nogal duur geval, echt haar, niet iets wat je voor een habbekrats kunt kopen. Zoiets is in dit land bijna nergens te krijgen, maar er bestaat een firma, genaamd...' Hij bladerde wat. 'Ruhs Pruiken. Die zit in Frogner, het leek me dat we daar maar moesten beginnen. Als hij daar is gekocht, staat dat misschien geregistreerd. Zo niet, dan kunnen ze ons misschien een tip geven waar het ding dan wel vandaan komt.'

'Mooi,' zei Munch, en hij klikte verder. 'Dan hebben we deze.'

Gabriel schrok op toen hij twee foto's zag die hij nog niet eerder had gezien. Hij merkte dat diverse anderen hetzelfde deden.

'Huh?' Curry staarde naar het scherm.

'Anette?' zei Munch met een hoofdgebaar naar de blonde politieadvocate.

'Zoals jullie vast wel weten,' zei Goli, 'heeft iemand een paar dagen geleden de moord bekend. Jim Fuglesang, een man van tweeëndertig, woonachtig in de omgeving van de plek waar Camilla is gevonden. In behandeling bij de afdeling Psychiatrie van het Dikemark-ziekenhuis, waar hij meermalen opgenomen is geweest, een draaideurpatiënt voor zover wij begrijpen. Zoals jullie weten denken we dat hij niet de dader is, maar het interessante is dat hij deze foto's bij zich had toen hij zich in Grønland kwam melden.'

Gabriel keek nieuwsgierig naar de foto's. Er stonden een kat en een hond op. Gedood en op dezelfde manier neergelegd als Camilla Green. Op een bed van veren. In een vijfhoek van kaarsen.

'Allemachtig,' zei Ylva.

'Wat krijgen we verdomme nou?' pruttelde Curry.

Munch haalde even zijn schouders op. 'Dat is dus wat we niet goed begrijpen. Wat moeten we hiervan maken? Iemand een idee?' Hij keek de kamer rond.

'Jezus,' zei Curry. 'Datzelfde groteske ritueel? Met twee dieren? Wat is dat voor klootzak?' Hij gluurde even naar Mia.

'Zoals gezegd weten we dat niet precies,' zei Mia, die vandaag ongewoon stil was.

Ze hadden de foto's blijkbaar een poosje bestudeerd zonder te begrijpen wat ze te betekenen hadden. Waarom de andere teamleden ze nu pas te zien kregen wist Gabriel niet, maar Munch en Mia hadden altijd zo hun redenen, dus stond hij er niet te lang bij stil. Hij zat vooral in zijn maag met wat hem te wachten stond. Als het zijn beurt was en Skunk ter sprake zou komen.

'We hebben nog niet verder met die Jim Fuglesang kunnen praten, want...' Hij keek weer naar Anette.

'Ik heb gisteren contact gehad met een chef-arts in het Dikemark, en volgens hem mag Fuglesang absoluut niet lastiggevallen worden. Het is hem kennelijk allemaal wat te veel geworden en hij schijnt niet meer aanspreekbaar te zijn. Platgespoten, denk ik. Details heb ik verder niet gekregen, beroepsgeheim en zo, maar dat is wat ik begrepen heb.'

'Maar het staat wel op ons lijstje, toch?' zei Munch.

'Natuurlijk,' antwoordde Goli. 'Met prioriteit.'

'Waar heeft hij die foto's genomen, en wanneer? Daar moeten we zo snel mogelijk achter zien te komen.' Munch keerde zich naar de groteske foto's van de twee dieren toe. 'Mia?'

Nu stond Mia op en liep ze naar Munch toe. Er was vandaag iets met haar aan de hand, Gabriel zou het niet precies kunnen zeggen, iets met haar ogen, haar hele houding, het leek of ze doodmoe en er niet helemaal bij was.

'Zoals Holger zei is het verband ons nog niet helemaal duidelijk, maar dat het er is staat buiten kijf. Dat het iets met de moord op Camilla te maken heeft. Dit kan geen toeval zijn.' Ze wees even naar de foto's. 'De veren. De kaarsen. En vooral de manier waarop de armen, of in dit geval de poten, erbij liggen. Zien jullie het ook? Die zijn onder dezelfde hoek neergelegd als Camilla's armen. Een omhoog en een omlaag langs hun flanken. Twaalf uur en vier uur. Maar waarom? Daar hebben we nog geen flauw idee van.'

Het leek alsof ze nog iets wilde zeggen, maar ze bedacht zich en liep naar haar plaats terug. Ze leek vandaag echt zichzelf niet.

Munch keek de aanwezigen weer aan. 'Krijgt iemand spontaan een idee?'

'Gestoorde motherfucker,' gromde Curry.

'Dank je, Curry,' zei Holger. 'Maar andere ideeën? Associaties? Wat dan ook?'

Niemand zei iets. De anderen leken net zo geschokt als Gabriel.

'Goed, dan laten we het hier voorlopig bij. Totdat we met die Jim Fuglesang hebben gepraat, oké?' Munch keek Anette weer aan. Ze knikte.

'Goed dan,' zei Munch, en hij drukte nogmaals op de knop.

De volgende foto verscheen op de muur en Gabriel schrok weer een beetje, terwijl de rest kalm bleef. Kennelijk hadden ze dit ook al doorgenomen nadat hij – wat hij nog steeds een beetje gênant vond – had overgegeven en naar huis had moeten gaan. Een politieman van niks; hij had bepaald geen hoge pet op van zichzelf. Nieuwsgierig keek hij naar de foto voor hem. Het leek wel een still van het filmpje. Een uitvergroot stuk van de muur achter het rad waarin Camilla had gelopen om te eten te krijgen.

Een figuur in een verenpak.

Een mens met veren?

Gabriel merkte dat hij huiverde, en nu kwam het weer terug. Het gevoel dat hij had gehad nadat hij dat afschuwelijke filmpje had gezien. De onpasselijkheid. Hij vermande zich en merkte dat het om hem heen ook tamelijk stil was. Er was in één klap een loodzware ernst over de kamer neergedaald.

Munch wekte de indruk dat hij zijn woorden goed afwoog voor hij zei: 'Zoals gezegd, we hadden gisteren het gevoel dat we hier de dader zien.'

'Verdomme,' zei Curry hoofdschuddend.

'Het is weliswaar niet honderd procent duidelijk,' zei Munch al wijzend, 'maar het lijkt erop dat hier een mens zit.' Gabriel merkte dat Munch nu naar woorden zocht. 'Naar haar kijkt.' Toen kreeg hij zichzelf weer in de hand. 'Camilla zit gevangen. En ze heeft een toeschouwer. Iemand die, ja...'

'Een vogelmens?' opperde Curry. 'Wat is dit in godsnaam? Wie heeft er goddomme veren aan zijn lijf?'

Gabriel zag dat iedereen nu weer naar Mia keek, verwachtte dat zij misschien met een antwoord zou komen, ze zou helpen om dit te bevatten, de dingen in het juiste verband zou plaatsen. Maar ze zei nog steeds niets.

'Wij denken dat die, ja, hoe moeten we het noemen, gestalte, haar observeert. Dat hij haar heeft opgesloten om naar haar te kijken. Voor zijn eigen plezier? Dat weten we niet.' Munch keek ook naar Mia, dit was haar terrein, zij was gewoonlijk degene die met uitleg kwam over gestoorde zaken als deze, maar nog steeds zat ze stilletjes op haar plek.

'Oké,' zei Munch, terwijl hij even op zijn hoofd krabde. 'Een mens met veren. Een gevederd persoon. Camilla lag op een bed van veren. Die dode kat lag op een bed van veren. Net als de dode hond. Hier is iets gaande wat we misschien nog niet helemaal begrijpen, maar waar we wel iets mee moeten doen.' Weer wierp hij een blik op Mia, maar nog steeds kwam er geen reactie.

'Uilenveren,' zei Ludvig Grønlie.

'Ja.' Munch was zichtbaar opgelucht dat iemand anders het woord had genomen.

'En ik heb iets raars ontdekt, maar ik weet niet of we er iets aan hebben.' Ludvig keek weer in zijn aantekeningen.

'Wat?' vroeg Munch.

'Het zat heel diep weggeborgen in het archief, het had geen prioriteit en ik ben er bij toeval op gestuit, of het iets te betekenen heeft weet ik niet, maar toch...'

'Wat heb je dan gevonden?'

'Een inbraak in het Natuurhistorisch Museum in Tøyen, een paar maanden geleden. Zoals gezegd niet erg belangrijk, maar het viel me op omdat er iets raars mee was.'

Iedereen keek de oudere rechercheur aan.

'Jullie weten vast wel waar dat is? In de botanische tuin in Tøyen. Planten en bloemen en zo. Ze hebben er ook een zoölogische afdeling. En een paar maanden geleden, op...' hij keek weer op zijn papieren, '... 7 augustus, werd daar melding gedaan van een inbraak op een tentoonstelling. *Noorse en buitenlandse dieren* heet die, en het merkwaardige was, en daarom viel het me ook op, dat ze blijkbaar een aparte vitrine hadden met alle uilensoorten van Noorwegen, en dat alleen die gestolen waren. Ik bedoel, het heeft misschien niets te betekenen, maar het lijkt me toch het onderzoeken waard.'

'Absoluut,' zei Munch. 'Prima, Ludvig. Hebben we daar een contactpersoon?'

Grønlie bekeek zijn gegevens weer. 'De inbraak is gemeld door de hoofdconservator, ene Tor Olsen, die informatie heb ik hier. Ik bedoel maar, Camilla op een bed van uilenveren? Iemand die een complete verzameling Noorse uilen steelt?'

'Daar moeten we achteraan. Meteen,' zei Munch ernstig. 'Uitstekend, Ludvig. Mia, pak jij dit op?'

Mia keek abrupt op. 'Wat?'

'Die uilenveren. De inbraak in het Natuurhistorisch Museum? Ga jij daar achteraan?'

Ze schraapte haar keel. 'Natuurlijk.' Het leek alsof ze niet goed wist waar hij het over had.

'Oké,' zei Munch.

Gabriel besefte dat hij nu aan de beurt was.

'Die hacker die dat filmpje heeft gevonden. Jouw oude vriend Skunk, is het je gelukt om daar verder mee te komen?'

Nu keek iedereen naar hem.

'Heb ik geprobeerd, nog geen resultaat, maar ik blijf ermee bezig, ik...'

'Prima. Ga ermee door, kijk wat je kunt bereiken, we moeten absoluut met hem praten. We moeten weten waar die server met het filmpje zich bevond.'

'Oké.' Gabriel was zowel verrast als opgelucht dat hij er zo makkelijk van afkwam. Aanvankelijk snapte hij niet goed waarom, maar toen ging hem een licht op. Munch maakte zich zorgen over Mia.

'Kunnen we even onder vier ogen praten?'

'Wat?' zei Mia, die er nog steeds niet met haar hoofd bij was.

'Op mijn kantoor? Heb je even?'

Mia keek naar hem op en schraapte alweer haar keel. 'Natuurlijk.'

'Mooi zo,' zei Munch, nu weer tegen de anderen. 'Wie iets nieuws ontdekt meldt dat meteen, ja? Ik stel voor dat we eind van de middag nog een briefing houden, het tijdstip horen jullie nog.'

De aanwezigen knikten kort, terwijl Mia langzaam van haar stoel opstond en bijna met tegenzin achter Munch aan naar zijn kantoortje liep.

41

Munch deed de deur achter Mia dicht en ging op zijn bureaustoel zitten. Zij liet zich op het kleine bankje zakken en staarde hem enigszins bevreemd aan. Terwijl hij naar haar keek, dacht Munch na over wat hij zou gaan zeggen. Hij wist niet precies wat hij van haar nogal wazige blik moest maken; het leek wel of ze er niet helemaal bij was.

'Wat is er aan de hand?' vroeg ze ten slotte.

'Dat had ik jou eigenlijk willen vragen.'

'Hè?' zei Mia.

Weer woog Munch zijn woorden. Het maalde nu al een paar dagen door zijn hoofd. Eerst in Justisen, toen tijdens de briefing van gisteren, en nu net op de ochtendbijeenkomst. Mikkelson had haar geschorst. Haar gevraagd om naar een psycholoog te gaan die haar een gezondheidsverklaring kon geven, die kon vaststellen wanneer ze klaar was om weer aan de slag te gaan. Aanvankelijk had Munch zich daaraan geërgerd, typisch Mikkelson, maar de laatste dagen was hij gaan denken dat zijn chef misschien gelijk had. Misschien was ze hier niet klaar voor. Uiteindelijk was het nog niet zo lang geleden dat hij haar moederziel alleen op een eilandje voor de kust van Trøndelag had gevonden.

En ze had uiteraard niets gezegd, maar hij had het wel gemerkt. Ze was daar niet geweest om vakantie te houden, maar om eruit te stappen. Om zelfmoord te plegen. Die keer had hij haar meegekregen. Ze had er doodmoe uitgezien en was broodmager geweest, met doodse ogen. Nu had hij het wéér gedaan. Haar teruggehaald. En hij kon zich niet aan het gevoel onttrekken dat hij daarmee misschien niet de juiste beslissing had genomen. Dat ze vrij moest zijn. Dat ze hier niet klaar voor was. Dat ze misschien toch bij die psycholoog had moeten blijven lopen.

'Hoe gaat het met je, Mia? Gaat het goed? Is alles in orde?'

Ze schrok op uit de schemertoestand waarin ze had verkeerd en keek hem aan. Nu met een geïrriteerde, alerte blik, de Mia die hij zo goed kende.

'Hou je me voor de gek of zo?' Ze had door waar hij naartoe wilde en dat beviel haar absoluut niet.

'Zo bedoel ik het niet,' zei Munch, en hij stak afwerend zijn handen op. 'Ik wil alleen maar dat je het naar je zin hebt, dat is alles. Ik ben toch verantwoordelijk voor je?' Hij probeerde ontwapenend te glimlachen, maar ze hapte niet.

Ze bleef hem met een achterdochtige blik opnemen. 'Heeft Mikkelson je opgejut?'

'Wat? Welnee.'

'Heb ik iets fout gedaan? Heb ik het korps weer in de wielen gereden? Hebben we een slechte beurt in de kranten gemaakt, omdat we dit nog niet opgelost hebben? Ik bedoel, hoelang geleden is het helemaal dat we haar hebben gevonden, zes dagen? Godallemachtig, we zijn ongelofelijk ver gekomen, we hebben een massa aanknopingspunten...' Ze boog zich geërgerd naar voren op het bankje.

'Nee, nee.' Munch bracht zijn handen weer omhoog. 'Dat is het niet. Mikkelson heeft niets gezegd. Niemand is ontevreden. We hebben ons werk goed gedaan. Jij hebt je werk goed gedaan.'

'Dat zou ik verdomme ook denken,' zei Mia boos. 'Die ellendige Mikkelson.'

'Dit heeft niets met Mikkelson te maken.'

'Wat is het probleem dan?' Ze spreidde haar armen.

'Ik ben het probleem,' zei Munch aarzelend.

'Wat bedoel je?'

'Ik maak me zorgen om je, dat is alles.' Hij probeerde het weer met een glimlach.

'Zorgen? Lieve help, waarover dan?'

'Natuurlijk niet over het werk dat je doet. Goeie god, Mia, we kunnen niet zonder jou. Ik denk alleen aan... nou ja, je gezondheid, snap je?'

'Hoezo, mijn gezondheid?' vroeg Mia, die nu wat gekalmeerd was. 'Het gaat goed met me, of heb jij soms de indruk van niet?'

Munch zei niet wat hij dacht. Dat ze volkomen uitgeput leek. Op het randje. 'Vanzelf. Goeie god, mag ik als vriend dan niet een beetje, eh, hoe heet het...'

'Idioot doen?' zei ze leep. Ze was alweer hard op weg om de oude te worden.

'Leuk hoor. Zorgzaamheid tonen. "Zorgzaamheid", dat was het woord dat ik zocht.'

Mia lachte flauwtjes en viste een pastille uit haar zak. Stopte die in haar mond en keek hem nu wat welwillender aan. 'Allemachtig, Munch, we zitten toch niet op de kleuterschool?' Toch leek het alsof ze blij was dat hij het had gevraagd. Dat hij betrokkenheid voelde. 'Ik ben de laatste dagen wat moe, dat moet ik toegeven,' zuchtte ze. 'Slecht geslapen. Er spookten wat dingen door mijn hoofd, maar niks waar ik me geen raad mee weet, oké? Ik heb wel vaker in zwaar weer verkeerd.'

'Dus je wilt er niet een paar dagen tussenuit?'

'Had je me vrij willen geven?' pruttelde Mia. 'Nou moet je toch ophouden, Holger, is dat niet een beetje weekhartig? Maar misschien klopt dat ook wel, misschien speelt je leeftijd je parten. Hoe oud ben je inmiddels? Zesenvijftig? Zevenenvijftig? Mij van de zaak halen terwijl we er middenin zitten, is het 1 april of zo?'

Het was duidelijk dat Mia het grappig vond, want ze zat lacherig haar hoofd te schudden. Munch merkte dat hij zich weer begon af te vragen of ze wel helemaal zichzelf was. Of ze er echt met haar hoofd bij was. 'Dus alles is in orde?' vroeg hij.

'Natuurlijk is alles in orde, Holger. Lieve help, hou je met iedereen van dat soort functioneringsgesprekken, of alleen met mij?' Met een knipoogje stond ze op. 'Bedankt dat je met me meeleeft, maar het gaat prima.'

'Mooi. Waar ga je mee beginnen?'

'Het Natuurhistorisch Museum. Die uilen. Ik heb zo'n gevoel dat we daar iets aan kunnen hebben.'

'Prima,' zei Munch. Op dat moment werd er geklopt.

Ludvig Grønlie stak zijn hoofd om de deur. 'Ik heb iets ontdekt,' zei de oudere rechercheur. 'Stoor ik?' Hij keek van Munch naar Mia en toen weer terug.

'Nee hoor, kom binnen, waar gaat het om?'

Grønlie legde een papier voor Munch neer. 'Nog een verdwijning.'

'O ja?'

'Van Kwekerij Hurumlandet.'

Munch bestudeerde het papier en fronste zijn voorhoofd.

'Wat?' zei Mia.

'Negen jaar geleden,' antwoordde Grønlie. 'Een jongen werd als vermist opgegeven.'

'Van de kwekerij?'

'Ja. Mats Henriksen. Ging in het bos wandelen en kwam niet meer terug.'

'Laat eens kijken,' zei Mia, en Holger gaf haar het papier.

'Nooit gevonden?' vroeg hij ernstig, terwijl hij naar Grønlie opkeek.

'Nee. Volgens de rapporten is er gezocht, maar niet zo lang.'

'Waarom niet?' vroeg Mia nieuwsgierig.

'Die jongen schijnt suïcidaal geweest te zijn,' vervolgde Grønlie. 'De zaak werd geseponeerd.'

'Maar er was geen lijk?' vroeg Munch.

'Noppes. Nooit gevonden ook,' antwoordde Ludvig. 'Denk je dat er een verband is?'

'Zeker de moeite waard om na te trekken. Goed werk, Ludvig, haal maar door het systeem om te kijken of er iets uit komt.'

'Oké.' Grønlie liep de kamer weer uit.

'Hier is iets geks mee,' zei Mia zonder haar blik van het blad papier af te wenden.

'Wat dan, volgens jou?'

'Geen idee. Maar er klopt echt iets niet.'

'Je weet dat ik alleen maar...' begon hij, maar Mia's blik legde hem het zwijgen op.

'Wat, op me wil passen?' zei ze sarcastisch.

'Ja.'

Mia stond van het bankje op en liep naar de deur. 'Ik kan echt wel op mezelf passen, Holger.'

'Weet ik best. Alleen...'

Meer wist hij niet te zeggen, en hij bleef met een vage glimlach om zijn mond achter zijn bureau zitten toen ze hem het papier teruggaf en zijn kantoor verliet.

42

Miriam Munch werd wakker van de geur van vers gezette koffie en spek. Ze wist niet precies waar ze was en bleef met haar hoofd op het kussen een beetje verder dromen. Toen keek ze op en merkte ze dat ze gewoon thuis was.

Welke dag was het? Vrijdag? Even voelde ze een lichte paniek, *o jee, hoe laat is het, Marion moet naar school.* Toen wist ze het weer: Marion was bij oma. Oma zou haar brengen. Ze was uit geweest. Met Ziggy. Het was een beetje te laat geworden, met te veel biertjes. Ze wist niet meer precies hoeveel, en hoe de avond afgelopen was stond haar ook niet helder voor de geest. Maar ze was in elk geval thuis, ze had haar huis weten te vinden.

Nou, mooi hoor.

Ze was niet voor de verleiding bezweken. Die was groot geweest, de neiging om er gewoon schijt aan te hebben. Om mee te gaan naar zijn flat. Onder zijn dekbed te kruipen en daar voorgoed te blijven, maar gelukkig had ze zich kunnen inhouden. Ze kon het Johannes niet aandoen, ze wist nog dat ze dat had gedacht toen ze tegen de bodem van een van die bierglazen aan had gekeken. *Voordat ik doorga, voor dit te ver gaat, moet ik eerst met hem praten, we moeten met elkaar praten, ik moet het tegen hem zeggen, daar heeft hij recht op.* En het was haar gelukt. Hoera. Ze was nu thuis. Mooi. Ze strekte haar armen boven haar hoofd en wierp een korte blik op de klok op haar nachtkastje. Kwart over elf. Ze had lang geslapen. Ze tilde haar hoofd van haar kussen op, maar was gedwongen om het weer neer te leggen. Te veel biertjes, haar slapen bonsden. Waren daar aan het eind ook nog een paar tequila's op gevolgd? Vermoedelijk wel.

Een heerlijke avond. Een fantastische avond. Miriam had zich al heel lang niet meer zo gevoeld. Had ze zich eigenlijk ooit zo gevoeld? Zo blij? Zo licht, in zekere zin? Niet voor zover ze zich herinnerde. Kwart over elf? En in de keuken rook ze het ontbijt?

Ze glipte uit bed, liep naar de douche en voelde het lekkere warme water over haar lichaam en haar hoofd stromen. Haar katers duurden nooit lang, ongeacht hoeveel ze dronk. Haar vriendinnen bleven soms dagen in bed liggen, met zo'n rotgevoel dat ze hun huis haast niet uit durfden, maar zij niet. Een warme douche, een hapje eten, dan was ze weer helemaal de oude. Miriam boog haar hoofd en draaide de warme kraan verder open. De waterstralen kletterden tegen haar nek en ze voelde zich nu al een stuk beter. Ze waren destijds jaloers op haar geweest. Haar vriendinnen. Dat ze nooit erg ziek werd, hoelang ze ook doorging of wat ze ook naar binnen goot. Vroeger. Toen ze vier dagen per week hadden gefeest en zo'n beetje in het centrum hadden gewoond. Lang geleden. De oude Miriam. Niet de nieuwe. Miriam, de goede moeder met de vloerverwarming in de badkamer, het abonnement op de sportschool en de spotjes in de gang. Ze pakte een handdoek en stelde vast dat ze toch wel blij was met die verwarmde badkamervloer. Het was pas oktober, maar het leek al wel winter, ze was aan één stuk door versteend, bijna tot op het bot, ze verlangde nu al naar het voorjaar. Warm water in haar nek en een verwarmde vloer. Dat hielp een beetje. En ook die andere warmte. Binnen in haar. *Jezus, wat ben je onnozel. Net een tiener.* Ze droogde haar haar voor de spiegel en schudde haar hoofd, maar ze zag dat ze glimlachte. Dat deed ze de laatste tijd veel, daar had ze zich op betrapt. Dat haar hoofd leeg raakte en ze alleen maar bij zichzelf zat te glimlachen.

Vers gezette koffie? Om kwart over elf?

Miriam wond de handdoek om haar haar, trok haar badjas aan, liep de badkamer uit en schrok toen ze in de keuken een stralende Johannes met het ontbijt bezig zag. Hij had de tafel gedekt. Sinaasappelsap, vers brood, kazen, hij had zelfs een wit tafelkleed tevoorschijn gehaald.

'Hai, schat,' zei hij, en hij gaf haar een kusje op haar wang en verdween weer naar het fornuis. 'Wil je gekookte of gebakken eieren?'

Miriam bleef midden in de keuken staan. Ze begreep er niet veel van. Vrijdag, kwart over elf – waarom was hij niet op zijn werk? 'Gebakken?' zei ze, en ze merkte dat het eruit kwam als een vraag.

'Ga zitten, de koffie komt eraan. Je wilt toch koffie? Is het gisteren laat geworden? Ben je uit geweest?'

'Ah, ja.' Miriam, die nog steeds niet wist hoe ze het had, ging zitten. Had ze iets gemist? Was ze iets vergeten? Was ze jarig, of was dit een soort jubileum? Waarom was hij niet in het ziekenhuis?

'Wil je er melk in?'

'Wat?'

'In je koffie. Je bent zeker nog niet helemaal wakker.'

'Eh, nee,' zei Miriam. Het was haar nog altijd niet helemaal duidelijk wat er aan de hand was.

Johannes kwam glimlachend naar haar toe en zette de koffie voor haar neer. Kuste haar nog eens op haar wang en liep naar het fornuis terug. 'Is het gisteren laat geworden?'

'Een beetje wel,' antwoordde Miriam aarzelend. Ze bracht het kopje naar haar mond. 'Hoezo?'

'Niks, ik vroeg het me alleen af,' zei Johannes boven de koekenpan. 'Ik heb gisteren Marianne gesproken, en zij zei dat Marion daar was en dat jij stappen was met een vriendin. Was het gezellig?'

'Julie,' loog Miriam, en ze kreeg prompt een slecht geweten.

'Aha, Julie, je vriendin van vroeger. Hoe gaat het met haar?'

'Goed hoor,' mompelde ze over de rand van haar koffiekop. 'Je kent haar. Gedoe met kerels, had een beetje troost nodig.'

'Maar goed dat je er voor haar was dan.' Johannes kwam met de koekenpan naar de tafel om de eieren op haar ontbijtbordje te leggen.

'Ja,' zei Miriam, die inmiddels serieus in de war was. Ze kon zich niet herinneren wanneer ze voor het laatst samen hadden ontbeten, en al helemaal niet wanneer ze voor het laatst op deze manier bediend was. Waarom was hij niet op zijn werk?

'Doet je telefoon het niet?' vroeg Johannes, terwijl hij ging zitten.

'Er is iets mee,' mompelde ze. 'Sommige berichten komen wel door, andere niet, en ik denk dat ik ook telefoontjes mis, geen idee hoe dat komt. Waarom vraag je dat?'

'Nou gewoon, ik heb geprobeerd je te bellen, maar er werd niet opgenomen.'

'Niks van gemerkt,' zei Miriam. Nu begon haar geweten echt op te spelen. De hoofdpijn die dankzij de douche was verdwenen, kwam sluipenderwijs terug.

'Misschien ligt het aan je abonnement.' Johannes vulde opgewekt haar glas met sap. 'Of je hebt een update nodig of zo. Waarschijnlijk zo gefikst.'

Plotseling kreeg Miriam een flashback van de vorige avond. Ziggy. Zijn mooie ogen aan de andere kant van het tafeltje. Ze besefte dat ze niet precies wist wat ze moest doen. Ze had besloten om eerlijk te zijn. Open kaart te spelen met Johannes. Maar nu zakte de moed haar in de schoenen. Op haar wenken bediend, en dat open, lachende gezicht tegenover haar? Vergeet het maar. Niet nu. En wat was er eigenlijk aan de hand? Hadden ze iets te vieren, en was zij dat vergeten? Ze hadden elkaar 's zomers leren kennen. Waren het eens geworden en hadden dat als twee puberale halvezolen op Facebook gezet, heeft een relatie; 8 augustus, was dat niet hun datum? Nee, het moest iets anders zijn.

'Ach, dat was ik bijna vergeten,' zei Johannes, en hij stond op. Toen hij terugkwam, bleef hij met zijn handen op zijn rug voor haar staan, net als vroeger als hij iets voor haar had gekocht. *De linkerhand of de rechter?*

'Ben ik jarig of zo?'

'Nee, maar daarom mag het toch nog wel, vind je ook niet?'

'Heb je iets voor me gekocht?'

'Ja. De linkerhand of de rechter?'

'De linker,' prevelde ze met een lachje, en ze moest haar best doen om haar slechte geweten de kop in te drukken.

'Alsjeblieft.' Johannes legde een pakje voor haar op de tafel.

'Waarom ben je niet naar je werk?' vroeg Miriam.

'Ga je het niet openmaken?'

'Natuurlijk wel, maar ik vroeg het me alleen af. Hoefde je niet naar het ziekenhuis?'

'Ik heb goed nieuws.' Hij ging weer zitten.

'Vertel.'

'Eerst uitpakken.'

Langzaam pakte Miriam het cadeautje uit dat hij haar had gegeven, en ze merkte dat haar slechte geweten zich nu nauwelijks meer liet onderdrukken. Dat ze bijna niet meer kon zwijgen. Ze haalde het papier eraf en maakte het doosje open dat erin zat.

'Ach,' zei ze, nog steeds een beetje in de war. 'Dank je.'

'Een trainingshorloge. Daarop kun je zien hoelang je hebt gelopen. Wat je polsslag is. Je weet wel, voor bij het joggen?'

'Super. Wat... geweldig.'

'Dat wou je toch hebben?'

'Absoluut. Bedankt, Johannes, wat lief van je.'

Haar eigen stem klonk haar nu vreemd in de oren. Alsof hij niet van haarzelf was maar ergens anders vandaan kwam. Sinds wanneer gingen ze zo met elkaar om? Was haar relatie met Johannes altijd al zo geweest? Was ze nooit zichzelf geweest? De stem die boven de tafel klonk was zo ongeveer het volslagen tegendeel van die van gisteravond.

Dus je doet mee?

Vanzelf!

Zeker weten?

Lieve help, wat dacht je dan? Onschuldige dieren uit een laboratorium redden?

Geweldig. Morgenavond hebben we een bijeenkomst. Denk je dat je kunt komen?

Natuurlijk kom ik.

Miriam kuchte. 'Maar waarom ben je nou niet op je werk?' Ze probeerde haar gezicht, dat voor haar gevoel niet meer haar echte gezicht was, achter de rand van haar koffiekop te verbergen.

'Zoals ik al zei, ik heb goed nieuws.'

'Da's mooi, ik ben benieuwd.'

'Ze hebben mij gekozen voor de Annual in Sydney. Je weet wel, die artsenconferentie,' zei Johannes met een trotse lach. Zijn ogen glinsterden bijna.

'Wow, wat... ongelofelijk goed.'

'Ja, hè? Sunde was voorgedragen, maar ja, weet je, niemand te na gesproken, maar in plaats van hem hebben ze mij dus gekozen. Je snapt wat dat inhoudt, neem ik aan?' vroeg Johannes, wiens ogen nog steeds glommen.

'Natuurlijk.'

'Dus misschien ben ik over een paar jaar chef-arts. Dat had je niet gedacht, hè?'

'Nee,' zei Miriam. 'Of ja dus, in elk geval... Gefeliciteerd, Johannes.' Ze wist echt niet meer hoe ze moest reageren.

'Bedankt. Maar ik moest het uiteraard wel aan jou vragen, ik kan niet gewoon zomaar verdwijnen. Ik bedoel, jou gewoon maar met Marion achterlaten en zo, dat zou niet oké zijn.'

'Wat bedoel je?'

'Ik ga maandag al weg. Het seminar duurt twee weken. Het spijt me dat ik hier op zo'n korte termijn mee kom, maar ja, de Annual, hè? Gaat het lukken, denk je? Is het goed, wat jou betreft?'

Nu begon het haar langzaam te dagen waar dit allemaal op sloeg. Het tafelkleed. Dat ze koffie geserveerd kreeg. Dat ze zomaar een cadeautje kreeg, dat trainingshorloge. Niemand was jarig, ze was niet vergeten dat ze iets te vieren hadden. Hij moest op korte termijn weg en had een slecht geweten.

'Is dat goed, wat jou betreft?'

'Je gaat maandag naar Australië en je blijft twee weken weg?'

'Sydney!'

'Natuurlijk is het goed,' zei ze.

'Je redt het wel, denk je? Met Marion?'

'Lieve help, ja, natuurlijk. Ik heb mama toch, geen probleem.'

'Bedankt, Miriam.' Johannes greep haar hand.

Miriam merkte dat het voor het eerst sinds ze elkaar hadden leren kennen vreemd aanvoelde om hem zo vlakbij te hebben, maar ze liet het hem toch doen.

'Moet je het niet omdoen?'

'Wat?'

'Dat horloge, moet je dat niet omdoen?'

'Eh, natuurlijk.' Miriam deed het blauwe horloge om haar pols.

'Staat je goed.'

'Vind je?'

'Zeker.'

Hij gaf haar hand een kneepje, en Miriam kneep voorzichtig terug.

'Ik vind dat we dit moeten vieren, vind jij ook niet? Ik heb het hele weekend vrij gekregen. Misschien kan Marion nog een nachtje bij oma en Rolf blijven? We kunnen misschien ergens uit eten gaan of zo.'

'Vanavond?'

Kom je mee?

Natuurlijk.

'Dat zou geweldig zijn,' zei Miriam met een kuchje. Ze trok haar hand terug en pakte haar koffie. 'Maar ik had het al aan Julie beloofd.'

'Vanavond? Alweer?'

'Ja. Het klinkt stom, maar het gaat niet goed met haar. Vrij slecht zelfs.'

'Juist ja.'

'Maar morgen misschien?'

'Ook prima,' zei Johannes, en hij stond op. 'Ik moet papa bellen.'

'Natuurlijk.'

'De Annual Convention in Sydney, wat denk je dat hij daar niet van zal zeggen? Wat zal hij trots zijn, hè?'

'Hij zal het heel leuk vinden om te horen, denk ik,' beaamde Miriam. Ze dook weer weg achter haar koffiekop, terwijl Johannes zijn telefoon pakte en opgewekt de gang in liep.

43

Hij was best wel leuk, moest Benedikte Riis toegeven, die ene van de twee politiemannen die nu in het grote klaslokaal voor hen stonden.

Kim, zo dacht ze dat hij heette, had glad, donker haar dat op een leuke manier naar links viel. Hij kon natuurlijk niet aan Paulus tippen, maar er kriebelde toch ergens iets, merkte ze, terwijl Helene intussen om stilte vroeg. De leuke politieman had iets belangrijks te tonen, een briefje met een kinderachtige tekening, wat krabbels en een plaatje van een uil.

'Allemaal even stil, dit is belangrijk,' zei Helene nogmaals.

'Dus als iemand van jullie dit briefje eerder heeft gezien, of iets wat erop lijkt, hechten we er belang aan dat jullie dat meteen zeggen,' zei de man nog eens, en hij deelde kopieën van de tekening langs de rijen tafeltjes uit.

'Wij zorgen ervoor dat degenen die er niet zijn dit ook te zien krijgen, ja?' Met een glimlach knikte Helene naar de aanwezigen, maar Benedikte Riis was al elders met haar gedachten.

In de locker van Camilla was een tekening gevonden.

Whatever.

Ze werd bijna onpasselijk van het idee.

Camilla Green.

Alles was zo fijn geweest, tot de dag dat zij was opgedoken. Met haar gelach en haar glinsterende ogen, en Benedikte had het meteen gemerkt, ze had het gevoeld. Dat Paulus haar leuk vond. Niet dat ze elkaar gekust hadden of met elkaar naar bed waren geweest of zo, maar toch had ze gevoeld dat het zo was, dat ze bij elkaar hoorden. Paulus en zijzelf. In ieder geval had hij haar het leukste gevonden. De meeste aandacht aan haar besteed. En zelfs al wist ze diep in haar hart dat het er nooit van zou komen, ze was toch blijven hopen dat hij op een dag zou begrijpen dat... nou ja, dat ze van hem hield en dat zij tweeën voor elkaar bestemd waren.

Paulus en Benedikte.

Ze had het op haar kamer in haar bureaublad gekrast. Met een hart eromheen. Daar iets overheen gelegd, zodat niemand het zag. En telkens als ze met haar vinger over hun namen in dat hartje streek, had ze ergens het gevoel gehad dat het zo was, dat zij bij elkaar hoorden.

En dat was ook bijna zo geweest, serieus, hij had haar die schuilplaats in het bos laten zien, hij had haar daar mee naartoe genomen, wat hij nooit met de anderen deed, ze hadden samen dingen gedaan, maar toen was zij op een dag ineens opgedoken.

Camilla Green.

Benedikte had haar jaloezie nauwelijks onder stoelen of banken kunnen steken toen ze zag hoe gecharmeerd hij van haar was. Hoe hij haar rondleidde, met zijn arm op haar rug. Hoe hij glimlachte, met zijn mooie bruine ogen op dat nieuwe meisje gericht. Zo had hij nooit naar haar gekeken.

Ze was blij dat ze weg was.

Het was misschien lelijk van haar om dat te denken, maar het was zo. Ze was blij dat Camilla er niet meer was.

Ze maakte toch alleen maar alles kapot? Ze was niet verliefd op Paulus, althans niet zoals Benedikte. Camilla wilde alleen maar aandacht, van wie dan ook, wat wist zij nou van Paulus af? Zoals ze haar haar rondzwiepte. In de eetkamer naar hem knipoogde. Haar trui aanstellerig over haar schouder omlaagtrok. Alleen maar aandacht. Geen echte liefde, zoals tussen Paulus en haar. Benedikte had het meteen gemerkt, al die eerste dag, toen hij haar met haar koffer de taxi uit had geholpen. Haar welkom had geheten. Haar naar haar kamer had gebracht. Ze wilde haar niet *die hoer* noemen, *die valse verleidster* was misschien beter, maar hoe dan ook, vanaf het moment dat Camilla Green was opgedoken, was het tussen haar en Paulus nooit meer hetzelfde geweest.

Ze moest hem beschermen, dat was duidelijk. Want hij wist zelf niet wat goed voor hem was. Zoals toen met die planten in de achterste kas. Die marihuanaplanten. Had hij die soms aan een van de andere meisjes laten zien? Nee, dat had hij niet. Alleen maar aan haar. Op een avond, een hele tijd geleden.

Ik ga je iets laten zien, maar je mag het tegen niemand zeggen.

Eigenlijk had hij haar willen hebben, ook al had hij dat zelf niet helemaal door.

Paulus en Benedikte.

Het hart op haar bureau, haar vingers eroverheen, elke avond, voor ze er een nachtkus op drukte.

'Dus, meisjes, we gaan de politie helpen met dat briefje, want dat is belangrijk. Goed?'

In het lokaal werd geknikt en op de trap daarbuiten nog eens toen ze allemaal naar hun eigen kamer gingen. Benedikte trok de capuchon van haar windjack over haar hoofd en zag de wolk van haar eigen adem voor haar mond hangen.

Er was iets vreemds met de wereld. Winter in oktober. Dat hoorde toch niet. Wie weet was het een teken dat de dingen niet waren zoals ze hoorden te zijn. Dat iemand daar iets aan moest doen. En nu was er iets gebeurd, toch? Camilla was er niet meer. Misschien zou Paulus het ook snappen. Die vroege vorst. Dat hij verkeerd had gekozen?

Ze moest hem nu spreken, dat voelde ze. Ze hadden een hoop te bepraten. De anderen hadden naar hem gezocht nadat de politie hun dat hoerenbriefje had laten zien, maar ze hadden hem niet gevonden.

Zij wist wel waar hij was.

Natuurlijk.

Benedikte Riis wist alles van Paulus af, meer dan hij zelf besefte. Ze volgde hem vaak. Begluurde hem zonder dat hij het in de gaten had. Dat was maar het beste zo. Dat hij het soms niet wist. Het was nodig dat er iemand op hem paste.

Het schuurtje helemaal achter aan het terrein. Helemaal bij het hek van de buurman. Dat was zijn plekje. Daar hield hij zich altijd op. Dat wisten er niet veel, maar zij wel. Want hij had haar er mee naartoe genomen. Haar laten zien hoe ze een joint moest rollen. Ze had niet laten merken dat ze dat al veel vaker had gedaan, want ze had het leuk gevonden dat hij haar liet zien hoe het moest.

En daarna hadden ze samen gerookt en om alle mogelijke dingen gelachen, en na die avond was het bijna een gewoonte geworden, dat ze daar in dat achterafschuurtje op vrijdag- of zaterdagavond in het geheim saampjes zaten te lachen. Totdat zij was gekomen. *Camilla Green.*

Soms had Benedikte buiten gestaan. Onder het raam. Zonder dat zij er erg in hadden. Om te luisteren hoe ze daarbinnen samen zaten te lachen, zoals zij en hij altijd hadden gedaan.

'Paulus?' Benedikte klopte aan, maar er kwam geen reactie. 'Paulus?'

Ze klopte nog eens aan, duwde het deurtje open en liep voorzichtig het schuurtje in.

44

Tor Olsen, de hoofdconservator van het Natuurhistorisch Museum, was een man van in de vijftig die op het eerste gezicht een beetje aan Albert Einstein deed denken, met spierwit haar dat alle kanten op stond en een persoonlijkheid die even onbedwingbaar was als zijn kuif.

'Daar zijn jullie dan eindelijk,' zei hij, terwijl hij Mia zijn kantoor binnenliet. 'Neem me niet kwalijk dat ik het zeg, maar het werd wel tijd. Koffie, thee, of komen we meteen ter zake?'

Het was duidelijk dat de conservator zwaar aan de kwestie tilde. Een inbraak in het museum. Verdwenen uilen. Er hadden allang tien auto's met zwaailichten en loeiende sirenes op de binnenplaats moeten staan. Mia glimlachte flauwtjes toen hij even niet keek. Ze was hieraan gewend. Zo reageerden de mensen altijd als ze voor het eerst met criminaliteit in aanraking kwamen. Dan dachten ze dat de politie spoorslags zou komen om de zaak op te lossen, net als op de televisie. Best wel schattig eigenlijk, die naïviteit, maar natuurlijk ver van de realiteit verwijderd. Mia had niet alle statistieken in haar hoofd zitten, maar de cijfers waren niet fraai. Vorig jaar waren er in Noorwegen zo'n honderddertigduizend aangiftes van diefstal gedaan. Daarvan waren er zo'n honderdtwintigduizend geseponeerd en tienduizend opgelost. Eigenlijk schandalig. En Mia betwijfelde of het kleine budget dat voor het oplossen van diefstallen gereserveerd was voor verdwenen vogels bestemd was. Dertig moorden. Drieëntwintig opgelost. Niet één geseponeerd. Die statistiek beviel haar beter. Maar inbraken? Niet om over naar huis te schrijven. Ach, dat was haar probleem niet. Zij had al genoeg aan haar hoofd. 'Laten we maar meteen ter zake komen,' zei ze.

'Ben je alleen?' vroeg de man met het verwarde witte haar, terwijl hij even rondkeek. 'Komen er niet meer?'

Inwendig moest Mia weer glimlachen. Er was echt een steekje los aan die Olsen, die eruitzag alsof hij nogal ver van de realiteit af stond. Dat er sinds zijn aangifte van de diefstal al twee maanden verstreken waren, leek hij ook vergeten te zijn.

'Jullie weten toch dat onze verzameling hier volkomen uniek is? Ruim twee miljoen soorten van over de hele wereld. Zoogdieren, vogels, vissen, insecten, reptielen, amfibieën, helminten...'

'Helminten?'

Olsen keek haar over zijn brillenglazen heen aan. 'Ongewervelde dieren? Eencellige en meercellige organismen?' Met een lichte zucht schudde de man zijn hoofd. Hij leek nu al van mening te zijn dat de politie niet de juiste vrouw op deze enorm belangrijke zaak had gezet.

'Maar alleen de uilen zijn gestolen?' vroeg Mia, alweer met een besmuikt lachje.

'Alleen?' Olsen staarde haar weer aan. 'Alle Noorse uilen op één plek bij elkaar, dat lijkt misschien niet veel, want we hebben uiteindelijk maar tien soorten, maar weet je wel hoeveel werk ik daaraan heb gehad?'

'Ik snap het,' zei Mia ernstig. 'Dus er zijn in Noorwegen maar tien soorten uilen?'

'Dwerguilen, ruigpootuilen, velduilen, sperweruilen, ransuilen, oehoes, bosuilen, laplanduilen, oeraluilen en sneeuwuilen. Met de kerkuil erbij zijn het er elf. Die laatste is hier te lande wel waargenomen, maar broedt natuurlijk niet in Noorwegen.'

'Jeetje. En waar stonden die tentoongesteld?'

'In onze vaste collectie van Noorse en buitenlandse dieren,' antwoordde Olsen trots.

Mia kreeg het gevoel dat dat zijn troetelkindje was.

'Zoals gezegd, onze vaste collectie. Daar brengen we niet vaak verandering in, maar op een dag kreeg ik een idee. Uilen. Noorse uilen. Een spannende vogel. Een mysterieuze vogel. Iets wat de jeugd op prijs zal stellen. Wat de bezoekersaantallen zal opkrikken. Snap je?'

Mia kon zich nu bijna niet meer goedhouden. Ze betwijfelde

sterk of de jongeren van vandaag zich van hun computerscherm zouden losrukken omdat het Natuurhistorisch Museum een unieke collectie Noorse uilen tentoonstelde. 'Ik snap het. Goed idee, prima bedacht.'

'Bedankt. Je wilt zeker de plaats delict zien? Nu je hier toch bent, wil je misschien de hele collectie bekijken?'

'Ja hoor.' Mia liep achter hem aan de kamer uit.

'De eerste vitrine hebben we *Onder zee* genoemd,' zei Olsen toen ze aankwamen bij het begin van de roemruchte tentoonstelling. 'Zoals je ziet hebben we hier de gewone zeedonderpad, de zeenaald, de makreel, de haring, de ruwe haai...'

Mia slaagde er niet meer in om te blijven luisteren. Het bezoek aan Sebastian Larsen hield haar nog steeds bezig, ze had nog niet alles verwerkt wat de sociaal antropoloog haar had verteld. Sektes. Ordes. Senatoren en hogepriesters, een soort binnenste duisternis waarin ze nog niet helemaal kon doordringen. Hier in Noorwegen? Eigenlijk wilde het er bij haar niet helemaal in.

'En de tweede vitrine hebben we *Vogels op de rotsen* genoemd,' vervolgde Olsen, terwijl Mia maar met een half oor luisterde. 'Hier zie je de kuifaalscholver, de zeekoet, de alk...'

Toch kon ze zich niet helemaal onttrekken aan de gedachte dat er iets in zat, in wat Larsen had gezegd. O.T.O. De thelemische doctrine. *Doe wat gij wilt zal het geheel van de wet zijn*. Misschien flauwekul.

Mogelijk een bende ongevaarlijke gekken. Maar gecombineerd met Camilla's vijfhoek van kaarsen en de gruwelijke video die ze hadden gevonden?

'En vitrine nummer vijf,' vervolgde Olsen, maar nu merkte Mia dat ze er niet meer tegen kon. Dit was tijdverspilling. 'En waar is de vitrine met de uilen?'

'Die zijn er dus niet meer. Daar staan nu rendieren in, zullen we...'

'Nee, ik denk dat het zo wel genoeg is,' zei Mia.

Tor Olsen keek haar verbaasd aan.

'Ik bedoel, als er niets te zien valt, dan kan ik misschien maar beter weer weggaan.'

'Nu al?'

'Ja, ik heb al veel gehoord, je observaties zijn prima, daar hebben we een heleboel aan.'

'O? Oké,' zei de conservator.

Op weg naar buiten keek Mia omhoog naar een van de hoeken, en haar oog viel op een camera. 'Jullie nemen alle bezoekers op?'

'Ja, maar helaas alleen tijdens de openingstijden.'

'En die inbraak heeft 's nachts plaatsgevonden?'

'Dat had ik toch al gezegd toen ik aangifte deed? Heb je het verslag niet gelezen? Ik kwam zoals altijd om kwart over zeven naar mijn werk, en toen ik...'

'Zeker wel, dit is alleen maar een double check. Geen beelden dus?'

'Helaas niet,' zei de conservator, terwijl hij achter haar aan de zaal uit liep.

'Dus jullie krijgen veel bezoekers?'

'Tja, wat heet veel, misschien niet zo heel veel, vooral schoolklassen en groepen, de meesten komen voor de botanische tuin. Die is namelijk volkomen uniek, en dan komt het wel eens voor dat ze hier ook binnenwippen.'

'Schoolklassen?' vroeg Mia nieuwsgierig. 'Hebben jullie een overzicht van dat soort bezoeken?'

'Ja hoor. Maar dat heeft Ruth.'

Botanische tuin. Kwekerij Hurumlandet. Planten. Bloemen. Misschien was het een schot in het duister, maar het kon het proberen waard zijn. 'En Ruth is hier nu niet?'

'Nee, die zit op de Canarische Eilanden. Ze heeft reuma en ze krijgt de reis vergoed van de organisatie Werk en Welzijn. Warmte is goed voor de ledematen en zo.'

'Kun je Ruth vragen of ze me een overzicht kan sturen van de schoolklassen die het museum in de periode voor de inbraak hebben bezocht? Als ze terug is?' Mia haalde haar visitekaartje uit haar binnenzak en reikte het hem aan.

'Maandag is ze er weer. En dat zal ik zeker doen,' zei de conservator met een blik op het kaartje. Plotseling zag hij wat erop stond, en hij zette grote ogen op. 'Afdeling Moordzaken? Maar...?'

'Dan nemen jij of Ruth nog contact met me op, goed?'

De man met het witte haar knikte behoedzaam. Hij keek nu heel anders naar haar dan daarvoor. Mia voelde de hele tijd zijn ogen in haar rug toen ze de trap af en de deur uit liep.

Tijdverspilling.

Ze had die dag wat belangrijkers moeten doen. Ze keek op haar horloge. Bijna drie uur. Ze had ook nog een paar uur gespijbeld na dat merkwaardige gesprek in Munchs kantoor. Ze was er hevig geïrriteerd uit gekomen, maar na een poosje had ze beseft dat hij misschien een punt had. Dat ze er doodmoe uitzag. Een paar uur thuis op de bank, toen hierheen, zonde van de tijd, ze merkte dat ze zich ergerde aan zichzelf.

Net toen ze in haar auto stapte, ging haar telefoon. 'Met Mia?'

'Met Holger.'

Aan zijn stem hoorde ze dat er iets was gebeurd. 'Is er nieuws?'

'Zeker,' zei Munch meteen. 'Kim en Curry hebben gescoord op de kwekerij. Paulus Monsen en een van die meisjes daar, Benedikte Riis.'

'Wat is daarmee?'

Munch was even stil. Mia hoorde dat er op de achtergrond iets gebeurde. 'Ze zijn onderweg om verhoord te worden, de rest bespreken we daar wel.'

'Grønland?'

'Ja.'

'Ik kom eraan,' zei Mia snel, en ze stak de sleutel in het contact.

45

Mia deed de deur van het hokje voorzichtig achter zich dicht. Curry zat op een stoel naar Munch en Kim Kolsø te kijken, die al in de verhoorkamer tegenover Paulus Monsen aan tafel zaten. De jongen met de donkere krullen keek nogal onthutst en zijn blik schoot onrustig heen en weer.

'Wat is er aan de hand?' vroeg Mia, terwijl ze naast Curry ging zitten.

'De korte of de lange versie?' vroeg hij.

'De korte,' antwoordde ze zonder haar blik van de kamer aan de andere kant van de ruit af te wenden.

'We wilden net weggaan toen die knul met het meisje in zijn kielzog over het erf kwam aanlopen. Hij leek zich enorm te ergeren en zij zag eruit alsof ze had gehuild, haar ogen waren rood en ze was in alle staten...'

Mia grijnsde. 'Dit klinkt als de lange versie.'

'Ha, ha,' zei Curry. Hij zag er nu beter uit dan de vorige keer.

Misschien was er verbetering gekomen in die kwestie met Sunniva en had hij zich weer herinnerd dat hij politieman was.

'En toen?'

'Paulus bekende dat hij in de kas marihuana had gekweekt en dat hij en Camilla een relatie hadden gehad.'

'Zozo.'

'Jawel.'

'En waarom heeft hij dat niet eerder gezegd, kon hij dat uitleggen?'

'Ze was nog geen zestien toen het begon. Leuke jongen, hè?' Hij boog zich wat dichter naar het glas toe, alsof hij de jongen nog eens goed in ogenschouw wilde nemen. 'Versiert meisjes onder de zestien, lokt ze zijn schuurtje in en zorgt dat ze zich stoned roken voor hij ze misbruikt.'

'Welk schuurtje?'

'Ze hadden daar een soort liefdesnestje, helemaal aan de rand van het terrein.'

'En zijn wij daar geweest?'

'De TR is er nu,' zei Curry, en hij leunde weer naar achteren.

'Ik weet niet zo goed meer wat ik moet zeggen,' mompelde de jonge knul in de verhoorkamer.

Mia zette het geluid zachter, zodat ze kon horen wat Curry verder nog te vertellen had. 'En dat meisje, Benedikte?'

'Die zit in kamer B.'

'Heeft er al iemand met haar gepraat?'

Curry schudde zijn hoofd.

'En wat heeft zij op haar kerfstok, waarom hebben jullie haar meegenomen?' Mia viste een pastille uit haar zak en wierp een blik op Paulus, die nu weer helemaal stilzat.

'Ze geven elkaar de schuld.'

'Van de moord?' vroeg Mia verrast.

'Een jaloeziedrama. Een soort *love triangle*. Ze vlogen elkaar daar op het erf in de haren. We moesten ze in de boeien slaan, en daarna zeiden ze geen van tweeën erg veel meer.'

'En wat is nu het plan?'

'Het plan?' vroeg Curry.

'Ja. Wat denken wij te doen? Wat heeft Munch gezegd?'

'Vooralsnog weinig.' Curry haalde zijn schouders op. 'Eerst hij. Dan zij. En dan hij weer, geloof ik.'

'Niet allebei tegelijk?'

'Nee, Munch zei dat zij daar maar een poosje alleen moest blijven zitten. Ze worden altijd bang als ze moeten wachten.'

'Da's een feit.' Mia stond op, liep de gang op en klopte op de deur van de kamer ernaast. Kim deed open. 'Even aflossen?' vroeg ze.

'Oké.' Hij liet haar binnen.

'Het is zestien uur vijf,' zei Munch in het opnameapparaat. 'Rechercheur Kim Kolsø verlaat de kamer, Mia Krüger komt binnen.'

Mia hing haar leren jasje over de stoel en ging zitten. 'Dag Paulus, Mia Krüger,' zei ze, en ze stak haar hand over de tafel heen.

De jongen keek Kim, die net de kamer verliet, even na. Toen keek hij nerveus naar Mia, en pas daarna gaf hij haar voorzichtig een hand. 'Paulus Monsen.'

'Aangenaam,' zei Mia, en ze leunde naar achteren. 'We hebben elkaar weliswaar nog nooit ontmoet, maar ik heb veel over je gehoord. Je bent een goeie, zeggen ze. Je doet het prima, iedereen daar steekt de loftrompet over je...'

'Wat?' vroeg de jongen enigszins in de war.

'Je doet het prima,' zei ze glimlachend. 'Je werk is goed. Dat moet toch leuk zijn om te horen. Dat iedereen positief over je denkt?'

'Eh, ja, dank je,' zei Paulus, en hij wierp gauw een zenuwachtige blik op Munch, die duidelijk niet even aardig was geweest.

'En dat je het weet, die dope, die planten, dat kan ons weinig schelen, dat is onze zaak niet, oké? Wat marihuana, een stel plantjes, mijn hemel, dat had iedereen kunnen overkomen.' Mia merkte dat Munch streng naar haar keek, maar dat liet haar koud. 'Goed?' De jongen leek nog steeds behoorlijk in de war.

Hij keek nog eens gauw naar Munch, maar hij voelde zich duidelijk prettiger als hij zijn blik op haar richtte. 'Het waren maar een paar plantjes,' bevestigde hij zachtjes.

'Zoals ik al zei, daar besteden we verder geen aandacht aan. Echt, het heeft niets om het lijf.' Ze zag dat hij zich nu wat meer ontspande en naar achteren leunde, en hij haalde zijn handen door zijn krullenbos.

'Het was alleen maar voor eigen gebruik. Ik was niet van plan iets te verkopen, voor het geval jullie dat dachten.'

Mia lachte. 'Nee hoor. No stress.'

Munch deed zijn mond al open, maar ze gaf hem onder tafel een lichte por in zijn zij. 'Wat ernstiger is...' begon ze, en daarna deed ze alsof ze even nadacht.

Nu werd het stil in de kamer. Zo lang, dat ze merkte dat de krullenbol weer nerveus werd. 'Wat?' vroeg hij.

'Nou, je weet dat Benedikte...' vervolgde Mia na een poosje, en de rest liet ze in de lucht hangen.

'Wat heeft Benedikte gezegd?' vroeg de jongen.

Schouderophalend trok ze even haar wenkbrauwen op.

'Verdomme, die bitch,' riep Paulus plotseling. 'Heeft ze gezegd dat ik Camilla heb vermoord?' Nu fonkelden zijn ogen. 'Ze liegt,' zei hij wanhopig terwijl hij overeind kwam. 'Jullie moeten me geloven.'

'Ga zitten,' zei Munch streng.

De jongen bleef rechtop staan. Hij keek hen allebei vertwijfeld aan.

'Ga zitten,' herhaalde Munch.

Paulus ging zitten en liet zijn hoofd in zijn handen zakken. 'Jullie moeten me geloven, godallemachtig, dat ellendige wijf van een Benedikte, ze is niet goed wijs, zo gek als een deur, ik zal haar verdomme...'

'Ook vermoorden?' vroeg Munch bedaard.

'Wat?' Hij keek met grote ogen naar hen op.

'Wil je Benedikte ook vermoorden, net als je Camilla hebt vermoord?'

'Wat? Nee, jezus nog aan toe, ik heb Camilla niet vermoord, dat zei ik toch al?'

'Heb je niet bekend?' vervolgde Munch. 'Is dat niet waarom je hier bent?'

'Bekend? Dat heb ik toch niet gedaan, alleen dat van die planten.' Nu keek hij Mia hulpzoekend aan, maar ze zei niets en liet Munch doorpraten.

'Dus je bent een verhouding met Camilla Green begonnen, terwijl ze nog geen zestien was. Hebt haar dope gegeven in je schuurtje en vervolgens seks met haar gehad, moeten we het zo opvatten?'

'Nee,' zei Paulus en hij keek weer naar de tafel.

'Dus je had geen relatie met Camilla?' vroeg Mia vriendelijk. 'Jullie waren geen stel?'

'Jawel, maar...'
'Maar wat?'
'Niet zoals hij het zei.' Hij knikte naar Munch.
'Hoe dan?'
'Zoals hij het zei klonk het zo rottig.'
'Seks met een minderjarig meisje nadat je haar dope hebt gegeven...' begon Munch, maar Mia onderbrak hem.
'Hoe was het dan? Tussen Camilla en jou?'
'Het was... fijn,' zei Paulus behoedzaam.
'Was je verliefd op haar?'
'Ik hield van haar,' zei de jongen, en Mia zag dat hij nu moeite had om zijn tranen in te houden.
'En zij hield ook van jou?'
Hij leek even na te denken voor hij antwoord gaf. Alsof hij het zelf niet zeker wist. 'Dat dacht ik,' zei hij ten slotte.
'Maar...?'
'Nou, ze... Camilla was... bijzonder. Ze wilde haar eigen leven leiden. Ze had een ontzettend *vrije ziel*, snap je wat ik bedoel?' Paulus keek weer op, maar vermeed het om Munch aan te kijken, hij richtte zich nu uitsluitend tot Mia, met een bijna smekende blik. 'Jullie moeten me geloven, ik heb haar niet vermoord, ik zou Camilla nooit kwaad gedaan hebben, ik hield van haar, ik had alles voor haar over.'
'Maar zij wilde jou niet, dus je besloot om het toch maar te doen?' vroeg Munch bot.
Mia keek afkeurend naar Munch en schudde teleurgesteld haar hoofd. Ze had alleen maar respect voor haar sympathieke chef, maar af en toe kon hij wat simplistisch zijn.
'Nee,' zei Paulus; hij klapte weer enigszins dicht. Opnieuw keek Mia Munch aan. Die haalde alleen maar zijn schouders op.
'Je hebt op de kwekerij iets tegen mijn collega's gezegd,' zei Mia langzaam, 'wat ik niet helemaal begrijp.'
'Wat dan?' vroeg Paulus zonder haar aan te kijken.
'Voor zover ik heb begrepen, beschuldigde jij Benedikte ervan dat ze Camilla had vermoord, klopt dat?'
Er viel een hernieuwde stilte, waarna de jongen antwoordde: 'Dat riep ik alleen maar in een opwelling, snap je, want ik was razend.'
'Op Benedikte.'

'Ja.'

'Waarom?'

'Ze kwam bij me in het schuurtje,' zei hij, en nu keek hij weer op. 'Begon te lullen dat het nu om ons tweeën ging en dat ik hulp nodig had om op mezelf te passen en dat het maar goed was dat Camilla weg was, want daardoor konden zij en ik eindelijk bij elkaar zijn, en dat was de reden dat ze dat bericht had gestuurd.'

'Welk bericht?' vroeg Munch.

'Watte?' zei Paulus. Hij leek er niet helemaal meer met zijn hoofd bij te zijn.

'Welk bericht?' herhaalde Munch.

'Dat op Camilla's telefoon.'

'Benedikte had Camilla's telefoon?' Mia keek even naar Munch, die haar op zijn beurt een verraste blik toewierp.

'Die had ze op haar kamer gevonden nadat Camilla zelf verdwenen was,' ging Paulus verder. Hij was nu duidelijk aan het eind van zijn Latijn.

'Even voor alle duidelijkheid,' zei Munch. 'Over welk bericht hebben we het?'

De jongen met de krullenbos haalde zijn hand over zijn voorhoofd. 'Ze had Helene een sms'je gestuurd dat alles in orde was.'

'Vanaf Camilla's telefoon?'

Paulus knikte langzaam. 'En toen werd ik kwaad, witheet zelfs, het was niet mijn bedoeling om te beweren dat Benedikte haar had vermoord. Dat spijt me, ze is misschien niet goed bij haar hoofd, maar zoiets zou ze nooit gedaan hebben.'

'En zei ze ook waarom ze dat berichtje had gestuurd?' vroeg Mia.

'Dan zou niemand haar zoeken.'

'Omdat jullie een stel zouden kunnen worden als Camilla voorgoed verdwenen was?'

'Zoiets,' prevelde de jongen, en het leek of hij nu moeite met praten had.

'Ik denk dat we maar even moeten pauzeren,' zei Munch. Hij keek naar Mia, die bij wijze van antwoord knikte. 'Heb je honger, Paulus? Wil je iets eten of drinken?'

De jongen haalde zijn schouders op en antwoordde zonder hen aan te kijken: 'Een burger misschien. En een cola. Ik heb de laatste tijd eigenlijk maar weinig gegeten, al sinds...' Ze zagen dat hij zijn tranen nauwelijks meer kon inhouden.

'Het is zestien uur tweeëndertig. Het interview met Paulus Monsen is afgelopen,' zei Munch, en hij zette het opnameapparaat uit.

46

Miriam stond op straat voor het rode appartementengebouw en merkte dat ze enigszins begon te twijfelen. Ze was er zo zeker van geweest, haar besluit was genomen, het was geen vraag meer geweest. Wat ze gisteravond had gevoeld was... Ze had nooit eerder een dergelijke ervaring gehad. Maar na het ontbijt met Johannes hadden andere gedachten haar bekropen. Niet in de eerste plaats vanwege Johannes, nee, ze dacht aan Marion. Hoe zou die arme kleine Marion het eigenlijk opvatten, die had toch niets verkeerd gedaan? Moest een lief kind van zes meemaken hoe de wereld om haar heen in zekere zin aan scherven viel, alleen omdat haar moeder verliefd was geworden?

Miriam wierp een korte blik op het horloge dat ze cadeau had gekregen en kreeg weer een slecht geweten. Johannes had het zo goed georganiseerd, vrij van zijn werk, een heerlijk ontbijt, hij had voorgesteld om samen uit te gaan, een cadeau voor haar gekocht. Weliswaar met een bijgedachte: omdat hij was afgevaardigd naar dat artsencongres in Sydney had hij zichzelf wat goodwill willen verschaffen, maar toch. Opnieuw keek ze even langs de diverse verdiepingen omhoog naar het appartement waarin ze nog niet zo lang geleden had overnacht.

Om acht uur. Dan zou de bijeenkomst beginnen. Atlantis Tuinen. Een laboratorium in Hurum, dat illegale dierproeven deed. Ze kon nog terug. Ze had per slot niets beloofd en ze kon gewoon in de tram stappen en zich terug naar Frogner laten rijden. Zich mooi maken en toch met Johannes uitgaan. Nee, dat kon ze niet, hij had een nachtdienst overgenomen, maar ze kon wel met de auto naar Røa rijden om Marion op te halen. Een film kijken. *Sneeuwwitje*. Of *Doornroosje*. Een van die prinsessenfilms waar de zesjarige nooit genoeg van kreeg. Ze kon haar warme lijfje onder de plaid op de bank al bijna tegen zich aan voelen. Vingertjes in een schaal popcorn. Enthousiaste, naïeve blauwe ogen die aan het scherm gekluisterd waren.

'Je mag die appel niet opeten, die is vergiftigd!'

Miriam glimlachte bij zichzelf en haalde een sigaret uit haar jaszak. Ze stak hem op en trok haar sjaal nog eens extra goed om haar hals.

Die actie?

Een paar jaar geleden zou ze dat niet eens gedacht hebben. Dat ze hier misschien niet aan mee moest doen. Miriam kon onrechtvaardigheid niet uitstaan. Afschuwelijke mensen met machtsposities die anderen gebruikten om er nog dikker aan te verdienen, of dat nu mensen of dieren waren. Ze had het heerlijk gevonden om voor Amnesty International te werken. 's Morgens vroeg opstaan met het gevoel dat ze iets waardevols deed. Dat ze een bijdrage leverde. Maar toen had ze Marion gekregen, op haar negentiende, zonder te weten of ze het aankon, of ze flink genoeg was, en ze had al haar tijd aan haar kleine meisje besteed.

Verdomme.

Er moest toch verdomme een grens getrokken worden.

Atlantis Tuinen. Hulpeloze dieren, opgesloten in kooien, dagelijks aan kwellingen blootgesteld, alleen opdat mensen die al veel te veel geld hadden nog rijker konden worden.

Ze wilde dit wel.

Miriam gooide haar sigaret op de grond en liep met snelle passen de trap naar het appartement op de tweede verdieping op.

Ziggy glimlachte toen hij de deur opendeed. 'Ha! Ik begon al te denken dat je misschien niet zou komen.'

'Ben ik te laat?' vroeg ze, terwijl ze haar jas en sjaal op een hangertje in de gang hing.

'Nee hoor.' Ziggy liet haar de woonkamer binnen. 'Nou ja, we zijn om zeven uur begonnen, maar dat maakt niet uit.'

'Ik dacht dat je acht uur had gezegd?'

'Maakt niet uit.' Ziggy stelde haar aan de groep voor die in de woonkamer zat.

'Voor iedereen die haar nog niet eerder heeft ontmoet, dit is Miriam Munch, ze gaat maandag mee, en ik weet dat sommigen van jullie het misschien raar vinden dat we iemand zomaar mee laten doen, maar ik verzeker jullie dat Miriam een van ons is, en we hebben alle hulp nodig die we krijgen kunnen, nietwaar?'

'Hallo,' groette Miriam met een knikje.

'Hallo.'

'Welkom.'

'Fijn dat je er bent.'

'Hoi Miriam,' zei Julie, terwijl ze opstond om haar een knuffel te geven. 'Leuk dat je ook meedoet.'

'Ik verheug me erop,' fluisterde Miriam, terwijl ze naast haar vriendin op de vloer ging zitten.

'Ik heb haar aanbevolen, dus dan weten jullie dat ze in orde is.' Dat was de jongen met de ronde brillenglazen uit de keuken. Hij glimlachte ietwat beschroomd naar haar, misschien als een soort verontschuldiging dat hij had geprobeerd haar te versieren zonder te weten wie ze was.

'Nou, dat klopt niet helemaal, Jacob,' zei Ziggy.

'Ja toch? Ik zei dat ze de dochter van niemand minder dan Holger Munch was en dat we haar aan onze kant moesten zien te krijgen, inside-information en zo.'

'Ja hoor, Jacob, het is jouw verdienste dat Miriam meedoet, dank je zeer,' zei Ziggy.

'Graag gedaan, graag gedaan.' Zittend op de vloer maakte Jacob een klein buiginkje naar de aanwezigen.

'Even serieus, dat wordt toch geen probleem?' Een knul met een IJslandse trui stond met zijn armen over elkaar en een ernstig gezicht tegen het raam geleund. Miriam had hem op Julies feest ontmoet, maar ze herinnerde zich niet hoe hij heette.

'Wat?' vroeg Ziggy.

'Dat ze een politieman in de familie heeft?'

'Welnee,' begon Ziggy. 'Ze is...'

'Dank je, Ziggy, maar ik kan mezelf wel verdedigen,' zei Miriam, en plotseling merkte ze dat ze weer overeind stond, midden in de kamer, met alle ogen op zich gericht. Een spontane actie, maar de vastberadenheid die ze op straat had gevoeld was er nog steeds en daardoor had ze als in een reflex gereageerd. 'Ja, eh...' zei ze, en nu kreeg ze een beetje spijt, maar er was geen weg terug, dus haalde ze diep adem en vervolgde: 'Ik heet dus Miriam, dag allemaal.'

'Dag Miriam.'

'Welkom.'

Nog steeds overal glimlachende gezichten, afgezien van de knul met de IJslandse trui, die nog steeds met een donkere blik en zijn armen over elkaar bij het raam stond.

'Ik weet niet of veel van jullie vroeger bij Blitz kwamen, maar in elk geval is het daar voor mij begonnen toen ik vijftien was. Ik heb tegen racisten en neonazi's gedemonstreerd, ik heb bij Amnesty gezeten en tegenwoordig ben ik actief bij de Dierenbescherming. Ik heb in de levende ketting voor het parlement gestaan en ben door een politiepaard tegen mijn hoofd getrapt, waarna ik vijftien hechtingen nodig had. Ik heb me ingezet voor vrouwenrechten, en ja, om heel eerlijk te zijn weet ik niet precies wat jullie nu gaan doen, wat wij nu gaan doen, maar als er dieren worden opgesloten in kooien, ongeacht om welke reden, eigenlijk, word ik zo razend dat ik zelfs, eh...'

Nu kwam ze niet meer uit haar woorden, en ze bleef daar met haar glas staan zonder te weten wat ze verder nog moest zeggen.

'Dat had niet gehoeven, Miriam. We vertrouwen je heus wel.' Ziggy grijnsde. 'Maar toch bedankt.'

'Ik heb haar aanbevolen, en dan hoort ze er bij wijze van spreken al bij,' zei Jacob lachend.

Miriam ging weer zitten, lichtelijk gegeneerd vanwege haar onnodig overdreven optreden, maar het was zo te zien prima gegaan. Julie aaide haar over haar rug en de jongen met de trui lachte nu naar haar, hief zijn glas en gaf haar bij wijze van verontschuldiging een knikje.

'Goed, het alarmsysteem hebben we dus doorgenomen.' Ziggy sloeg zijn handen tegen elkaar en keek de kamer rond. 'Iemand nog vragen voor we verdergaan?'

47

'Wat denk jij?' vroeg Munch. Hij had zojuist één bier en één mineraalwater zonder morsen door Justisen getransporteerd en zette het pilsje voor haar neer.

'Je bedoelt of we ze vannacht moeten vasthouden?'

'Ja.'

'Ik weet het niet.' Mia nam bedaard een slokje van haar glas om Munch niet te laten merken hoeveel dorst ze eigenlijk had. Ze had al bijna een etmaal lang geen pil meer geslikt en voelde dat ze dit biertje dringend nodig had om de onrust uit haar lijf te weren. 'Ik denk dat het niet nodig is.'

'Dus je denkt niet dat het een van die twee was?'

'Nee,' zei ze. 'Jij wel?'

'Het kan toch best?'

'Wat?'

'Dat we het onnodig ingewikkeld maken,' zei Munch, terwijl hij zijn jas op de stoel naast hem legde.

'Hoezo?'

'Nou, als we de manier waarop even buiten beschouwing laten, dan zijn de motieven hier wel aanwezig.'

Mia nam nog een ingehouden slokje bier. 'Omdat ze jaloers was?'

'Ja. En omdat ze niet helemaal goed spoorde, had jij ook niet die indruk?'

'Jawel. Maar niet op die manier. Ze is niet ver genoeg heen om zoiets te doen, denk ik. Ik bedoel, als ze Camilla kwijt wilde, waarom zou ze haar dan zo neerleggen als wij haar gevonden hebben?'

'Daar zeg je wat. Maar toch.'

'Ze lijkt me het type niet. Te emotioneel. Warhoofdig. Hier kwam meer berekening aan te pas. Meer planning. Dat is bij een moord uit jaloezie zelden het geval.' Ze dronk nog meer bier, en nu had ze er maling aan dat de slokken groter werden. Vierentwintig uur zonder pillen, en dat was inmiddels te merken ook.

'Dat kan toch best?'

Mia keek hem aan. Ze vroeg zich af waarom hij de mogelijkheid open wilde blijven houden dat Benedikte Riis of Paulus Monsen degene was die ze zochten. Voor haar was het vrij duidelijk dat ze niet naar deze twee op jacht waren. Dit waren alleen maar een paar jonge mensen die in een naar haar mening onschuldig en naïef driehoeksdrama verzeild waren geraakt. Tot die conclusie was ze al na een paar minuten in de verhoorkamer gekomen, maar Munch kon er maar niet van afstappen.

'Jawel, maar ik zie het gewoon niet voor me,' zei ze. 'En zijn motief? Seks met een minderjarig meisje? Een paar marihuanaplanten in de broeikas? Wat haal je je in je hoofd?'

'Met zijn tweeën, misschien?' opperde Munch, en hij nam een slok mineraalwater.

'Wil je weten wat ik denk?' Mia leegde haar bierglas.

'Ja.'

'Dat het simpelweg was zoals ze zeiden. Benedikte had een ongezonde relatie met Paulus. Ik begrijp haar ergens wel. Zo'n vlotte, charismatische jongen. Dan komt Camilla, en Paulus vindt haar leuker. Hij wordt verliefd. Ze beginnen een relatie. Dan verdwijnt Camilla. Benedikte vindt haar telefoon en stuurt een bericht dat alles goed met haar is, zodat niemand haar zal zoeken. Dan heeft zij die jongen voor zichzelf.'

'Dus precies zoals ze het verteld hebben?' vroeg Munch.

'Ik denk van wel.' Mia wenkte een ober en wees naar haar lege glas.

'Waarom hebben we het er dan nog over?'

Mia glimlachte flauwtjes. 'Jij hebt het erover, ik niet.'

'Dus jij vindt dat we ze vanavond gewoon hadden moeten laten lopen?'

'Het kan zijn dat een nieuwe ondervragingsronde zijn nut heeft. Wie weet komt daar morgen iets uit waar we wat mee kunnen, al betwijfel ik dat.' Ze lachte vriendelijk naar de ober, die een nieuw biertje kwam brengen.

'Dus jij denkt dat ze Camilla's telefoon bij het vuilnis heeft gegooid en dat we die niet zullen vinden?'

Mia knikte en bracht het glas naar haar mond. Haar besluit was genomen. Geen pillen meer, al wist ze dat het moeilijk zou worden, dat ze de schemertoestand waardoor ze niet de hele tijd met die beelden in haar hoofd zat zou missen.

Het naakte, verwrongen lichaam in de ondergroei.

De schaduw op de wand.

De nachtmerrie waardoor ze haar greep op de werkelijkheid even was kwijtgeraakt.

Ik denk dat je ziek wordt van je werk.

Dat kwaad.

Die duisternis.

Gelukkig merkte ze nu dat het bier begon te werken.

'Dus het Natuurhistorisch Museum heeft niets opgeleverd?' vroeg Munch, en hij dronk weer wat mineraalwater.

'Een miskleun. En hoe zit het met Ludvig en die pruik? Die speciaalzaak?'

'Ook niks,' zei hij met een zucht. 'Die was daar niet gekocht, maar er schijnt nog zo'n zaak te zijn, dus daar gaat hij morgen langs.'

'Oké,' zei Mia.

'Dus, wat nu?' vroeg Munch. 'Als het niet een van die twee is?'

'Helene Eriksen. Twee leraren. Een van de zeven andere meisjes.'

'Anders Finstad is van het lijstje geschrapt?'

'Wat mij betreft wel, ja.'

'Iemand op de kwekerij dus?'

'Had jij nog iets anders in gedachten?'

Munch zuchtte weer en zweeg even, en nu snapte ze waarom hij de mogelijkheid open bleef houden dat het een van de twee jongeren was die ze zojuist uren hadden zitten verhoren. Ze hadden eigenlijk niets. Zoveel informatie, zoveel materiaal, de veren, de kaarsen, het filmpje, maar toch tastten ze volkomen in het duister, en dat zinde hem niet.

'Nog steeds niets van de plaats delict?' vroeg Mia.

Munch schudde moedeloos zijn hoofd. 'Geen bruikbare voetafdrukken. Geen DNA op Camilla's lichaam.'

'Ze was toch niet zwanger?'

'Wat? Volgens Vik niet, nee, hoezo?' Hij keek haar nieuwsgierig aan.

'Dat pentagram. Ik heb ernaar gekeken. Naar de achterliggende betekenis dus.'

'Ja?'

'Ik bedoel, dat kan iets betekenen, er kan iets achter steken dat ze zo is neergelegd, lijkt je ook niet? Als iemand tenminste niet probeert ons te misleiden.'

'Jaja,' zei Munch vragend. 'En wat heb je gevonden? Zwangerschap?'

'Dat niet zozeer, maar je weet nog hoe haar armen waren neergelegd, dat ze naar twee punten van de vijfhoek wezen?'

'Ja?'

'Die betekenen iets,' vervolgde ze. 'Vijf punten: ziel, water, vuur, aarde en lucht.'

'Ja, en? Wat heeft dat met zwangerschap te maken?'

'Er is dus nog een betekenislaag.' Mia merkte dat hij haar niet meer kon volgen.

'O ja? Niet aarde, water, en wat zei je nog meer?'

'Ziel, water, vuur, aarde en lucht,' antwoordde ze. 'Maar uitgaande van de diepere symboliek duidt de manier waarop haar armen lagen op nog iets anders.'

'Wat dan?'

'Moeder. En geboorte.'

'Juist, ja.' Munch fronste zijn wenkbrauwen. 'Maar ze was toch niet zwanger?'

'Nee, maar misschien is er op dat punt toch iets aan de hand. Ik heb even de tijd nodig om er dieper in te duiken, te kijken of ik op iets bruikbaars stuit, iets wat verband houdt met wat we verder nog weten. Misschien moet ik me even op mezelf terugtrekken, zien of ik iets vind.'

'Doe voor mijn part wat je wilt, zolang je je telefoon maar aan laat staan,' zei Munch zuchtend. Hij trok zijn jas aan. 'Ik duik mijn nest maar eens in. Ik denk nog steeds dat we morgen meer van die twee te weten kunnen komen. Zullen we samen een taxi nemen?'

Dat was geen vraag, zag Mia aan zijn blik. Hij was nu papa Holger, die ervoor wilde zorgen dat ze genoeg nachtrust kreeg. 'Ja, dat zou fijn zijn, ik ben bekaf,' zei ze glimlachend. Ze deed of ze even moest gapen en stond toen op om haar leren jasje aan te trekken.

48

Mia wachtte tot de rode achterlichten van de taxi verdwenen waren voordat ze haar muts verder over haar oren trok en op weg ging naar de Hegdehaugsveien. De gedachte aan haar koude, bijna lege flat was niet aanlokkelijk. Ze had eventjes aan de huissleutels in haar zak gevoeld, zinloos natuurlijk, ze zou toch geen oog dichtdoen, ze had behoefte aan nog iets te drinken. Aan meer drank. Iets sterkers. Ze moest kunnen verdwijnen.

Vrijdagavond in Oslo. Weggedoken in haar jack liep ze met gebogen hoofd door de straten, niet in staat te kijken naar de gezichten om haar heen, dat normale leven waarvan ze nooit deel uit mocht maken. De hele week naar het werk en nu was het weekend, dat moest gevierd worden. Clubjes opgetutte, vrolijke, lawaaiige mensen om haar heen, zorgeloos. Ze knikte even naar de uitsmijter voor de deur van Lorry, gelukkig niet degene die Curry had gevloerd. Binnen was het bijna vol, maar het hoektafeltje waar ze graag achter wegdook was vrij. Bijna symbolisch. Ze bestelde een Guinness en een Jägermeister en schoof op de rode bank. Alle anderen in gezelschap, zij alleen in een hoek. Afgezonderd. Lachende gezichten met glazen in beide handen, uit met vrienden, uit met elkaar, en hier zat zij in haar hoekje, maar min of meer verantwoordelijk voor alle anderen.

Kijk uit.

Mia goot haar Jägermeister naar binnen en spoelde die weg met een slok Guinness. Ze schudde haar hoofd om zichzelf. *Meelij met jezelf?*

Nee, nu moest ze zichzelf toch een schop onder haar kont geven. Dit was niets voor haar. Ze haalde haar notitieblok en haar pen uit haar handtas en legde ze voor zich op tafel. Wie was ze eigenlijk? Ze was toch Mia Krüger? En nu zat ze hier met hangend hoofd? Dat moest verdomme afgelopen zijn. Ze sloeg haar notitieblok open, trok de dop van haar pen en zocht een lege bladzij op. Die psycholoog. Het was zijn schuld.

Ik denk dat je ziek wordt van je werk.

Ongelofelijke bullshit. Ze had er nu spijt van dat ze het überhaupt had laten gebeuren. Had ingestemd met die therapie. Een of andere idioot in haar hoofd had toegelaten die haar het gevoel had bezorgd dat er echt iets fout zat. Ze was afstandelijk gebleven, dat wel. In alle sessies. Had nu eens ja en dan weer nee gezegd, zoals het haar uitkwam. Maar toch was het door een achterdeurtje binnengeslopen.

Het idee dat er iets mis was met haar.

Rot toch op. Haar besluit was genomen, warm gehouden door de alcohol. Ze mochten denken wat ze wilden, Mikkelson, Mattias Wang, en Munch trouwens ook. Zij wist precies wie ze was, en al probeerden ze haar brein nog zo hard te manipuleren, zij was degene die gelijk had.

Goddomme.

Het had haar ondermijnd. Kleine fluisterstemmetjes van links en rechts, maar nu was het genoeg. Ze wenkte de ober en wees naar het lege Jägermeisterglas, en binnen de kortste keren stond er een nieuw op het tafeltje. Wat wisten zij er nou helemaal van? Hoe het was om haar te zijn. Nieuw bericht van Mattias Wang. *Zal ik een nieuwe afspraak maken? Dat lijkt me een goed idee.* Munchs blik over de tafel heen, *ik denk dat je wat rust nodig hebt.* Ze dronk de helft van de Jägermeister op, en nu was het haar duidelijk. Ze had ze in haar hoofd toegelaten, zodat ze door hun toedoen aan zichzelf was gaan twijfelen. Maar dat was afgelopen. Tot hiertoe, maar niet verder.

Ze glimlachte bij zichzelf, dronk nog wat Guinness en zette haar pen op het witte papier.

Onbeschreven blad.

Belangrijk. Alles met nieuwe ogen bekijken.

Sterk. Ze voelde zich weer sterk. Of dat nu al dan niet door de alcohol kwam deed er op dit moment niet toe. Ze leegde de Guinness precies op tijd om een nieuwe geserveerd te krijgen en sloot de herrie in het café buiten. Haar pen schoot over het papier.

Camilla. De uitverkorene. Mama. Geboorte. Zeventien. Warhoofd. Bijzonder. De veren. Uil? De dood? Gewurgd. Waarom? Waarom iets om haar hals? Ademhaling? Adem is leven? Haar armen. In het bos? Waarom had je geen kleren aan?

Mia nam een grote slok van het donkere bier zonder er acht op te slaan wat er om haar heen gebeurde. Boven de laatste notities schreef ze: *het ritueel.* Ze verplaatste haar pen naar de andere kant van het notitieblok, schreef bovenaan: *de kelder*, leegde vlug haar Jägermeister en zette haar pen snel weer op papier.

Donker. Duisternis. Dier? Hoezo een dier? Waarom ben jij het dier? Eten. Voer. Waarom krijg je niet te eten, Camilla? Wie kijkt er naar je? Waarom kijkt hij naar je? En waarom heb je die pruik niet op als je in het rad loopt? Als hij naar je kijkt? Waarom kijkt hij naar je zoals je bent? Puur jezelf? Zonder pruik op? Waarom ben je jezelf in die kelder? En niet als je buiten in het bos ligt?

Mia beduidde dat ze nog eens hetzelfde wilde hebben, ook al had ze de Guinness nog niet op. Ze leegde hem op het moment dat haar volgende bestelling kwam, bracht het glaasje Jägermeister naar haar mond en leunde naar achteren op de rode bank om even te bekijken wat ze had geschreven.

Ze was iets op het spoor.

Waarom had ze ze verdomme in haar hoofd laten grasduinen? Ze mocht doodvallen als ze dat nog eens toeliet.

Ze was echt iets op het spoor.

Zonder het zelf te merken stak Mia haar pen in haar mond. *De ene kant: zoals je voor ons ligt, nieuw, anders. In het bos. Op veren. Beschermd? Pasgeboren? De keerzijde: als je een dier bent, als je in dat rad loopt, als je iets moet tonen. Moet je iets laten zien, Camilla, moet je laten zien wat je kunt?*

Ze sloeg een blad om en liet haar pen weer over het onbeschreven witte blad glijden.

Mama? Wilde je moeder worden, Camilla? Wilde je graag een kind? De uitverkorene. Waarom was je de uitverkorene? Moest jij de moeder zijn? Voor het kind?

Mia merkte dat er iemand bij haar tafeltje stond. Dat moest de ober zijn. Ze probeerde hem weg te wuiven, want er zat nog genoeg in haar glazen, maar de figuur bleef waar hij was.

'Mia Krüger?' zei hij, en eigenlijk wilde ze niet, maar met tegenzin keek ze toch van haar papieren op.

'Ja?'

Voor haar stond een jongen. Met een zwart pak en een pas gestreken wit overhemd aan, maar tevens een grote muts diep over zijn hoofd.

'Ik ben bezig,' zei ze.

De jongen deed zijn muts af en er werd een bos verward haar zichtbaar, zwart aan de zijkanten en met een witte streep in het midden.

Nu merkte Mia dat ze geïrriteerd raakte. Ze was iets op het spoor. Ze zat erbovenop. Ze was er bijna. De oplossing bevond zich ergens op de vellen papier voor haar.

'Ik ben Skunk.'

'Wat?'

'Ik heet Skunk,' zei de jongen weer met een scheef lachje. 'En, ben je nog bezig?'

49

Sunniva Rød had middagdienst en was vermoeider dan anders. Ze sliep de laatste tijd niet goed. Lag maar te draaien in bed. Droomde vreemde dromen. Eigenlijk begreep ze niet goed waarom. Misschien omdat hij niet meer belde? Eerst achter elkaar door, oproep na oproep, bericht na bericht, en toen was het ineens gestopt. Niets meer. Was er iets met Curry gebeurd? Had hij een ongeluk gekregen? Moest ze de telefoon pakken en ernaar vragen? Ze zuchtte bij zichzelf en liep de laatste kamer binnen die ze nog overhad voor ze er vandaag weer een punt achter kon zetten. Torvald Sund, *de gestoorde dominee*. Ze bleef altijd twee tellen voor de deur staan om diep adem te halen voordat ze naar binnen ging, maar vandaag was ze te moe om eraan te denken. Ze wilde alleen nog maar naar huis. Ze moest wat slaap zien te krijgen.

Ze ging naar binnen en schrok even toen ze hem daar met opengesperde ogen en een merkwaardig lachje om zijn mond zag zitten. Het leek haast of hij op haar had gewacht.

'Binnenkort ga ik dood,' zei hij.

'Zulke dingen moet je niet zeggen, Torvald.' Ze liep naar zijn nachtkastje om de resten af te ruimen van het avondeten dat de zusters uit de keuken hadden gebracht, maar hij had de maaltijd niet aangeraakt. 'Heb je geen honger? Wil je niet eten?' Het bezorgde haar een gevoel van onbehagen om hier te zijn en ze wilde graag een alledaags onderwerp aansnijden.

'In de hemel heb ik geen eten nodig.' De dominee glimlachte terwijl hij haar bleef aanstaren.

'Zeg dat nou niet. Je hebt nog een heleboel mooie dagen in petto.'

'Ik ga binnenkort dood,' herhaalde hij, nog gedecideerder. 'Maar dat geeft niet, want ik ga nu wel naar de hemel. God heeft gezegd dat ik mijn daden kan goedmaken.'

Ze liep door om het eten af te ruimen.

Ga niet naar de hemel.

Ik heb gezondigd.

Ga nu wel naar de hemel.

Mijn daden goedmaken.

Sunniva Rød respecteerde andermans opvattingen volledig. Ze mochten geloven in wie ze wilden, God, Allah, Boeddha of de elfjes in het bos, maar momenteel was ze te moe om er veel aandacht aan te besteden. Waarom had Curry niet meer gebeld? Was er iets gebeurd?

Ze pakte het blad van het nachtkastje en wilde ermee weglopen.

'Nee, je moet luisteren,' zei de dominee beslist.

Met een bijna wanhopige blik zei ze: 'Ik moet dit wegbrengen, Torvald.' Ze deed haar best om vriendelijk te kijken. 'En dan zit mijn dienst erop, maar er komen zo meteen anderen, dus het komt allemaal goed.'

'Nee,' zei de oude man luid, en hij hief een kromme wijsvinger op. 'Ik wil jou.'

Weer schrok Sunniva, en ze bleef midden in de kamer staan met het blad in haar handen. *De gestoorde dominee.* Maar nu bracht ze het niet meer op. Ze wilde naar huis.

'Alsjeblieft,' zei hij op een huiltoon toen ze bij de deur was. 'Het was niet mijn opzet om te schreeuwen, moge God het me vergeven, maar het moet op deze manier, jij bent de boodschapper.'

Sunniva draaide zich om en keek hem aan. Hij staarde haar met een smekende blik en gevouwen handen aan.

'Alsjeblieft?'

'Waar moet ik naar luisteren?' zuchtte ze.

'Heel erg bedankt,' zei de oude man toen hij zag dat ze het blad op het tafeltje bij de deur zette en naar zijn bed terugliep. 'We zijn je allebei dankbaar, God en ik. De boodschapper.' Hij hief zijn handen ten hemel en mompelde iets.

'Waarom ben ik de boodschapper, Torvald?' vroeg Sunniva. 'En welke boodschap moet ik brengen? En aan wie?'

De dominee glimlachte weer tegen haar. 'Ik had het eerst niet begrepen, maar toen ontdekte ik wie je bent.'

'Wie ik ben? Je weet toch wie ik ben, Torvald, we kennen elkaar toch al lang?'

'O, nee, nee,' zei Torvald, en hij hoestte even. 'Pas toen ik de zusters hoorde praten.'

'Wat bedoel je?'

'Nou, je weet wel, ze fluisteren en smiespelen als ze mijn beddengoed verschonen. Ze denken dat Torvald geen oren heeft, ze zien hem niet eens voor een mens aan. Hij gaat toch dood, hij snapt het heus niet als we het over Sunniva hebben.'

'Wat?' Sunniva was in de war. 'Wat zeggen ze over mij?' Plotseling begon het haar te interesseren wat de oude man te zeggen had en ze vergat bijna hoe moe ze was.

'En toen begreep ik dat jij de boodschapper was,' zei hij gelukkig, en hij leek even af te dwalen.

'Wat zeggen ze over mij?' vroeg Sunniva om hem weer bij de les te halen.

'O, niks bijzonders. Alleen dat jij en die politieman niet meer gaan trouwen. Dat hij drinkt en jullie geld vergokt...'

'Wel verd...' begon Sunniva, maar ze slikte de rest in. Ze werkte op de enige plek in Noorwegen waar vloeken tot je ontslag kon leiden, dus ze had geleerd om op haar taalgebruik te letten, maar kwaad was ze wel. 'Hoe halen ze het in hun hoofd om...'

'Stil maar, stil maar, lieve kind, alles komt goed.'

'Hoe is het mogelijk...?'

'Dus het klopt? Hij is politieagent?'

'Ja, in zekere zin.'

'Dank U, Here God. Nu kom ik in de hemel.' De oude man sloeg zijn gerimpelde handen tegen elkaar.

'Torvald, ik weet niet of...' zei Sunniva met een zucht, maar hij onderbrak haar.

'Een grote zonde wordt slechts vergeven vanwege een grote goede daad.'

'Ik weet niet...'

'Zo staat het geschreven, en zo luidt het woord van God,' vervolgde de dominee zonder acht op haar te slaan.

Sunniva kreeg het gevoel dat hij weer begon te raaskallen, maar toch zei iets in zijn blik haar dat het niet zo was. Ze had hem inderdaad nog nooit zo helder meegemaakt. 'Dus, de boodschapper,' zei ze. 'Wat probeer je te zeggen?'

'Heb je de kranten gezien?' vroeg de oude man, nog steeds met een heldere blik.

'Wat bedoel je?'

'Het offerlam in de kring der zonde?'

Sunniva moest even nadenken voor ze begreep waar hij het over had. Het jonge meisje dat ze vermoord in de bossen hadden gevonden, diep in Hurumlandet. Het ging de laatste tijd bijna nergens anders over. Naakt. Gewurgd. Volgens een soort ritueel. Alleen al als ze eraan dacht, liepen de rillingen over haar rug. 'Wat is er met haar?' vroeg ze, nu weer nieuwsgierig.

'Ik weet wie het was.'

'Wie dat meisje was?'

'Nee,' zei hij, enigszins geïrriteerd dat ze zijn gedachtegang kennelijk niet kon volgen.

'Wie dan?'

'Gods wil.' De dominee knikte vergenoegd.

'Waar heb je het eigenlijk over, Torvald?' vroeg Sunniva.

De oude man vouwde zijn handen voor zijn borst en sloot even zijn ogen, alsof hij een gesprek voerde met iemand in zijn hoofd. Toen deed hij ze weer open en keek haar aan met een lachje in zijn blik. 'Ik weet wie haar heeft vermoord.'

50

De jongeman die aan haar tafeltje was gaan zitten had een intelligente oogopslag en maakte een rustige en zelfverzekerde indruk, maar toch leek zijn uiterlijke verschijning een soort façade, waardoor Mia niet goed wist wat ze van hem denken moest. Wit overhemd, zwart kostuum als van een zakenman, in sterk contrast met zijn woeste bos haar, zwart opzij en in het midden die dikke witte streep. Ze begreep moeiteloos waar hij de bijnaam Skunk vandaan had, maar toch kon ze hem niet helemaal plaatsen.

Normaliter kon ze mensen goed inschatten, maar deze jongen straalde iets uit wat ze nooit eerder was tegengekomen. Hij leek wel een affiche, het was net alsof hij verkleed was. Alsof hij wilde opvallen, die outfit droeg om tegen de menigte af te steken zonder dat dat uit hemzelf voortkwam. Maar al na een paar minuten merkte ze dat ze het mis had.

Hij had er gewoon lak aan, drong het van lieverlee tot haar door. Hij kon eruitzien zoals hij wilde, want hij trok zich niets van andermans mening aan. Skunk was zichzelf, en wie daar bezwaar tegen had, kon opvliegen. Hij bracht zijn bierglas naar zijn mond en keek haar over de rand heen opgewekt aan. Mia wist niet of het van de alcohol kwam, maar voor het eerst sinds ze zich kon herinneren kreeg ze het gevoel dat deze knaap iemand was die ze wel zou kunnen, ja...

Ze maakte die gedachte niet af, maar dronk haar eigen bierglas leeg, zette haar politiegezicht weer op en legde haar notitieblok en haar pen weg.

'Dus je bent niet bezig?'

Hij was misschien een beetje vrijpostig, maar Mia merkte dat ze dat niet erg vond. 'Eigenlijk wel,' zei ze, terwijl ze de ober weer wenkte.

'Ik doe dit soort dingen normaal gesproken niet,' zei Skunk. Voor het eerst wendde hij zijn blik van haar af en keek het raam uit.

'Wat voor dingen?' vroeg ze.

'Met de politie praten.' Met een lachje keek hij haar weer aan.

'Nee, dat heb ik begrepen. Daar heeft Gabriel geen misverstand over laten bestaan.'

'Gabriel, ja,' zuchtte Skunk, en hij bracht zijn glas weer naar zijn mond. '*He went over to the dark side...*'

Mia was niet zo goed thuis in het wereldje van de nerds, maar zelfs zij herkende de verwijzing naar *Star Wars*. Darth Vader en Luke Skywalker. *Luke, give yourself to the dark side...* 'Volgens hem ben jij daar juist beland,' zei ze, terwijl de ober de nieuwe bestelling op het witte tafelkleed tussen hen in zette.

'O ja?'

'Jij bent toch de boef? Gabriel is onze helper.'

'Dat hangt er natuurlijk van af hoe je het bekijkt.'

'Vanzelf.' Ze nam een slok Guinness.

'Zoals ik al zei, doe ik zulke dingen niet.' Hij trok zijn jasje uit en hing het voorzichtig achter zich over zijn stoel.

'Wat ook alweer?'

'Met de politie praten,' zei de jonge hacker.

'O nee? Wat doe je hier dan?' vroeg Mia.

'Laten we zeggen dat ik een geweten heb. Of misschien ben ik vooral nieuwsgierig.'

'Nieuwsgierig?'

Skunk glimlachte. 'Jij bent precies zoals ik dacht.'

'En wat dacht je dan?' Haar hoofd tolde inmiddels een beetje. Ze had tamelijk veel gedronken, maar deed haar best om de controle niet te verliezen.

'Zullen we hier nou maar mee ophouden en ter zake komen?'

Skunk keek haar aan, en alweer kreeg Mia het gevoel dat als ze niet aan het werk was geweest, als die jongeman die zo ineens was opgedoken niet essentieel was geweest voor de zaak waarop ze zich hier zo concentreerde, dat ze dan...

Daar liet ze het bij, en ze knikte.

'Twee dingen,' zei hij, zijn blik op haar gericht. 'Eén: waar die server zich bevond.'

'Waarop je dat filmpje hebt gevonden?'

'Ja, maar eerst moet je van het volgende doordrongen zijn. Je weet niets en je kunt niets.'

'Ik? O nee?'

'Ik wil niet neerbuigend doen, maar dit gaat over techniek. Ik weet dat je de beste op jouw gebied bent, maar laten we voorlopig even stellen dat ik de beste ben op mijn gebied, oké?'

'Gabriel is anders heel goed,' zei Mia.

'Ja, Gabriel kan er wat van, maar hij is te aardig. Weet je wat een white hat hacker is?'

'Nee.'

'Oké. Weet je dan wel wat een black hat hacker is?'

Mia schudde opnieuw haar hoofd.

'Oké,' zei Skunk, en hij dronk zijn glas leeg. 'Nog een rondje?'

Ze knikte en Skunk wenkte de ober weer.

'Dus. White hat hacker, black hat hacker?'

Skunk keek haar aan. 'Maakt niet uit.'

'Goed, waar heb je dat filmpje gevonden? Waar bevond die server zich?'

'Dat is onmogelijk met zekerheid vast te stellen.' Hij leegde het kleine glaasje.

'Wat bedoel je?'

'Nou, ze verstoppen zich altijd. Hoe technisch ben je?'

'Wat bedoel je?'

'Hoeveel weet je van dat soort dingen af?'

Nu liet Mia haar glazen staan. 'Laten we zeggen dat ik niets weet, hoe zou je het me dan uitleggen?'

'De server waarop ik dat filmpje heb gevonden,' hij nam nog een slok bier, 'zei dat hij in Rusland zat.'

'Zei?'

'Maar dat was niet zo.' De jongen met het borstelhaar glimlachte, en ze merkte dat hij enigszins aangeschoten begon te raken. 'Weet je iets van spiegels af? Van mirrors? Van nep-IP-adressen?'

'Niets,' zei Mia met een lachje. Ze concentreerde zich nu alleen nog op haar notitieblok en haar pen.

'Servers kunnen verstopt worden.'

'Dus je weet niet waar je het filmpje hebt gevonden?'

'Ja en nee. Er zijn overal sporen te vinden, hoe ze ook hun best doen om zich te verstoppen, en het kleine beetje dat ik hier in Noorwegen heb gevonden, kwam uit een huis in St. Hanshaugen.'

'Daar stond die server? In St. Hanshaugen, daar heb je dat filmpje gevonden?' Mia liet haar glazen nog steeds staan.

'Aan Ullevålsveien 61,' bevestigde Skunk. 'Ik heb het nagetrokken, daar was vroeger een boekwinkeltje.'

'Boekwinkeltje?'

'Ja, voor tweedehandsboeken.'

'Maar?'

'Tja, ik zei dus niet voor niks "was". Er zit nu niets meer.'

'Dat ben je nagegaan?'

'Het was ooit een antiquariaat. Oude boeken. Occulte zaken, voor zover ik kon zien. Je weet wel, satanisten, dat soort figuren.' Hij grijnsde scheef over zijn bierglas heen.

'Dus het is opgeheven? Er is daar niets meer?'

'Helemaal leeg.' Skunk knikte langzaam. 'Maar...'

'Ja?'

'De sporen waren niet helemaal duidelijk. Het kan best weer een *decoy* zijn geweest, snap je? Het is niet zeker of die server daar ooit geweest is.'

'Oké,' zei Mia. 'En nummer twee?'

'Wat?'

'Er waren twee dingen, zei je, nummer één, en nummer twee?'

Skunk zette zijn glas op het witte tafelkleed. 'Ja, inderdaad. En dat is het ergste.'

Mia wist niet precies wat ze nu moest denken. Skunk raakte zo langzamerhand flink aangeschoten, zonder dat hij eigenlijk erg veel had gedronken. 'Wat dan?'

'Je hebt dat filmpje toch gezien?' vroeg hij, terwijl hij zich over het tafeltje heen naar haar toe boog. 'Zijn jullie erachter? De politie? Wat dat eigenlijk is?'

'Wat bedoel je? Wat dat eigenlijk voor filmpje is?'

De ober kwam weer naar hen toe om hen erop te wijzen dat dit hun laatste kans voor een nieuw rondje was, maar Mia wuifde hem weg.

'Dat filmpje, het meisje in het rad, hebben jullie dat bekeken?' De hacker met het zwart-witte haar werd wat wazig en Mia was blij dat ze gestopt was met alcohol innemen.

'Natuurlijk. En wat is nummer twee?' vroeg ze terwijl de lichten in het café aangingen.

'Wat?' zei Skunk met een glazige blik.

'Nummer twee?' zei Mia. 'Als de server nummer één is, wat is dan nummer twee?'

Skunk zette zijn lege glas neer. 'Het is geen filmpje,' zei hij met een floers voor zijn ogen.

'Wat bedoel je?'

'Het is geen filmpje,' zei Skunk weer, en hij staarde haar aan.

'Maar dat is het toch wel?'

'Nee. Het is een stukje van een live feed.'
'Wat?' zei Mia.
'Het is een live feed. Het is live.'
'Waar heb je het over?'
Skunk sloeg zijn blik op van het tafeltje en keek haar ernstig aan. 'Ze hebben haar op het internet gezet. Een vertoning van haar gemaakt.'
'Wat?' zei ze, net toen de ober naar hen toe kwam en zei dat de zaak ging sluiten, dat ze naar huis moesten.
'Het is live,' herhaalde Skunk. 'Iemand heeft haar gedurende een periode langdurig gefilmd en dat op het net gezet, er misschien wel geld aan verdiend.'
'Maar hoe dan?'
De uitsmijter kwam op hen af. 'Sluitingstijd,' zei hij met een lachje.
'Waar kan ik je vinden?' vroeg Mia, toen ze buiten in de kou op het trottoir van de Hegdehaugsveien stonden.
De jonge hacker trok zijn jasje aan en zette een muts op, terwijl een taxi met het sein 'vrij' op het dak voor hen bleef stilstaan.
Hij knipoogde. 'Je vindt me niet.'
'Ja maar...'
'Tøyen,' zei de hacker tegen de taxichauffeur, en hij ging op de achterbank zitten en trok het autoportier achter zich dicht.

51

Op het vliegveld van Zürich stapte de tweeënzestigjarige geldmagnaat Hugo Lang zijn privévliegtuig uit en de witte Bentley in die stond te wachten om hem naar huis te rijden. De rit naar zijn vorstelijke behuizing aan de oever van de kleine Pfäffikersee duurde ruim twintig minuten en hij wisselde al die tijd geen woord met zijn chauffeur, want de ouder wordende Zwitser sprak nooit met het personeel.

Het was misschien wat overdreven om Hugo Lang als geldmagnaat te betitelen, want hij had zijn gehele vermogen geërfd en van zijn leven nog geen dag gewerkt. Zijn vader, de zeven jaar daarvoor overleden staalmagnaat Ernst Lang, had tot de succesvolste zakenlieden van Europa behoord en sommigen hadden allicht verwacht dat zijn zoon in zijn voetsporen zou treden, maar Hugo had alle vennootschappen verkocht. Het paleisje in Zwitserland, een huis in Bermuda en wat appartementen in New York, Parijs, Londen en Hongkong had hij aangehouden, maar verder waren het ruim honderd jaar oude familiebedrijf LangKrupp en alle dochterondernemingen in andere handen overgegaan. Degenen die niets hadden geërfd, ooms, tantes en andere familieleden in de periferie, hadden gedaan wat ze konden om er een stokje voor te steken, de media hadden er bol van gestaan, geschokte verwanten hadden juridische stappen ondernomen om de verkoop tegen te houden, maar hij had de zaak doorgezet. Hugo was niet geïnteresseerd in wat anderen vonden.

Hij liet de chauffeur het portier voor hem openen en liep het royale gebouw binnen zonder de bedienden die zijn jas en zijn hoed aanpakten aan te kijken. Hij verwaardigde het personeel nooit met een blik. Ze werden goed betaald om vierentwintig uur per etmaal voor hem klaar te staan en hij zag geen reden om tijd en aandacht aan hen te besteden. Bovendien had hij belangrijker zaken aan zijn hoofd, en vandaag was een van de belangrijkste dagen in lange tijd, zo voelde hij.

Hij was altijd al een verzamelaar geweest, maar pas nadat zijn vader was overleden en hij al diens geld had geërfd, had hij echt alles kunnen aanschaffen wat hij wilde. Zijn vader was een vrek geweest, maar dat deed er nu niet meer toe, hij was nu eigen baas. Hugo Langs moeder was gestorven toen hij veertien was, een acute hersenbloeding, maar Hugo had haar nooit gemist. Ernst Lang was aan leukemie overleden en had een hele tijd hier op het slot op zijn sterfbed gelegen. Er was een complete afdeling gebouwd voor hem alleen, die net een ziekenhuis had geleken en waar Hugo zo nu en dan naar binnen was gegaan, niet omdat hij dat graag wilde of ook maar enigszins met de oude man te doen had, maar om te zorgen dat die ouwe idioot zijn geld niet ineens aan anderen weggaf.

Na zijn vaders dood had hij alles weggedaan wat aan zijn ouders herinnerde. Foto's, kleren, de portretten aan de muren. Hij zag niet in waarom hij ze zou houden, want hij had de ruimte nodig voor zijn verzamelingen. Hij had er toch nooit om gegeven, dus waarom zou hij die oude spullen in zijn eigen huis bewaren?

In de vele garages op het terrein stonden zijn auto's. Hij was het overzicht over het precieze aantal kwijtgeraakt en hij reed er niet vaak in, maar hij vond het prettig om ze te hebben, ze aan te raken en ernaar te kijken in de wetenschap dat ze van hem waren. Hij had onder andere een Hennesey Venom GT in zijn verzameling, een Porsche 918 Spyder, een Ferrari F12berlinetta, een Aston Martin Vanquish en een Mercedes CL65 AMG Coupé, en wanneer hij zoals vandaag van een reis terugkwam, was gewoonlijk het eerste wat hij deed de ronde door zijn garages doen om met zijn hand over een paar auto's te strijken, maar vandaag niet.

Vandaag had hij belangrijker dingen aan zijn hoofd.

Normaal ging hij ook de aquariumkamer langs, maar ditmaal sloeg hij ook de dure vissen over. Hij ging linea recta naar zijn kantoor, nam in zijn diepe kantoorstoel plaats, zette zijn computer aan en voelde zijn hart bonzen onder zijn overhemd. Dat gebeurde niet zo vaak. Hugo wond zich nooit erg over dingen op. Wanneer hij iets kocht, gebeurde het wel eens dat hij iets voelde, een soort spanning. Zoals die keer dat hij de toentertijd duurste postzegel ter wereld had gekocht, een Zweedse Tre Skilling Banco in geel, waarvan in de hele wereld maar één exemplaar bestond. Hij had er in het geheim op geboden en hem voor een kleine twintig miljoen Zweedse kronen te pakken gekregen, en dat had hij wel even gevoeld, er was een soort rilling door zijn lijf gegaan, maar lang had het niet geduurd. De volgende dag had hij een dure wijn gekocht, een doos Dom Leroy Musigny Grand Cru, in een poging dat gevoel terug te roepen, maar dat had niet veel geholpen.

Maar dit. Dit was iets heel anders.

Hij had al niet meer zo'n siddering door zijn lichaam voelen gaan sinds, tja, wanneer eigenlijk? Misschien sinds hij de bedragen op zijn rekeningen had gezien nadat alle verkopen waren doorgevoerd. Nee, zelfs dat haalde het hier niet bij.

Hugo stond op, maakte de lange wandeling over het Italiaanse marmer op de vloer en deed de deur zorgvuldig op slot. Toen ging hij weer achter zijn computer zitten. Zijn vingers trilden toen hij de geheime URL intypte.

Het Noorse meisje in het rad was ruim een week geleden van het scherm verdwenen, en hij miste haar. Hij had zijn bed in deze kamer laten zetten en hier al zijn maaltijden gebruikt, en ze waren voortdurend bij elkaar geweest. Als hij 's nachts niet kon slapen, was hij wel eens vlak naast haar gaan staan en had hij aan het scherm gevoeld. Het was heerlijk geweest om haar zo dichtbij te hebben, maar nu was ze weg, en sindsdien was hij zichzelf niet meer.

Daarvoor had hij andere dingen bekeken. Als je het geld maar had en wist waar je wezen moest, viel er altijd wel iets te zien, maar het was zo zelden echt. Hij rook al van een afstand dat hij alleen maar getuige was van een staaltje toneelspel. Maar dit?

Nee, dit was echt.

De advertentie had hij een paar maanden geleden gevonden op de plek waar hij altijd kwam, in de donkerste krochten van het internet, en wat hem er zo aan was bevallen, was de exclusiviteit ervan.

Five highest bidders only.

Vijf personen maar. Hugo hield niet van samen delen en had haar graag voor zichzelf alleen gehad, maar vijf was niet slecht. Nog vier anderen, daar kon hij wel mee leven, zolang hij maar niet wist wie ze waren, en dat wist hij natuurlijk niet, evenmin als de anderen er enig idee van hadden wie hij was.

Nu was ze weg, en hij miste haar, maar vandaag zou er een nieuw meisje worden gekozen. De vingers van de tweeënzestigjarige man trilden zo hevig dat hij er maar net in slaagde de juiste toetsen in te drukken. Hij leunde glimlachend naar achteren in zijn grote leren stoel en merkte dat zijn hart nog harder bonsde toen de website op het grote muurscherm voor hem verscheen.

Een vrijwel geheel zwarte pagina met een korte tekst in het Engels.

Who do you want?

Who will be the chosen one?

En daaronder twee foto's. Twee Noorse meisjes.

Er joeg zo'n spanning door zijn lijf dat hij bijna niet in zijn stoel kon blijven zitten. Het zweet stond op zijn voorhoofd en hij moest zijn brillenglazen afvegen aan zijn overhemd om de namen onder de foto's zelfs maar te kunnen lezen.

Twee Noorse meisjes. De een blond. De ander donker.

Isabella Jung.

Miriam Munch.

Hij miste haar erg, maar nu kwam er binnenkort een nieuwe. Een van deze twee, en Hugo Lang voelde dat ze hem allebei nu al bevielen.

De man van tweeënzestig dacht even na en drukte toen op een van de foto's, klikte de pagina weg, stond van zijn stoel op en liep zijn garderobekamer in om zich om te kleden voor het diner.

6

52

Mia reed met een boog bij het witte huis voor en stapte uit de auto met het gevoel dat er iets niet klopte. Die onverwachte ontmoeting van de vorige avond. De hacker Skunk, die volgens Gabriel de pest aan de politie had, was uit het niets opgedoken. Had haar in zekere zin gefascineerd. Haar zover gekregen dat ze haar gebruikelijke masker van achterdocht had afgelegd. Haar kortstondig verblind. Maar onderweg naar huis en thuis op de bank met haar aantekeningen voor zich was ze nattigheid gaan voelen. Er was iets raars mee. Waarom was hij eigenlijk opgedoken? Hoe had hij haar gevonden? Wat wisten ze eigenlijk van die Skunk af? Ze kenden zijn echte naam niet eens. Alles wat ze van hem wisten, was dat hij dat filmpje had ontdekt. Bij toeval? Op een of andere mysterieuze server die nu ineens om een of andere reden in rook was opgegaan? Ze schudde haar hoofd om zichzelf en haalde haar telefoon uit haar zak.

'Met Ludvig Grønlie.'

'Ja, hallo, met Mia.'

'Hallo, Mia, waar ben je?'

Mia keek om zich heen en naar het witte huis voor haar. 'Ergens in de rimboe' was waarschijnlijk de beste omschrijving, het had zo lang geduurd voor ze het had gevonden, dat het inmiddels donker begon te worden. Ze had het al bijna opgegeven toen ze eindelijk het zijweggetje had ontdekt. Het was zo goed verborgen geweest, dat je bijna aan opzet zou gaan denken.

'Ver van de bewoonde wereld,' zei Mia.

'Waar?' vroeg Grønlie.

'Ik wil alleen maar iets natrekken. Kun je me ergens mee helpen?'

'Natuurlijk. Wat kan ik doen?'

'Ik moet iets weten over een adres.'

'Ja, welk adres?'

'Ullevålsveien 61.'

'Oké, wat wil je weten?'

'Eigenlijk alles wat je kunt vinden.'

'O? Dat zou makkelijker zijn als ik enig idee had wat ik zocht, maar ja.'

'Sorry,' zei Mia. 'Dat adres is gisteren pas opgedoken, ik ben vooral geïnteresseerd in een soort boekhandel die zich op de eerste verdieping zou bevinden, je weet wel, oude boeken en zo.'

'Een antiquariaat?'

'Precies.'

'Oké, ik zal zien wat ik kan vinden,' zei Ludvig.

'Bedankt.' Mia stopte haar telefoon weer in haar zak en bleef om zich heen staan kijken.

Het kleine witte huis recht voor haar. Een rood schuurtje aan de andere kant van het erf. Verder alleen maar bos. Berijpte bomen, dicht op elkaar. En nergens een geluid te horen. Wie woonde er op zo'n plek? Hier was toch niets? Mia overwoog even om aan te bellen, al wist ze dat er niemand thuis zou zijn.

Jim Fuglesang.

De man met de witte fietshelm.

Die woonde hier. In een wit huisje tussen dikke bomen, *in the middle of nowhere*. Het was misschien leuk geweest als er kinderen met een katapult hadden rondgelopen en iemand had 'Michieeel!' geroepen zoals in een Astrid Lindgren-film, maar nu had ze eerder het idee dat het rechtstreeks uit een of andere horrorfilm afkomstig kon zijn.

Claustrofobisch.

Ze was echt een stadsmens, dat voelde Mia nu duidelijk. Twee tochten hiernaartoe in korte tijd. Naar Hurumlandet. Naar de kwekerij, een plek waar mensen waren geweest. Naar de manege, die haar ook een goed gevoel had gegeven, maar dit?

Hier was niemand.

Geen enkel geluid.

Ziek in zijn hoofd. Weer opgenomen in het Dikemark. Niet mee te praten. Destijds tijdens het interview had ze niet het gevoel gehad dat hij de man was die ze zochten. Een plotselinge bekentenis, een labiele man die het ineens in zijn hoofd had gehaald dat hij een moord had gepleegd. Niet iemand die je serieus kon nemen, natuurlijk niet, dus hadden ze hem laten lopen. Zij had hem meteen van haar lijst geschrapt, maar toen was er ineens een andere gedachte in haar hoofd opgekomen. Als zijzelf de dader was geweest, als ze niet gepakt wilde worden, hoe zou ze dat dan aangelegd hebben – toch precies zo? Wie verdenkt er nu een idioot met een witte fietshelm op die klinkt alsof hij niet weet waar hij het over heeft? En datzelfde gold voor die Skunk. Wie verdenkt er een knul die er niet over zou piekeren om met de politie samen te werken, maar die plotseling toch opduikt omdat zijn 'geweten' hem zegt dat hij dat moet doen?

Een gestoorde smeerlap.

Mia zocht naar een deurbel maar vond er geen, dus klopte ze maar aan. Niemand thuis. Precies zoals ze had verwacht. Jim Fuglesang, platgespoten in het Dikemark, ongetwijfeld met die fietshelm nog op. Maar uit goed fatsoen sloeg ze nog eens met haar vuist op de witte deur. Tegelijkertijd bekroop datzelfde gevoel haar weer.

Wie woont er nu hier?

Wat is dat voor iemand die dat doet?

Ver van de bewoonde wereld?

Midden in het bos?

Nergens een geluid te horen?

Mia stak haar handen in de zakken van haar leren jasje en wachtte nog een paar minuten tot ze heel zeker wist dat er niet gereageerd werd. Toen liep ze rustig via het erf en het berijpte gras naar de veranda aan de achterkant van het huis.

Het kostte haar weinig tijd om de deur open te krijgen. Behoedzaam glipte ze het huis binnen met een kort *Hallo, is hier iemand*, maar er gebeurde nog steeds niets. Dus dát klopte in elk geval. Jim Fuglesang zat opgesloten in het Dikemark, onder wat voor medicijnen dan ook. Ze had het hele huis voor zich alleen. Natuurlijk niet legaal, maar van dat soort dingen trok Mia zich allang niets meer aan. Munch moest natuurlijk wel zo te werk gaan, een bevel tot huiszoeking aanvragen, wat dankzij de hopeloze bureaucratie die ze erop nahielden altijd dagen duurde, in ieder geval als er geen bijzondere reden voor was. Die hadden ze misschien in dit geval wel, maar ze had hoe dan ook geen zin om te wachten. Stilletjes liep Mia door de woonkamer en vond ergens aan de wand een lichtknopje.

De kamer die zichtbaar werd, zag er zo'n beetje uit zoals ze had verwacht. Opgeruimd. Schoon. En duidelijk bewoond door een man alleen. Algauw wist Mia waar ze naar zocht. Jim Fuglesang moest alles om zich heen onder controle hebben om de dag door te kunnen komen. Waarom droeg een volwassen man anders binnenshuis een fietshelm? Om dat te begrijpen hoefde je geen psychologie gestudeerd te hebben. Het kostte Mia weinig tijd om te vinden wat ze zocht. De fotoalbums. Keurig netjes op de boekenplank recht voor haar, en precies zoals ze ook al had gehoopt, waren ze zorgvuldig op volgorde gezet en van opschriften voorzien.

'Jij neemt ook graag foto's, hè?'

'Ja.'

En je hoefde ook niet de slimste mens te zijn om gezien te hebben dat de foto's van de dode kat en hond die hij had laten zien lijmresten op de achterkant hadden. Oude, hard geworden lijm. Die foto's hadden in een album gezeten. Goedkope banden van bruin plastic, netjes op een rij op de onderste plank. Op de eerste stond *1989*. Op de laatste *2012*. Ze voelde een steek van medelijden door zich heen gaan toen ze de eerste albums pakte, op de beige bank ging zitten en begon te bladeren. Op geen enkele foto stond een mens. Bomen. Eekhoorns. Een trap. Een vogelhuisje. Allemaal met data eronder. *Een mooie grasparkiet, 21 februari 1994. De berk is uitgelopen, 5 mei 1998.* Ze zette het van zich af en begon sneller te bladeren, want ze zocht iets heel eenvoudigs: lege plekken. Plekken in de albums waar de foto's verwijderd waren. Het duurde niet lang voor ze die had gevonden. *De dode kat, 4 april 2006. Die arme hond, 8 augustus 2007.* Zes jaar geleden. Vijf jaar geleden. Zo lang geleden? Met een jaar tussenruimte? Waarom zouden ze...

Haar gedachtegang werd onderbroken doordat het donker dat nu op het erf neerdaalde plotseling werd verlicht. Heel even, toen was het licht weer weg. Ze had de auto niet horen aankomen, maar er viel niet aan te twijfelen.

Er was daar iemand buiten.

Mia reageerde snel, zette de albums terug op de plank, deed het licht uit, glipte de deur naar de veranda uit en bleef om de hoek van het huis staan, haar lippen op elkaar geknepen om te zorgen dat haar ademhaling niet te horen was.

Wat was het hier stil.

Ze kon haar hart horen slaan.

Ze kon haar eigen ademhaling horen.

Wie woonde er nou zo ver bij iedereen vandaan?

En ineens ook de gedachte: waarom had ze in godsnaam haar pistool niet bij zich?

Onbewapend, alleen, hier in de wildernis?

Ze had orders gekregen. Geen wapen dragen. Bij de politie van Oslo droeg je geen wapen als je niet bij de parate eenheid zat of een *gegronde reden* had. Mia hield in principe niet van wapens, maar er waren natuurlijk het laatste jaar dingen gebeurd waardoor ze er anders over was gaan denken. Ze had altijd de voorkeur aan een Glock gegeven en diverse modellen uitgeprobeerd, Glock 17, wat een standaardmodel was, maar ze had ook een Glock 26, die lichter was en makkelijker op je lichaam te verstoppen. Maar daar had ze nu hoe dan ook niets aan, want ze had ze geen van tweeën bij zich. Ze voelde zich een idioot.

Een auto op het erf.

Ze hoorde iemand uit het voertuig stappen en zag een vuist naar de deur gaan. Eerst één keer, toen nog een keer. Een bezoeker. Iemand kwam bij Jim Fuglesang op bezoek. Ze haalde even diep adem, liep de hoek om en keek in een verrast gezicht met een baard. Haar politie-instinct trad in werking en haar ogen namen de situatie op. Een man op het trapje, zo'n tachtig kilo, lange jas, wit bestelbusje op het erf, twee stoelen, niemand op de passagiersstoel, snelle blik in alle richtingen, geen andere bewegingen, de man op het trapje was zo te zien alleen en leek geschrokken te zijn van haar plotselinge verschijning.

'Wie ben jij?' stamelde hij.

'Hallo, neem me niet kwalijk.' Ze zette een glimlach op en liep naar hem toe. 'Mia Krüger, politie Oslo, ik zoek Jim Fuglesang, woont die hier?'

'Eh, ja,' zei de man met de baard.

'Hij lijkt niet thuis te zijn.'

'Eh, nee. De politie? Heeft Jim iets verkeerds gedaan?'

'Nee, dit is maar een routinecontrole. Wie ben jij?'

De man op het trapje leek nog steeds verrast dat hij hier op een vreemde was gestuit. 'Henrik,' zei hij. 'Ik, eh...' Hij wees naar zijn bestelbusje, en nu zag ze het logo op de zijkant: ICA HURUM. 'Ik breng hem zo nu en dan eten, en ik had al een paar dagen niets meer van hem gehoord, dus dacht ik dat hij misschien zijn huis niet uit kwam, en, tja...'

'Ken je hem goed?'

'Wat heet goed. Misschien niet goed, maar hij is al jaren klant bij me. Hij is, nou ja, een beetje bijzonder, en soms heeft hij hulp nodig.'

Mia keek snel om zich heen. Het licht was nu bijna helemaal weg. Wat een rotseizoen ook. Ze was hier niet alleen om die albums te bekijken, ze had nog een ander doel dat even belangrijk was. Ze wilde een poging doen om de weg naar dat vennetje te vinden. Waar Fuglesang de foto's had genomen.

'Nee, hij lijkt niet thuis te zijn,' zei Mia schouderophalend.

'Hij zit toch niet in... de problemen?' vroeg de man met de baard.

'Nee, alleen maar een... verkeersongeluk in de buurt, een aanrijding, we vragen bij iedereen in de buurt na of ze wat hebben gezien.'

'Oei,' zei de man zorgelijk, terwijl hij het trapje af kwam. 'Een aanrijding? Iemand gewond?'

'Nee hoor.' Geërgerd keek Mia nog eens om zich heen. Plotseling was het licht helemaal verdwenen, alsof iemand een schakelaar had omgedraaid.

Shit.

'Kan ik iets doen?' vroeg de man. 'Ik bedoel, ik ken iedereen in de buurt. Waar is het gebeurd?'

'Jouw winkel?' Ze wees naar het bestelbusje.

'Ja.'

'Henrik, was het toch?'

'Ja, Henrik Eriksen, ik...'

'Ik bel je als ik vragen heb, goed?' Ze zette haar glimlach weer op.

'Ja natuurlijk, wil je mijn nummer?'

'Dat vind ik wel als ik het nodig heb.' Mia ging in haar auto zitten. Ze keerde op het erf en reed het smalle weggetje af.

Dat verdomde donker.

Ze zou hier op een ander moment nog eens terug moeten komen, maar nu wist ze in elk geval waar het was. Ze reed alweer op de hoofdweg toen haar telefoon ging.

'Ja?'

'Met Ludvig. Je wilde meer over dat adres weten.'

'Wat heb je gevonden?'

'Niet zoveel. Het gebouw bestaat grotendeels uit appartementen, maar op de begane grond zijn bedrijfspanden.'

Eindelijk straatlantaarns langs de rand van de weg, en Mia werd op slag rustiger. De beschaving diende zich aan. 'Is daar een antiquariaat bij?'

'Voor zover ik kan zien niet.'

Wel verdomme.

Het sluipende gevoel van onbehagen kwam terug. Die plotselinge ontmoeting van de vorige avond. Zomaar uit het niets. Hij had haar belazerd, die hacker. Skunk.

Godver.

'Bedankt, Ludvig,' zei Mia, en ze reed terug naar het centrum van Oslo.

53

Isabella Jung zat in haar kamer op haar bed met haar jas nog aan en voelde haar hart bonzen onder haar trui. Er was weer een briefje onder haar deur door geschoven. In hetzelfde handschrift als het vorige.

Wil je me ontmoeten? In het geheim?

Alleen jij en ik?

Ze was terug van haar bezoek aan papa in zijn sociale huurwoning in Fredrikstad. Het was al een tijd geleden geweest dat ze hem had gezien en ze had zich erop verheugd, maar het was niet helemaal gelopen zoals ze zich had voorgesteld. Hij had maar weinig gezegd en was uit zijn humeur geweest. Ze had het idee gekregen dat ze hem stoorde. Het was goed om terug te zijn op de kwekerij.

Met een glimlach liet Isabella haar vinger voorzichtig over het witte vel papier gaan.

Wil je me ontmoeten?

Natuurlijk wilde ze dat.

Ze had al begrepen dat hij erachter stak toen ze het eerste briefje had gekregen, dat op haar deur. Paulus. Ze had toch zeker gezien hoe hij haar aankeek, die keer dat hij haar zijn orchideeën had laten zien? En ze wist niet precies of ze toen net zo had teruggekeken, maar later had ze dat wel gedaan, telkens als ze de kans kreeg.

Zijn mooie ogen die haar toelachten. Zijn mond die vertelde welke planten wanneer water moesten krijgen, welke grond het beste was voor azalea's, terwijl zijn blik heel andere dingen zei. En eerst had ze niet begrepen waarom het allemaal zo heimelijk moest, maar het had niet lang geduurd of ze snapte het wel. Ze was nog geen zestien, dat was natuurlijk de reden. Ze was te jong. Het was verboden. Verboden liefde, en dat had het er alleen maar nog spannender op gemaakt.

Isabella was pas vijftien, maar ze had het gevoel dat ze als kind al volwassen was geworden. Wat kon haar die leeftijd schelen? Wat was dat trouwens, leeftijd? Niet meer dan een getal. Maar ze begreep hem wel, natuurlijk begreep ze hem. Hij was al boven de twintig. Hij zou zijn baan kwijtraken en voor zover zij wist, kon hij zelfs in de gevangenis belanden. Dus had ze het geheimgehouden. Precies zoals hij. Ze hadden elkaar nooit aangeraakt, elkaar zelfs geen knuffel gegeven. Alleen aangekeken, hij haar, en zij hem.

Maar toen was eindelijk dat briefje gekomen.

Ik vind jou lief.

En nu het tweede.

Wil je me ontmoeten? In het geheim?

Alleen jij en ik?

Isabella streek met haar vingers over de woorden. Ze was een beetje in de war. Ze had nog geen voet binnen de deur gezet of ze had de geruchten al gehoord. De politie had Paulus en Benedikte Riis afgevoerd. Ze waren elkaar op het erf aangevlogen en toen had de politie hun handboeien omgedaan, en sindsdien had niemand meer iets van ze gehoord. Bezorgd was Isabella naar Helene gegaan, maar ze was in de deuropening weggestuurd.

'Ik heb het nu een beetje druk, kom later maar terug.'

'Maar ik wou alleen...'

'Later, Isabella, oké?'

Het had duidelijk iets met Camilla Green te maken, daar was iedereen het over eens, maar zoals gezegd wist niemand echt wat er aan de hand was. Sommigen meenden te weten dat Benedikte had beweerd dat Paulus haar had vermoord. Allemaal gelogen, natuurlijk. Iedereen wist hoe Benedikte was. Niet te vertrouwen. Die was in staat alles te zeggen, alleen maar om aandacht te trekken. Natuurlijk had Paulus niets gedaan.

Er werd plotseling op haar deur geklopt, en Cecilie stak haar hoofd naar binnen. 'Slaap je?' vroeg het magere meisje aarzelend.

'Nee hoor, kom maar binnen.' Isabella glimlachte en stopte het briefje gauw onder haar kussen.

'Heb je nog meer gehoord?' vroeg Cecilie, terwijl ze naast haar op het bed ging zitten.

'Nee, niets, ik ben er toch nog maar net? En jij?'

'Er gaan allerlei geruchten,' zei Cecilie zwakjes, en nu zag Isabella dat haar vriendin had gehuild.

'Daar moet je niet naar luisteren.' Isabella sloeg haar arm om het tengere, trillende meisje heen.

'Sommigen zeggen dat Benedikte Camilla heeft vermoord. En anderen zeggen dat het Paulus was. Stel je voor dat dat waar is.'

Isabella aaide haar over haar hoofd in een poging haar te kalmeren. Ze had Cecilie al snel aardig gevonden. Alle meisjes op de kwekerij hadden een verleden, maar Cecilie – nee, Isabella dacht er liever niet aan wat dit meisje allemaal had doorgemaakt voordat ze eindelijk hier terecht was gekomen en zich net als Isabella voor het eerst ergens veilig had gevoeld.

Dat was niet meer het geval, alles leek nu onveilig en Isabella begreep haar best. Ze voelde het zelf ook. Al die journalisten. De politie. De idylle hier lag aan scherven.

'Natuurlijk is het niet waar,' zei ze.

'Denk je?' prevelde Cecilie, en ze keek haar met die naïeve ogen aan.

Ze waren even oud, maar soms voelde Isabella zich bijna Cecilies moeder. Cecilie had het niet best getroffen. Kwaadaardige mensen. Slechte mensen. Ze had de gruwelijke details gehoord, maar de gedachte daaraan kon Isabella nu even niet verdragen, ze probeerde zich in plaats daarvan op iets fijns te concentreren.

Wil je me ontmoeten? In het geheim?

Natuurlijk wilde ze een ontmoeting met Paulus. Ze wist van zijn plekje af. De geheime plek. Het schuurtje helemaal aan de rand van het terrein. Ze wist ook van zijn planten af, maar dat had ze tegen niemand gezegd. Marihuana. Dat kon Isabella geen barst schelen.

'Paulus heeft niemand vermoord,' zei ze gedecideerd.

'Benedikte ook niet?'

'Absoluut niet.'

'Weet je dat zeker? Ze kan zo gemeen zijn.' Cecilie keek haar weer aan.

'Ja, maar ze is ook zo dom als een deur. Zelfs al had ze het geprobeerd, dan had ze het niet eens gekund, toch?'

Tot haar vreugde zag Isabella dat Cecilie flauwtjes glimlachte. 'Ja, dat is waar, hè? Zo dom als een deur.'

'Ja nou,' zei Isabella. 'Weet je nog, die keer dat we in het Natuurhistorisch Museum waren en zij vroeg waarom ze daar geen apen hadden?' Ze lachte even. 'En waarom al die dieren doodstil stonden?'

Nu glimlachte Cecilie voluit.

Isabella grijnsde. 'Ze dacht dat we in de dierentuin waren.'

'Ja, hè? Hoe dom kun je zijn?'

'Oerstom.'

'Ik heb een hekel aan mensen die gemeen doen,' zei Cecilie en ze kroop weer dicht tegen haar aan. Soms had Isabella het gevoel dat Cecilie pas zeven was en zich het liefst de hele tijd aan iemand zou vastklampen.

'Ik zal op je passen, je hoeft niet bang te zijn,' zei Isabella, en ze streek haar nog eens over het haar.

Plotseling ging de deur open. Synne keek om de hoek, buiten adem. 'Ze zijn er weer.'

'Wie?'

'Paulus en Benedikte. Ze zijn terug. Net gekomen. In een politieauto. Ze zijn meteen in Helenes kantoor verdwenen.'

Hij was terug.

Isabella merkte dat haar hart opsprong.

Wil je me ontmoeten? In het geheim?

Alleen jij en ik?

Het vijftienjarige meisje glimlachte.

Natuurlijk wil ik dat.

Ze kon haast niet wachten.

54

Holger Munch hing zijn jas in de gang, trok zijn schoenen uit en liep rechtstreeks de badkamer in, waar hij het medicijnkastje opende. Hij haalde twee pillen uit het doosje pijnstillers, legde ze op zijn tong en spoelde ze weg. Daarna liep hij naar de woonkamer zonder precies te weten wat hij moest doen.

Doodmoe als hij was had hij na zijn gesprek met Mia in Justisen linea recta zijn bed opgezocht, maar hij had de slaap niet kunnen vatten. Had onder zijn dekbed liggen draaien en was maar weer opgestaan. Nadat hij een poosje rusteloos door zijn flat had geijsbeerd, had hij zich aangekleed en was buiten door de kou gaan ronddolen met zijn blik op de grond gericht en zijn capuchon over zijn hoofd getrokken.

Die plotselinge hoofdpijn. Steken bij zijn slapen en achter zijn ogen. Midden onder het interview met Benedikte Riis was het hem zelfs zwart voor ogen geworden. Alsof iemand hem plotseling en zonder enige waarschuwing met een honkbalknuppel op zijn achterhoofd had geslagen, zodat hij sterretjes zag en een metalige smaak in zijn mond kreeg. Hij had zich moeten verontschuldigen en de kamer moeten verlaten om zijn gezicht met koud water af te spoelen. Minutenlang was hij zo blijven staan voordat hij weer tot zichzelf was gekomen. *Migraine?*

Holger was niet de gezondste man ter wereld, dat besefte hij heel goed, maar met zijn hoofd was nooit iets mis geweest. De klok boven het aanrecht wees bijna drie uur aan. Midden in de nacht. Verdomme nog aan toe. Hij was niet eens moe meer. Alleen die klotehoofdpijn. Hij bleef even staan, wachtend tot de pillen begonnen te werken. Werd hij te oud? Vierenvijftig, over een paar dagen vijfenvijftig, dat stelde als leeftijd toch niets voor? Hij slofte de keuken in, zette de waterkoker aan en wierp een blik in de koelkast. Eten. Daarmee had de gezette rechercheur nooit problemen gehad, maar terwijl hij daar zo in de koelkast stond te kijken, zag hij bij uitzondering nu eens niets waar hij zin in had. Hij haalde een mok uit de kast boven de spoelbak, wachtte tot de waterkoker afsloeg, liep met zijn kop thee de kamer weer in en bleef voor de plank met cd's staan.

Iets lekkers om te eten. Achtergrondmuziek, terwijl hij met het geluid uit langs de televisiezenders zapte. Zo deed hij dat altijd. Opruiming houden in zijn hoofd, de afgelopen dag van zich af zetten, min of meer bij wijze van meditatie. Een lekkere maaltijd. Muziek, terwijl de beelden van de wereld op de achtergrond flikkerden, maar hij kon niets vinden waarnaar hij wilde luisteren. Hij liet zich op de bank zakken en dronk wat thee, terwijl hij de pijn in zijn hoofd langzaam voelde wegtrekken. Buiten was het pikdonker. Het holst van de nacht, de wereld sliep, maar hij vond geen rust. De flat om hem heen leek plotseling zo leeg. Hij had zo goed mogelijk zijn best gedaan om zich thuis te voelen, daar aan de Thereses gate en eigenlijk viel het hem nu pas op, maar de dingen om hem heen zagen er zo doods uit. Een yucca in een hoek. Foto's van Miriam en Marion boven de bank. De cd-plank over de hele wand achter de televisie. Hij had zichzelf alleen maar voor de gek gehouden. Zichzelf wijsgemaakt dat dit een thuis was, maar dat was het niet. Hoe hij het ook wendde of keerde. Een opslagbox, dat was het. Een verblijfplaats.

Terwijl hij wachtte tot...

Hij maakte die gedachte niet af en ging naar de badkamer om nog twee pillen in te nemen. Probeerde te doen alsof hij de trouwring die hij had afgedaan en daar had neergelegd niet zag. Liep de keuken weer in en trok de koelkast open, maar had nog steeds nergens zin in. Ging nog eens voor de cd-kast staan, maar zag ook nu niets waarnaar hij wilde luisteren.

Hij was net op de terugweg naar de bank toen er plotseling werd aangebeld. Hij bleef even staan voor het zelfs maar tot hem doordrong wat het was. Midden in de nacht? Dat kon niet kloppen. Iemand had op weg naar een of andere afterparty op de verkeerde bel gedrukt, maar het geluid herhaalde zich. En nog eens.

Geërgerd liep Munch ten slotte naar de deurtelefoon.

'Hallo?'

'Dag Holger, Mia hier.'

'Wat?'

'Mia hier, is het goed als ik bovenkom?'

Nu was het er plotseling weer. Het gevoel dat iemand een spijker in zijn slaap had geslagen.

'Ben je daar, Holger?'

Hij moest op zijn tanden bijten om antwoord te kunnen geven. 'Weet je wel hoe laat het is? Wat is er?'

Mia bij hem voor de deur. Voor het eerst. Ze hadden elkaar altijd na gestaan, maar ze kwamen niet bij elkaar over de vloer.

'Skunk,' zei Mia, een schorre stem in de luidspreker.

'Waar heb je het over?'

'Over die hacker.'

'Wat?' zei Holger. Hij zocht steun bij de muur.

'Ik denk dat we voor het lapje gehouden zijn. Mag ik nou bovenkomen?'

'Het is midden in de nacht.' Hij bracht zijn hand naar zijn voorhoofd.

'Dat weet ik, maar we moeten praten,' vervolgde Mia aan de andere kant.

'Waarover?'

'Gabriel,' antwoordde ze.

'Gabriel? Wat bedoel je?'

'Skunk,' zei Mia weer, ongeduldig nu. 'Ik denk dat hij het is.'

'Die hacker?'

'Ja.'

Het werd even stil en Munch probeerde zijn gedachten op een rijtje te krijgen. 'Wat heeft Gabriel hiermee te maken?' mompelde hij.

'Laat je me nou nog binnen, of...?' vroeg Mia, heel ver weg aan het andere uiteinde.

'Ja, natuurlijk,' prevelde Munch, en hij kwam net genoeg bij zijn positieven om op de knop te drukken waarmee de buitendeur openging.

55

Het jongetje lag onder zijn deken naar de kalender op de muur naast zijn bed te kijken. Het was zo spannend dat het leek of zijn lichaam een en al glimlach was. De grote dag. Waar ze zo lang op hadden gewacht. Mama had het er al over sinds... Hij probeerde de dagen te tellen, maar hij had niet genoeg vingers. In elk geval sinds van de zomer, misschien zelfs nog eerder. De grote dag. Waarop alles zou... Tja, hij wist niet precies wat er zou gebeuren, maar het was iets enorm groots, groter dan de zon en de maan en de geboorte van de aarde. Hij trok de dunne deken helemaal op tot onder zijn kin en staarde weer naar de kalender. Mama had wel gezegd dat hij moest gaan slapen, maar dat was compleet onmogelijk. *December 1999*. Dat stond erop. Dat was dit jaar. 1999. Maar dat was niet het spannende. Het spannende was wat er op het papier daarachter stond. Daar mocht hij pas naar kijken als het twaalf uur was, maar hij had stiekem toch gegluurd, dat had hij gewoon niet kunnen laten. Januari 2000. Stel je voor. 2000. Het jongetje voelde zijn tenen onder in bed omkrullen, dat deden ze altijd als hij zo blij was als nu, ze krulden om en dan sprongen ze als het ware op, samen met zijn voeten en zijn armen en de rest van zijn lijf, helemaal tot aan zijn oren, die altijd heel erg warm werden. Dat was fijn, want het was nu koud in zijn kamertje. December. Heel koud. En ze hadden alleen maar geld voor een kachel in de woonkamer. Kachels waren duur. Hout ook. Hij sliep altijd met zijn muts op en zijn kleren aan, maar hij voelde toch dat zijn tenen omkrulden, daar onder in zijn sokken.

De grote dag. Een nieuw millennium, heette dat. Duizend nieuwe jaren. Dat één enkele dag zoveel betekende, stel je voor! Dat een paar minuten op de klok zoveel verschil konden maken. De wijzers deden van *tik-tak* en dan ineens, hopla, boem, hoera, hadden ze al dat stomme gedoe uitgevlakt en was de grote dag begonnen, de dag waar ze zich al sinds... Hij probeerde nog eens te tellen, maar hij had nog steeds niet genoeg vingers, en ze waren ook niet allemaal even makkelijk te vinden in de wanten die hij moest dragen omdat het zo koud was.

Het jongetje had een klok aan zijn muur, maar die wees niet de goede tijd aan, want de batterij werkte al een poosje niet meer en een nieuwe was duur, dus was het nu de hele tijd vijf over vier. Daar kon je niet van op aan, dus probeerde hij te tellen sinds zijn moeder had gezegd dat hij naar zijn kamer moest. Toen was het vijf over acht geweest op de klok in de woonkamer, en de seconden gingen zo: *duizend-en-een, duizend-en-twee, duizend-en-drie*, maar na *duizend-en-vijfhonderd-en-nog-wat* was het misgegaan in zijn hoofd, dus kon hij maar het beste in zijn bed blijven wachten tot mama hem zou halen en zou zeggen dat hij nu gekomen was.

De grote dag.

Hij wist niet wat er ging gebeuren, maar dat het grote dingen waren, dat stond vast. Want niemand kon in dat duizendste jaar leven, het was bezeten door boze geesten en alles wat er maar fout was. Daar viel niet zoveel aan te doen, ze konden alleen maar wachten tot het voorbij was, en dat was algauw. En zelfs al wist hij niet precies wat er zou gebeuren, hij hoopte dat zijn moeder vrolijker zou worden, en dat geloofde hij ook wel, want ze verheugde zich er al heel lang op.

Het jongetje trok zijn muts verder over zijn oren en deed zijn best om warm te blijven onder de dunne deken.

'De kelder is te groot,' zei mama altijd, die keren dat hij vroeg waarom het de hele tijd zo koud was in huis. 'Je vader was niet helemaal goed bij zijn hoofd, maar huizen bouwen kon hij wel. Hij wist heel goed wat er zou komen, dat we een plek nodig hadden om ons te verstoppen als de grote klap zou komen, maar het werd te groot, er had meer huis en minder kelder moeten zijn, want onder de grond wordt het koud en dan trekt de kou door de vloeren naar boven, snap je?'

Hij snapte niet zo goed wat ze zei, mama, die keren dat ze over papa vertelde, want die had hij nooit gezien, maar hij knikte toch maar, omdat ze het niet prettig vond als hij te veel vragen stelde. Dat papa echt bestond wist hij, omdat hij het huis had gebouwd. Hij had hem dan wel niet met eigen ogen gezien, maar mama kon niets bouwen, dus het moest waar zijn. Soms dacht hij dat papa misschien een beetje op de papa van Pippi Langkous leek. Dat hij een geweldig goeie vader was, maar dat hij de hele tijd weg moest, als een soort zeerover op het eiland Taka-Tukaland, en dat hij, nou ja, op een dag ineens zou komen, met een grote baard, en heel vrolijk zou zijn, maar dat was nog niet gebeurd. Hij had het niet tegen mama gezegd en bijna niet hardop tegen zichzelf, maar hij had het wel vaak gedacht, dat dit misschien was wat de grote dag inhield. Dat het dan zou gebeuren. Dat papa plotseling de deur binnen zou stappen met goudschatten en mama zou optillen en ronddraaien en, nou ja, 'taka-tuka met jou!' En dan had hij cadeautjes bij zich van overal ter wereld, en een daarvan was een kachel, speciaal voor hem, zodat hij het niet koud meer hoefde te hebben in zijn kamertje, dat eigenlijk nooit warm werd, vooral niet als het december was, zoals nu.

Hij had er veel over gepiekerd, heel veel, over wat die grote dag zou kunnen zijn. Hij hoopte wel dat papa terug zou komen, maar dat was natuurlijk niet zeker, dus had hij een lijst gemaakt. Die had hij niet aan mama laten zien, want hij wist wat ze van zulke dingen vond, dat hij vragen stelde en dingen wilde hebben en zo, dus dat had hij niet gedaan. Maar de lijst lag onder zijn kussen en nu stonden er al zeven dingen op, zeven dingen waarvan hij dacht dat ze op de grote dag zouden kunnen gebeuren.

Hij vroeg zich af of hij hem zou pakken om er nog eens op te kijken, maar mama had gezegd dat hij naar bed moest, zich heel stil moest houden en er niet uit mocht komen, al was het op de klok in de woonkamer pas vijf over acht geweest.

De grote dag.

Hij had het met grote letters helemaal boven aan het papier geschreven. Hij had zichzelf helemaal zonder hulp leren schrijven, en daar was hij best trots op. Tellen. Klokkijken. De letters. Schrijven. Helemaal zelf, en dat was fijn, want net als Pippi ging hij niet naar school. Eerst had hij niet gesnapt wat er allemaal op stond. Op de achterkant van het pak cornflakes, op de tube tandpasta, op de zijkant van het pak melk, in de drie boeken die hij op zijn kamertje had, het waren eerst maar rare krabbels geweest, zelfs bijna kleine tekeningen in zijn hoofd, maar ineens was het hem gelukt alles op een rij te krijgen toen mama op een dag niet thuis was geweest. Hij wist niet hoe het was gebeurd, maar het had te maken met de woorden die uit mama's mond kwamen en de woorden waarmee hij haar antwoord gaf en waarvan hij eerst had gedacht dat ze alleen maar in de lucht zaten, totdat hij plotseling snapte dat het dezelfde woorden waren als op de dingen waar hij naar keek.

Slaap lekker.
Melk.
Januari.
Zeep.
Win.
Annika.
Tommy.
Win een reis naar Disneyland.

En daarna had hij een pen gebruikt om de woorden op een blad papier te schrijven, en die ontdekking was bijna net zo fantastisch geweest als onder de deken liggen en op de grote dag wachten. Hoe je de woorden uit je mond en die letters overal met niet meer dan een klein pennetje op papier kon zetten.

Nu stond het jongetje uit bed op om even wat te bewegen, om te zorgen dat zijn bloed wat warmer werd, want kleren hielpen niet en de dunne deken ook niet, hij had het koud over zijn hele lijf en als hij ademde kwam er damp uit zijn mond, ook al was hij binnen.

Papa had het huis gebouwd maar hij dacht dat papa dan misschien goed was in het bouwen van huizen en dat ze een plek nodig hadden om zich te verstoppen als de wereld verging, maar dat mama gelijk had. De kelder was te groot. Want het was nu veel te koud in zijn kamertje, het hielp niet eens dat hij met zijn kleren aan in bed lag, en even dacht hij dat het misschien toch wel kon, teruggaan naar de woonkamer waar de kachel brandde, maar hij deed het niet. Als hij iets had geleerd, dan was het dat het heel belangrijk was om mama niet boos te maken.

Het jongetje liep naar zijn kast en haalde er een trui uit. Eentje met kruisjes rond de hals. Dat was de mooiste die hij had, en die was alleen maar voor verjaardagen of voor als hij naar buiten mocht, maar hij trok hem toch aan, over zijn andere kleren heen, en ging weer onder de deken liggen. Hij wierp nog een blik op de kalender, 1999, het slechte jaar, en hij merkte dat hij niet kon wachten tot hij het blad helemaal mocht omslaan.

Januari 2000.

Een nieuw millennium.

Hij was niet brutaal, heus niet. Hij deed altijd wat hem werd gevraagd, maar mama had eigenlijk nooit gezegd dat hij die lijst niet mocht pakken, alleen maar dat hij naar bed moest, dat was toch zo?

Het jongetje trok zijn wanten uit, pakte zijn zaklantaarn, haalde de lijst van onder zijn kussen en glimlachte even.

DE GROTE DAG
Wat ik wil:

1. Mama wordt blij.
2. Papa komt terug om de kelder kleiner te maken.
3. Ik mag het huis uit.
4. Ik trek niet meer aan mama's haar als ik het kam.
5. Ik mag naar school.
6. Ik kan aan mama vertellen dat ik de letters en de getallen snap, dat ik kan lezen en op papier kan schrijven, en dan wordt ze niet boos.
7. Ik krijg een vriendinnetje, net als Tommy en Annika.

Nu begon het plotseling te waaien en de wind rammelde niet alleen aan de muren maar kwam via de dunne ruiten naar binnen, blies ijs over zijn gezicht, over het stukje tussen zijn muts en de rand van de deken dat nog bloot was.

Hij vroeg zich nog eens af of hij niet zou opstaan om naar de woonkamer te gaan, waar de kachel brandde, het was zo heerlijk om daar te zitten, te voelen hoe de warmte van het hout zijn vingers ontdooide, maar hij deed het niet, omdat mama het gezegd had.

Mama.

Het jongetje had geen andere mensen om zich heen, die waren er nooit geweest, hij had alleen mama.

Als zij het huis uit ging, moest hij alleen thuisblijven. Het kon dagen duren voordat ze terugkwam, maar dat maakte niet uit, want ze was alles voor hem.

Haar mooie blonde haar kammen voor de kachel. Haar helpen de plekjes te wassen waar je zo moeilijk bij kon, een spons en zeep op de plekjes die je niet zo makkelijk zelf kon wassen. Het jongetje glimlachte nu en vergat helemaal dat hij het vervelend vond dat hij geen twintig punten op zijn lijst had, zoals hij van plan was geweest, maar niet meer dan zeven. Dat gaf niet meer.

De grote dag.

En zonder het te beseffen had hij zijn ogen zo lang dichtgehouden dat hij uit de koude kamer even naar dromenland verdween, en toen hij weer wakker werd wist hij het, al gaf de klok op de muur nog steeds vijf over vier aan.

Het was geen 1999 meer.

Het was 2000.

De grote dag.

Dat moest wel. Ze was alleen maar vergeten hem te wekken. Hij trok de deken opzij en liep snel de koude kamer uit. Met een lach om zijn mond liep hij door de woonkamer naar haar kamer. Domme mama. Ze was vast ingeslapen en vergeten hem op de grote dag wakker te maken.

Hij deed de deur van haar slaapkamer open en bleef in de deuropening staan.

Aan een dakbalk hing een touw.

Aan het touw om haar hals hing een naakt lichaam met lang, blond haar, roerloze ledematen en een blauw gezicht. Haar ogen waren opengesperd en haar mond zag er niet uit alsof hij kon praten.

Het jongetje trok een stoel naar zich toe, ging er voorzichtig op zitten en keek vol verwachting naar het lichaam dat aan het plafond hing. Hij lachte aarzelend.

En wachtte stilletjes tot ze wakker zou worden.

56

Gelukkig was die bonkende hoofdpijn weer wat weggeëbd. Terwijl hij een kop thee voor Mia neerzette, onderdrukte Munch een lichte geeuw.

'Is dat alles wat je hebt?' vroeg ze met een blik op de mok voor haar.

'Wat bedoel je?'

'Iets sterkers heb je niet?'

'Het is midden in de nacht, Mia, kan dit morgen niet?'

'Nee, het is belangrijk.' Ze neuzelde een beetje, en nu zag Munch dat ze behoorlijk aangeschoten was, maar toch op een bepaalde manier energiek en alert.

Zijn knappe collega had zelfs haar schoenen en haar jack niet uitgedaan, maar was zo op de bank gaan zitten en keek hem nu aan met die oogopslag die hij al zo vaak had gezien. Er was haar een licht opgegaan. Hoe ze het deed was altijd een mysterie voor hem geweest, maar hij had geleerd die blik te vertrouwen.

'Ik drink niet, Mia, dat weet je best,' gaapte hij.

'Jawel, maar toch,' zei ze met een knikje naar de plank onder de cd's. Lollige cadeaus van het team. Iedere verjaardag weer. Laten we de geheelonthouder iets duurs geven wat hij toch nooit opdrinkt. Er stonden daar acht ongeopende flessen whisky, met etiketten die hem totaal niets zeiden en hem ook niets deden.

'Ga je gang,' zei Munch hoofdschuddend.

Mia stond op, haalde een fles en maakte die open. 'Heb je een glas?'

Hij liep naar de keuken en haalde een glas uit een kastje. Op dat moment viel zijn blik op een smiley op de koelkastdeur, en ineens schoot hem te binnen dat hij iets was vergeten.

Miriam had gebeld. En door al die drukte was hij vergeten haar terug te bellen. Wel verdomme, en hij was nog wel van plan geweest er wat meer te zijn voor zijn familie. Hij liep met het glas de woonkamer weer in, en het drong nu pas tot hem door dat Mia al die tijd was blijven praten.

Wat is er met mijn hoofd aan de hand?

'Dus, begrijp je wel?' vroeg Mia, terwijl ze haar glas volschonk.

'Wat?'

'Heb je me gehoord?'

'Niet helemaal.' Hij ging zitten. 'Weet je zeker dat dit morgen niet kan?'

'Hij is naar me toe gekomen.'

'Wie?'

'Kom nou, Holger, slaap je soms al? Skunk. Hij is naar me toe gekomen toen ik in Lorry zat.'

'Skunk?' zei Munch verrast.

'Zomaar ineens.' Mia nam een slok. 'Totaal onzichtbaar, was dat niet wat Gabriel zei?'

'Ja.'

'Onmogelijk te vinden.' Mia glimlachte. 'Niet te pakken te krijgen.'

Munch liet haar doorpraten.

'Een live feed, daar had hij het over.'

'Wat?'

'Het filmpje dat we gekregen hadden. Van Camilla in het looprad. Dat was niet gewoon een opname, het was een live feed.'

'Een feed?'

'Ja.' Mia knikte ijverig. 'Hij zei dat er camera's op haar gericht stonden. Dat ze maandenlang te zien was geweest.'

'Godallemachtig,' zei Munch. Hij merkte dat hij misselijk werd.

'Ja, ziek toch?'

'Zeg dat verdomme wel...'

'Maar daar kom ik niet voor.' Mia schonk haar glas nog eens vol.

Ze was naar Lorry geweest in plaats van naar huis te gaan, en ze had blijkbaar ook het nodige gedronken. Nu bracht ze het glas naar haar mond en dronk het bijna helemaal leeg in plaats van meteen verder te spreken.

'Mia, ik...'

'Nee, nee, luister nou,' vervolgde ze vol vuur. 'Hoe weet je zoiets? Dat het geen film is, maar een live feed. Als je er niet...' Ze grijnsde en keek hem nu bijna klaarwakker aan, al had ze nog zoveel gedronken.

'... zelf bij bent geweest?'

'Precies.'
'Verdomme,' zei Munch.
'Ja, hè?'
'Hij kwam zomaar opduiken?'
'Ja. Uit het niets.'
'En je denkt dat hij een slecht geweten heeft? Dat hij onze man is?'
'Ja.'
Ineens voelde Munch zich niet moe meer.
'Dus, wat doen we?'
'Hem opsporen. Hem verhoren. Kijken of we voldoende grondslag hebben om hem in staat van beschuldiging te stellen.'
'Daar heb ik het niet over.'
'Waar dan wel over?'
'Wat doen we met Gabriel?' vroeg Mia.
'Hoe bedoel je?'
'Die twee kennen elkaar goed.'
'Dus je denkt dat Gabriel meer weet dan hij loslaat?'
Mia haalde haar schouders op. 'Vind jij het niet raar dat Gabriel ons niet heeft verteld wie die Skunk is, en waar we hem kunnen vinden?'
'Mia...' begon Munch.
'Nee, luister nou. Plotseling duikt er een filmpje op. Uit het niets. En Gabriel, tja, hoelang kennen we die eigenlijk? Zes maanden?'
'Mia, vind je niet dat...'
'Nee, echt, Holger, dit heeft iets te betekenen,' viel ze hem in de rede. Ze leegde haar glas en schonk het nog eens vol.
'Ja, maar...'
'Nee, je moet luisteren, Holger. Skunk weet iets. Volgens mij een heleboel. En als Skunk iets weet, denk ik dat Gabriel het misschien ook weet. We moeten het er met hem over hebben, maar daarbij moeten we omzichtig te werk gaan, daarom moest ik je nu spreken, snap je wel?'
Munch knikte peinzend. 'Dat kun jij het beste doen,' zei hij ten slotte.
'Wat?'
'Met Gabriel praten. Morgen. Hij mag je graag. Zorg dat hij vertelt wat hij weet.'

Nu kwam het weer aansluipen. De metaalsmaak in zijn mond. De spijker in zijn slaap.

'Oké.' Mia dronk haar glas leeg.

'Maar niet waar de anderen bij zijn, goed?'

'Natuurlijk niet.'

'We hebben een gezamenlijke briefing om tien uur, misschien daarna?'

'Goed.' Ze stond op.

'Dus je denkt dat hij het is?' vroeg Munch toen ze in de gang stonden.

'Skunk?'

'Ja?'

'Dat gevoel heb ik wel. Er is in elk geval iets met hem aan de hand.'

'Oké, maar wel vriendelijk blijven, hè?' zei Munch, terwijl hij de deur voor haar opende.

'Tegen Gabriel?'

'Ja.'

'Natuurlijk,' zei Mia. En met een glimlach verdween ze de trap af.

57

Tijdens de gezamenlijke briefing had Gabriel Mørk de hele tijd een raar gevoel, het leek wel of er iets niet klopte, en dat vermoeden werd bevestigd toen Mia hem meteen na afloop van de bijeenkomst vroeg of hij naar haar kantoortje wilde komen.

'Wat is er?' vroeg Gabriel verbaasd toen ze hem vroeg de deur achter zich dicht te doen.

Mia bekeek hem met een blik die nieuw voor hem was, achterdochtig en nieuwsgierig tegelijk, haar hoofd enigszins schuin, alsof ze probeerde zijn gedachten te lezen.

'Wat is er?' herhaalde Gabriel.

'Ik moet je iets vragen. En je zult honderd procent eerlijk tegen me moeten zijn.'

'Eerlijk?' zei Gabriel met een lachje. 'Waarom zou ik niet eerlijk tegen je zijn?'

Mia haalde een pastille uit haar jaszak en stopte die in haar mond, terwijl ze hem al die tijd bleef aankijken. 'Skunk.'

'Ja? Wat is er met hem?' Gabriel haalde zijn schouders op.

'Hoe na staan jullie elkaar eigenlijk?'

Nu begon het hem langzaam te dagen. Dit was waar hij een paar dagen geleden al bang voor was geweest. Skunk was uit het niets opgedoken met dat filmpje, daarna even abrupt weer verdwenen, en Gabriel zou niet weten hoe hij hem moest vinden. 'Wat bedoel je?'

'Wat ik zei,' antwoordde Mia, nog steeds zonder haar blik van hem af te wenden.

Het gesprek deed nu ineens aan een ondervraging denken, en Gabriel merkte dat dat hem niet beviel. 'We waren vroeger goede vrienden.'

'Hoe goed?'

'Erg goed, waar wil je eigenlijk heen?'

'Maar nu niet meer?'

'Nu niet meer,' zuchtte Gabriel. 'Wat is er, Mia, wil je me ergens van beschuldigen of zo?'

'Ik weet het niet.' Mia hield haar hoofd weer enigszins schuin. 'Valt er voor ons iets te beschuldigen?'

Ons? Gabriel merkte dat hij zich begon te ergeren. Ze hadden over hem gepraat. Munch en zij, misschien ook een paar van de anderen. 'Ik heb er eerlijk gezegd geen idee van waar hij is.' Gabriel spreidde zijn armen. 'Misschien houdt dat in dat ik een idioot ben, maar ik zou niet weten waarom ik ergens van beschuldigd zou moeten worden.'

'Dus je hebt hem al een tijd niet gezien.'

'Al een paar jaar niet meer,' zei Gabriel hoofdschuddend. 'Pas weer toen hij ineens contact met me opnam.'

'Dus jullie zijn geen vrienden meer?'

'Nee.'

'Hoe dat zo?'

Plotseling zat het Gabriel tot hier. Hij was toch al moe genoeg. Hij sliep de laatste tijd slecht, kon die beelden niet van zich af zetten, hoezeer hij het ook probeerde. Het magere meisje op haar knieën op de grond. De woorden op de muur achter haar. De gevederde schaduw. Hij huiverde alleen al als hij eraan dacht.

'Luister eens,' zei hij met een stem die bozer klonk dan hij zelf wilde. 'Ik weet dat ik hier nieuw ben en niet zo ervaren als de rest van jullie, maar ik doe zo goed mogelijk mijn best, en als ik had geweten waar hij was, dan had ik dat gezegd. Denk je dat ik het niet heb geprobeerd? Dat ik mijn voelhorens niet heb uitgestoken? Denk je dat echt? Maar ik krijg geen antwoord, en weet je waarom niet? Omdat Skunk niet gevonden wil worden. Omdat...' Hij viel stil, moest even tot rust komen, want hij merkte dat zijn bloed enigszins aan de kook was geraakt.

'Waarom dan niet?' vroeg Mia.

'Wat denk je zelf?'

'Omdat hij bezig is met zaken die het daglicht niet verdragen.'

'Precies.' Gabriel spreidde zijn armen weer. 'En nu denken jullie dat ik daarbij betrokken ben? Is dat het? Wel verdomme, Mia, ik mag je graag en zo, maar dit neem ik niet. Ik werk me verdomme al over de kop sinds...'

Mia stak haar hand op om hem te onderbreken voor hij nog meer zei. 'Het spijt me, Gabriel.' Haar blik was nu vriendelijker. 'Maar ik moest het gewoon checken.'

'Wat checken?' zei Gabriel geïrriteerd.

'Sorry,' zei ze weer, en ze zag eruit alsof ze het meende.

'Zeg dat verdorie wel, Mia. Dit heb je niet goed aangepakt.'

'Het spijt me,' zei ze nogmaals. Ze stond op en ging vlak voor hem op de rand van haar bureau zitten.

'Hoe kom je erbij? Hoe komen *jullie* erbij? Wat hebben jullie tegen elkaar gezegd? Dat Gabriel en Skunk onder een hoedje spelen? Dat die ouwe hackers aan het schnabbelen zijn? Meisjes in kelders opsluiten? Serieus, Mia. Ik word er misselijk van.' Gabriel was nu zo kwaad dat hij zichzelf bijna niet meer in bedwang had. Dit had hij totaal niet zien aankomen. Dat ze zo over hem zouden denken. Had ze er eigenlijk wel enig idee van hoe trots hij erop was dat hij deel uitmaakte van dit team?

'Gabriel.' Ze kwam nog dichterbij en legde een hand op zijn schouder. Het leek bijna alsof ze hem wilde omhelzen. Ze keek echt berouwvol. 'Soms ben ik niet zo competent als ik zou moeten zijn,' zei ze, zonder haar hand van zijn schouder te halen. 'Ik, eh, soms vergeet ik om na te denken, dan gaat het te snel. Kun je het me vergeven? Ik dacht weliswaar niet dat je hier iets mee te maken had, maar...'

'Maar wat?'

'Soms... als je iemand aardig vindt, dan bescherm je die toch?'

'En jij dacht dat ik Skunk beschermde?'

'Zoiets, ja.' Mia keek spijtig.

'Ten eerste,' zei Gabriel, 'denk ik dat Skunk zich uitstekend zelf kan redden. Ten tweede zijn we geen vrienden meer. Ten derde, ook al waren we wel vrienden geweest, als ik zou denken dat hij meer wist van iets waar wij – en ik zeg *wij*, want ik voel me werkelijk onderdeel van dit team, ook al denken jullie daar blijkbaar anders over – waar wij aan werken, dan zou ik natuurlijk nooit dingen achterhouden. Wat denk je eigenlijk wel van me, Mia? Ik dacht dat wij tweeën misschien, tja...'

'Gabriel,' zei Mia, en nu leek ze het pas goed te betreuren. 'Echt. Ik zat fout. Het spreekt vanzelf dat jij onderdeel van dit team bent. Iedereen hier ziet je helemaal zitten en vindt dat je fantastisch werk doet, ik bedoel, je bent hier pas een halfjaar en we kunnen nu al niet meer zonder je, oké? Dat weet je toch wel?'

'Blijkbaar niet.'

'Oké, verplaats je dan even in mij.'

'Goed, en?'

'Er duikt zomaar uit het niets een filmpje op. Een hacker heeft dat "bij toeval" gevonden. Op een server waarvan hij de locatie niet kent. Hij geeft het aan zijn voormalige collega, die bij de politie werkt. Die collega "weet niet waar hij hem kan vinden". Ik bedoel, als jij mij was? Bekijk het eens van die kant? Alsjeblieft?'

Gabriel dacht even na en zag wel in dat ze een punt had.

'Dus?' zei Mia, en ze glimlachte tegen hem. 'Goed? Einde verhoor? Alles in orde? En je snapt waarom? Kunnen we dit dus achter ons laten?'

'Oké.' Gabriel glimlachte flauwtjes terug. 'Dus met wie heb je gesproken?'

'Waarover?'

'Hierover. Dat je dacht dat ik niet de waarheid sprak?'

'Alleen met Munch. En hij dacht dat ik het mis had, dus zo zie je maar.'

'Wat?'

'Dat ik soms niet nadenk en dat iedereen jou hier aardig vindt. Heb ik me nu genoeg verontschuldigd?'

'Oké,' zei Gabriel.

'Fijn. Dus nu kan ik met je bespreken wat ik eigenlijk van plan was met je te bespreken.'

'En wat is dat?'

'Hij is naar me toe gekomen.'

'Wie?'

'Skunk.'

'Serieus? Nee, dat kan niet. Hij heeft de pest aan de politie.'

'Dit is geen flauwekul. Ik zat in Lorry en ineens dook hij daar op.'

'Daar snap ik geen barst van,' zei Gabriel verbaasd.

'Ja, raar hè?'

'Hoogst merkwaardig.'

'Dat dacht ik dus ook. En hij zei een aantal dingen waarmee, eh, eigenlijk alleen jij me kunt helpen. Zullen we daarnaar kijken?'

'Natuurlijk.'

'Mooi. Ik ga nog wel even koffie halen, wil jij ook?'

'Ja, graag,' zei Gabriel en hij merkte dat hij blij was met de warme blik vol vertrouwen die Mia hem toewierp voor ze de kamer uit liep.

58

Het was veel warmer in het bed waarin hij van de vreemde gezichten moest slapen. Hij was hier nu een paar dagen en wist nog steeds niet waar hij zich bevond of wie die mensen waren, maar ze hadden gezegd dat hij veilig was en dat hij niet bang meer hoefde te zijn.

Het jongetje snapte niet precies wat ze daarmee bedoelden, maar ze hadden hem te eten gegeven en daar was hij blij mee, want het was heel erg lang geleden dat hij had gegeten.

De vreemde gezichten leken aardig, maar ook vrij dom. Ze begrepen bijvoorbeeld niet dat de wanden in hun huis erg dun waren en dat hij kon horen wat ze over hem zeiden nadat hij naar bed was gegaan. Mama had altijd gezegd dat hij voor de mensen moest uitkijken, ze hadden twee gezichten en waren niet te vertrouwen. Hij begreep dat ze gelijk had, want die vreemden zeiden andere dingen tegen hem als hij in de kamer was dan wanneer ze aan de andere kant van de wand zaten en dachten dat hij ze niet kon horen.

Dit is toch volkomen gestoord.

Ze heeft hem tien jaar in die hut gevangengehouden.
Hij heeft nog nooit andere kinderen gezien.
Hij is puur bij toeval gevonden.
God nog aan toe.
Hij zat al meer dan een week bij haar.
Compleet uitgehongerd.

Hij probeerde te begrijpen waar ze het over hadden, hij was toch zeker niet dom, het was duidelijk dat ze over hem praatten, maar wat ze zeiden snapte hij niet helemaal. Wat het betekende. En waarom mama er niet was, snapte hij ook niet. Ze hadden haar van het plafond af gehaald toen ze gekomen waren, en hij verheugde zich er al op dat hij haar weer zou zien, maar ze leek er nog niet klaar voor te zijn, of in elk geval zag het ernaar uit dat hij hier moest blijven, terwijl hij wachtte.

Bij de vreemden die twee gezichten hadden en niet te vertrouwen waren. Ze waren dom, maar ze hadden lekker eten. En erg warme kamers. En niet in de laatste plaats, en daar was hij heel blij om: boeken. Ongelofelijk veel boeken. Niet alleen Pippi, het jongetje had niet geweten dat er zoveel boeken in de wereld waren, en hij verslond ze een voor een. Kon er niet genoeg van krijgen, die letters op papier maakten hem blij vanbinnen, nieuwsgierig, zodat hij in zijn hoofd naar fantastische plaatsen reisde waar hij nog nooit was geweest.

En na een poosje zeiden ze dat hij moest praten met een man met een dunne baard die een baantje had dat psycholoog heette. De man was precies zoals mama had gezegd, rot vanbinnen, maar met een glimlach vanbuiten. De man met de dunne baard zei dat hij best van de snoepjes mocht eten die op een schaaltje op de tafel tussen hen in stonden, vermoedelijk om hem ergens toe te verleiden, zoals de mensen deden, maar hij at er toch van, want ze smaakten lekker, en terwijl de man praatte knikte hij zo goed mogelijk.

De man vertelde over iets wat 'dood' heette. Dat mama er niet meer was en dat ze nooit meer terug zou komen. In het begin geloofde hij dat natuurlijk niet, maar naarmate de maanden voorbijgingen kreeg hij steeds meer het gevoel dat er misschien toch wel enige waarheid in school. Want hoelang hij ook wachtte en hoopte dat ze er zou zijn wanneer hij 's morgens onder de warme deken zijn ogen opende, ze kwam niet. Dat *dood* zou dus toch wel bestaan, en daar was ze van plan een tijd te blijven. Hoelang wist hij niet, en het jongetje durfde het ook niet te vragen, want zodra hij zijn mond erover opende, tegen de vrouwen die hem eten brachten of tegen de psycholoogman met de snoepjes, keken ze hem raar aan.

Alsof hij dom was.

Ze zeiden het niet, maar hij zag het aan hun ogen. Dat hij de eenvoudigste dingen, die waarschijnlijk makkelijk te begrijpen waren, niet wist. Dus hield hij ermee op. Met dingen vragen. In plaats daarvan leerde hij te knikken. Glimlachend te knikken, en dan werden ze altijd blij. Twee gezichten. Precies zoals mama had gezegd. Dat de mensen een masker ophadden. En de wanden van het huis waren nog even dun, maar omdat hij zo goed zijn mond wist te houden over wat er binnen in hem zat, klonken de woorden achter de wand waarmee ze over hem praatten na verloop van tijd anders.

Hij doet het geweldig goed.

Dat is fijn om te zien.

Het lijkt alsof hij al vergeten is wat hij heeft doorgemaakt.

Wat een nachtmerrie, hè? Tien jaar lang met een krankzinnige moeder opgesloten in een hut.

Maar nu gaat het dus heel goed.

Heb je gezien hoe slim hij is? Hoeveel hij leest?

Weet je ook wat er bij Nils gebeurd is?

Nee, wat dan?

Met die laptop?

Wat is daarmee?

Hij wist niet wat dat was.

Wat?

Ik bedoel, hij wist niet wat dat was, maar nu gebruikt hij hem voortdurend. Nils zei dat hij nog nooit iemand heeft meegemaakt die zo snel leert.

Ah, godzijdank.

Ja, geweldig toch?

Hij was er nu een jaar. Had alle boeken in het huis meermalen gelezen, ook de boeken die volgens de gezichten alleen voor volwassenen waren. Op een dag hadden ze hem met de auto naar een andere plaats gebracht, waar zoveel boeken waren, dat hij was omgevallen van verbazing. Ze waren overal, vanaf de vloer tot het plafond, en hij mocht ze meenemen naar zijn kamer, kreeg zelfs een kaartje met zijn naam erop, en de oude dame achter de balie, die ook een vriendelijke buitenkant had, zei dat hij zoveel boeken mocht lenen als hij wilde en net zo vaak mocht terugkomen als hij zin had.

Praat niet zo lelijk over mama.

Twee keer was het gebeurd dat degene die binnen in hem zat bijna door zijn mond naar buiten was gekomen om ze te verslinden, ze te laten bloeden en hun lelijke woorden over mama terug te nemen, maar hij had zich weten in te houden. Twee gezichten. Eigenlijk heel slim. Hij was er goed in. Ze kwamen er niet achter.

Ach, wat is hij toch lief.

Ja, is hij niet lief?

Dat zeiden de stemmen door de wand heen. En zo had hij het ook graag. Die andere woorden bevielen hem niet, die van de eerste nachten, toen hij niet had geweten waar hij was. Hij had er de koude rillingen van gekregen onder de deken, al was die eigenlijk warm.

Maar het was hier ook fijn.

Vooral vanwege de boeken.

En de andere kinderen.

Niet meteen al. Toen was het met die kinderen net zo gegaan als met de volwassen gezichten, maar toen hij na een poosje had begrepen hoe hij het moest doen, niet zichzelf zijn maar alleen maar glimlachen en de binnenkant niet laten zien, was het veel beter gegaan.

Maar de laptop boeide hem het meest.

Een man die Nils heette had die voor het eerst aan hem laten zien. De kleine rechthoek van plastic die open kon en waarin een compleet nieuwe wereld zat.

'Heb je nog nooit een computer gezien? Serieus?'

En toen had het jongetje gemerkt dat de boosheid die in hem zat bijna naar buiten was gekomen, maar het was hem gelukt zijn buitenkantgezicht op te houden. En later had hij het Nils vergeven, want de boeken waren fantastisch geweest, maar dit was echt heel bijzonder, en zijn stem door de wand was ook fijn geweest.

Potverdorie, wat een hersens heeft die jongen.

Ja, mooi hè? Zo opgroeien, en dan gaat het toch nog zo goed.

Nee, ik meen het.

Wat dan?

Je weet wel, Beethoven?

Wat bedoel je?

Ze zeggen dat Beethoven het als het ware meteen doorhad toen hij een piano te zien kreeg.

Wat had hij door?

Nou, sommigen moeten het leren, maar Beethoven keek er alleen maar naar, ging zitten en speelde. Hij begreep meteen wat het was.

Waar heb je het nou toch over, Nils?

Hij had verdorie van zijn leven nog nooit een computer gezien.

Die stakker. Dat je zo lang opgesloten zit. Wat een nachtmerrie.

Toen ik hem aanzette en hij erachter ging zitten, was het waarachtig net alsof hij meteen snapte hoe alles in elkaar stak.

Ik ben zo blij dat het goed met hem gaat.

Ja, maar snappen jullie het dan niet? Die knul is een klasse apart.

En zo ging het al twee jaar. Hij kende alle smaken van de snoepjes door en door. En de kinderen kwamen en gingen, maar hij vond hun gezelschap toch leuk. En hij had begrepen dat de dood een belangrijk iemand was die mama vasthield tot ze klaar was om terug te komen. Van lieverlee begon het jochie zich hier bijna thuis te voelen. Niet zoals bij mama natuurlijk, maar toch. De stemmen achter de wand zeiden nu altijd goede dingen over hem. De kinderen op de speelplaats wilden graag met hem voetballen of in het klimrek klimmen. Hij kon hier best wachten. Tot de dood klaar was met mama. Hij sliep 's nachts beter. Was altijd blij als hij wakker werd.

Tot de dag waarop er plotseling een auto voor was komen rijden bij het huis en een van de vrouwengezichten naar hem toe was gekomen.

'Er is hier iemand met wie ik graag wil dat je kennismaakt.'

'O ja?' had hij gereageerd met zijn glimlach op.

'Je krijgt een nieuw thuis.'

Hij had niet helemaal begrepen wat dat inhield.

'Hallo,' zei plotseling een vrouw met blond haar die uit de vreemde auto was gestapt.

'Hallo,' zei hij, en hij stak zijn hand uit en maakte een buiginkje, zoals hij had geleerd.

'Ik heet Helene,' zei de vriendelijke vrouw. 'Helene Eriksen.'

'Zullen we met zijn allen naar binnen gaan om elkaar beter te leren kennen?' zei de vrouw uit het huis.

En dat deden ze, ze gingen naar binnen en op tafel stonden broodjes en hij kreeg rode limonade, en toen had de nieuwe vrouw een ernstig gezicht getrokken en haar hand op zijn schouder gelegd. 'We zijn echt heel blij dat jij nu deel van onze familie gaat uitmaken.'

Het jongetje had niet begrepen wat er aan de hand was en degene die in hem zat had zijn tanden ontbloot, maar het was hem desondanks gelukt tegen haar te glimlachen met het gezicht dat hij vanbuiten had leren opzetten.

59

Mia liep voorzichtig met haar kop koffie naar haar tafeltje en pakte onderweg een krant mee. Ze bladerde er wat in maar de stukken stemden haar somber, dus legde ze hem net zo hard weer weg. Ze concentreerde zich liever op iets prettigs. De smaak van haar *cortado*. En dat ze meteen beet had gehad. Andere afdelingen om hulp bellen was niet niks, maar de rechercheur van Kripos, de eenheid voor zware en georganiseerde misdaad, had uitsluitend positief gereageerd, hij was zelfs blij geweest dat ze contact met hem had opgenomen.

POLITIE HET SPOOR BIJSTER

WIE HEEFT CAMILLA GREEN VERMOORD?

Zodra ze maar in een tabloid bladerde kreeg ze het gevoel dat het een soort wedstrijd was. De politie tegen de dader. Ergens heel kinderachtig. Als ze hem niet snel grepen, lag dat aan hen. Bovendien – en daar stoorde ze zich misschien nog het meest aan – kwam daar de verheerlijking van de misdadigers nog eens bij. Hoe erg hun misdaden ook waren, er werden hele kolommen aan hen besteed. Mia dronk een slok koffie en had ineens meer begrip voor Munch en de manier waarop hij op die journalisten neerkeek. Zij had er eigenlijk nooit last van gehad, al hadden ze haar nog zo achtervolgd nadat ze Markus Skog had doodgeschoten. Ze had zelfs in een anoniem hotel in Majorstuen moeten onderduiken. Verdomme, snapten ze dan niet dat zij een deel van het probleem vormden? Dat er mensen rondliepen die tot alles in staat waren in ruil voor naamsbekendheid?

Mark Chapman, die John Lennon had doodgeschoten. Om zijn naam in de krant te zien staan. John Hinkley, die op Ronald Reagan had geschoten om indruk te maken op de actrice Jodie Foster.

Hoe onbewust van het verleden kon je zijn? Begrepen ze dan niet wat voor rol ze speelden?

RITUELE MOORD ONOPGELOST

POLITIE MACHTELOOS

Ze probeerde de koppen te negeren, maar dat was eigenlijk ondoenlijk. Zij had haar krant weggelegd, maar de mensen om haar heen waren erin aan het lezen, doodgewone mensen die zaten te lunchen in het volste vertrouwen dat wat de media verkondigden de waarheid was.

Mia had hem nog nooit gezien, maar herkende hem moeiteloos: hij had net zo goed een bordje om zijn nek kunnen hebben zoals hij daar binnenkwam en om zich heen keek.

Kripos.

Afdeling datacriminaliteit.

De man met het nette pak knikte toen hij haar zag, liep meteen op haar tafeltje af en gaf haar een hand. 'Robert Larsen.' Hij ging zitten.

'Mia Krüger.'

'Leuk om je eindelijk eens te ontmoeten,' zei hij glimlachend. 'En heel bijzonder dat je uitgerekend vandaag belde.'

'Wat bedoel je?'

'Kristian Karlsen,' zei Larsen, met nog een klein lachje.

'Skunk?'

'Precies,' zei de rechercheur, terwijl hij de dienster wenkte en naar Mia's kopje wees om duidelijk te maken dat hij hetzelfde wilde. Hij haalde een map uit het koffertje dat hij bij zich had en legde die voor haar op tafel. 'Ik kan wel zeggen dat je telefoontje me verraste. We hebben hem al een poosje op onze radar, maar ik wist niet dat het zo ver ging.'

'Wat bedoel je?'

'Moord,' zei Larsen. 'We hebben een heleboel informatie over hem, maar tot nog toe niets wat in die richting wees.'

'We weten zoals gezegd nog niet veel. Maar het was de moeite waard om na te trekken.'

'Ik snap het.' De rechercheur van Kripos knipoogde. 'Top secret, hè?'

Mia had het gevoel dat ze deze man niet zo heel erg mocht, maar dat liet ze hem niet merken. 'Dus, wat hebben jullie?'

Larsen schraapte zijn keel en sloeg de map open. 'Kristian Karlsen. Hacker. Black hat. Je kent het begrip?'

Mia knikte. Skunk had het zelf gebruikt, dus ze had het opgezocht. Diverse soorten hackers. Gabriel was waarschijnlijk een white hat. Het sympathieke type.

'En je kent de groep Anonymous? LulzSec?'

'Van Anonymous heb ik wel gehoord, ja.'

'Ja, hè? Die zijn inmiddels beroemd,' zei Larsen, terwijl de dienster zijn koffie bracht. 'Ze zijn voortgekomen uit een site die 4chan/b/ heet, ken je die?'

'Absoluut niet.' Mia grijnsde; ze had gemerkt dat dit de juiste aanpak was. Doen alsof ze zo weinig mogelijk wist, ook al had Gabriel haar het een en ander uitgelegd over wat zich op internet afspeelde. De man tegenover haar maakte de indruk graag op te scheppen over wat hij wist, en op dat moment had ze daar geen enkel bezwaar tegen, ze wilde alleen maar meer weten over de inhoud van de map die voor haar op tafel lag.

'De korte of de lange versie?' vroeg Larsen.

'Doe de korte maar,' zei Mia.

'Oké. De website 4chan. Een groep jonge idioten, eigenlijk. Onaangepaste types. Totdat ze doorkregen dat ze met een heleboel waren.' Larsen dronk wat van zijn koffie.

'Ga door?'

'Onaangepast dus. Ze kregen door dat ze macht hadden. Ik bedoel, die figuren zijn voor het merendeel jonge jongens, veertien, vijftien jaar oud, maar ze kunnen de hele samenleving lamleggen, als ze willen.'

'Hoe bedoel je?'

'Nou, het vliegverkeer, de straatverlichting, banken, de watervoorziening, serieus, dat is tegenwoordig allemaal gedigitaliseerd, hè, er komt geen papier meer aan te pas, als je me volgt?'

'Natuurlijk.'

'Ddos?' vroeg Larsen.

'Wat?'

De man met het pak lachte. 'Ddos-aanvallen? Weet je wat dat is?'

'Geen idee,' zei Mia, iets wat hem zo te zien enorm veel genoegen deed.

'Ddos-aanvallen, *distributed denial-of-service attack*, daarom zitten we achter hem aan, achter jouw man dus, Karlsen. Of desgewenst Skunk.' Opgewekt nam Larsen nog een slokje koffie.

'En wat houdt dat in?'

De keurige man van Kripos grijnsde, hij leek het geweldig te vinden dat hij haar iets kon uitleggen wat ze niet wist. 'Kort gezegd houdt het in dat ze een extreme hoeveelheid informatieverzoeken naar een website sturen, zoveel dat die de vraag uiteindelijk niet meer aankan en down gaat.'

'Informatieverzoeken?'

'Wil je dat ik het simpeler zeg?'

'Graag,' zei Mia.

'Oké. Je kent WikiLeaks, neem ik aan?'

'Ja.'

'Na die kwestie met Julian Assange en dergelijke, je weet wel, besloten een paar bedrijven in de VS geen overmakingen meer naar hen uit te voeren. Visa, MasterCard, PayPal. Geen cent meer naar WikiLeaks, snap je?'

'En toen?'

'Toen kwamen die types in actie.'

'Wie?'

'De hackers. Anonymous. Ze pakten die websites aan. Die grote bedrijven. Door middel van ddos-aanvallen. Ze stuurden zoveel informatieverzoeken tegelijkertijd naar dezelfde sites, dat die crashten. Visa en zo, de hele rambam, allemaal buiten werking.'

'Ik snap het,' zei Mia met een blik op de map. 'Maar wat heeft dat met Skunk te maken?'

'Wij denken dat Kristian Karlsen een van degenen was die in dit land achter die aanvallen zaten. En de FBI heeft ons gevraagd te zorgen dat hij daarvoor wordt gestraft.'

'Dus jullie hebben concrete bewijzen dat Skunk, Kristian dus, daaraan heeft meegedaan?'

'We zijn vrijwel honderd procent zeker.'

'Niet helemaal dus?'

'Jawel, maar we houden ons op dit moment gedeisd.'

'Wat bedoel je?'

'Je moet begrijpen dat die figuren zich ongelofelijk goed kunnen verstoppen. Op internet, dus.'

'Maar jullie weten waar hij is?'

'In de echte wereld?' vroeg Larsen.

'Ja.'

'Vanzelfsprekend. We houden hem al een hele tijd in het oog.'

'Dus jullie weten waar hij zit? Skunk?'

'Als we dat niet wisten, verstonden we ons vak niet, lijkt je ook niet?'

'Dus de mogelijkheid bestaat dat ik, eh, dat...'

Mia had haar zin nog niet eens af kunnen maken of Larsen trok een vel papier uit de map en schoof het naar haar toe.

'Dus dat is waar hij zit?' vroeg Mia met een blik op het adres voor haar.

Larsen knikte. 'Nu ben je me iets verschuldigd, hè?' Hij bracht zijn kopje naar zijn mond en knipoogde.

'Absoluut.' Mia zette een glimlach op. 'Bedankt.'

'*Anytime*. Je houdt me op de hoogte?'

'Natuurlijk.'

'Telefonisch?'

'Absoluut, nogmaals dank.' Ze dronk haar koffie op, liep zo snel mogelijk de zaak uit, haalde haar telefoon tevoorschijn en belde Munch.

60

Miriam Munch reed van Gardermoen naar huis met Marion op de achterbank. Ze had een slecht geweten, het gevoel dat ze niet eerlijk was geweest, maar het was beter gegaan dan ze had verwacht, vooral omdat ze aan de late kant waren geweest. Johannes had bijna meteen naar de veiligheidscontrole moeten rennen, dus er was geen tijd geweest voor een lang afscheidsritueel.

'Laat je niet opeten door haaien,' had Marion gezegd, waarna ze haar vader uitvoerig had omhelsd.

'Dat beloof ik,' had Johannes lachend gezegd, en hij had nog net de tijd gehad om Miriam snel een kus te geven.

Hij was doorgewuifd, en Marion was even verdrietig geweest omdat hij wegging, maar zoals ze er nu bij zat, leek het allemaal weer goed te komen. Misschien vooral omdat Miriam een van haar eigen regels had overtreden door haar dochtertje in de auto een film op de iPad te laten kijken.

Ze kon zich nog bedenken, dat kon best. Ze hoefde Ziggy niet meer te ontmoeten en ze was niet gedwongen morgen aan die actie mee te doen, maar ook al had ze in theorie nog een keus, ze wist dat het te laat was. Dat was een gepasseerd station. Ze had het nog niet kunnen zeggen, want dan zou ze zijn reisje verpest hebben en ze wilde de pret niet bederven, maar als hij terugkwam zou ze het hem vertellen.

Het zou in veel opzichten een opluchting zijn. Eerlijkheid. Dan hoefde ze niet meer te doen alsof. Ze wierp een blik in de achteruitkijkspiegel en zag haar lieve schat lachen om iets wat ze op het scherm zag, en weer ging er een steek door haar heen, maar die negeerde ze.

Met Marion zou het prima in orde komen. Daar was ze honderd procent van overtuigd.

'Ga ik naar oma?' vroeg het kleine meisje toen ze zag dat ze voor het witte huis in Røa waren gestopt.

'Ja.' Miriam stapte uit en zwaaide naar haar moeder, die hen al stond op te wachten op het buitentrapje.

'Hoera!' Marion had enorme haast om haar veiligheidsgordel af te doen.

'Alles goed gegaan?' vroeg Marianne Munch, terwijl ze Marions rugzakje en de door Miriam ingepakte tas aanpakte.

'Ja, we waren een beetje laat, maar we hebben het nog net gehaald.'

'Mag ik televisiekijken, oma?' vroeg Marion. Ze wachtte het antwoord niet af maar rende meteen naar binnen.

'Tot woensdag?' vroeg haar moeder, en ze keek Miriam aan.

'Ja, dat gaat toch wel?'

'Natuurlijk.'

'Fijn voor Julie dat je haar kunt helpen,' zei Marianne met een knikje, en alweer speelde Miriams geweten even op. Maar dat leugentje moest dan maar, ze kon haar moeder per slot van rekening niet zeggen wat ze eigenlijk van plan was.

Burgerlijke ongehoorzaamheid plegen.

Ze wist zeker dat haar moeder heus wel achter haar zou staan, maar ze hadden het uitdrukkelijk gezegd: *Niemand zegt iets, tegen wie dan ook*. Ze had gemerkt dat diverse anderen naar haar hadden gekeken toen dat werd gezegd, vooral die Geir, die al meteen zo sceptisch tegenover haar aanwezigheid had gestaan.

Een klein leugentje om bestwil. Dat moest kunnen.

'Maar verder gaat het goed met haar? Het is al ongelofelijk lang geleden dat ik haar voor het laatst heb gezien.'

'Ja, maar je weet hoe ze is. Hypergevoelig. Gewoon liefdesverdriet, het gaat wel weer over.'

'Ach ja, makkelijk is het niet, maar ik ben blij dat ze jou heeft,' zei haar moeder, en ze streek Miriam even over haar wang. 'Doe haar de groeten van me en zeg tegen haar dat ze me eens moet komen opzoeken.'

'Doe ik.'

'Moet je mama niet gedag zeggen?' riep Marianne de gang in, en Marion kwam aandraven voor een snelle knuffel.

'Tot woensdag dan.' Miriam liep naar de auto.

'Groeten aan Julie.' Haar moeder zwaaide en liep het witte huis in.

61

Mia stond samen met Munch voor het raam naar de verhoorkamer met het akelige gevoel dat ze er volkomen naast zat. De jonge hacker met het zwart-witte haar zat doodstil. Keek naar hen. Wist dat ze daar stonden, ook al kon hij hen niet zien, en zo roerloos zat hij er al bij sinds ze hem vierentwintig uur daarvoor hadden aangehouden.

'Nog steeds niets?' vroeg Anette Goli, die de kamer binnenkwam.

'Nee,' zuchtte Mia.

'Hij zegt nog steeds hetzelfde?'

'Hij zegt al de hele tijd precies hetzelfde.' Munch krabde in zijn baard.

'Wil hij nog steeds geen advocaat?'

'Nee, hij zegt dat hij die niet nodig heeft,' zei Mia, en opnieuw keek ze naar de jongen achter het raam, die er nog steeds onbeweeglijk bij zat met zijn ogen op hen gericht.

'Daar heeft hij dan voorlopig gelijk in.' Anette ging zitten.

'Niets op zijn computers?' vroeg Munch.

'Nee,' antwoordde ze. 'Ik heb zojuist een van de technici gesproken, en ze kunnen niets vinden. Hij leek haast onder de indruk.'

'Hoe dat zo?' wilde Mia weten.

'Er staat niets op,' zei de politieadvocate, en ze spreidde haar armen.

'Er zal toch wel iets zijn?' zei Munch.

'Nee.' Anette schudde haar hoofd. 'Helemaal leeg. Helemaal blanco.'

'Wat bedoel je?'

'Er staat niets op. En dan bedoel ik niet dat er niets op staat wat erop wijst dat hij hier iets mee te maken heeft. Ze waren domweg helemaal leeg.'

'Merkwaardig,' zei Munch.

'Ik ben zo vrij geweest Gabriel te vragen hoe dat kon, dat is hopelijk geen probleem. Hij was trouwens niet al te goedgehumeurd, is er iets gebeurd?'

'Mijn schuld,' zei Mia. 'Ik heb hem een beetje te hard aangepakt. Ik heb hem mijn verontschuldigingen aangeboden en ik gok erop dat het weer overgaat.'

'Juist ja. Hij kent Skunk en wist niet waar die uithing, en toen heb je een soort medeplichtige van hem gemaakt, bedoel je dat?'

Anettes sarcasme was hoorbaar, maar Mia deed of ze het niet merkte, ze had nu te veel andere dingen aan haar hoofd. 'Ik zal het weer goedmaken met Gabriel, zoals ik zei heb ik hem mijn verontschuldigingen al aangeboden.'

'Mooi,' zei Anette met een lichte zucht. 'Want het is nogal vergezocht, nietwaar?'

Mia zag dat de advocate Munch aankeek. 'Is er iets?' vroeg ze enigszins geïrriteerd.

'Nee. Waarom zit hij hier eigenlijk?' Anette maakte een hoofdbeweging naar de hacker, die zich nog steeds niet had verroerd.

'Hij kwam met die film aan,' antwoordde Munch.

'Om ons te helpen?'

'Misschien. Maar...'

'En wat zei Gabriel?' viel Mia hem in de rede.

'Waarover?'

'Over het feit dat er niets op de computers stond die we bij hem thuis hebben aangetroffen.'

'Hij reageerde min of meer hetzelfde als die andere technicus die ik heb gesproken,' zei Anette. 'Enigszins onder de indruk.'

'Kan iemand het mij uitleggen?' Met een zucht keerde Munch zich naar hen toe. 'Ik weet dat ik uit een ander tijdperk stam en het spijt me dat jullie het me mondjesmaat moeten toedienen, maar waarom stond er niets op zijn computers? En waarom zijn die techneuten daar zo van onder de indruk?' Hij keek hen nu allebei aan en het was duidelijk dat hij niets begreep van wat hij zojuist had gehoord.

'Ze zijn onder de indruk omdat ze nerds zijn,' zei Mia zonder haar blik van de kamer ernaast af te wenden.

'En dat betekent...?'

'Respect,' zei Mia. 'Hij was kennelijk voorbereid. Op de dag dat iemand zijn bunker zou overvallen, zoals wij hebben gedaan. Daarom had hij een systeem dat alles wiste wat hij erop had staan.'

'En waarom is dat indrukwekkend?' vroeg Munch, die er nog steeds als één groot vraagteken uitzag.

'Omdat het niet eenvoudig is,' zei Anette.

'Oké. Dus wat betekent dat voor ons? Waar staan wij nu?'

'Wij staan met lege handen. We hebben alleen maar vermoedens.' Ze maakte een klein hoofdgebaar naar Mia, waarbij ze niet vrolijk keek. 'Plus dat hij met dat filmpje gekomen is.'

'En dat houdt in?'

'Wat bedoel je?'

'Hoelang kunnen we hem vasthouden? En hoe nu verder?'

'Hij weet ongetwijfeld wat zijn rechten zijn,' zei Anette met een blik op de hacker. 'Als ik jullie goed begrijp, heeft hij uitsluitend zijn naam, zijn geboortedatum en zijn adres gegeven.'

Mia knikte.

'Meer dan eens,' zuchtte Munch.

'En zoals jullie weten is dat alles waartoe hij wettelijk verplicht is,' vervolgde de politieadvocate. 'Die knaap weet heel goed hoe het zit. Na vier uur moeten we hem in staat van beschuldiging stellen, en dan hebben we nog vierentwintig uur om hem voor te geleiden en daarna in hechtenis te nemen...'

'We verstaan ons vak,' viel Mia haar enigszins geprikkeld in de rede.

'Aangezien we hem op een zondag hebben aangehouden,' vervolgde Anette zonder acht op haar te slaan, 'wat geen werkdag is, hadden we hem wel langer kunnen vasthouden, althans als we hem in staat van beschuldiging hadden gesteld. Wat we gisteren niet hebben gedaan, omdat we hem, tja, eigenlijk niets anders ten laste kunnen leggen dan dat hij ons heeft geholpen, wat bij mijn weten geen misdrijf is maar eerder het tegendeel. Op dit moment zijn wij degenen die de wet overtreden, en wel met de minuut meer.' Ze wees naar haar horloge om haar uitspraak kracht bij te zetten, en Mia merkte dat dat haar irriteerde, maar ze wist best dat Anette gelijk had.

'Geen aanklacht dus?' Munch keek naar Mia.

'We hebben niets om hem ten laste te leggen,' zei Anette.

'Een valse verklaring?' opperde Mia.

'Hoezo?'

'Hij zei dat hij dat filmpje op een server in een antiquariaat aan de Ullevålsveien had gevonden. Grønlie heeft dat nagetrokken, en dat antiquariaat bestaat niet.'

'En wanneer is verdachte met die valse verklaring gekomen?' Nu zette Anette haar advocatenstem op.

'Dat weet je best,' zei Mia. 'Ik zat in Lorry...'

'Dus verdachte legde zijn verklaring in kennelijke staat af? Tegenover een rechercheur die ook onder de invloed van alcohol verkeerde? Zonder dat er een advocaat aanwezig was? Ik wil u er tevens op wijzen, edelachtbare, dat beklaagde geheelonthouder is en normaliter geen alcohol drinkt, en dat mijn cliënt de avond in kwestie...'

'Al goed, al goed.' Munch stak afwerend zijn handen op.

'We hebben niets,' zei Anette weer.

'Wat zei je daar?' vroeg Mia.

'We kunnen hem niets ten laste leggen,' herhaalde ze.

'Nee, dat niet. Hij drinkt geen alcohol, hoe weet je dat?'

'Dat zei Gabriel.'

'Maar waarom...?' Mia staarde weer naar de hacker. 'Slecht geweten,' mompelde ze toen.

'Wat?' vroeg Munch.

'Als hij niet drinkt, waarom komt hij dan bij mij? Waarom giet hij bier naar binnen alsof hij nooit iets anders heeft gedaan?'

'We hebben niets,' zei Anette voor de zoveelste keer.

'Een slecht geweten,' herhaalde Mia.

'We moeten hem laten gaan,' hield de politieadvocate aan. 'Dit is gewoon flauwekul. Hij is hier toch alleen maar omdat Mia iets voelt, ik bedoel maar... Heel eerlijk gezegd, Mia, ik weet dat je je vak verstaat, maar hallo? Holger?' Ze keek naar Munch. 'Het is tegen de wet om hem hier te laten zitten. Als hij een klacht tegen ons wil indienen, heeft hij daar alle recht toe.'

'Wat zei Kripos?' vroeg Munch.

'Die hebben ook niets,' zuchtte Anette. 'Hij staat op hun lijst, dat is alles. Ik bedoel, als ze hem ergens voor hadden kunnen pakken, hadden ze dat allang gedaan.'

'Weet je dat zeker?' zei Mia zonder haar aan te kijken.

'Weet ik wat zeker?'

'Dat hij normaliter niet drinkt.'

'Dat zei Gabriel.' Anette zuchtte nog eens diep. 'Waarom zou die liegen?' Weer zocht ze Munchs blik, en ze spreidde haar armen. 'Ik bedoel, jezus, die knul komt bij ons met een filmpje dat hij heeft gevonden, hij heeft ons onderzoek verder geholpen en hij zit hier al veel te lang, we kunnen hem nergens van beschuldigen. Kripos heeft geen belastend materiaal, die jongen is hartstikke clean. Hoor je wat ik zeg, Holger?'

'Er moet een reden zijn waarom hij een slecht geweten heeft,' zei Mia weer. 'Geef me vijf minuten.'

'Holger,' herhaalde Anette. 'We hebben geen gegronde reden om...'

Mia hoorde de rest van de zin niet meer, want ze was de kamer al uit gelopen. Ze opende de deur ernaast. Skunk zat nog steeds met zijn handen op zijn schoot, zijn rug even recht als toen ze hem binnen hadden gebracht.

'Hallo.' Mia ging in de stoel tegenover hem zitten.

Skunk keek haar aan. 'Moet je de recorder niet aanzetten? Het is 18.05 uur. Het verhoor wordt voortgezet. Aanwezig is Mia Krüger...'

'Nee,' zei Mia, en ze zette haar ellebogen op tafel en liet haar hoofd op haar handen rusten.

'Ik heet Kristian Karlsen,' zei de hacker droogjes. 'Ik ben geboren op 5 april 1989. Mijn huidige adres is...'

'Ja, dat heb je al gezegd, Skunk. Ik weet dat je van je rechten op de hoogte bent en zo.' Mia leunde weer naar achteren op haar stoel en keek hem aan. De hacker met het zwart-witte haar doorstond haar blik en verroerde zich nog steeds niet. 'Luister nou...'

'Ik heet Kristian Karlsen...' begon hij weer, maar Mia onderbrak hem.

'Oké, Skunk. Mijn fout, ja? Mijn fout?'

Nu zweeg hij, en Mia zei ook niets, want ze had een gevoel dat ze niet helemaal kon thuisbrengen.

Hij was naar haar toe gekomen. Had haar gevonden in Lorry. Had gedronken, al dronk hij eigenlijk niet.

'Dit telt niet mee als je het opnameapparaat niet aanzet,' zei Skunk. 'Tenzij ze er in die andere kamer een hebben, maar dat helpt niet echt, want voor zover ik weet moet iedereen die aan een verhoor wordt onderworpen...'

'Oké, Skunk,' viel Mia hem nogmaals in de rede, en ze bracht haar hand naar haar voorhoofd. 'Je wordt nergens voor aangeklaagd. We hebben niets om een aanklacht op te baseren. Volgens mijn collega's daarachter...' ze wees naar het raam achter zich, '... ben je een held. Je hebt ons bij het onderzoek geholpen, met dingen die we zonder jou nooit hadden geweten, oké?'

De jongen voor haar verroerde zich niet en wendde zijn blik nog steeds niet van haar af.

'Mijn fout, oké, Skunk? Zullen we het daarop houden?'

'Ik heet Kristian Karlsen...'

Weer onderbrak ze hem. 'Ik heb al gezegd dat het mijn fout is. Sorry, oké? Soms, of eigenlijk nogal vaak, werkt dit niet helemaal naar behoren.' Mia bracht een vinger naar haar slaap en glimlachte flauwtjes. 'Ik heb vandaag al een jongen die ik graag mag, een ongelofelijk toegewijde en bekwame collega, een rotgevoel bezorgd, en dat was alweer mijn fout, maar ik wilde alleen...' Ze zweeg even.

'Je moet de recorder aanzetten,' zei Skunk.

'Wat ik denk, is dit. En jij hoeft niets te zeggen. Maar jij moet mij ook een beetje begrijpen, denk je dat dat gaat lukken?'

Skunk keek haar nog steeds aan zonder een spier van zijn gezicht te vertrekken.

'Dit is mijn leven, oké, is het goed als ik er iets over vertel?' vroeg Mia. 'We vinden een naakt meisje in het bos. Ze is vermoord. Iemand heeft haar gewurgd. Iemand heeft haar in een vijfhoek van licht op veren neergelegd. Een mens. Een jong meisje.

Met haar hele leven nog voor zich. En dat knaagt zo aan me dat ik er verdomme geen oog van dichtdoe, snap je dat, Skunk? Dat is mijn leven. Dat is mijn werk. Zorgen dat die gestoorde smeerlap die denkt dat hij een mooie jonge ziel als zij kan ontvoeren, met haar kan doen wat hij wil en daarmee weg kan komen, wordt gestraft, daar gaat het me om. Ik sta ermee op en ga ermee naar bed, snap je?' Mia kon bijna horen wat Munch in de kamer ernaast dacht, en ze verwachtte nu ieder moment dat hij binnen zou komen om haar de mond te snoeren, maar dat interesseerde haar geen barst. Ook al konden ze hem niets *ten laste leggen*, ook al had hij *de wet aan zijn kant*, er speelde hier iets.

Mia keek weer naar de jongen op en ze zag dat het stenen gezicht dat hij het afgelopen etmaal had opgezet warempel iets zachter was geworden.

'Je moet de recorder aanzetten, als...' zei Skunk, maar hij maakte de zin niet af.

'Goed. Ik geloof niet dat jij het was. We kunnen je nergens van beschuldigen en die lui van de technische vinden je allemaal zo'n kerel, dat het je op een of andere manier is gelukt te zorgen dat er niets meer op je computers te zien was toen ze die opstartten. Mij een zorg, het zal wel. Lang zal je leven en je bent de beste hacker ter wereld, of nou ja, het doet me eigenlijk niks.'

De jongen bleef doodstil zitten.

'Wat ik denk,' vervolgde ze, 'is dat je er niets mee te maken hebt. Jij zou zoiets nooit doen, iemand op die manier iets aandoen, natuurlijk niet.'

Nog steeds zei Skunk niets.

'Maar,' zei Mia, 'volgens mij heb je een slecht geweten en ben je daarom naar mij toe gekomen. Ik vroeg me daar in Lorry al een beetje af hoe het mogelijk was dat zo'n jonge knul als jij zo snel dronken werd, maar nu hoor ik dat je niet drinkt, dus dat verklaart het.'

Hij hield zijn mond nog steeds dicht, maar zijn blik was veranderd, zag ze.

'Dus kwam je bij mij,' hernam ze. 'En eerst snapte ik niet hoe je me had gevonden, maar toen bedacht ik dat dat heel makkelijk is. De telefoons van de hele eenheid zijn aan elkaar gekoppeld, gps en zo, geen probleem voor jou om in ons systeem binnen te komen en ons allemaal te traceren. Maar toch, waarom zou je je plotseling bezatten en mij iets willen vertellen?'

Nog steeds geen stom woord.

'Wat ik denk is het volgende. Eerst vond je dat filmpje en daar werd je even misselijk van als wij allemaal. Maar toen...' Ze zweeg even en keek hem aan, en ze zag dat zijn blik minder hard was geworden. 'Maar toen snapte je dat je er al met al toch iets mee te maken had. Ik bedoel niet dat je het wist. Dat je wist dat datgene wat je tegen betaling maakte voor zoiets zou worden gebruikt. En ik weet voor geen meter hoe het allemaal heet of wat de verschillen zijn, JavaScript, Flash, programmering, en hoe mijn eigen e-mail werkt, daar snap ik ook de ballen van, maar jij snapt het wel, toch? Jij bent de beste. Onze eigen technici zitten verdorie voor je te applaudisseren, zo goed ben je. Een poosje geleden heeft iemand, en ik gok erop dat je niet eens weet wie, je betaald om iets te maken. Een of ander programma, een machinetaal waarmee je iets als dit kunt uitvoeren, een live feed de wereld in kunt sturen, daar in de diepten van het internet waar ik geen bal van afweet. En dat drong plotseling tot je door? Dat je hierbij betrokken was geraakt, ook al wilde je niet? Dus zoop je je vol, iets wat je anders nooit doet, en kwam je naar mij toe? Terwijl je de pest hebt aan het gezag en het niet in je hersens op zou komen om de politie te helpen? Je zocht mij op, en eigenlijk wilde je het zeggen, hè? Dat je voor iemand iets had gemaakt waardoor dit kon functioneren? Je was ervoor betaald. Maar iemand had je belazerd, en daarom kwam je. Ben ik warm, Skunk? Was dat de reden waarom je bij me kwam?'

De jongeman met het zwart-witte haar keek haar aan met een blik die ze niet goed kon plaatsen. 'Ik heet Kristian Karlsen,' zei Skunk, en hij sloeg zijn ogen neer. 'Ik ben geboren op 5 april 1989. Mijn huidige adres is...'

Achter haar ging de deur open, en nu kwam Munch de verhoorkamer binnen. 'Je kunt gaan. We leggen je niets ten laste en het spijt me dat we je hier langer hebben vastgehouden dan we hadden mogen doen. Als er nog meer is waarmee je ons kunt helpen, zouden we je heel dankbaar zijn. Je weet ons te vinden.'

Skunk stond op en liep naar de deur. Voor hij de kamer verliet bleef hij even staan. Hij keek Mia's kant op, en een fractie van een seconde dacht ze dat hij iets ging zeggen, maar hij deed zijn mond weer dicht en verdween.

'Mia?' Munch zocht haar blik. 'Kan ik je even spreken?'
Langzaam stond ze op, en ze liep achter haar baas aan de verhoorkamer uit.

7

62

Zodra ze was opgestaan stapte Mia in haar auto, maar het werd pas licht toen ze op het kerkhof was aangekomen. Ze had eigenlijk naar de briefing gemoeten, maar ze had vrij gevraagd, en dat had Munch haar graag gegeven. Eigenlijk had ze maar om een paar uur gevraagd, maar hij had haar behoorlijk duidelijk te kennen gegeven dat ze vrij kon nemen zolang ze maar wilde. Het leek of haar optreden van gisteren het gevoel waaraan haar baas in al zijn goedmoedigheid al eerder uiting had gegeven nog had aangewakkerd. Dat ze niet gezond was. Dat ze bij nader inzien niet aan het werk had moeten gaan.

Mia stapte uit, pakte de bloemen van de achterbank en liep langzaam naar de graven. Dat van oma verzorgde ze het eerst en daarna dat van mama en papa. Het grootste boeket bewaarde ze voor het laatst. Ze bleef voor de grijze steen staan met hetzelfde gevoel dat ze hier altijd had. Een intens verdriet dat ze op geen enkele manier een plaats kon geven.

SIGRID KRÜGER.
ZUSTER, VRIENDIN EN DOCHTER.
GEBOREN 11 NOVEMBER 1979.
OVERLEDEN 18 APRIL 2002.

Het was ruim tien jaar geleden, maar het drukte nog steeds zo zwaar op haar dat ze eigenlijk niet wilde leven. Iedereen zei dat zulke dingen overgingen, minder werden. De tijd heelt alle wonden. Maar bij haar niet. Mia ervoer het gemis van haar zuster nog even sterk als die dag dat iemand haar naar de smerige kelder in Tøyen had gebracht.

Versteend van de kou haalde ze de dode bloemen weg en zette de nieuwe in de vaas voor de grafsteen. Ze ging op haar knieën voor het graf zitten om wat takken en bladeren weg te ruimen. Het gras voelde koud aan onder haar vingers, de winter was dit jaar veel te vroeg gekomen en zou alleen maar steeds erger worden. Steeds donkerder. Net als haar gedachten. Misschien waren ze beter af zonder haar. Het team. Ze had het besluit toch al genomen om het allemaal achter zich te laten?

Ze was hoe dan ook bijna geen mens meer, dus waarom zou ze niet gewoon alles loslaten? Haar lichaam en haar hoofd draaiden op kunstmatige stimulansen, alcohol en pillen, ze had gisteravond het potje weer opengemaakt en zich door haar kleine witte vriendjes in slaap laten sussen, doodmoe na het verhoor van Skunk. Mieren in haar lijf. Anette Goli had haar een neerbuigende blik toegeworpen en haar hoofd geschud, zo van *volgens mij moet je terug naar die psycholoog*. Zelfs Holger had alleen maar iets in zijn baard gemompeld en haar in haar eentje in de gang laten staan.

Ja, prima, neem maar vrij, Mia.

Neem alle tijd die je nodig hebt.

Dus had ze gedacht: barst maar. Thuis in haar lege flat. Ze bracht het niet meer op om te proberen zich als een normaal mens te gedragen. Positief te zijn. Te stoppen met die pillen. Verdomme nog aan toe. Ze was in de verleiding geweest er gewoon daar en toen een eind aan te maken, maar ze had er domweg niet genoeg gehad. Het merendeel had ze net geslikt toen Holger die keer plotseling op de deur had gebonsd, en ze was er nog niet aan toegekomen om nieuwe te halen. Ze had er wel genoeg gehad om doezelig te worden, die mieren in haar lijf weg te krijgen. In een plaid gewikkeld had ze op haar balkon de lichtjes van de stad voor haar ogen laten dansen tot ze zo wazig werden dat ze niet meer wist of ze droomde of echt buiten in de kou stond. Met de plaid om zich heen was ze met rode wangen naar binnen gewankeld, vanbuiten koud maar vanbinnen warm, en het laatste wat ze had gedacht voor ze was weggezakt, was: *Ik kom eraan, Sigrid.*

Maar ze was toch weer wakker geworden in het donker van haar eenzame kamer, en ze had er niet langer kunnen blijven. Niet meer alleen. Ze wilde bij hen zijn. Hier hoorde ze thuis.

Mia stond op en bleef naar het graf staan kijken. Daar samen in liggen. Nu glimlachte ze even. Die gedachte had ze nog niet eerder gehad, maar ze werd er wel rustiger van. Mama en papa lagen samen in één graf. Natuurlijk. Wat was ze stom geweest. Samen met Sigrid. Zo hoorde het ook.

SIGRID EN MIA KRÜGER.
SNEEUWWITJE EN DOORNROOSJE
GEBOREN 11 NOVEMBER 1979.
VOORGOED BIJ ELKAAR.

'Wat voor pillen neem je?'

De psycholoog. Mattias Wang. Een van de vragen die ze niet wilde beantwoorden.

'Er zijn tegenwoordig nieuwe medicijnen die ervoor kunnen zorgen dat je je wat beter voelt, geloof ik. Ik bedoel, als we die kant op zouden willen.'

Maar ze wilde zich helemaal niet beter voelen. Snapten ze dat niet? Waarom was dat zo moeilijk te begrijpen? Wat zij wilde, was verdwijnen. En ze had haar besluit genomen. Had de wereld vaarwel gezegd. De perfecte plek gevonden. Hitra. Het eilandje aan de open zee waar de hemel zich in de eeuwigheid leek te verliezen. Toen was Munch haar komen halen. En ze had de zaak opgelost. Maar ze was nog steeds niet vrij. Nu hadden ze haar met verlof gestuurd, met het gevoel dat ze familie van haar waren en dat als ze maar eenmaal weer aan de slag ging alles wel in orde zou komen. Maar dat was niet zo.

Dat was inmiddels toch wel duidelijk?

Niet alleen voor haar, maar ook voor alle anderen?

De blik die Anette haar had toegeworpen. De ogen van Munch toen hij had gezegd dat ze vrij kon nemen zolang ze wilde.

Mia trok haar muts nog verder omlaag en bleef voor het graf staan met een gevoel van rust over zich dat ze al heel lang niet meer had gehad. Niet meer sinds de platte rotsen van Hitra, die keer dat ze haar besluit had genomen.

Kom, Mia, kom.

Naar huis. Een soort thuis. Dat werd haar steeds duidelijker, zoals ze daar voor die berijpte grafsteen stond. Ze was hier klaar mee. Ze had het geprobeerd, maar ze was kennelijk niet bekwaam genoeg meer. Was haar vermogen kwijtgeraakt om te helpen. In het hoofd van die zieke mensen te kijken. Te bevatten waarom iemand een onschuldig, mooi meisje naakt in het bos op een bed van veren legde en er kaarsen omheen zette. Dat was haar taak niet meer. Ze was ervan vrijgesteld. In haar eentje de nacht door zien te komen in een koude flat in een koude stad, het hoefde niet meer. Ze konden wel zonder haar.

Neem maar net zo lang vrij als je wilt.

Hen missen? Ja, misschien, maar wat zou het helpen als ze deze zaak oploste? Want er zouden altijd nieuwe komen, toch? Ze hadden haar weggehaald uit de rust op Hitra om hen te helpen, en dat had ze gedaan. Maar daar was het niet mee geëindigd, toch? Nieuwe gruwelen. Mia werkte nu met haar hoofd, met die duisternis die altijd al deel van haar had uitgemaakt, maar waartegen ze van haar grootmoeder had moeten vechten.

Ze vloekte binnensmonds. Wat er nu over haar kwam, beviel haar niet. Die zwakheid. Zo was ze eigenlijk niet. Ze had misgeschoten wat die hacker betrof. Skunk. Ze was idioot overgekomen op de anderen, maar dat interesseerde haar toch in wezen niet, of wel soms? Wat anderen vonden?

Thuis. Eindelijk rust.

Sigrid en Mia Krüger.
Geboren 11 november 1979.

Een nieuwe steen. Daar moest ze voor zorgen. Dat die tekst erop kwam te staan.

Voorgoed bij elkaar.

Zij had voor alle drie de stenen gezorgd. Vier begrafenissen, haar complete familie, iedereen van wie ze hield, zij had het geregeld, had precies geweten wie ze moest bellen om de steen te krijgen die ze wilde.

Ze haalde met koude vingers haar telefoon uit haar zak, net op het moment dat die overging. Het nummer herkende ze niet en ze was niet van plan geweest op te nemen, maar ze deed het toch, in een reflex. 'Ja?'

Een onbekende stem aan de andere kant, en ze moest zich concentreren om te verstaan wat ze zei. Een oudere vrouw, uit de werkelijkheid die ze nu opnieuw had besloten de rug toe te keren.

'Met Ruth Lie,' zei de stem. 'Spreek ik met Mia Krüger?'

'Ja.'

'Ik werk bij het Natuurhistorisch Museum in Tøyen. Ik heb begrepen dat ik je moest bellen?'

'Ruth wie?' vroeg Mia, die er spijt van kreeg dat ze had opgenomen.

'Lie,' hernam de stem. 'Natuurhistorisch Museum. Ik heb je kaartje van Tor Olsen, de hoofdconservator. Naar ik begrijp wilde je weten of er een bepaalde schoolklas bij ons op bezoek is geweest?'

Haar hoofd kwam langzaam op gang, maar ten slotte kwam het

boven. De secretaresse van Tor Olsen. Bij de botanische tuin. Die zenuwpees die dacht dat de politie voor iedere inbraak kwam opdraven.

'Ja, natuurlijk, hallo. Waarmee kan ik je helpen?'

'We hebben het inderdaad,' zei Ruth Lie, die bijdehanter overkwam dan haar baas.

'Wat hebben jullie?'

'Spreek ik met de juiste persoon? Mia Krüger?' Ze viel even stil, alsof ze op het visitekaartje keek dat Mia bij de conservator had achtergelaten.

'Ja, dat ben ik.' Mia schraapte haar keel.

'Ik begreep dat je een overzicht wilde van de schoolklassen die de laatste tijd bij ons zijn geweest?'

'Jazeker.' Mia vermande zich.

'Ik heb hier de hele lijst van het afgelopen jaar,' vervolgde de stem. 'Zoek je iets bepaalds?'

'Kwekerij Hurumlandet.' Mia kreeg zichzelf weer wat onder controle.

'O, Helene,' kwetterde de stem in de telefoon.

'Ze zijn bij jullie geweest?'

'Ja hoor, die komen elk jaar. Ze zijn wel een beetje anders dan andere schoolklassen, maar het is prachtig wat ze doet, ik ben iedere keer weer blij als ze komen. Je weet wel, die jongeren die zoveel hebben doorgemaakt, en wat zij tot stand heeft gebracht, ik word er altijd blij van als ze belt.'

'Dus ze zijn geweest?'

'O ja, iedere zomer,' zei Ruth Lie. 'Onze tuin... ben je daar geweest?'

Mia knikte zwijgend.

'Hallo?'

'Ja, die ken ik wel. Dus ze zijn onlangs geweest?'

'3 augustus,' zei de vrouw aan de telefoon. 'Ieder jaar. Altijd begin augustus. Olsen zei dat je vragen had gesteld over de video-opnames?'

'Ja.'

'Het gaat om die inbraak, toch?'

'Zeker. De uilenveren.'

'Ik ben zo blij dat iemand zich daar druk over maakt,' ging de stem verder. 'Je weet wel, de politie. Inbraken, het lijkt wel of iedereen maar kan doen wat hij wil.'

'Ik snap het. Dus?'

'Dus wat?'

'Jullie hebben... ja?'

'Opnames van alle bezoekers van het museum, natuurlijk. Niet 's nachts, daar hebben we geen budget voor, maar van de openingsuren hebben we alles.'

'Ook van die klas uit Hurumlandet?'

'Natuurlijk. Denken jullie dat het een van hen kan zijn geweest?'

'Wat?'

Het bleef nu even stil, alsof de vrouw aan de telefoon er nog steeds aan twijfelde of ze wel de juiste persoon te pakken had. 'Eentje uit Helenes groep? Die die uilen heeft gestolen?'

'Dat weten we uiteraard niet,' zei Mia.

'Ik hoop werkelijk van niet, maar ja, wie weet, het is nou niet bepaald een gewone klas, hè?'

'Nee,' mompelde Mia.

'Moet ik ze opsturen?'

'Wat?'

'Die video-opnames? Van de dag dat ze hier waren?'

Mia merkte dat ze eigenlijk vooral zin had om het gesprek weg te drukken. De werkelijkheid die haar oor binnendrong. Eigenlijk konden ze allemaal de pot op. Ze had haar besluit genomen, en zij hadden haar omgekletst. Ze had gedaan wat ze moest en sindsdien woonde ze in een vrieskist van een flat. Met een psycholoog praten, proberen normaal te worden, niet om haarzelf, maar om te zorgen dat zij haar weer konden inzetten als ze dat nodig vonden.

'Hallo,' zei de stem in de telefoon weer.

'Het zou heel fijn zijn als je ze wilt opsturen. Maar niet naar mij. Kun je ze naar een collega van me sturen, Ludvig Grønlie?'

'Natuurlijk. Heb je zijn e-mailadres?'

Mia zocht de contactgegevens van Grønlie op haar telefoon op en gaf die aan de stem aan de andere kant.

'Mooi. Dan stuur ik ze zodra ik met de technische afdeling heb gepraat. Die gaan over de opnames.'

'Goed,' zei Mia. 'Heel veel dank.'

'Blij dat ik jullie van dienst kan zijn.' En de stem verdween.

Mia keek op haar telefoon en besloot hem af te zetten. Er was geen reden om hem nog langer te laten aanstaan. Het contact met de rest van de wereld, ze was er klaar mee. Nu.

Voorgoed bij elkaar.

Ze bracht haar vinger naar de bovenkant van de telefoon en wilde net de knop indrukken, een laatste beweging, toen er weer werd gebeld.

Ze stond naar het display te staren. *Curry.*

Mia drukte hem weg, maar dat hielp niet, want een paar seconden later stond zijn naam er weer.

'Ja,' zei ze met een zucht terwijl ze opnam.

'Waar ben je?' vroeg Curry opgewonden en buiten adem. Het leek wel of hij een marathon had gelopen.

'Åsgårdstrand,' antwoordde ze afwezig.

'Waarom was je niet op de briefing?' Mia zei niets en Curry praatte gewoon door. 'Ik heb zojuist een telefoontje van Sunniva gehad, je moet komen.'

Mia schudde haar hoofd. Curry en Sunniva. Liefdesverdriet. Hij had weer geld vergokt en zij was bij hem weggegaan, nu voorgoed. Ze kon het niet meer hebben, voelde ze. 'Hoor eens,' begon ze, maar de opgewonden buldog praatte gewoon door.

'Niet op die manier,' zei Curry, alsof hij begreep wat ze dacht. 'Ze probeert me nu al een paar dagen te bellen, maar ik nam de telefoon niet op, ik wou alleen...'

Er zaten twee kraaien in een boom. Mia stond ernaar te kijken, terwijl zijn stem in haar oor bleef doordringen. Ze zagen er vredig uit zoals ze daar zaten. Twee vogels in een boom op het kerkhof. Binnenkort twee meisjes in hetzelfde graf, vlak daaronder. Ze glimlachte even bij zichzelf toen de kraaien opvlogen, de fletse oktoberzon tegemoet.

'Wat?' vroeg ze ineens, toen het langzaam tot haar doordrong wat haar collega zojuist had gezegd.

'Ik weet het,' vervolgde Curry. 'Het klinkt volkomen gestoord, maar ik geloof haar, ze heeft geen enkele reden om zoiets te verzinnen. Ik ken haar, ze zou nooit...'

'Zeg het nog eens,' viel ze hem in de rede.

'Een dominee, een patiënt daar die ze heeft gekend toen ze nog klein waren,' hijgde hij. 'Helene Eriksen. Ze heeft een broer.' Nu begon hij te brabbelen, hij kreeg de woorden er nauwelijks in de juiste volgorde uit. 'Wilde z'n zonden goedmaken. Ligt meen ik op sterven. Iets van dat hij niet naar de hemel gaat als hij geen schoon schip maakt.'

'Helene Eriksen heeft een broer die op sterven ligt?'

'Nee, die niet, de dominee. Zeg, kun je niet gewoon komen, ze wachten daar op ons, ik breng het niet op om alleen met haar te praten, je weet...'

'Nu volg ik je niet meer. Je moet rustiger praten. Zeg het nog eens.'

'Hij heeft ze gekend toen ze klein waren,' herhaalde Curry.

'Wie?'

'Helene Eriksen. En haar broer. Iets met een sekte in Australië. En dat hij geld had gekregen. Hij moest zijn zonden goedmaken.'

'Curry,' zei Mia in een poging haar collega tot bedaren te brengen.

Maar die wist van geen ophouden. 'Hij kwam ziek thuis.'

'De dominee?'

'Nee, die broer. Niet goed bij zijn hoofd.'

'Curry.'

'Ze wachten op ons, ze willen dat we komen...'

'Curry,' zei ze nu streng, en eindelijk kreeg ze de buldog stil.

'Ja?'

'Is het inmiddels niet genoeg geweest?'

'Wat?' vroeg Curry verbaasd.

'Willekeurige personen die plotseling willen bekennen dat ze haar hebben vermoord?'

'Wat bedoel je?'

Mia zuchtte. Ze had spijt dat ze de telefoon niet gewoon maar had laten overgaan. Dat ze hem niet op tijd had uitgezet. 'Fuglesang met zijn fietshelm. En God mag weten hoeveel anderen die ons hebben opgebeld. Breek me de bek niet open, maar zodra zich zaken als deze voordoen, willen mensen plotseling per se hun zonden belijden, dat weet je toch? En wie is het nu weer, zeg je? Een dominee die op sterven ligt? Kom nou toch...'

'Hij wist details,' hield Curry vol, maar ze merkte dat ze weer begon af te dwalen. Nee. Nu was het genoeg. Basta.

'Ze schijnen geld te hebben gekregen,' zei haar collega, die het duidelijk niet opgaf. 'Toen ze thuiskwamen. Als een soort compensatie. Helene Eriksen opende die kwekerij, en haar broer kocht een supermarkt. Toen hij weer gezond was.'

Mia luisterde maar met een half oor. De kraaien waren weg en rondom haar lag het kerkhof er doodstil bij. 'Neem het maar met Munch op.'

'Die is in een ongelofelijk rothumeur, is er iets tussen jullie gebeurd of zo?'

'Luister nou,' begon ze, maar ze kon het gewoon niet opbrengen.

'Het klinkt verdomd reëel,' zei Curry, de volhouder. 'Ze belde op en bleef tien minuten achter elkaar aan het woord, en allemachtig, alleen al dat zij mij belde...'

Nu schoot er iets door haar hoofd, terwijl Curry in de telefoon bleef neuzelen. 'Wat zei je?'

'We moeten het natuurlijk natrekken...'

'Nee, niet dat. Helene Eriksen heeft een broer?'

'Ja, die schijnt daar ergens een supermarkt te hebben, maar ik...'

Jim Fuglesang.

'Ik bedoel, waarom zou zij mij bellen, ze wil toch niet met me praten, dus...'

Het witte bestelbusje op het erf.

'Hoe dan ook is het de moeite waard om na te trekken en met die dominee te praten, lieve help, alsof we zoveel andere dingen kunnen...'

Zijn ogen boven zijn baard.

Daar midden in de rimboe.

Onderweg om levensmiddelen te bezorgen.

Voor dat huisje waarvan ze de koude rillingen had gekregen.

'Ga Munch zoeken,' zei ze snel, terwijl ze wegliep over het grindpad.

Het logo op de zijkant van de auto.

Een supermarkt.

ICA HURUM.

'Wat?' zei Curry.

'Haal Holger erbij, zorg dat hij ons daar ontmoet.'

'Je denkt dat er wat in zit?'

Mia tastte in haar zak naar haar autosleutels. 'Waar werkt ze?'

'De Sint-Helenastichting, een privékliniek in...'

'Stuur me het adres maar,' zei Mia terwijl ze in haar auto stapte.

'Wat bedoel je? Kom je eraan?'

'Ben al onderweg. Haal Holger erbij. Nu.'

Ze hing op, zette de auto aan, hoorde de banden over het grind gieren toen ze hard op het gaspedaal drukte en zag het mooie kerkhof in de achteruitkijkspiegel verdwijnen.

63

Met de kriebels in haar buik zat Isabella op haar kamertje. Nog niet, maar bijna. Dan ging het gebeuren. Ze had zich mooi gemaakt. Niet die broek met de gaten, vandaag had ze voor de rok gekozen. Bovendien had ze zich opgemaakt, ze had uren voor de spiegel doorgebracht. Misschien maakte het niet uit hoe ze eruitzag, maar ze had besloten om het toch te doen. Haar haar geborsteld. Glimlachend om haar eigen as gedraaid.

Wil je me ontmoeten? In het geheim?

Alleen jij en ik?

Om vier uur achter het schuurtje.

Ben jij mijn uitverkorene?

Het vijftienjarige meisje kon het bijna niet geloven, het was allemaal net een droom. Al die jaren. In Hammerfest met mama. Bij al die vreemde gezinnen waar ze niet thuishoorde. Dat stemmetje in haar achterhoofd, dat had gezegd:

Op een dag.

Een mooie dag, Isabella.

Komt het allemaal goed met je.

En die indruk had ze niet gekregen, absoluut niet. Ze was vaak kwaad geworden op het stemmetje. Het loog tegen haar, hield haar alleen maar voor de gek, zei die dingen om te zorgen dat ze zich beter voelde. Ze had de hoop al bijna opgegeven, die keer toen ze op de afdeling voor eetstoornissen in Ullevål in de keuken een mes had gevonden en daarmee haar slaap had opengehaald. Daarna hadden ze gezegd dat ze gek was, maar dat was niet zo, ze had het alleen maar gedaan om het stemmetje weg te krijgen, het te straffen. Die stomme stem die haar van alles had beloofd maar haar alleen maar voorloog en bedroog. Maar het was dus toch waar. Ze had het stemmetje om verontschuldiging gevraagd, een paar dagen nadat ze hier was beland. Op Kwekerij Hurumlandet.

Want het had gelijk gekregen. De eerste dagen niet, maar na een poosje. Rust en veiligheid. Haar eigen kamer. De bloemen. Helene, die zorgde dat ze zich geweldig voelde. Alsof ze iets waard was. *Sorry*, had ze 's avonds in bed herhaaldelijk gezegd.

Sorry, je had gelijk.

En het stemmetje had het haar vergeven.

Dit is al mooi, maar het wordt nog beter.

En nu begreep ze wat het had bedoeld. Ze stond op en ging weer voor de spiegel staan. Glimlachte tegen zichzelf en liet haar handen over de witte rok glijden.

Om vier uur achter het schuurtje.

Haar wangen kriebelden. Ze ging op haar bed zitten, maar ze moest gewoon weer opstaan. Nog twee uur. Goeie god, dat het nu zou gebeuren. Wat gingen die wijzers traag. Veel te langzaam. Ze liep een paar keer rusteloos heen en weer door de kamer en wist bijna niet waar ze het zoeken moest.

Alles gaat goed, zei het stemmetje. *Nog maar twee uur.*

Isabella knikte en ging weer rustig op haar bed zitten, had er spijt van dat ze er niet steeds naar had geluisterd, zoals ze had moeten doen.

Nu kwam het in orde.

Alles kwam goed.

Ze sloot haar ogen en probeerde voor zich te zien hoe het zou gaan.

Achter het schuurtje.

Nog maar een paar uur.

Het vijftienjarige meisje leunde met haar hoofd tegen het kussen en trok met een lachje haar benen onder zich, heel voorzichtig, om te zorgen dat ze haar witte rok niet kreukte.

64

Munch nam nog een uitvoerige trek van zijn sigaret. Hij merkte dat hij moeite had om zich te concentreren. Door de hoofdpijn. De spijker in zijn slaap. Hij nam de hele dag al pijnstillers, maar het ding wilde maar niet weg. Gisteren was het al erg genoeg geweest, met dat optreden van Mia in de verhoorkamer, Anette Goli die hem op zijn nek had gezeten met alle regels die ze hadden overtreden, en het feit zelf dat ze Skunk hadden vastgehouden, alleen vanwege dat gevoel van Mia. Hij had de beschuldiging in Anettes blik kunnen lezen.

Niet bekwaam genoeg als chef.

Hij trok de capuchon van zijn jas over zijn hoofd, en net toen hij de volgende sigaret aanstak met het gloeiende puntje van de vorige, sloeg de pijn in zijn slaap weer toe. Hij moest zijn ogen sluiten en diep ademhalen, terwijl hij wachtte tot het over zou gaan. Wat was dit in godsnaam? Hij was fysiek bepaald niet in topvorm, dat wist hij best, maar dit was hem nog niet eerder overkomen. Of toch, één keer, maar dat was meer dan vijftien jaar geleden. Die keer dat hij zijn vader had verloren. Een trailer op de verkeerde weghelft, een dronken chauffeur. De dagen daarvoor. Precies dezelfde spijkers in zijn slaap, als een soort fysieke waarschuwing dat er binnenkort iets verschrikkelijks zou gebeuren. Hij geloofde natuurlijk niet in zulke dingen. Dat was Mia's afdeling, niet de zijne. Hij was altijd een realist geweest. De zon ging in het oosten op en in het westen onder. Er bestonden natuurkundige wetten. De wereld was wat je zag en daarbuiten was er niets.

Munch bleef met zijn ogen dicht staan tot de pijn langzaam wegebde en nam weer een trekje van zijn sigaret. Op dat moment kwam Mia door de grote deur van het herenhuis naar buiten. Een privékliniek voor mensen met geld, van wie er een aantal blijkbaar het idee had dat er een wereld na deze bestond, en dat ze alles bij elkaar konden verzinnen wat ze maar wilden, als ze hun fictieve schepper maar in vrede tegemoet konden treden.

'Alles goed met je?' vroeg Mia.

'Wat? Ja, hoor.'

Ze had een glimlach om haar mond en kon bijna niet stil blijven staan. 'En?'

'En wat?' mompelde Munch.

'Spreekt hij de waarheid?'

'Wat denk jij?' Munch keek haar aan, maar hij had het niet hoeven vragen. Het was zo duidelijk als wat dat zij er in tegenstelling tot hemzelf vrij zeker van was dat het verhaal dat hun zojuist was verteld echt waar was.

Mia keek hem bekommerd aan. 'Weet je zeker dat alles goed met je is?'

'Wat? Ja, natuurlijk.' Hij gooide zijn sigaret weg. Het werd nu wat minder, het spijkergevoel in zijn slaap. Hij haalde een nieuwe sigaret tevoorschijn en rukte zich los uit zijn mijmeringen. De trailer op de verkeerde weghelft. Anettes blik in de gang, de vorige avond.

'Waar wachten we nog op?'

'Dus jij gelooft hem?'

'Waarom zouden we hem niet geloven?'

'Niet om het een of ander,' zei Munch met een zucht, 'maar vind jij het dan niet een beetje vergezocht?'

'Verdorie, Holger, ga jij nou negatief doen, dat is toch meestal mijn taak?'

Munch nam weer een trekje en lachte. 'Begin jaren zeventig komt er een stel bij de dominee dat wil trouwen. Maar dat gaat niet, omdat zij kinderen heeft en hij de erfgenaam van een redersimperium is, en zijn vader niet wil dat er onzuiver bloed in de familie komt?'

'Ja.'

'Dus ze sturen de kinderen naar Australië?'

'Ja?'

'Serieus, Mia? En dan komt de moeder om bij een mysterieus auto-ongeluk. En de dominee neemt geld aan om zijn mond te houden. Dan worden de kinderen een paar jaar later teruggehaald, en die miljonair...'

'Miljardair,' zei Mia. 'Carl-Sigvard Simonsen.'

'Miljardair dan. Die geeft ze smartengeld. Zij koopt een plek waar ze andere kinderen kan helpen die het even moeilijk hebben gehad als zij. Hij koopt een supermarkt. Ik bedoel, maak het nou een beetje, Mia.'

'Waarom niet?'

'Dit is Fuglesang nummer twee.'

'Nee, verdorie, Holger.'

'Heb je eens goed naar die man daar gekeken? Die is niet meer van deze wereld en allang onderweg naar sprookjesland. Nee, we zetten hier een streep onder. We gaan verder met wat we hebben.'

'En dat is?'

Hij zag dat ze zich nu aan hem ergerde. 'De pruik. Die hacker, Skunk. Ik ben het met Anette eens. Volgens mij kunnen we daar nog wel iets mee. Dat filmpje. Dat moet ergens vandaan komen.

De tatoeage. De dierenbeschermers. Dit is een dwaalspoor, Mia, schei toch uit.'

'Ik heb hem gezien,' zei Mia, en ze keek hem streng aan.

'Wie?'

'Die broer.'

'Ja, maar...'

'Ik heb hem gezien. Bij het huis van Jim Fuglesang.'

'De fietshelm?'

Mia knikte.

'Ligt die niet platgespoten in het Dikemark?'

'Ja, maar ik ben bij zijn huis geweest.'

'Wanneer?'

'Dat doet er niet toe,' zei Mia geïrriteerd. 'Maar hij was daar.'

'Wie?' Munch gooide de volgende sigaret ook weg en wilde de derde al opsteken, toen de deur openging en Curry zijn hoofd naar buiten stak.

'Hij is weer bij. Eén grote spraakwaterval, ik denk dat jullie dit moeten horen.'

Munch keek naar Mia. 'Nee, ik denk dat we er een punt achter zetten.'

'Verdomme, Holger, maak het nou toch,' zei Mia teleurgesteld.

'Nee,' zei Munch, en hij greep weer naar zijn pakje sigaretten. 'We gaan door met wat we hebben. Volgende briefing om zes uur. Dit is alleen maar flauwekul.'

'Kom nou,' zei Curry vanuit de deuropening. 'Jullie moeten dit horen.'

'Nee,' herhaalde Munch, en hij haalde zijn autosleutels uit zijn zak.

'Hij zegt dat die broer zich graag als uil uitdoste,' zei de buldog boven aan de trap.

Munch stokte en zag dat Mia naar hem keek.

'Veren op zijn lijf, serieus, hoe komt hij daar in hemelsnaam bij als dit alleen maar flauwekul is?' vervolgde Curry.

'Holger?' zei Mia.

Hij staarde haar aan, stopte zijn sleutels terug in zijn zak en liep pal achter haar aan de lange trap op.

65

Isabella was blij dat ze een dikke trui aanhad, want achter het schuurtje was het koud. Ze had ook een maillot onder haar rok aangetrokken, misschien niet zo mooi, maar van herfst was het plotseling winter geworden, en ze kon er natuurlijk niet totaal verkleumd bij zitten.

Om vier uur achter het schuurtje.

Maar het was inmiddels vijf uur, en hij was er nog steeds niet. Ze trok de mouwen van haar wollen trui over haar handen en wilde dat ze een muts had opgezet. Anders kon het haar nooit iets schelen hoe haar haar eruitzag, maar vandaag had het belangrijk geleken dus had ze haar muts op haar kamer laten liggen.

Een uur te laat.

Dat was niet echt leuk. Niet echt iets voor een heer. Om de tijd te doden dacht ze aan haar vader. Nog niet zo lang geleden had hij haar gemaild. Hij was met een paar vrienden naar het zuiden geweest. Er stond natuurlijk niets over in de mail, maar zij wist wel wat voor soort reisje dat was. Ze gingen daarheen om het op een zuipen te zetten, dat deden ze zo nu en dan, hij en zijn vrienden. Als een van hen zijn uitkering had gekregen of iets had gewonnen bij de paardenraces, dan kochten ze vliegtickets naar Spanje en bleven daar tot ze het geld opgezopen hadden. De drank was daar goedkoper. Dat vliegticket had je er in een paar weken uit, dat had ze als kind al geleerd.

Die korte tijd dat ze haar bij hem in Fredrikstad hadden laten wonen, had ze vaak door de muur heen naar ze geluisterd. Ze maakten niet al te veel herrie, ze zaten alleen maar te kletsen onder het drinken. Soms draaiden ze muziek, een enkele keer speelden ze kaart. Het kwam wel voor dat ze glazen op de grond hoorde kletteren of iemand onderweg naar de wc op de gang hoorde omvallen, maar ze vielen haar nooit lastig. Daar zorgde hij wel voor. Wie Isabella's kamer binnenliep, kwam het huis niet meer in. 's Morgens ruimde ze dan altijd op, als er tenminste niemand op de bank of op de vloer van de woonkamer lag te slapen, want dan bleef ze op haar kamer, of ze ging naar buiten om wat rond te scharrelen. Maar als er niemand was, ruimde ze op. Als papa wakker werd moest het er netjes uitzien. Het was belangrijk dat hij een heer was. Daar hadden ze het vaak over aan de andere kant van de muur. De deur voor een dame openhouden. Beleefd zijn. Punctueel zijn. Dat soort dingen.

Hij hier was bepaald niet punctueel.

Toen het zeven uur was, hield ze het niet meer uit. Het was gewoon te koud. Haar oren waren vuurrood geworden en ze kon haar vingers bijna niet meer bewegen. Ze was trouwens ook geïrriteerd geraakt. Waarom had hij geschreven dat hij een geheime ontmoeting wilde en kwam hij vervolgens niet? Ze wist best dat hij hier op de kwekerij was. Ze had hem toch zeker gezien?

Hoe langer ze eraan dacht, hoe meer ze zich ergerde. Waarom zou zij hierbuiten zitten vertinnen van de kou? Het was nu wel genoeg geweest. Ze stond van de boomstronk op en liep vastberaden weg door het bos. Het was inmiddels pikdonker en haast griezelig, maar al snel kon ze voor zich uit het licht op het erf zien, en toen ging het veel beter.

Ze ging hem ter verantwoording roepen. Nou en of.

Isabella was dan misschien pas vijftien, maar ze had haar op haar tanden, ze was zelfs harder dan de meeste jongens die ze had ontmoet. Nee, dit pikte ze niet. Zo liet ze zich niet behandelen. Ze stapte juist het lichtschijnsel op het erf binnen, toen ze Paulus haastig uit het hoofdgebouw zag komen.

Perfecte timing.

De jongen met de donkere krullen, die bezig was een gewatteerd jack aan te trekken, kwam recht op haar af.

'Waar bleef je nou?' vroeg Isabella streng terwijl ze hem de weg versperde.

'Wat?' zei Paulus niet-begrijpend.

'Waarom ben je niet gekomen?'

'Hè?' Hij schudde zijn hoofd. 'Ik heb hier geen tijd voor,' zei hij, en hij probeerde haar voorbij te lopen, maar ze hield hem weer tegen. 'Waar denk je dat je mee bezig bent, Isabella?'

'Hiermee.' Isabella haalde het briefje uit haar zak.

Wil je me ontmoeten? In het geheim?

Alleen jij en ik?

Om vier uur achter het schuurtje.

Ben jij mijn uitverkorene?

'Heb jij dat geschreven? En dan kom je niet? Was je eigenlijk wel van plan om te komen? Of neem je me alleen maar in de maling, ben je er zo eentje?'

'Wat?' Paulus leek zo mogelijk nog meer in de war.

'Is dit niet van jou?' vroeg Isabella, en ze hield het briefje pal voor zijn neus terwijl ze zijn jack stevig vastgreep.

'Nee. Absoluut niet. Wat denk je wel niet van me?'

Toen hij haar weer aankeek, begon het haar langzaam te dagen. Het briefje was niet van hem. Ze was door iemand anders in de maling genomen. Ze merkte dat haar gezicht warm begon te worden en rood werd, en snel liet ze zijn jack los.

'Sorry. Ik dacht...'

'Hoor eens, ik heb hier geen tijd voor,' zei Paulus, die zo te zien niet begreep waar ze het over had en er ook niet in geïnteresseerd was.

'Is er iets gebeurd?' vroeg Isabella.

'Ze hebben Helene gearresteerd.'

'Wat?'

'En Henrik, haar broer.'

'Wat? Waarom?'

'Voor de moord op Camilla Green,' stamelde hij, terwijl hij haar ernstig aankeek.

'Maar...'

'Sorry, ik heb nu van alles te doen,' prevelde Paulus, waarna hij zich verder haastte en Isabella in haar eentje op het erf achterliet.

66

Helenes gezicht was krijtwit en ze was zo op van de zenuwen dat ze schrok toen ze Mia en Munch het verhoorkamertje binnen zag komen.

'Hij heeft niets gedaan. Jullie moeten me geloven,' smeekte ze, terwijl ze van haar stoel opstond.

'Dag Helene,' zei Mia. 'Ga maar liever weer zitten, want we blijven hier nog wel een poosje.'

'Maar ik... Echt, jullie moeten me geloven. Holger?'

De normaal zo trotse directrice van Kwekerij Hurumlandet was nog maar een schaduw van zichzelf en ze keek Munch bijna wanhopig aan. Toen zonk ze krachteloos op haar stoel terug en sloeg haar handen voor haar gezicht.

'Het ziet er niet best uit, voor geen van jullie tweeën,' zei Munch terwijl hij naast Mia ging zitten.

'Voor mij?' vroeg Helene verschrikt. 'Ik heb toch niets gedaan?'

'Maar hij wel, denk je?' vroeg Mia.

'Wat? Nee, Henrik heeft helemaal niets gedaan. God nog aan toe, hij is zo mak als een lammetje, hij zou nooit iemand iets aandoen. Het kan me niet schelen wat ze jullie verteld hebben, jullie moeten me geloven.'

'En wat hebben ze ons verteld?' vroeg Mia rustig. Ze keek naar Munch en toen naar de recorder naast het tafeltje, maar Munch schudde onopvallend zijn hoofd.

'Waar is hij?' vroeg Helene vol wanhoop.

'Wie?'

'Henrik?'

'Je broer zit in de kamer hiernaast op zijn advocaat te wachten.'

'Hij heeft geen advocaat nodig. Hij heeft niets gedaan, dat zeg ik toch?'

'Hij heeft wel degelijk een advocaat nodig,' zei Munch kalm. 'Dat hebben we hem aangeraden, want over een paar uur wordt hem de moord op Camilla Green ten laste gelegd. In de loop van de avond wordt hij voorgeleid om in hechtenis te worden genomen.'

'We zijn er vrij zeker van, moet je begrijpen,' zei Mia. Weer keek ze naar Munch, gevolgd door een snelle blik op de recorder, maar ook nu schudde hij zijn hoofd.

'Nee, nee, nee. Jullie moeten me geloven. Hij heeft niets gedaan.' Helene huilde nu bijna. 'Het kan me niet verdommen wat ze tegen jullie hebben gezegd. Jullie móéten naar me luisteren, ik smeek het jullie. Bovendien was hij niet thuis. Hij was...'

'Wat denk je dan dat ze tegen ons hebben gezegd?' viel Mia haar in de rede.

Helene zweeg even en vervolgde toen kalm: 'Dat van die veren. Wat kunnen mensen toch rottig zijn, om zo met modder te gooien. Kunnen ze zich niet gewoon om hun eigen zaakjes bekommeren. Daar kan ik zo boos om worden dat...'

'... je iemand had kunnen vermoorden?'

'Wat?' zei Helene met een blik op Mia. 'Nee, natuurlijk niet, ik wilde alleen...'

'Was je erbij? Of heb je hem alleen maar geholpen om het verborgen te houden?' vroeg Munch.

'Wat?'

'Hij is per slot je broer,' zei Mia. 'Ik bedoel, dat is volkomen begrijpelijk. Jullie stonden elkaar erg na, toch? Na alles wat jullie samen hadden doorgemaakt?'

'Nee, jullie hebben toch niet...' stamelde Helene. 'Ik heb hem toch niet geholpen?'

'Dus hij heeft het op eigen houtje gedaan?'

'Nee. Henrik heeft niets gedaan. Horen jullie niet wat ik zeg?'

'Maar je wist dat hij, tja, hoe zal ik het zeggen, zich graag als vogel verkleedt?'

'Dat is toch al lang geleden! Die ellendige kleine plaatsjes vol roddeltantes, ik kan er zo moe van worden, je probeert alleen maar om anderen te helpen en dan eindig je...'

'Dus hij is ermee gestopt?'

'Waarmee?'

'Zich als vogel te verkleden?' vervolgde Mia.

'Ja, goeie god, ik zei toch...'

'Hoelang geleden?'

'Jaren geleden, ik bedoel, het is al niet meer gebeurd sinds...'

'Dus je geeft toe dat hij zich graag als vogel verkleedde?'

'Ja, maar dat was toch vroeger? Dat zei ik toch?'

Munch merkte dat Mia's ogen weer een beetje lachten. 'Was dat voor- of nadat jullie uit Australië naar huis werden gehaald?'

Helene Eriksen zweeg een poosje, alsof ze in gedachten terug moest reizen naar een tijd die ze het liefst zou vergeten. 'Niet meteen na thuiskomst,' zei ze zachtjes. 'Hij had hulp nodig, snappen jullie wel? Ze hadden hem psychisch beschadigd. Dat was toch zijn schuld niet? Daarmee is hij toch nog geen moordenaar? Dat een stelletje ellendige idioten ons daar vasthielden, ons van alles en nog wat wijsmaakten en ons voor het minste of geringste op onze donder gaven? Ik ben trots op hem, dat kan ik jullie wel vertellen.'

Ze ging wat rechter op haar stoel zitten, en even was de vrouw die ze die eerste keer op de kwekerij hadden ontmoet weer terug.

'Dat hij zich er zo goed doorheen heeft geslagen, na alles wat hij had doorgemaakt. Trots op hem, dat ben ik. Er zijn er niet veel die het er zo goed van af hadden gebracht. Hij is de beste mens die ik ken. Ik zou alles voor hem doen.'

'En dat deed je dan ook,' zei Mia.
'Wat?'
'Wanneer begreep je dat hij de moordenaar van Camilla was?' vroeg Munch.
'Wat?' stamelde Helene. 'Hebben jullie niet gehoord wat ik zei?'
'Nee, Holger,' zei Mia met een blik op Munch. 'Dat is niet de vraag die je moet stellen.'
'O nee?' zei Munch, die op zijn beurt naar Mia keek, in plaats van naar Helene.
'Je moet vragen wanneer ze haar broer ervan ging *verdenken* dat hij het had gedaan.'
'Ach ja, sorry, mijn fout.' Munch glimlachte en keerde zich weer naar Helene toe. 'Wanneer begon je Henrik ervan te verdenken dat hij Camilla Green had vermoord?'
'Ik weet het niet.' Ze trommelde nerveus met haar vingers op de tafel. 'Je bedoelt, de eerste keer dat ik dacht dat, tja, hoe zal ik het zeggen...'
'Toen Henrik plotseling in je gedachten opdook, ja.' Munch knikte langzaam.
'Dat kwam natuurlijk door die foto in de kranten. Toen ik zag dat er allemaal veren in dat bos lagen,' zei Helene enigszins onzeker, en ze keek hen snel even aan. 'Waar Camilla had gelegen, dus.'
'Omdat hij niet meteen was gestopt? Nadat jullie uit Australië terug waren gekomen?' vroeg Mia vriendelijk.
'Wat bedoel je?'
'Met zich als vogel te verkleden,' antwoordde Munch.
Ze staarde hen aan. 'Zulke dingen gaan toch niet meteen over?' zei ze behoedzaam. 'Is het jullie duidelijk hoe we behandeld zijn? Wat Henrik heeft moeten doormaken? Ze sloten hem op in een aardkelder. Niet één keer, maar herhaaldelijk. We leken wel proefkonijnen. Ik bedoel, god nog aan toe, ik was drie en Henrik was vijf. Toen we daar terechtkwamen. Weten jullie wel hoe we hebben geleden? Wij dachten dat het waar was, begrijpen jullie? Is het dan zo raar dat je daar gestoord van wordt? Is het zo raar dat je een plek zoekt waar je je terug kunt trekken, ergens in je eigen hoofd?'
'Dus het ging niet meteen over? Hij ging ermee door?' vroeg Munch.

'Ja, maar god, ik ben zo trots op hem, het is zo geweldig dat hij het achter zich heeft gelaten.'

'Heel ontroerend,' zei Mia, terwijl ze de envelop pakte die ze in de binnenzak van haar leren jasje had gestopt. 'En onder normale omstandigheden zou ik best met jullie meevoelen.' Ze opende de envelop en legde een foto voor Helene op tafel.

Camilla Green.

Naakt op de grond in het bos.

Met haar ogen in doodsangst opengesperd.

Ze keek weer naar Munch, die knikte dat ze nu de recorder aan kon zetten.

'Het is 18.25 uur. Aanwezig in de kamer zijn het hoofd van de eenheid aan Mariboes gate 13, Holger Munch, rechercheur Moordzaken Mia Krüger, en...'

Helene Eriksen was al bijna lijkbleek geweest toen ze binnenkwamen, en toen ze haar ogen op de foto richtte die Mia zojuist voor haar had neergelegd, trok ze nog witter weg.

'Wil je alsjeblieft je naam, je geboortedatum en je huidige adres geven?'

'Wat?'

'Je naam, je geboortedatum en je huidige adres,' herhaalde Mia, terwijl ze naar het opnameapparaat wees.

Er verstreken nog een paar seconden en Mia moest het voor de derde keer zeggen voordat het hoofd van de kwekerij erin slaagde haar mond te openen. 'Helene Eriksen, 25 juli 1969. Kwekerij Humlandet, 3482 Tofte.' De woorden kwamen zachtjes over haar witte lippen, onder een paar ogen dat er nog steeds niet in slaagde zich van de gruwelijke foto los te rukken.

'Je hebt recht op een advocaat,' vervolgde Mia. 'Mocht je dat niet kunnen betalen, dan krijg je een advocaat toegewezen...'

Ze wilde net verdergaan toen er op de deur werd geklopt en Anette haar hoofd naar binnen stak. Ze knikte naar Munch ten teken dat hij de kamer uit moest komen.

'Wat is er?' vroeg Munch, toen hij de deur achter zich dichtgetrokken had.

'We hebben een probleem,' zei Anette. 'Zijn advocaat is gearriveerd.'

'Ja, en?'

'Hij was niet in het land.'

'Over wie heb je het?' Munch fronste zijn voorhoofd.
'Henrik Eriksen. Hij was niet hier.'
'Wat bedoel je, niet hier?' herhaalde Munch.
'Hij heeft een landhuisje in Italië,' zei Goli. 'Daar gaat hij iedere zomer naartoe.'
'Nu volg ik het niet meer.'
'Henrik Eriksen. Hij was niet thuis toen het gebeurde.'
'Wat krijgen we verdomme nou?' zei Munch.
'Wat doen we daarmee?' vroeg de politieadvocate.
'Jij en Kim,' zei Munch na enig nadenken.
'Wat?'
'Standaardverhoor. Zie zo veel mogelijk uit hem te krijgen in, laten we zeggen, twintig minuten, en dan spreken we elkaar hier weer.'
'Oké.' Ze knikte kort, terwijl Munch de deur opende om de verhoorkamer weer binnen te gaan.

67

Gabriel Mørk zat achter zijn bureau aan de Mariboes gate zonder precies te weten in wat voor humeur hij was. Mia had hem meerdere verontschuldigende berichtjes gestuurd, maar toch... Hadden ze echt gedacht dat hij hier iets mee te maken had?
'Gabriel?' onderbrak een stem bij de deur zijn gedachtegang. 'Heb je een paar minuten?' Ludvig Grønlie. 'Ik heb even een goed stel hersens nodig.'
'Natuurlijk,' zei Gabriel, en hij liep achter de oudere politieman aan de gangen door en diens kamer binnen. Het was bijna overal leeg, en dat was al de hele dag zo. Ylva zat met haar kauwgom achter haar scherm, maar de rest was allemaal naar Grønland.
'Wat is er?' vroeg Gabriel. Toen Grønlie op zijn kantoorstoel ging zitten, bleef hij daarachter staan.
'Ik heb een film gekregen,' zei Ludvig. 'Van het Natuurhistorisch Museum. Je bent toch op de hoogte?'
'Waarvan?' vroeg Gabriel.
'Kennelijk niet,' zei Grønlie met een lachje. Hij klikte iets op zijn desktop aan en op zijn scherm werd een zwart-witfilm zichtbaar.
'Waar kijken we naar?' vroeg Gabriel nieuwsgierig.

Grønlie keerde zich naar hem toe. 'Dus je weet hier niets van?'

'Nee.'

Op het scherm was een groep mensen zichtbaar die iets binnenliep wat een galerie of een museum zou kunnen zijn.

'Ik kan die Mia af en toe wel schieten, gaat de hele tijd haar eigen gang,' zei Ludvig.

'Wat is hier te zien?'

'De botanische tuin in Tøyen. Kwekerij Hurumlandet op schoolreisje naar het Natuurhistorisch Museum.'

'Ja, en?' vroeg Gabriel.

De video was korrelig en vaag. Duidelijk een opname van een bewakingscamera. Een groepje mensen werd ontvangen en een trap op geleid door een man met een warrige bos wit haar. Ludvig klikte door. 'Hier is alles in orde. En hier ook.'

Gabriel keek nieuwsgierig naar het scherm.

'Maar plotseling... Wat denk jij hiervan, kijk?' Grønlie keerde zich naar hem toe toen de groep in beeld een zaal was binnengelopen waar allerlei vitrines met dieren stonden. 'Is dat niet een beetje vreemd?'

'Wat dan?'

'Een eindje terug,' zei Ludvig, en hij scrolde over het scherm. 'Hier.' Hij zette de film stil. 'Zie je?'

Gabriel keek naar het beeld, maar schudde zijn hoofd. 'Wat bedoel je precies?'

'Ik zal het uitvergroten.' De oudere rechercheur drukte een toets in. Gabriel liep langs de printer achter hem aan naar de briefing room. Ludvig hing de vergroting die hij zojuist had uitgeprint naast de foto's die er al hingen. 'Hier staan ze bijna allemaal op, ja?' Hij keerde zich naar Gabriel toe en wees. 'Dit hier is Helene Eriksen. Dit Paulus Monsen. Dat is Isabella Jung.'

Gabriel volgde zijn vinger over het beeld en knikte.

'Maar wie is dat in godsnaam?' Ludvig wees op een van de gezichten. Een gezicht dat hij nooit eerder had gezien, een jonge knul met een overhemd en ronde brillenglazen die in tegenstelling tot de rest van de groep niet naar de dieren in de vitrines keek, maar recht in de camera.

'Niemand die wij kennen, voor zover ik kan zien,' zei Gabriel.

'Ja, vreemd, hè? Kijk, hier hebben we ze allemaal, de leraren, Eriksen, Monsen, de meisjes, maar die knul daar?'

Gabriel keek naar het bord met de foto's die Grønlie al eerder had opgehangen. Alle bewoners, alle leraren, maar dat nieuwe gezicht was nergens te zien.

'En waarom kijkt hij recht in de camera?'

'Merkwaardig.'

'Ja, hè? Een schoolreisje. Iedereen kijkt naar de dieren, hoe saai ze dat ongetwijfeld ook vinden, maar deze knaap kijkt omhoog naar de camera, alsof hij...'

'... kijkt waar die zit.'

'Misschien ben ik van huis uit te wantrouwig, maar daar had ik dat goeie stel hersens van jou dus voor nodig. Kunnen we dit gebruiken?'

Gabriel bleef zwijgend naar de afbeelding op de muur kijken. De ogen achter die brillenglazen keken bijna verbaasd naar hem op, terwijl de overige leden van de groep in de richting keken die de vinger van de witharige gids aanwees. 'Shit,' zei hij, zonder zijn blik van de jongen met het overhemd te kunnen losmaken.

'Hem hebben we niet op de muur, toch? Ik bedoel, zie jij hem hier ergens?' Grønlie gebaarde met zijn arm naar de fotogalerij van Kwekerij Hurumlandet.

'Beslist niet.'

'Dus het komt niet alleen doordat ik oud word en iets heb gemist?' Grønlie keek hem lachend aan.

'Waarom kijkt hij in vredesnaam in de camera?'

'Als hij er niet op uit was om te kijken of er eentje was?' vulde Grønlie aan.

'De inbraak waarbij de uilen werden gestolen.'

'Lijkt je ook niet?'

'Zonder meer.' Gabriel bleef als gehypnotiseerd naar dat onbekende gezicht kijken dat hem aanstaarde.

Een jongen in een licht overhemd met een rond brilletje.

'Dit moet iets betekenen, of zit ik ernaast?'

'Ja, dit betekent absoluut iets, Ludvig,' zei de jonge hacker.

'Ik bel Mia,' zei Grønlie. Hij draafde de kamer uit om zijn telefoon te halen.

68

Het jongetje vond het nieuwe huis maar raar en hij had wat tijd nodig om te wennen aan alles wat anders was, al ging het na verloop van tijd beter. Ze hadden hier niet zoveel boeken, maar de muren waren dikker, dus er was niemand die 's avonds over hem praatte en de vrouw die hier de baas was, was ook best aardig. Helene. Ze keek hem niet zo vreemd aan als ze in het vorige huis hadden gedaan maar behandelde hem hetzelfde als de andere jonge mensen die er woonden, want er waren hier geen kinderen. Maar dat was niet zo erg. Hij was hoe dan ook het liefst alleen.

Er waren zeven anderen. Maar één daarvan was een jongen, Mats, en die vond hij erg aardig. Mats deed hem een beetje aan mama denken, hij had het er altijd over hoe slecht de wereld was en hoe ziek in hun hoofd de mensen waren. Mats maakte zich ook graag op, niet precies zoals mama, maar met zwart om zijn ogen en zwarte nagellak. Eigenlijk vond Mats alles mooi wat zwart was. Hij had alleen maar zwarte kleren en op de posters bij hem op de muren waren de bandleden ook in het zwart, met wit geschminkte gezichten en armbanden met spikes. Metal. Dat was wat die bands speelden. Het jongetje zei zelf niet zoveel, meestal luisterde hij alleen maar wanneer Mats op zijn kamer muziek draaide en wees en uitleg gaf. Er waren veel soorten metal. Je had speedmetal en deathmetal, en wat hij het fascinerendst vond: black metal. De muziek zag hij niet zo zitten, er werd een beetje te veel geschreeuwd, maar de verhalen vond hij leuk, vooral die over black metal. Over bands die geiten offerden en op het podium naakte mensen aan het kruis hadden hangen, en teksten die over Satan en de dood gingen.

Nadat hij er een jaar was geweest, begon het jongetje zich er zelfs wat thuis te voelen. Niet zoals toen hij samen met mama was geweest natuurlijk, maar toch, hier was het beter dan in het vorige huis. Kwekerij Hurumlandet. Ze hadden hier kassen en hij leerde hoe hij planten en bloemen moest poten en verzorgen. De lesuren vond hij ook fijn, en al was hij jonger dan de rest, hij was vast veel beter, want het kwam vaak voor dat de leraren hem na de les apart namen.

Heb je het nu al af?

Ik geloof warempel dat we je wat nieuwe boeken moeten bezorgen.

Hij vond alle vakken leuk. Engels, Noors, wiskunde, maatschappijleer, aardrijkskunde, telkens als hij een nieuw boek opensloeg was het net of hij een nieuwe wereld leerde kennen, en hij kon er geen genoeg van krijgen. Het jongetje had vooral veel op met Rolf, een van de leraren daar, die prees hem het meest. Gaf hem opgaven die de anderen niet kregen en lachte iedere keer als hij ze had opgelost even breed. Rolf was degene die ervoor zorgde dat hij zijn eigen computer kreeg. Die had niet iedereen, en een tijdlang sliep hij bijna niet, daar had hij niet echt behoefte aan, omdat er zoveel te leren viel. Hij zat graag de hele nacht op met zijn boeken en zijn computer en kon bijna niet wachten tot hij nieuwe opgaven kreeg.

Maar het liefst trok hij met Mats op. De meisjes meed hij zo veel mogelijk, want die waren precies zoals mama had verteld: glimlachend vanbuiten maar vals en rot vanbinnen, hij kon beter bij hen uit de buurt blijven. Mats hield ook niet van meisjes. Mats hield eigenlijk nergens van, behalve dan van metal, en boeken las hij ook niet graag, behalve als ze over dat soort dingen gingen, rituelen, bloed en Satan, en hoe je mensen uit de dood kon laten opstaan.

'Helene is stom,' had Mats op een avond op zijn kamer tegen hem gezegd, maar daar was het jongetje het niet helemaal mee eens. Hij vond Helene een van de aardigste mensen die hij had ontmoet sinds ze hem waren komen halen, maar hij zei niets. Hij ging liever niet met Mats in discussie, uit angst dat hij dan misschien niet meer op zijn kamer mocht komen.

'Maar haar broer is cool.'

'Henrik? Die van de supermarkt?'

'Ja,' had Mats grijnzend gezegd.

'Waarom is die cool?'

'Weet je dat hij vroeger bij een sekte zat?'

'Nee,' zei het jongetje, dat niet precies wist wat een sekte was, maar Mats grijnsde nog steeds breed, dus kennelijk was het iets goeds.

'In Australië,' vervolgde Mats. 'Toen ze klein waren. Een sekte die The Family heette. Ze experimenteerden met kinderen en zo. Lieten ze geloven dat een vrouw die Ann heette de moeder van iedereen was. Ze moesten allemaal dezelfde kleren en hetzelfde haar hebben. Ze werden volgestopt met medicijnen, Anatensol, Haloperidol, Tofranil. Zelfs lsd. Stel je voor, die kinderen moesten trippen op lsd, terwijl ze in hun dooie eentje in een donker kamertje werden opgesloten.'

Het jongetje, dat nu bijna een puber was, had van geen van die namen ooit gehoord, maar Mats wist een heleboel van medicijnen af, hij had pillen die hij elke dag moest innemen, al deed hij dat niet altijd, maar hoe dan ook, hij was zonder meer een expert.

Mats grijnsde. 'Ze freakten helemaal uit, werden compleet ziek in het hoofd. Vooral die broer, Henrik. Hij dacht dat hij een uil was.'

'Een uil?'

'De doodsvogel.'

Het jongetje luisterde gefascineerd naar het verhaal van Mats: hoe Henrik, de broer met de supermarkt, die eigenlijk heel normaal leek, veren op zijn lijf had geplakt en rituelen had uitgevoerd in een schuurtje helemaal bij het hek, en hoe hij vogels had gedood en mensen uit de dood had laten opstaan.

'Dat is nu lang geleden, maar het is de volle waarheid,' zei Mats. 'Nu is hij weliswaar compleet normaal, maar een poosje was hij totaal *fucked up*. Net als jij.'

'Als ik?' Hij begreep niet wat Mats bedoelde.

'Als jij, ja. Ik bedoel maar, hallo zeg! Je hele leven bij je moeder opgesloten zitten in een huis waar verder niemand woont? Bij zo'n gestoord wijf wonen? What the fuck, wij zijn toch hetzelfde, jij en ik? Je lijkt een idioot, maar vanboven ben je goed ziek, en dat zie ik wel zitten. Alle normale types kunnen optiefen. Een uil, allejezus. Veren op je lijf plakken, hoe cool is dat?'

Het jongetje had niet zoveel gevoeld, die keer bij het veenmoeras toen Mats hem had laten zien hoe je mensen uit de dood kon laten opstaan. Ze hadden een vogeltje uit een nest gehaald dat Mats met een schoenveter had gekeeld en dat ze vervolgens in een vijfhoek van kaarsen hadden gelegd, terwijl Mats rare woorden uit een van zijn boeken had gedeclameerd.

Hij had niet zoveel gevoeld toen hij hem had vermoord. Met een mes dat hij uit de keuken had gepikt. Eigenlijk vooral nieuwsgierigheid, zoals die zwart geschminkte ogen naar hem omhoog hadden gestaard, terwijl het bloed over de donkere modder om hen heen liep.

Mats had geprobeerd iets te zeggen, maar hij had niet kunnen praten, had hem alleen met die grote ogen aangestaard, totdat hij ten slotte niet meer had bewogen.

'Zo praten we niet over mama.'

Geen gevoelens. Alleen enige nieuwsgierigheid. Die adem die ineens niet meer uit zijn mond kwam. Zijn ogen die niet vanzelf dichtgingen, ook al leefde hij niet meer. De dood. Een beetje teleurstellend eigenlijk.

Maar dat van die vogel beviel hem niet.

Die had hij voorzichtig het bos door gedragen nadat hij Mats naar het gat in het veen had gerold en hem in de zwarte modder had zien wegzakken. Toen had hij de vogel begraven op een mooi plekje waar wat bloemen groeiden en het zonlicht door de bomen heen prikte. Hij had een kruis van dennenappels gelegd, niet zo'n omgekeerd kruis als op de posters in Mats' kamer stond, maar een gewoon kruis zoals op kerkhoven. Later die avond, nadat hij onder zijn dekbed was gekropen, had hij een zekere teleurstelling gevoeld, omdat het niet had gewerkt.

Een paar jaar later had hij datzelfde gevoel gehad. Hij was inmiddels een puber en werd nog steeds door de leraren geprezen. Rolf was weg, maar er waren anderen, en ook die gaven hem boeken die de andere jongeren niet eens konden lezen. Hij had een brommer aangeschaft en reed overal naartoe waar hij wilde. En natuurlijk was hij teruggereden naar het huis. Terug naar mama. Daarbinnen had het vies geroken, de ruiten waren ingeslagen en het leek erop dat er dieren hadden gehuisd, dus ging hij het opruimen. Als hij geen les had of planten moest poten pakte hij zijn brommer, en na een paar maanden zag het er daarbinnen weer vrij aardig uit.

Hetzelfde gevoel. Zoals toen bij die vogel. Eerst had hij gedacht dat het misschien een te klein dier was geweest, dus had hij een kat gezocht. Hij had het op dezelfde manier gedaan als Mats toen, met kaarsen, en die woorden, maar ze was nog steeds niet teruggekomen. Dus had hij het geprobeerd met een hond, maar dat had ook niet gewerkt.

De uil. De doodsvogel.

Hij had lijm gekocht in de winkel en veren meegenomen van een boerderij in de buurt waar ze altijd eieren kochten, uit de kippenhokken. Zich ingesmeerd. Gezorgd dat de veren goed op zijn huid zaten, terwijl hij de poten van de hond liet wijzen in de richting die Mats op grond van de schetsen in zijn boeken had aangegeven, naar de juiste punten van de vijfhoek toe. Maar het had niet gewerkt.

Die avond, na de hond, had hij zich niet lekker gevoeld. Hij had in zijn bed gelegen en niet kunnen slapen. De hond had mooie ogen gehad. Net als de kat. Hij had naar het plafond liggen staren, en toen had hij zijn besluit genomen. Dat van die dieren was fout geweest. Wat mama had gezegd was waar. Het waren de mensen die verrot waren. Met dieren was niets mis. Die leefden gewoon in de natuur. Met dieren moest je zorgvuldig omgaan. Die hadden nooit iets slechts gedaan.

Het moest vast een mens zijn.

Om te werken.

Een spiegelbeeld.

Van mama.

69

Miriam stond op straat voor de flat aan de Oscars gate in Frogner met het gevoel dat ze niet meer precies wist wie ze was. Eerst was ze een opstandige tiener geweest die samen met haar vrienden tijdens demonstraties met politie te paard had gevochten, zonder een kroon op haar rekening. Vervolgens was ze een doktersvrouw geworden met een appartement in de duurste wijk van Oslo met een bewakingscamera bij de ingang, een veranda met uitzicht op de Duitse ambassade en genoeg geld om, tja, te kopen waar ze zin in hadden, in feite. En nu? Ze nam een nerveus trekje van haar sigaret en merkte dat ze vlinders in haar buik had.

Zwarte kleding. Een bivakmuts in haar rugzak. Geen uiterlijke kenmerken waaruit op te maken viel wie ze was. Ook al was ze het bijna vergeten, in Ziggy's flat was het weer snel komen bovendrijven, hoe je actie moest voeren tegen een overmacht.

Ze had het gevoel dat ze leefde. Dat ze leefde en deel uitmaakte van iets belangrijks. Dat had ze al heel lang niet meer gehad. Natuurlijk, niets was zo heerlijk als veilig en wel in Frogner zitten en weten dat Marion vrijuit in de tuin kon spelen zonder met rondslingerende injectienaalden te worden geconfronteerd of onderweg naar school te worden beroofd, maar voor haar? Puur als zichzelf?

Ze had zich al tijden niet meer zo goed gevoeld.

Miriam zag ervan af nog een sigaret op te steken en keek of ze de auto zag. Die zou nu snel moeten komen.

Een geloofwaardig back-upverhaal? *Jawel.*

Ze had al met Julie gepraat.

Het was uitgeraakt met een of andere figuur.

Ze had hulp nodig.

Bij nader inzien stak ze toch weer een sigaret op, die ze al bijna had opgerookt toen de auto waarop ze had gewacht de hoek om kwam rijden en voor haar bleef stilstaan.

'Alles in orde?' vroeg Jacob.

'Helemaal,' zei Miriam. 'Waar is Ziggy?'

'Die rijdt met Geir mee, zij zijn een kwartier geleden vertrokken.'

'Oké.'

'Dus we gaan ervoor? Zeker weten?'

'Ik verheug me er al op.' Met een glimlach deed Miriam haar veiligheidsriem om, terwijl de jongen met de ronde brillenglazen schakelde, verder de Uranienborgveien af reed en de richting van Hurumlandet insloeg.

70

Mia zette het witte plastic bekertje in de automaat, drukte op de knop en bleef staan kijken terwijl het spul dat koffie moest voorstellen uit het zichtbaar verouderde apparaat liep. Ze schudde haar hoofd, maar het moest maar, dit leek er nog het meest op. Behoedzaam liep ze met het warme bekertje terug door de gang naar het kamertje waarin Anette, Kim en Munch zaten, de laatste met een ongewoon donkere blik.

'Oké,' zei hij. 'Anette?'

Mia bracht het bekertje naar haar mond en nam een slok, maar was gedwongen het op tafel te zetten. Het smaakte nog erger dan het eruitzag.

'Zoals ik al zei,' hernam Anette met een blik op Kim.

'Ja. Henrik Eriksen was hier niet.'

'Wat?' zei Mia.

'Van de zomer. Toen het meisje verdween,' vulde hij aan.

Mia keek naar Munch.

'Huisje in Toscane,' nam Anette het over. 'Drie maanden, iedere zomer. Hij was niet in het land.'

Weer keek Mia naar Munch. Die haalde even zijn schouders op.

'Dus we kunnen hem niets ten laste leggen,' zei Kim. 'Hij was er niet. Toen het gebeurde. Ik bedoel...'

'Maar verdomme nog aan toe,' zei Mia. 'Die man plakt veren op zijn lijf, hij denkt dat hij een vogel is...' Ze keek nog eens naar Munch, die zijn hand weer tegen zijn slaap drukte.

'Zijn advocaat,' vervolgde Anette, 'zegt dat hij getuigen kan aanwijzen die kunnen bevestigen dat hij daar de hele zomer was.'

'Maar Helene Eriksen had het toch al toegegeven. Ik bedoel, die veren? De sekte waar ze bij zaten? Dat hij er gestoord van was geworden. Een uil wilde zijn. Kom nou, jongens, ik snap niet wat we...'

'Niet in het land,' herhaalde Anette.

'Toscane,' bevestigde Kim.

'Maar verdorie, hij kan toch teruggevlogen zijn?'

'Nee, sorry,' zei Anette. 'Hij was de hele tijd daar.'

'Weten we dat zeker?' vroeg Mia.

Anette schoof een blad papier naar Munch toe. Die keek erop en knikte.

'Wat?' zei Mia.

'Zijn telefoongegevens,' zuchtte Munch, en hij schoof het blad terug.

'Hij was het niet,' zei Kim.

'Maar Holger,' zei Mia zonder op het papier te kijken, dat ze nu een stukje haar richting op hadden geduwd. 'Die veren? Een uil? Ze heeft het toch toegegeven?'

Munch stond met allebei zijn handen tegen zijn slapen en zweeg.

'Dat hij niet goed bij zijn hoofd was? Kom nou toch, Holger.'

'Weten jullie het zeker?' vroeg Munch ten slotte.

'Honderd procent,' antwoordde Anette.

'Hij was hier niet,' zei Kim.

Mia voelde een grote teleurstelling opwellen. Net op dat moment trilde het weer in haar zak, zoals het dat het laatste uur al zo'n honderd keer had gedaan. Nu haalde ze haar telefoon tevoorschijn en keek erop.

'Dus wat doen we? Moeten we ze laten lopen?'

Een hele serie oproepen van Ludvig Grønlie. En een bericht met een foto erbij.

Waarom neem je niet op?

Wie is deze knul?

Zie je hoe hij omhoogkijkt?

Recht in de camera?

Anette knikte. 'We hebben geen keus. Misschien kunnen we Helene aanhouden omdat ze dácht dat haar broer het misschien had gedaan, maar hoelang denk je dat we dat kunnen rekken?'

'Oké,' zei Munch. 'We laten ze lopen.'

Een foto van een schoolklas. Waar zij was geweest, in het Natuurhistorisch Museum. Aller ogen op de gids gericht, op een of ander beest in een vitrine. Afgezien van één persoon. Een jonge knul met ronde brillenglazen en een wit overhemd aan. Met een nieuwsgierige blik. Recht in de bewakingscamera.

'Dus we zetten er een streep onder,' besloot Munch.

'We kunnen ze vannacht desgewenst nog wel vasthouden,' zei Anette.

'Ik wil nog een paar minuten met Helene Eriksen praten,' zei Mia.

'Waarom?' vroeg Munch.

'Ik wil weten wie dit is.' Ze schoof haar telefoon naar Munch toe.

Die kneep zijn ogen dicht en greep weer naar zijn hoofd. 'Wat is hier te zien?'

'Een foto van een bewakingscamera in het Natuurhistorisch Museum.'

'Oké,' zei Munch. 'We houden ze vannacht nog vast.'

'Holger?' zei Anette. 'Gaat het wel goed met je?'

'Wat? Ja, natuurlijk. Ik moet alleen... Een slokje water zal wel helpen,' mompelde hij, en hij liep de kamer uit.

'Is hij ziek?' vroeg Anette.

Kim haalde zijn schouders op. Intussen liep Mia de gang op en de verhoorkamer weer in, waar Helene Eriksen met haar hoofd in haar handen over de tafel gebogen zat.

'Wie is dit?' vroeg Mia, terwijl ze haar telefoon voor haar op tafel neerlegde.

'Wat?' prevelde Helene.

'Die jongen hier,' zei Mia, en ze wees naar de foto die Ludvig haar had gestuurd.

Helene leek er totaal niet bij te zijn met haar hoofd, alsof ze niet eens begreep wat Mia zojuist had gevraagd. 'Wie?'

'Die jongen. Op deze foto. Wie is dat?'

Langzaam pakte Helene de telefoon op. Ze bleef er beduusd naar zitten kijken, alsof ze niet snapte wat ze zag.

'Jullie waren toch op schoolreisje? In augustus, naar het Natuurhistorisch Museum?'

'Waar heb je die vandaan?' mompelde Helene.

'Jullie zijn daar geweest?'

'Ja. Hoezo?'

'Wie is die jongen?'

Helene fronste haar voorhoofd, keek naar Mia en toen weer naar de foto. 'Je bedoelt Jacob?'

'Heet hij Jacob?'

'Ja. Maar...'

'Waarom ging hij met jullie mee op schoolreisje? Hij is toch geen bewoner, of iemand van het personeel?'

'Nee, of jawel...'

'Waarom stond hij op geen enkele van de lijsten die we hebben gekregen?'

'Wat bedoel je?' vroeg Helene, die nog steeds even verward keek.

'Je zou alle bewoners en personeelsleden op die lijsten zetten, en deze jongen stond nergens op.'

'Jacob heeft vroeger bij ons gewoond,' zei de blonde vrouw zachtjes, terwijl ze nog eens naar de foto keek. 'Maar dat is al een paar jaar geleden.'

'En toch ging hij met dit schoolreisje mee?'

'Ja, hij komt namelijk vaak langs. Jacob is onze jongste bewoner ooit, en hij hoort tot degenen die het langst bij ons zijn gebleven. Hij is praktisch familie. We zijn blij dat hij vaak aan komt wippen, want hij helpt ons met onze computers en zo, niet tegen betaling, want hij heeft geen aanstelling bij ons, maar...'

'Computers? Weet hij daar veel van?'

'Jacob? Ja.' Nu glimlachte Helene flauwtjes. 'Hij is een genie. Een wonderkind. Niet te geloven, als je bedenkt wat hij allemaal heeft meegemaakt.'

'Hoe heet hij verder nog?' vroeg Mia. Ze probeerde Helene niet te laten merken hoe gretig ze was geworden.

'Jacob?'

'Ja?'

'Marstrander.'

'Jacob Marstrander?' vroeg Mia.

'Ja.' Nu raakte Helene weer wat van haar stuk. 'Jullie denken toch niet dat...?'

71

De lichtjes langs de E18 hadden iets moois. Miriam wist niet precies waarom, maar ze keek er altijd graag naar, waarschijnlijk een herinnering van toen ze als kind onderweg naar opa en oma op de achterbank van hun oude Volvo had gezeten. Het warme gele licht van de lampen. De wielen over het asfalt. De zachte stemmen op de voorstoelen. Mama en papa. Zoals ze zaten te flirten met op de achtergrond de radio, altijd een beetje speels gekibbel, zij wilde jazz, hij wilde klassiek. De geborgenheid die ze toen had gevoeld en die op een dag ineens weg was geweest, maar die nu weer terugkwam en haar helemaal warm vanbinnen maakte.

'Nog meer koffie?' vroeg Jacob, terwijl hij zijn bril met de ronde glazen omhoogschoof.

'Ik heb nog wat, dus voorlopig hoef ik niet.' Ze glimlachte en nam nog een slokje uit de metalen beker. Ze moesten wakker blijven, want dit zou wel eens de hele nacht kunnen duren.

'Ik heb twee thermosflessen meegenomen.' Hij zette de autoverwarming wat hoger.

Buiten was het nog steeds koud. Al bijna winter, ook al was het pas oktober. Maar vanbinnen voelde Miriam die warmte. Ze liet haar achterhoofd tegen de hoofdsteun rusten en keek weer op naar de lichtjes. Wat kon je als kind toch naïef zijn en wat was het allemaal heerlijk onschuldig en mooi geweest. Mama's vingers die papa voorzichtig over zijn haar streken. De manier waarop hij haar toelachte. De eeuwigheid. Zo was het om kind te zijn. Elk ogenblik was voor altijd. Ze dronk haar koffie op en glimlachte bij zichzelf, nu wat doezelig, een glimp van die heerlijke ritjes bij iedere lantaarn die ze passeerden. Ze had er de laatste tijd nogal vaak aan gedacht. Hoe ze als puber niet had kunnen wachten om volwassen te worden. Haar eigen beslissingen te nemen. Zich niet meer aan de regels te hoeven houden. Helemaal vrij zijn. Maar nu wenste ze soms dat ze terug kon in de tijd. Dat ze destijds had beseft hoe goed ze het had. Weer glimlachte ze, en ze schonk haar beker weer vol uit de thermosfles.

'Is het eigenlijk niet raar?' zei Jacob.

'Wat?' vroeg ze, knipperend met haar ogen.

'Nou, dat je soms te veel plant en dat het dan uiteindelijk helemaal niet nodig blijkt?' De jongen met de ronde brillenglazen keerde zich naar haar toe, maar er was iets vreemds met zijn gezicht, het leek wel of ze het niet echt duidelijk zag.

'Snap je wat ik bedoel?'

'Niet helemaal.' Miriam nam nog een slok koffie. Ze moest nu wakker blijven, haar hoofd erbij houden. Dit kon tijd kosten, het was mogelijk dat ze de hele nacht nodig hadden, maar ze begon nu al slaperig te worden. Niet zo best. Ze goot nog meer koffie naar binnen, terwijl Jacob met een lachje opzijkeek.

'Zoals met die koffie. Daarom heb ik ook cola, mineraalwater en een fles gewoon water, voor het geval je geen koffie had gewild.'

Miriam begreep niet waar hij het over had. Ze leunde weer tegen de hoofdsteun met haar blik op de lichtjes, die nog geler en warmer leken dan in haar herinnering. Billie Holiday. Daar wilde haar moeder altijd naar luisteren. Plotseling moest ze zich erop concentreren om haar koffiebekertje te blijven vasthouden, dat wilde haar als het ware door de vingers glippen.

'Maar je zei meteen dat je koffie wilde, dus de rest was allemaal verspilde moeite.' Lachend schudde Jacob zijn hoofd. 'Die tijd had ik aan iets anders kunnen besteden, als je begrijpt wat ik bedoel.'

Miriam keek loom zijn kant op, maar zijn gezicht was weg. 'Hoelang nog tot... we... er zijn?' mompelde ze. 'Tot we de... anderen ontmoeten?' Het leek een eeuwigheid te duren voor ze die laatste zin af had.

'Tja, die moeten zich maar zonder ons zien te redden.'

'Wat... bedoel je?'

'Wij hebben toch wat belangrijkers te doen?' Weer keerde hij zich glimlachend naar haar toe.

Maar dat zag Miriam Munch niet.

Zij was al in slaap gevallen.

8

72

De tweeënzestigjarige Zwitser Hugo Lang voelde zich weer bijna een klein kind. Er trok een aangename tinteling door zijn lijf, hij had niet meer zoiets intens gevoeld sinds die eerste keer dat hij het vorige meisje op het scherm had gezien.

Zij tweeën bij elkaar. Het jonge meisje in de kelder en hij. Twee eenzame mensen die elkaar hadden gevonden. Hij had nog nooit zo'n bevredigend gevoel gehad. Ze waren voor elkaar gemaakt. Hij had haar haren gestreeld als ze sliep. Geglimlacht als ze in het looprad liep, ze deed het zo goed, ze slaagde erin het eten tevoorschijn te laten komen, maar toen was ze plotseling weg geweest, en hij had het gemis ervaren als een zwart gat. Hij had geprobeerd het te vullen met een eigen plantenkas vol dure orchideeën en zeldzame kolibries, en de eerste dagen had dat inderdaad een fijn gevoel gegeven, maar het had niet lang geduurd of het gemis had de kop weer opgestoken.

Nu was ze er echter weer. Niet dezelfde, of toch, bijna dezelfde. Hoe dan ook, hij vond haar nu al lief, misschien zelfs meer dan de vorige, die hem uiteindelijk toch had verlaten. Hugo Lang glimlachte weer en schoof zijn stoel dichter naar het grote scherm toe.

Miriam Munch.

Een rare naam, had hij aanvankelijk gedacht, maar toen had hij om zichzelf moeten lachen, want het maakte natuurlijk niet uit hoe ze heette. Zijn vriendinnetje, dat was ze, ze zat uitsluitend voor hem in die kelder gevangen. Zo kon hij bij haar zijn. Zo konden ze bij elkaar zijn, *met hun tweetjes*. De eerste dag had ze hem lichtelijk geïrriteerd, want ze deed eigenlijk niets. Ze zat daar alleen maar. De vingers van de dunne handen die om dat tengere lichaam geslagen waren trilden als espenbladeren. Haar ogen gingen bijna nooit dicht, onbegrijpende, geschrokken ogen die niet beseften waar ze was. Huilen deed ze ook. Tranen over die mooie, witte wangen. En dan dat wanhopige gebonk op de deur, of de ramen, of wat dan ook, en dat had hij niet zo fijn gevonden, hij had toch zijn ochtendjas aan en er brandde een vuur in de haard, een glaasje cognac, dus in feite was het absoluut niet nodig dat ze hier niet samen van konden genieten, maar van lieverlee had ze het opgegeven, en nu was alles prima.

Hugo streelde over haar wang op het scherm. Hij was erg dol geweest op de vorige, het iets jongere meisje met de tatoeage, en er waren momenten geweest waarop hij had gedacht dat het niet beter kon. Maar nu, na maar twee dagen, had hij al het gevoel dat hij deze liever vond dan de vorige. Gek eigenlijk dat het zo kon lopen, maar toch was het zo.

De eerste dag had ze het niet zo goed gedaan. Ze had niet begrepen hoe het hoorde te gaan. Maar toen was de man met het verenkleed de gesloten kamer in gekomen, en daarna had ze gedaan wat ze moest doen.

In het rad lopen.

Het eten opeten dat eruit kwam.

Hugo nipte van zijn drankje en schoof zijn leren fauteuil nog dichterbij. Legde zijn hand op het scherm en streelde haar haren. Toen bracht hij zijn lippen voorzichtig naar het scherm en kuste haar.

Niet brutaalweg, hij ging niet te ver, nee, nee.

Alleen maar een kusje op haar wang.

Hij leunde naar achteren in zijn stoel, hief zijn glas om even te toosten en bleef bij zichzelf zitten glimlachen.

73

Holger slikte de pijnstillers door met een slok kraanwater en bleef zwaar ademend naar zichzelf kijken in de spiegel boven de wastafel.

Wat was er in godsnaam aan de hand?

Hij spoelde zijn gezicht met koud water en snapte werkelijk niet waar die plotselinge pijn vandaan was gekomen. Die kwam nu al dagen met tussenpozen opzetten, en het wilde maar niet overgaan. Misschien had de dokter toch gelijk. Ongezond. Meer trainen. Minder roken. Kwam het daardoor?

Hij droogde zijn gezicht af met de mouw van zijn trui en bleef diep ademhalen, wachtend tot de pillen gingen werken. Vijf minuten pauze tijdens de briefing. De anderen zaten binnen op hem te wachten. Rusteloos. Dat waren ze allemaal al sinds die naam was opgedoken.

Jacob Marstrander.

Aanvankelijk had Munch zijn twijfels gehad, er waren al zoveel rondes geweest in deze zaak, al zoveel verdachten, maar nu wist hij het zeker: dit was de knaap die ze zochten.

Het probleem was alleen dat Jacob Marstrander door de aardbodem verzwolgen leek te zijn. Na drie dagen waren ze nog geen stap verder. Ze hadden zijn flat aan de Ullevålsveien binnenstebuiten gekeerd, maar daar was niets te vinden. Ze hadden zijn kantoor doorzocht, een kleine eenmanszaak, JM Consult, maar niets gevonden waaruit zijn verblijfplaats af te leiden viel.

Een gestoorde smeerlap.

Munch hield zijn mond onder de kraan om wat water te drinken, en hij voelde dat de pillen eindelijk begonnen te werken. Hij wierp nog een laatste blik in de spiegel, haalde zijn hand over zijn gezicht, zette een glimlach op en liep rustig de briefing room weer in.

'Oké, waar waren we?' vroeg hij, terwijl hij vooraan bij het projectiescherm ging zitten. 'Ludvig?'

'Nog steeds niets van de vliegvelden. Hij kan natuurlijk hebben geprobeerd met de trein of de auto te verdwijnen, maar hij is in ieder geval niet bij de grensovergangen geregistreerd.'

'Dus hij is nog in het land?'

'Dat weten we niet,' antwoordde Kim. 'Maar Interpol is hoe dan ook gewaarschuwd.'

'Goed,' zei Munch.

'En de foto van Marstrander?'

'Is vanmorgen naar alle kranten gegaan, dat wilde je toch?' zei Anette.

'Daar waren we het toch over eens geworden?' zei Munch.

'Niet allemaal,' bromde Curry.

'Ach kom nou toch, Curry, hou eens op,' zuchtte Anette.

'Wat?'

'We waren het erover eens,' kwam Ludvig ertussen.

'Ik zeg toch alleen maar dat ik het idioot vind,' mompelde Curry. 'Zo gaat het iedere keer. Foto naar de media, en onze lijnen raken overbezet doordat duizenden goedbedoelende halvezolen denken dat ze iets raars om hun garage heen hebben zien sluipen. Ik wil maar zeggen...'

'Bij mijn weten heb ik nog altijd de leiding over deze eenheid,' zei Munch streng, 'en ik heb opdracht gegeven om vandaag zijn foto naar buiten te brengen, of niet soms?'

'Jawel,' ging Curry door, 'ik wou alleen...'

'Hij staat al op het internet,' zei Ylva, en ze hield haar telefoon omhoog.

'Mooi. Dan hopen we maar dat het iets oplevert.' Munch merkte dat zijn hoofdpijn sluipenderwijs terugkwam. Hij nam een slok uit het waterflesje dat op tafel stond. 'Oké, en verder?' Hij keek de kamer rond. 'Waar is Mia trouwens?' voegde hij er verbaasd aan toe.

'Heeft een bericht gestuurd. Ze moest iets doen en komt later,' antwoordde Ludvig.

'Wat dan?'

'Dat stond er niet bij.'

'Oké,' zei Munch geërgerd, en hij moest zich even concentreren voordat hij verder kon gaan. 'Na drie dagen heeft nog steeds niemand een spoor van Marstrander gevonden. Dat is al te dol, mensen. Iemand moet toch iets weten? Iemand moet hem toch ergens gezien hebben? Is zijn auto geregistreerd op een van de snelwegen uit Oslo?'

'Bij geen enkel tolbedrijf,' zei Kim.

'Zijn telefoon?'

'Volgens Telenor is die afgelopen vrijdag voor het laatst op zijn thuisadres gebruikt,' antwoordde Gabriel. 'Daarna geen kik meer.'

'En de laptop die we op zijn kantoor hebben aangetroffen?'

'Helemaal leeg,' antwoordde Gabriel.

'Serieus, mensen?' zuchtte Munch. 'Niets?'

'Zullen we de bewoners van de kwekerij nog eens ondervragen?' vroeg Kim. 'We zijn daar eergisteren wel geweest, maar het kan toch zijn dat een van de meisjes iets verzwijgt?'

'Het proberen waard,' zei Munch. 'Doe jij dat?'

Kim knikte.

'Die flyer die we hebben gevonden,' zei Ylva voorzichtig. '"Stop Boerderij Løken".'

'Ja? Heb je daar raak mee geschoten?'

'Nee, nog niet, maar het is toch een beetje vreemd...'

Munch merkte dat hij zijn geduld even snel begon te verliezen als de hoofdpijn inmiddels weer kwam opzetten. 'Trek het nog maar eens na,' zei hij kortaf. 'Hun banden met hoe heet het ook alweer?'

'Het Dierenbevrijdingsfront.'

'Mooi. Goed. Doe nog maar een poging. Kijk of we iets los kunnen peuteren uit een of ander hoekje daar. Drie dagen, mensen, dit is niet goed genoeg.' Hij nam net weer een slok uit zijn waterflesje toen zijn telefoon voor hem op tafel begon te trillen.

Marianne?

Hij verontschuldigde zich en liep snel het rookbalkon op. 'Hallo?'

'Holger?' Hij hoorde het aan haar stem. Nog steeds, na al die jaren.

Er zat iets niet goed.

'Ben je daar, Holger?' Haar stem trilde.

'Ja, ik ben er, Marianne, wat is er?' Hij haalde een sigaret uit de zak van zijn jasje.

'Heb jij nog iets van Miriam gehoord?'

'Wat? Nee, al een paar dagen niet, hoezo?'

Aan de andere kant werd het even stil. 'Nou, ik...'

'Wat is er?' herhaalde Munch, terwijl hij zijn sigaret aanstak.

'Ze zou Marion gisteravond ophalen, maar nu krijg ik haar niet meer te pakken.'

'Wat bedoel je?'

'Ik heb op Marion gepast...'

'Is Miriam weg?'

'Ik weet het niet precies,' ging Marianne verder. 'Ik bedoel, ik wil je niet tot last zijn, maar ik wist niet wie ik anders moest bellen.'

'Natuurlijk moet je mij in zo'n geval bellen.'

'Dus dat is goed?'

'Dat spreekt vanzelf, allemachtig, Marianne. Er is vast niets aan de hand,' probeerde hij haar te sussen. 'Je weet hoe Miriam soms is...'

'Ze is geen vijftien meer, Holger,' viel ze hem in de rede. 'Ik maak me serieus zorgen. Ze zou gisteravond hier komen, en nu krijg ik haar niet te pakken.'

'Het is vast alleen...' vervolgde Munch, maar hij werd alweer onderbroken.

'Ze heeft tegen me gelogen, Holger.'

'Hoe bedoel je?'

'Ze zei dat ze Julie ergens mee moest helpen, maar ik heb Julie gebeld en het bleek uiteindelijk alleen maar flauwekul te zijn.'

'Wat was er flauwekul?'
'Een actie.'
'Wat voor actie?'
'Net als vroeger. Een illegale actie. Ze ging Julie niet helpen, dat gebruikte ze alleen maar als smoes.'
Nu raakte hij de draad kwijt. 'Wat voor actie, Marianne?'
'Het duurde even, maar uiteindelijk wist ik het uit haar te krijgen.'
'Uit wie?
'Uit Julie.'
Munch snapte nog steeds niet helemaal waar ze het over had.
'Wat dan?'
'Ze doet weer aan acties mee.'
'Wie?'
'Miriam. Hoor je eigenlijk wel wat ik zeg, Holger?' Haar stem klonk nu snijdend. Zijn hoofdpijn was weg.
'Kalm aan, Marianne,' zei hij, en hij nam een trekje van zijn sigaret. 'Er is vast geen reden tot bezorgdheid. We hebben dit toch al eerder meegemaakt? Net iets voor haar. Rebels. Je weet toch hoe Miriam is, ze wil toch altijd...'
'Verdomme, Holger, ze is geen vijftien meer. Ik ben bang. Ze is weg. Begrijp je wat ik zeg?'
'Kalm aan, Marianne. Natuurlijk hoor ik wat je zegt. Ze ging actievoeren? Wat voor actie?'
'Voor de dieren. Ergens in Hurum. Maar ze zou gisteravond terug zijn.'
'Rustig nou, begin nog eens van voren af aan. Wat ging ze doen?'
'Volgens Julie was er iets misgegaan,' vervolgde Marianne. 'Dus stopten ze ermee. Met die actie. Drie dagen onderduiken als er iets misging, hadden ze afgesproken.'
'Dus ze is ondergedoken?' vroeg Munch, die het niet meer kon volgen.
'Nee, Holger. Miriam reed mee met die figuur waarvan de foto op het internet staat.'
'Wie?'
'Die jullie zoeken. Van die andere zaak.' Het leek alsof Marianne min of meer aan het einde van haar krachten was, heel ver weg aan de andere kant.

'Wie?' herhaalde Munch.
'Ik ben bang, Holger,' zei Marianne met zwakke stem.
'Miriam is met de auto actie gaan voeren?'
'Met degene die jullie zoeken.'
'Wat bedoel je? Met Jacob Marstrander?'
'Ja,' zei Marianne zacht.
Godallemachtig.
'Hoelang geleden was dat gesprek met Julie?'
Dat kon niet waar zijn.
'Twee minuten geleden. Ik had net opgehangen.'
Hoe kon...? Wat hadden die twee...?
'En Julie bevestigde dat Miriam bij hem in de auto zat?'
Verdwenen. Drie dagen geleden.
'Julie was juist degene die hem noemde. Ze is bang. Dat er iets gebeurd is. Zij krijgen hem ook niet te pakken.'
Dit gebeurt niet echt.
'Is Julie nu thuis?'
Rustig blijven klinken. Marianne niet nog ongeruster maken.
'Ja, in de Møllergata, weet je nog waar ze woont?'
Miriam.
'Natuurlijk weet ik dat nog.'
Het Dierenbevrijdingsfront.
'Ga jij met haar praten?'
Godverdomme.
'Dat spreekt vanzelf, Marianne. Ik hang nu op om haar te bellen, goed? Dan spreken we elkaar straks weer.'
Dit gebeurt niet echt.
Munch hing op, liep de briefing room in, waar hij op grote ogen stuitte.
'Curry, Kim. Jullie gaan met mij mee,' riep Munch buiten adem.
Twee stomverbaasde gezichten. 'Oké.'
'De rest, ik heb alles nodig wat jullie kunnen vinden over een actie van een groep dierenbeschermers die een paar dagen geleden in Hurum moet hebben plaatsgevonden. Het Dierenbevrijdingsfront. Alles wat jullie kunnen vinden. Begin met Julie Vik. Zij heeft daar contacten. Ik moet het nu hebben. Onmiddellijk.'
'Wat wil je dat we...' begon Ludvig Grønlie, maar Munch was de deur al uit.

74

Miriam werd wakker omdat ze het koud had. Ze maakte zich zo klein mogelijk, rolde zich op en trok de kleine plaid dichter om haar trillende lichaam. Na uren op handen en knieën te hebben gekropen was ze eindelijk uitgeput ingedommeld, maar de honger en de kou die door kieren in de wanden naar binnen sijpelde hadden haar weer uit haar slaap gerukt, deze nachtmerrie in. Ze verkeerde nog in shocktoestand, dat moest wel, want ze begreep nog altijd niet hoe ze in deze kelder was beland. Ze had in de auto gezeten, onderweg over de E18. Ze had aan mama en papa gedacht. Was weer kind geweest. Doezelig en warm. Het contrast met de ruimte waarin ze zich nu bevond had niet groter kunnen zijn.

Een grap. Dat had ze gedacht toen ze de eerste schrik te boven was. Waar was ze? Een grap. Een ijskoude vloer. Een donkere kelder. Wie haalde dit geintje met haar uit? Letters op de wand. Een groot, eigenaardig rad. Wat was er misgegaan? Waar waren alle anderen?

Ze had het zelfs nog niet begrepen toen de deur knarsend was opengegaan en de figuur met het verenpak was binnengekomen. Een droom, had ze gedacht. Ik slaap nog. Ze was haast nieuwsgierig geweest. Eerst. In haar droom. De angst had pas later toegeslagen. Aanvankelijk had ze min of meer gefascineerd om zich heen gekeken. Iemand had een eigenaardige ruimte gebouwd. Onder de grond. Zij was heel klein geworden. In die droom. Net als Alice in Wonderland. Ze was een klein dier geworden. Er was een groot rad waar ze in kon lopen. Een waterfles aan de muur met een tuit waaruit ze kon drinken.

Nee, nee, nee.

Ze zou binnenkort weer wakker worden.

Dit is niet echt.

Misschien als ze aan iets leuks dacht?

God nog aan toe.

Marion? Misschien als ze aan Marion dacht?

Help me.

Misschien werd ze dan wakker?

Alsjeblieft.

Iemand.

Help.

Miriam kneep haar ogen dicht en probeerde de honger te negeren. De onpasselijkheid. Ze had overgegeven, in een van de hoeken. Nadat ze in het grote rad had rondgekropen. Haar handpalmen en knieën schrijnden, maar ze zou niet meer huilen, had ze besloten, niet meer huilen. Ze had geprobeerd de bruine brokjes weg te kauwen die uit de muur waren gekomen. Die eten moesten voorstellen. Ze had er een paar van doorgeslikt, maar ze waren weer naar boven gekomen. Stukjes dierenvoer op het koude cement. Ze wilde niet meer. Ze kon niet meer. Ze weigerde zich te bewegen. Zo zou ze blijven liggen, in elkaar gedoken.

Als het maar niet zo koud was geweest.

Behoedzaam werkte Miriam zich op tot zithouding en probeerde haar koude vingers warm te blazen. Ze was gedwongen overeind te komen, stond in gekromde houding op en sloeg haar armen een paar keer om zich heen, probeerde op haar stijve, pijnlijke benen wat rond te lopen om haar bloedcirculatie op gang te krijgen.

Lieve god, wat had ze een honger.

Miriam zag de dampwolk van haar adem toen ze weer wat warmte in haar bijna witte handpalmen probeerde te blazen.

Lieve God.

Ze zou vast wel gauw wakker worden.

Help me.

Mama. Marion. Papa.

Iemand

Alsjeblieft.

Ze schrok op toen de deur openging en de figuur met de veren in de deuropening verscheen.

'Jacob,' zei ze smekend, terwijl ze zich bang in een hoekje terugtrok.

'Je bent niet bepaald flink,' zei de jongen met de veren, en hij richtte het pistool op haar.

'Jacob, ik...' begon Miriam weer, maar haar stem liet haar in de steek, er kwam alleen wat gemummel over haar lippen, dat onderweg in de kille ruimte wegstierf.

'Kop dicht,' zei de jongen met de veren. 'Waarom krijg je niks voor elkaar? Ik heb je toch uitgelegd hoe alles hier werkt? Herhaaldelijk. En dan kun je het nóg niet? Je hebt het eventjes goed gedaan, maar nu snap je het niet meer? Moet ik dan alles nog eens uitleggen?' De jongen deed een stap naar haar toe en richtte het pistool op haar gezicht.

'Nee, nee, alsjeblieft,' stamelde ze, en ze hief haar handen op.

'Ben je dom of zo?' Zijn blik was donker en hij schudde zijn hoofd, zijn hand met de veren stevig om het pistool geklemd. 'Is dat waarom je het eerst wel goed deed maar nu niet meer? Omdat je dom bent?'

'Nee,' mompelde ze behoedzaam.

'Dat moet wel, want het is niet moeilijk, of vind jij het soms wel moeilijk?'

'Nee, nee,' stotterde ze.

'Je denkt misschien dat iemand je komt redden, is dat de reden? Een van je dierbaren misschien?' Nu grijnsde hij. Witte, blikkerende tanden midden in het met veren beklede gezicht. 'Of papa. Je politiepapa? Denk je dat hij je komt redden? Zijn kleine meisje?'

Miriam begon te beven.

'Er komt niemand,' vervolgde de figuur voor haar. 'Zij zijn misschien wel slim, maar ik ben nog slimmer. Ze vinden je nooit.' Hij grijnsde weer, lachte kort achter de loop van zijn pistool. 'Ik zou je hier en nu kunnen doodschieten, maar dat zou het publiek niet zo leuk vinden, hè?'

Ze begreep niet waar hij het over had.

'Dit is mijn show, ik heb alles bedacht, is dat niet slim? Je moet een beetje inventief zijn, een voorstelling in elkaar zetten die iets om het lijf heeft, iets bijzonders waar mensen echt voor willen betalen, vind je ook niet?'

Nog steeds begreep ze niet waar hij op doelde.

'Jij boft, zeker weten.' De jongen met de veren glimlachte. Een paar dagen geleden was hij nog Jacob met de ronde brillenglazen geweest, maar nu was hij een volslagen vreemde, iemand die onherkenbaar was, met een strakke lach onder kille, zielloze ogen. 'Je boft zelfs heel erg,' vervolgde hij. 'Je bent nu een ster, er hebben mensen miljoenen kronen betaald om jou te zien optreden. En je was nota bene niet eens de uitverkorene.' De jongen voor haar krabde even met zijn pistool op zijn hoofd en lachte plotseling bij zichzelf. 'Stel je voor. Jij was niet eens uitverkoren, die andere kreeg drie stemmen. Ze houden het meest van jong, snap je, maar het is mijn show, ja toch? Ik heb dit allemaal bedacht. Het rad. De tekst op de wand. Dus waarom zou ik de dienst niet uitmaken? Ik heb je uitgekozen, ik, omdat ik je mag. Jij bent bijzonder. Je vader is bij de politie. Is dat niet aardig van me? Dat ik die andere niet heb genomen, ook al hadden ze op haar gestemd?'

Miriam knikte bedachtzaam, ook al had ze er nog steeds geen flauw idee van waar hij het over had. 'Jacob,' begon ze aarzelend. Het leek wel of ze schuurpapier in haar mond had.

'Nee, nee, nee,' zeiden de kille ogen, en hij richtte het pistool weer op haar. 'We praten niet. We luisteren alleen maar.'

Miriam deed haar mond dicht en keek weer naar de grond.

'Dit is de laatste keer dat ik binnen ben gekomen,' zei de jongen. 'Nu moet je doen wat je gezegd is, want zo niet, dan moet ik eigenlijk toch die andere gaan halen. De mensen moeten krijgen waarvoor ze betaald hebben, vind je niet?'

'Ja,' mompelde Miriam zonder op te kijken.

'En nu, moet ik je doodschieten of doe je wat je gezegd is?'

'Ik zal het doen,' prevelde Miriam zachtjes.

De jongen met de veren leek even na te denken. Toen liet hij het pistool zakken en ontblootte zijn witte tanden weer. 'Mooi.'

Hij giechelde even bij zichzelf; hij deed de zware deur dicht en liet haar alleen in de koude, donkere ruimte achter.

75

Mia wist niet waarom ze het zo voelde, maar er was iets raars aan dat witte huis midden in de rimboe. Ze merkte al sinds haar vorige rit daarheen dat ze er weer naartoe getrokken werd. Naar het huis van Jim Fuglesang. Helemaal alleen, met niets eromheen. Berijpte bomen. Stilte. Niet het soort stilte dat rustgevend was, zoals op Hitra. Aan zee. Met boven haar het gekrijs van meeuwen. Dit was anders. Een soort stilte die haar zintuigen scherpte en ervoor zorgde dat ze behoedzaam om zich heen keek terwijl ze met rustige stappen van de auto naar het huis liep. Deze keer was ze gewapend, en dat had een kalmerende invloed op haar. De vorige keer had ze zich naakt gevoeld, bijna bang, en dat was niets voor haar. Na thuiskomst had ze niet begrepen hoe dat kwam, en daar was ze nog nieuwsgieriger van geworden. Ze had geweten dat ze terug moest, maar ze had de tijd daarvoor niet kunnen vinden. Misschien had ze er nu ook geen prioriteit aan moeten geven, met het oog op alles wat er speelde, maar een paar uur gaf niet, en ze wilde het daglicht benutten.

Ze liep op het huisje af, maar bleef staan en koos in plaats daarvan het paadje dat het bos in liep. Ze was al in het huis geweest. Daar was het niet. Datgene wat zij zocht.

Veertien minuten met mooi weer.

Jim Fuglesang had foto's genomen. Jaren geleden. Foto's die hij in een album had geplakt. Een kat. Een hond. Neergelegd in een vijfhoek van licht op een bed van veren.

En inderdaad, ze was anders dan iedereen, ze had geen verklaring voor de vreemde aantrekkingskracht die deze plek midden in de wildernis op haar uitoefende, maar dit was concreet, en dat maakte het makkelijker voor haar. Wat ze voelde deed er eigenlijk niet toe. Want Jim had foto's van plaatsen delict met dieren gemaakt die rechtstreeks verband hielden met de moord op Camilla Green. En het was ergens hier in de buurt.

Zestien minuten terug.

De vorige keer dat ze hier was geweest had ze maar net kunnen zien dat er maar één weg naar het huisje liep, plus een paadje omlaag naar het bos. Hij kon die foto's natuurlijk ergens anders hebben genomen. Eigenlijk overal. Maar toch, met mooi weer veertien minuten, zestien minuten terug. Mia kon daar alleen maar uit opmaken dat dit op een plaats sloeg die de man met de witte fietshelm goed kende. Mooi weer. Hij was gewend aan de route die hij had afgelegd, had die plaats ook met slecht weer bezocht. Terug. Terug betekende: naar huis, dat moest haast wel. Veertien minuten de ene kant op. Twee minuten meer dan de andere kant op. Heen bergaf, terug bergop. Daar kon Mia niets anders uit opmaken dan dat dit het pad was dat hij had bedoeld.

Een paadje omlaag naar een ven.

Verdomme, waarom was ze zo nerveus?

Zij was toch nooit ergens bang voor?

Vier witte stenen.

Ze maakte bijna een luchtsprong toen de open plek in het bos voor haar opdook en ze ze aan de rand van het donkere ven zag liggen. Vier witte stenen, keurig neergelegd voor iets wat misschien ooit een oude steiger was geweest, en toen ging haar hart nog harder bonzen, want toen zag ze het bootje dat ooit nieuw was geweest maar nu vermolmd en half gezonken aan de rand van het ven lag.

Een rood, houten bootje. Met witte letters langs het vermolmde dolboord.

Maria Theresa.

Mia keek op, en haar blik viel op het gebouwtje dat een paar honderd meter verderop stond. Aan de overkant van het ven. Een huisje. Grauw, alsof weer en wind alle kleur van de muren hadden gewist, de ramen dichtgespijkerd, onbewoond, verlaten, maar toch...

Onhandig viste ze haar telefoon uit haar zak.

Uit de schoorsteen kwam rook.

Met mooi weer veertien minuten.

Zestien minuten terug.

Vier witte stenen.

Een rood bootje.

Maria Theresa.

Fuck.

Ze zocht met trillende vingers het nummer van Munch op, maar het ding werkte niet mee.

Geen bereik.

Godver.

Ze probeerde het nog een keer, stak de telefoon de lucht in, deed een paar stappen terug, bij het ven vandaan, naar de vermolmde steiger toe. Nog steeds niets. Mia vloekte binnensmonds, stopte de telefoon weer in haar zak en bleef staan om het terrein voor haar in te schatten. Toen koos ze de linkerweg om het donkere ven heen.

Grauwe planken van een onbewoonbaar huis.

Uit de schoorsteen kwam rook.

Bomen die haar niet voorbij wilden laten.

Geen pad meer.

Oneffen terrein.

Nog steeds geen bereik.

Takken in haar gezicht.

Krijg de tering.

Mia's hart ging als een razende tekeer toen ze het grauwe, verlaten huisje aan de andere kant van het donkere ven bereikte.

Dichtgespijkerde ramen.

Afgesloten.

Een oude groene Volvo.

Ze sloop het voortuintje door en gluurde voorzichtig door de autoruiten naar binnen. Een thermosfles. Wat flesjes frisdrank. Een zwarte tas. Mia boog zich naar voren en deed voorzichtig het autoportier open, schoof de passagiersstoel op. Een zwarte damestas op de vloer. Kleenex, lippenstift, een portemonnee, een rijbewijs met een mooi jong meisje dat ernstig in de camera keek.

Mia raakte bijna in shock toen ze zag welk gezicht haar vanaf het rijbewijs aanstaarde.

Miriam?

Hoe was dat in godsnaam mogelijk?

76

Miriam zat op haar knieën op de koude keldervloer en probeerde de harde brokjes uit het gat in de muur weg te kauwen. Dierenvoer. De eerste keer dat hij haar had gedwongen ze te eten waren ze weer naar boven gekomen en had ze besloten die afschuwelijke dingen nooit meer in haar mond te steken, maar nu kon ze niet meer. Ze had zo'n honger. Haar lichaam schreeuwde om eten. Ze was bijna flauwgevallen in het grote rad, had op handen en voeten moeten kruipen om het rond te laten draaien, ze had blaren op haar handpalmen en bloedde uit wonden op haar knieën, het ging niet meer. Ze moest iets zien binnen te krijgen, want zo niet, dan was ze gezien. Zo voelde het. Ze zou hier in die koude kelder doodgaan.

Als ze niet gauw iets te eten kreeg.

Ze raapte een stuk of wat brokjes op en stopte ze in haar mond. Probeerde er niet aan te denken wat ze eigenlijk binnenkreeg, ze kapot te kauwen, niets te laten merken. Ze hield haar hoofd onder de tuit aan de grote waterfles en slikte zo goed en zo kwaad als het ging. Deze keer kwamen ze niet omhoog. Gelukkig.

Ze stopte er weer een paar in haar mond en herhaalde het proces, kauwde uit alle macht, terwijl ze aan iets anders probeerde te denken, hield haar hoofd opnieuw onder de waterfles en slikte weer.

Help me.

Ze dook dieper in haar plaid en sloot haar ogen. Ze wilde in zichzelf wegduiken. Dit was niet echt. Ze was hier eigenlijk niet. Ze was heel ergens anders. Thuis. Aan de ontbijttafel. Marion was net wakker. Het rook naar vers gezette koffie. Marion was moe. Wilde haar pyjama niet uittrekken maar alleen bij haar op schoot zitten. Niet opstaan. Niet naar school. Er waren geen insecten achter haar oogleden. Over de cementen vloer kropen geen torren. Door de gaten in de muren bliezen geen ijskoude vlagen van een te vroege winter naar binnen. De vloer was warm. Marion wilde haar haar in een paardenstaart. Johannes glimlachte tegen allebei, hij ging nergens naartoe. Niet naar Australië. Ze waren met hun drietjes en ze bleven vandaag allemaal thuis. Ze hadden vrij. Ze gingen een film kijken en popcorn eten.

Waarom komt er niemand?

Help me.

Alsjeblieft.

Miriam merkte pas dat de deur was opengegaan toen de jongen met de veren vlak voor haar stond, met zijn pistool voor zich uit en iets in zijn andere hand.

'De plannen zijn veranderd.'

'Wat?' mompelde Miriam, die niet wilde dat de warme keuken van haar netvlies verdween.

'Sta op,' zei de jongen, en hij schopte haar wakker.

Ze ging langzaam zitten, de plaid om zich heen.

'De plannen zijn veranderd,' zei de jongen met de zwarte ogen weer. 'Ik wist dat ik die andere had moeten nemen. Jij deugt niet, en nu is alles verpest.'

Traag opende Miriam haar ogen, en ze keek naar hem. Een arm uitgestrekt met het pistool erin, en iets in de lucht voor haar neus. Een blonde pruik.

'Maar we halen het nog wel. Probeer deze eens.'

Miriam begreep niet wat hij bedoelde.

'Doe hem op, ik wil zien of hij past.'

'Jacob, alsjeblieft,' begon Miriam, maar ze wist niet eens of ze het wel had gezegd.

'Opdoen,' zei de jongen boos, en hij gaf haar de pruik. 'Ik heb ze onderschat. Een foto? Van mij? Hoe hebben ze me gevonden, denk je?'

'Waar heb je het over?' mompelde Miriam, nog steeds zonder te weten of de woorden inderdaad over haar lippen waren gekomen.

'Zet hem op,' zei de figuur in het verenkleed.

Ze knikte langzaam en trok de pruik traag over haar hoofd. De jongen keek haar met een scheef hoofd aan en glimlachte.

'Je lijkt erop. Dan was het toch ergens goed voor.'

Miriam probeerde iets te zeggen, maar het lukte niet.

'Niet aan mij denken,' zei de jongen. 'Ik red me wel. Het is weliswaar een beetje te vroeg, want ze hebben voor drie maanden betaald, maar dat is niet zo erg, als we maar gedaan krijgen wat we moeten doen, lijkt je ook niet?'

'Wat... ga je met me doen?' mompelde Miriam, en nu had ze het wel hardop gezegd, want de jongen met de veren gaf antwoord, terwijl hij haar nieuwsgierig aankeek.

'Ik ga je doden, wat had je dan gedacht?'

Miriam kon geen woord uitbrengen.

'Ik had nog willen wachten, maar nu ze een foto van me op het internet hebben gezet, kunnen we het maar het beste zo snel mogelijk doen, voor er iemand komt. Toch?' Hij lachte flauwtjes. 'Kom mee.'

En hij streek voorzichtig over de pruik. 'Ik heb buiten alles al klaargezet.'

77

Zachtjes schoof Mia weer uit de auto, en ze trok haar pistool uit de armholster. Een geluk dat ze deze keer gewapend was. Ze was hier omdat ze op haar gevoel was afgegaan. Het huis van Jim Fuglesang. Zijn foto's. Wat hij tijdens het verhoor had gemompeld. Vier witte stenen. Een rode boot. Een verlaten huisje aan de overkant van het donkere ven. De schuilplaats van Jacob Marstrander. Iets anders kon ze niet bedenken. Dat moest het zijn. Maar...

Miriam?

Dat kon ze niet verklaren.

Miriam Munch?

Met Jacob Marstrander?

Wat deed ze hier in godsnaam?

Mia dook in elkaar en maakte zich zo klein mogelijk. Zonder

haar blik van de deur van het vervallen gebouwtje af te wenden, sloop ze bij de auto vandaan.

Rook uit de schoorsteen. Maar binnen nog steeds geen teken van leven. Diep gebukt zocht ze naar een plek waar haar telefoon weer tot leven zou kunnen komen. Een heuveltje. Wat dan ook. Ze viste hem uit haar zak, nog steeds met de Glock stevig in haar hand, maar niets.

Geen bereik.

Ze vloekte zachtjes bij zichzelf en dacht vol ergernis aan al die reclamespotjes die de telefoonmaatschappijen aan één stuk door de ether in stuurden over het fantastische bereik dat ze hadden. Luchtig geklede meisjes op bergtoppen, grijnzende knullen op waterski's ver uit de kust, waar waren die als je ze nodig had? *Fuck.* Ze stak de telefoon de lucht in, maar het hielp nog steeds niets.

Verdomme.

Haar blik viel op een helling, niet erg ver weg, en langzaam sloop ze naar boven, nog steeds zonder de deur van het oude huisje uit het oog te verliezen. Nog een paar meter… en toen gebeurde er plotseling iets op haar iPhone. Bereik. *Shit, nee. Jawel, toch. Nee, godver, weer weg. Jezus nog…*

Munch bellen.

Nee.

Ludvig.

Verdomme.

Maar toen kwam ze plotseling door.

'Met Grønlie?'

'Met Mia,' siste ze. 'Hoor je me?'

'Hallo?' zei Ludvig Grønlie ergens heel ver weg.

'Hoor je me?' riep Mia zo hard als ze durfde.

'Mia, ben jij dat? Ben je daar? Holger is…'

'Rot op met Holger,' jammerde Mia toen Ludvig langzaam weer wegzakte. 'Ik heb Marstrander gevonden. En om de een of andere reden is Miriam hier. Je moet…'

'Hallo?' zei Grønlie weer.

'Hoor je wat ik zeg, Ludvig?'

'Ben jij daar, Mia?'

'Ja, ik ben fucking hier, bepaal verdomme mijn positie, zie mijn telefoon te vinden. Ik heb hem gevonden. Marstrander. Vrijwel zeker. En om de een of andere reden is…'

'Mia? Je valt weer weg,' zei Grønlie in de verte.

'Bepaal mijn positie, Ludvig. Heb je dat meegekregen? Zie me te vinden. Ik heb...'

'Hallo?'

'Ludvig?'

'Ben je daar, Mia?'

'Verdomme,' vloekte Mia luid, en ze hoorde niet dat er iemand over het berijpte stukje hei achter haar liep. 'Heb je het meegekregen, Ludvig?'

'Hallo, Mia...?'

'Zie me te vinden. Bepaal mijn positie,' zei Mia wanhopig, en ze wist zich nog net om te draaien voor de met veren bedekte hand op haar gezicht afkwam.

Instinctief stak ze haar hand uit. Ter bescherming. Tegen datgene wat er op haar afkwam. Een schaduw. Metaal tegen de koude vingers die wanhopig haar hoofd probeerden te beschermen.

'Mia?'

Uit de telefoon, ver weg. Niet meer bij haar. Ergens anders. Weer het geluid van het voorwerp dat door de lucht op haar afkwam, nu met nog meer kracht, ze ving nog net een grijns op, ver weg in de schaduwen, terwijl haar hand meegaf, metaal tegen huid en been.

Koud.

Ze hoorde het geluid.

Iemand beneden voor het huisje.

Toen haar vingers braken.

Miriam.

Voordat de pijn kwam.

Met haar handen gebonden.

Bloed langs haar slaap, in haar ogen, naar beneden, haar mond in.

Een blinddoek voor. Een blonde pruik op.

De telefoon in de hei die bleef doorpraten, die haar naam bleef roepen, ergens heel ver weg. 'Mia, ben je daar?'

Niet bang zijn, Miriam.

Het zware metaal vloog weer door de lucht.

Ik zal op je passen.

En nog eens.

Het komt goed, Miriam.

Maar toen.
Nog eens.
Kon ze niet meer wakker blijven.

78

Een eindeloze tranenstroom liep over de witte wangen van dit meisje dat hij al jaren niet meer had gezien, en Holger Munch had er geen idee van hoe hij kon zorgen dat ze stopte met huilen.

Kappen. Dat was wat hij het liefst zou zeggen. *Kap hier in godsnaam mee en leg me eens uit hoe dit in elkaar steekt.*

'Julie,' zei hij rustig, en hij glimlachte het jonge meisje toe. 'Het komt goed. Ontspan je nou maar. We hebben ze ongetwijfeld zó gevonden.'

'Maar ik wist het niet,' snikte ze.

'Natuurlijk wist je het niet, Julie. Het is toch jouw schuld niet? Maar het is belangrijk dat je ons alles vertelt wat je weet, goed? Dus als je, eh, daartoe in staat bent, kun je er dan over nadenken of je iets weet waar we wat aan hebben?'

Curry en Kim Kolsø stonden als twee vraagtekens achter in de kamer, maar ze bleven wijselijk hun mond houden.

'Wat ging er mis?' vroeg Munch, en hij streek haar voorzichtig over haar hand.

'De hele actie,' mompelde Julie. Nu keek ze hem voor het eerst sinds ze in de flat aan de Møllergata waren rechtstreeks aan.

'Dus Miriam was erbij?'

'Wat?'

'Bij die actie voor de dieren? Ze deed mee?'

'Ja,' zei Julie met een verstolen blik op de twee rechercheurs die tegen de muur achter hem geleund stonden.

'Waarom?' vroeg Munch, maar hij begreep meteen dat dat de verkeerde vraag was.

'Wat bedoel je?'

'Jacob Marstrander,' zei Munch sussend, en hij aaide haar weer over haar hand. 'Ik bedoel, welke, eh, wat... Hoe kennen jullie elkaar? Hoe komt het dat Miriam die Jacob kent?'

Julie veegde een traan van haar wang. 'Ik begrijp niet goed wat je bedoelt.'

'Nou, ik vroeg het me gewoon af,' zei Munch zo rustig mogelijk. 'Want ik wist niet dat hij, eh, een vriend van haar was, en ik...'

'Ziggy,' zei Julie aarzelend.

'Ziggy?' vroeg Munch.

'Ziggy Simonsen, je weet wel?'

'Nee.'

'Die zei dat... ja... hij is dus met Jacob bevriend. Je weet toch wie Ziggy is, of heeft ze je niets verteld?' Nu staarde Julie Vik hem met een vragende blik aan.

'Jawel hoor...'

'Je weet het niet, hè?'

'Jawel, ik...'

'Ze zei dat ze het aan je zou vertellen,' zei Julie, en ze streek met een mouw van haar trui over haar gezicht. 'Heeft ze dat niet gedaan?'

Munch wierp een korte blik over zijn schouder naar Curry en Kim, die knikten.

Nieuwe naam.

Ziggy Simonsen.

Curry haalde zijn telefoon uit zijn zak en liep de kamer uit.

'Wat zou ze me vertellen?' vroeg Munch, en hij streek haar behoedzaam over haar arm.

Ze huilde inmiddels niet meer en keek hem bijna nieuwsgierig aan. 'Dat van haar en Ziggy? Heeft ze je echt niets gezegd?'

'Nee,' antwoordde hij enigszins terughoudend, terwijl de telefoon in zijn zak begon te rinkelen.

'Dan kan ik beter ook niets zeggen,' zei Julie, en ze sloeg haar blik weer neer.

'Julie,' begon Munch. Weer dat telefoongerinkel.

'Ik weet het niet.' Ze was weer bijna in tranen.

'Ik moet weten wat jij weet,' zei hij, wat strenger dan de bedoeling was geweest. 'Jacob en Miriam kennen elkaar? En ze zijn allebei weg? Je begrijpt toch dat dit belangrijk voor ons is?'

Nog een telefoon die overging, nu niet meer in zijn zak maar ergens anders in de kamer.

'Ja, maar ik...' Ze keek hem weer aan.

'Holger,' zei Kim achter hem, maar Munch wuifde hem weg. 'Miriam en Jacob. Weet jij waar ze zijn?'

'Holger,' herhaalde Kim, maar Munch negeerde hem.

'Ik wou alleen...'
'Munch,' zei Kim, en nu legde hij een hand op zijn schouder.
'Wat?' snauwde Munch geïrriteerd toen Kim hem zijn telefoon toestak.
'Holger?' Plotseling drong de stem van Ludvig Grønlie in zijn oor door.
'Wat?' gromde Munch.
'Mia,' zei Ludvig.
'Ja, en?'
'Ze heeft ze gevonden.'
'Wát??'
'Miriam. En Marstrander.'
'Waar heb je het...'
'We weten waar ze zijn.'
'Wie?'
'Holger? Hoor je wat ik zeg? We hebben ze gevonden.'
Munch stond op. 'Waar?'
'Via haar telefoon. Ze belde mij in plaats van jou en vroeg of ik haar positie wilde bepalen, ze had ze gezien, ze weet waar ze zijn. We hebben de exacte plaats. Hurum. Daar zijn ze, Holger. We weten waar ze zijn.'
'Bezorg me een helikopter,' zei Munch, die al onderweg naar de deur was.
'Wat?' zei Grønlie.
'We komen eraan. Bezorg me een helikopter, verdomme. NU. We zijn er over drie minuten.'
'Grønland?' vroeg Kim.
'Als de gesmeerde bliksem!' riep Munch, en hij stormde de trap af.

79

De pijn in haar hand was bijna niet om uit te houden, en hoelang ze buiten westen was geweest wist ze niet.
Mia opende haar ogen en kwam traag overeind, drukte haar linkerarm instinctief tegen haar borst en probeerde tot zich te laten doordringen waar ze was. De kou. De berijpte grond. Haar lichaam wilde niet maar ze dwong zichzelf om toch op te staan.

Overeind te blijven, zwaaiend en met gebogen hoofd, terwijl ze langzaam tot de werkelijkheid terugkeerde.

Miriam.

Ze was op de cryptische aanwijzingen van Jim Fuglesang afgegaan. De foto's. Vier witte stenen. Een rood bootje. Had dit vervallen huisje gevonden. Pas begrepen waar ze tegenaan was gelopen toen het te laat was. Jacob Marstrander. En Miriam was er ook? Geen mobiel bereik. Ze was te geërgerd geweest om op haar hoede te zijn. Hij had haar van achteren aangevallen. Onzichtbare klappen op haar hoofd. Gelukkig had ze haar arm uitgestoken.

Verdomme.

Mia deed een stap naar voren, maar begreep meteen dat ze zichzelf niet onder controle had. Haar hoofd wilde iets zeggen, maar haar lichaam weigerde te gehoorzamen, ze struikelde voorover de koude hei in en voelde de pijn weer door zich heen vlijmen. Hij had haar hand gebroken. Ze kon haar arm niet bewegen. En dan haar oog. Dat zag niets. Haar linkeroog. Bloed. Dat zat in haar mond.

Amateur.

Ze werkte zich weer overeind, bleef verward op het dorre lapje grond voor het huisje staan en probeerde bij haar positieven te komen.

Haar pistool?

Mia zonk op haar knieën, maar wist opnieuw op de been te komen. Schaduwen voor haar ogen, maar nu kwam het weer boven. De klappen tegen haar hoofd. Het was haar gelukt ze af te weren, daarom kon ze hem niet meer gebruiken. Haar linkerhand.

Ze strompelde een paar passen naar voren zonder te weten welke richting ze eigenlijk uit liep. De Glock. Had hij haar pistool meegenomen?

Miriam.

Hij had haar gevangengenomen. De jongen met de veren.

Waarom in...?

Weer struikelde ze en met haar gezicht naar voren viel ze op de koude grond, maar ook nu wist ze weer op te staan, en ze schoof haar linkerhand onder haar jack. *Gebroken, alle vingers.* Die had haar tegen de klappen beschermd. Hoelang was ze buiten kennis geweest?

Mia wurmde haar rechterhand achter in haar broek en knipperde stevig in een poging het bloed uit haar ogen te krijgen.

Links, niets. Maar rechts, ja, nu kon ze iets zien. Wist ze waar ze was. De Glock 17. Die had hij haar afgepakt, ze zag hem in elk geval nergens, maar ze kreeg een warm gevoel toen ze de kolf achter haar broekband voelde.

Het kleintje. De Glock 26. Ze was al eens eerder in dit niemandsland geweest en toen had ze zich naakt gevoeld. Ze mocht doodvallen als dat nog eens zou gebeuren, dus had ze allebei de wapens meegenomen. Mia trok het pistool uit haar broek en zag weer waar ze was. Het huis. De auto. Een pad dat verder het bos in leidde.

Jacob Marstrander.

Mia schoof haar linkerhand nog verder haar leren jasje in om de pijn te onderdrukken en begon de richting uit te lopen waarin ze gokte dat ze verdwenen konden zijn.

Wat deed Miriam hier in godsnaam?

Grauw, vervallen huis.

Wijd open deur.

Niet binnen.

De weg naar het water.

Terug naar Fuglesangs huis.

Nee.

Het paadje.

Mia ontzekerde de Glock en hield die stevig omklemd voor zich uit, terwijl haar benen eindelijk wakker werden en haar toestonden zich naar de opening in het geboomte te bewegen waardoor de twee vermoedelijk verdwenen waren.

Hoelang was ze bewusteloos geweest?

Een paar honderd meter verderop onderdrukte ze een plotselinge behoefte om over te geven. Alles in haar lijf wilde eruit. Ze moest steun zoeken tegen een boom.

Zo gaat-ie goed, Mia.

Verdomme nog aan toe.

Ze slaagde erin het binnen te houden, strompelde verder, van lieverlee vaster op haar benen, ze moesten daar nog ergens zijn, zijn lichaam volgeplakt met veren, Miriam met haar handen gebonden en een blinddoek voor. Mia bracht de Glock beverig weer in de aanslag en dwong ondertussen haar voeten om door te lopen, en toen kreeg ze hen plotseling in het oog.

Een opening tussen de bomen.

Miriam op haar knieën.

Voor iets, wat...?

Ze zag het niet duidelijk, maar begreep toch wat het was.

De offerplaats.

Kaarsen in een vijfhoek. Veren op de grond.

Jezus.

Snel keek Mia om zich heen. Ze besefte dat ze niet verder kon lopen, want dan zou hij haar zien. Als ze doorliep. Snel maakte ze een keus, week van het paadje af en sloop onder dekking van de bomen behoedzaam naar de rand van de open plek.

Open terrein.

Hij deed iets.

Geen kleren aan.

Iets om haar nek.

Miriam zat zonder kleren aan op haar knieën op de open plek met haar handen op haar rug gebonden.

Mia liep voorzichtig tussen de bomen naar voren om beter zicht te hebben. Bracht de Glock tot voor haar ogen, maar haar hand trilde, en de loop wees evenzeer naar Miriam als naar het beest met de veren.

Verdomme.

Waar was hij mee bezig?

Nog wat verder naar voren, nu sluipend.

De open plek was niet groot. Mia keek rond en kreeg haar hoofd nu eindelijk zo ver aan het werk dat ze alles kon overzien. Het paadje waarlangs ze was gekomen. De bomen in een halve cirkel. Aan de andere kant, recht achter Miriam... Ze knipperde met haar ogen, want ze kon het niet helemaal in perspectief zien.

Een afgrond.

Hij had de offerplaats helemaal aan de rand van de open plek ingericht.

Jezus.

Zachtjes kroop Mia tussen de begroeiing door. Eindelijk leek het erop dat haar lichaam helemaal wakker was. Linkerhand gebroken, linkeroog dichtgeplakt met wat ze voor bloed uit haar slaap hield, maar dat deed er niet toe, want ze kon zich bewegen. Zowel haar lichaam als haar hoofd. Stapje voor stapje sloop ze over de met hei begroeide grond dichterbij, terwijl de jongen met de veren opstond, achter het naakte meisje ging staan en iets pakte.

Jezus.

Het touw om haar nek.

Gewurgd en in een kring van kaarsen gelegd.

Mia kroop nog dichterbij en besefte dat het nu of nooit was; als ze niet ingreep, zou hij haar nu vermoorden. Ze bracht de Glock weer voor haar gezicht maar zag nog steeds niet waar ze hem op richtte.

Toen klonk er ineens een geluid in de lucht. De jongen richtte zich instinctief op en bleef verwonderd met zijn gezicht naar de hemel gekeerd staan.

Een bromgeluid.

Een helikopter.

Haar bericht was toch doorgekomen.

Ze hadden haar gevonden.

Maar toen.

Die film, die Mia de weken daarop nacht aan nacht in haar hoofd zou afdraaien.

Bezweet kussen.

Gillend wakker.

In slow motion.

De jongen met het verenpak die verwonderd naar de hemel opkeek vanwege dat oorverdovende geluid in het stille bos.

Miriam die overeind kwam. Naakt. Met haar handen op haar rug gebonden.

Een helikopter.

Het geluid van hulp.

Het geluid van vrijheid.

En toen zette ze het op een lopen.

Met haar Glock voor zich gestrekt sprong Mia de open plek op.

Nee, nee. 'Miriam!'

De jongen, in de war door al die onverwachte dingen, de helikopter in de lucht, Mia die plotseling op hem af kwam rennen. Haar pistool ineens in zijn hand, de Glock die hij haar had afgepakt. Terwijl hij nog steeds probeerde te bevatten wat er gebeurde.

'Miriam!'

De film draaide door.

Haar naakte, rennende benen, armen op haar rug gebonden. Op het geluid van de vrijheid af, op de rand van de afgrond af.

Nee, Miriam, nee.

De helikopter, in zicht nu. De jongen, die de loop van het pistool op haar richtte. Maar Mia merkte de schoten die om haar voeten knalden niet op. Een kracht waarvan ze niet had geweten dat ze die bezat.

'Miriam!'

Mia die over de open plek rende, haar pistool in de aanslag. Het rotorgeluid van het mechanische beest, dat nu boven de rand van de diepte zweefde.

En toen was ze weg.

Mia merkte het niet eens, het metaal dat haar benen en haar schouders trof.

Over de rand.

De figuur in het verenpak. Die ogen, die niet begrepen wat er aan de hand was, terwijl Mia hem eindelijk in het vizier kreeg en haar magazijn in hem leegde.

'Miriam!'

Witte vingers die het pistool lieten vallen terwijl hij op zijn knieën op de koude grond neerzonk.

Ze kon de ogen van Munch niet zien, maar wel voelen, het wit ervan, terwijl hij vanuit het metalen beest daarboven het naakte meisje door de lucht zag tuimelen.

Mia zag haar laatste drie schoten doel treffen.

Een blik die ze niet helemaal kon plaatsen.

Huid achter trillende veren.

En toen was hij weg.

Bijna bewusteloos bereikte ze de rand en zag het verwrongen, witte, naakte lichaam daarbeneden liggen.

Miriam.

Mia zakte door haar benen, slaagde er niet meer in bij bewustzijn te blijven. Het pistool glipte haar uit de vingers.

Nee.

Alsjeblieft.

Het geluid van de helikopter verdween.

En toen.

Lieve Miriam.

Was ze er niet meer.

9

80

De sneeuw kwam, bijna alsof hij door de kerkklokken was ingeluid. 21 december, en de kranten stonden er al dagen bol van. Geen witte kerst dit jaar? Maar nu sneeuwde het dan toch, met grote witte vlokken, op het ritme van het zware klokgebeier in de kerk van Gamle Aker. Een begrafenis. En binnenkort kerst. Voor Mia Krüger, die zich met haar jasje nog wat dichter om zich heen tussen de grafstenen door naar de grote kerkdeur haastte, had het nauwelijks erger gekund.

Ze waren er allemaal. Kim. Curry. Mikkelson. Anette. Ludvig Grønlie. Donkere pakken. Donkere jassen. Donkere gezichten. Gebogen hoofden, kleine knikjes. Munch was nergens te zien. Terwijl hij toch het dichtst bij de overledene had gestaan en waarschijnlijk alles had geregeld. De kist. De kransen. *Bedankt voor alles. Een laatste groet van je collega's en vrienden.* Mia had Munch nu al bijna twee maanden niet gesproken, maar ze ging ervan uit dat hij er ook was. En toen de roestbruine deur opengingen en de aanwezigen langzaam de kerk binnenliepen, kreeg ze de bevestiging. Ze zag zijn rug helemaal vooraan, hoofd gebogen, vlak bij de witte, met bloemen bedekte kist.

De ceremonie was eenvoudig, maar mooi. Mia was zelf niet gelovig, had nooit begrepen waarom iemand er behoefte aan had in iets hogers te geloven, waarom het nodig was samen te komen in een oud gebouw waar je niet lekker zat, terwijl een dominee vertelde dat God voor de zijnen zorgde en dat iedereen welkom was in zijn rijk. Maar in de loop van de korte plechtigheid betrapte ze zich erop dat ze dit eigenlijk een heel mooi ritueel vond. Vereend in rouw. Een laatste vaarwel.

Orgelmuziek. Nog een paar woorden van de dominee. Een toespraak van Munch, die aangeslagen leek, maar er beter uitzag dan ze had gevreesd.

Het had zoveel erger kunnen zijn, merkte ze dat ze dacht, terwijl de kist langs haar naar buiten werd gedragen door zes mannen, onder wie Munch en Mikkelson.

Het had Miriam kunnen zijn.

Naderhand, toen de kist de grond in ging, schaamde ze zich een beetje. Een kleine groep, grotendeels oude collega's, hier en daar een gezicht dat ze niet kende, maar niet veel. Zo was hij geweest, Per Lindkvist, voor dat leven had hij gekozen. Allereerst rechercheur en daarna pas mens. Vijfenzeventig jaar en voor Munch bijna een tweede vader. Een bekwame politieman die alles voor zijn werk had overgehad. Hij had het er wat moeilijk mee gehad toen hij met pensioen moest, maar hij was in elk geval oud geworden en had het leven geleid dat hij had gewild. Kijkend naar de neerdalende kist kreeg Mia een beetje wroeging, maar toch.

Het had zoveel erger kunnen zijn.

Een handdruk hier, een hoofdknik daar, en de aanwezigen begonnen zich van lieverlee te verspreiden. Later zou er nog een bijeenkomst plaatsvinden, bier en samenzang in Justisen, zoals Lindkvist het gewild zou hebben. Maar dat bracht Mia niet op.

Ze had hem gekend, maar niet goed. Een legendarische politieman. Een goede vriend van de oudere leden van de eenheid.

Maar zij kon het niet. Wilde alleen maar naar huis. Nog twee dagen voor het Kerstmis was. Proberen te overleven, het achter de rug zien te krijgen. Ze was hier om haar respect te betuigen, maar ze had ook een andere agenda.

Even met Holger praten.

Haar collega had iedereen gevraagd hem met rust te laten na wat er een paar maanden daarvoor met Miriam was gebeurd, en net als de anderen respecteerde Mia dat natuurlijk.

Ze trok zich terug en liep pas op hem af toen hij alleen onder een besneeuwde boom was achtergebleven, een paar stappen bij de kist vandaan die ze zojuist naar het graf hadden begeleid.

'Hallo, Holger?' zei ze voorzichtig, terwijl ze op een afstandje bleef staan, een fysiek gebaar: was het goed, ging hij ermee akkoord om een paar woorden te wisselen?

'Hallo, Mia,' zei hij met een enigszins vermoeid lachje, terwijl hij met een hoofdknik te kennen gaf dat het in orde was.

'Hoe gaat het ermee?' De woorden voelden raar aan toen ze uit haar mond kwamen, maar ze wist niet wat ze anders moest zeggen.

'Beter.'

'Miriam?' vroeg Mia aarzelend.

Hij was even afwezig, een bezwaarde blik boven de rode gloed. 'Ze komt erdoor, maar er valt nog weinig over te zeggen.'

'Waarover?'

Munch dacht even na voordat hij zijn mond weer opende. 'Ze kan nog niet lopen, en ze weten niet of dat ooit weer in orde komt. Maar ze praat nu een beetje. En gisteren herkende ze me.'

'Wat fijn,' zei Mia, al vroeg ze zich af of dat de juiste woorden waren.

'Ja, hè?'

Er viel een korte stilte. Tussen hen in sneeuwde het licht.

'We hebben Interpol erbij gehaald, en ze zijn alle vijf opgepakt,' zei ze. 'Iedereen die toegang tot die live feed had gekocht. Een Fransman. Een rijke Zwitser. Het is een grote zaak geworden, ik weet niet of je het hebt gezien, het heeft zelfs CNN gehaald, primetime in de VS. We hebben de boel grondig opgerold.'

'O? Nou, mooi dan,' zei Munch, al wekte hij eigenlijk niet de indruk dat hij haar had gehoord.

'En Simonsen, die miljardair,' vervolgde Mia enigszins onzeker. 'Die heb ik ook laten komen. Die kwestie in Sandefjord, destijds. Toen de kinderen, Helene Eriksen en haar broer, naar Australië waren gestuurd. Alles wat de dominee zei bleek te kloppen. Hun moeder spoorde waarschijnlijk niet, was niet helemaal normaal. Zij had hem overgehaald om ze weg te sturen, om aan het vermogen te komen. Ze kwam om bij een ongeluk, en ik heb geprobeerd dat bij Sandefjord na te trekken, maar ze hadden er niet zoveel informatie over, behalve dan dat, eh...'

Hij keek haar al niet meer aan en liet zijn sigaret tussen zijn vingers verder branden zonder nog te roken. Hij had zich in zichzelf teruggetrokken.

'Dus, althans volgens hemzelf, toen hij ontdekte dat ze toch niet veilig waren, dat ze in die sekte zaten, toen hielp hij ze. Financieel. Een kwekerij voor haar, een supermarkt voor hem, dus die twee spraken hoe dan ook de waarheid...'

Munch keek omlaag naar zijn vingers en merkte dat zijn sigaret was gedoofd. Hij smeet hem weg, frommelde in zijn jaszak en stak een nieuwe tussen zijn lippen. 'We horen het pas over een poosje. Maar Marianne en ik hopen er het beste van, meer kunnen we niet doen.' Nu glimlachte hij met een licht afwezige blik tegen haar.

'Of ze weer zal kunnen lopen?'

'Ik geloof erin, lijkt dat je niet belangrijk?' Hij keerde zich naar haar toe. 'Positief denken, bedoel ik?'

'Natuurlijk,' zei Mia, die zich nu ongemakkelijk voelde.

'Ik geloof erin,' herhaalde hij.

'Zeg het maar als ik iets kan doen. En doe haar de groeten. Zeg tegen haar dat ik graag op bezoek wil komen.'

Het duurde een paar seconden. De aansteker bij het uiteinde van de sigaret zonder dat er contact plaatsvond. Grote vingers die in de lucht bleven hangen. 'Doe ik,' zei Munch ten slotte.

Ze had hem het liefst bij wijze van afscheid omhelsd, maar meer dan een onhandige handdruk werd het niet. Hij was er hoe dan ook niet meer bij. Mia trok haar muts over haar oren, dook weg in haar jasje, negeerde de blikken die ze onderweg naar de ingang zag omdat ze toch niet van plan was hier nog langer te blijven en ging op weg naar Bislett. Het begon nog harder te sneeuwen.

Nog twee dagen tot Kerstmis. Ze had zichzelf beloofd dat ze het zou proberen, maar nu wist ze niet meer of ze het wel aankon. Kerstavond. In een koude flat. Alleen. Alweer. Maar ze kon er niet uit stappen. Miriam in een bed in het Ullevål-ziekenhuis. Niet in staat om te bewegen. Nauwelijks in staat om te praten. Dat kon ze Munch niet aandoen. Eruit stappen. Niet nu.

Ze stak de straat over, terwijl ze haar gezicht afschermde tegen de sneeuw, die inmiddels in grote vlokken viel. Een wit Oslo, een kerstavond waar iedereen blij mee zou zijn. Met lood in haar schoenen liep ze Sofies gate in en haalde haar sleutels uit haar zak.

Mia zag haar maar even, in een flits, een vrouw met een rood, gewatteerd jack aan voor haar flat, alsof ze daar al een hele tijd stond en alleen maar op haar komst had gewacht. IJverige handen bonden iets aan de deurklink vast, waarna de vrouw weer naar beneden verdween.

En opging in de jagende sneeuw.